徳間文庫

焦《しょう》土《ど》の鷲《わし》 イエロー・イーグル

五條 瑛

徳間書店

目次

顔を上げて生きる者と
顔を伏せて生きる者に、捧《ささ》げる

＝　序章　＝

昭和二十年五月　東京

その日、東京の空はＢ29の機影で埋め尽くされた。その様子は突然巨大な雷雲が発生したようでも、巨大な黒い蟬《せみ》が群れを成して襲って来たようでもあった。とにかく、あっという間に空が暗くなり、どう猛な動物の唸《うな》り声にも似たエンジン音が完全に上空を支配したかと思ったら、そこからまるで霰《あられ》か雪でも降るようにいとも自然に焼《しょう》夷弾《いだん》が落ちてきた。降り注ぐ霰や雪をどうすることもできないのと同じで、誰も何も出来ずにただ逃げるしかなかった。

焼夷弾は建物や道や人や動物を破壊し、すぐに街はあちこちからの出火と煙で鮮やかなオレンジと黒に染まった。このとき投下された焼夷弾は東京がかつて経験したことのない量で、あっという間に辺りは火の海となった。

運悪くその日新富町《しんとみちょう》近くで慰問巡演の準備をしていた歌舞伎《かぶき》役者の紀上春五郎《きのえはるごろう》劇団の面々は、空襲警報が耳に入るや否《いな》やすぐに持てるだけの道具を抱えて近くにあった半壊のビルに逃げ込んだ。このビルは紀上春五郎劇団の興行主である梅松《ばいしょう》株式会社の本社ビルだが、年明け早々米軍の爆弾によって上半分が吹き飛ばされて、社長を始めとする大勢の社員が負傷したり亡くなったりした。それでもまだ一階、二階、地下は何とか残っていたので、そこで細々と業務を続けつつ地下は防空壕《ぼうくうごう》として使われていた。

劇団関係者だけでなく、そのとき近くにいた者たちはみんな我先にとビルに駆け込んで地下に身を隠した。

「みんな大丈夫か？　怪我《けが》した者はいないか？」

作業を仕切っていた古参劇団員のおじさんの声が響く。劇団員は順番に安否確認のために声を出していった。

「香也《こうや》はどうした？　返事がないじゃないか」

おじさんがそう叫んだとき、香也はやっと地下室に到着したところだった。

「こ、ここにいます。僕は大丈夫です」

呼吸が荒く、顔は真っ赤で大粒の汗が噴き出ている。

「いるならさっさと返事をせいっ。やられたのかと心配するだろう」

「すみません」

香也は謝りながらも、しっかりと両手に抱えていた大きな行李《こうり》をそっと置いた。

「もしかして、それのために遅れたのか？」

兄弟子の一人が訊《き》いた。

「はい」

「お前一人で運んで来たのか？」

「はい」

おじさんや他の仲間は驚いたようだ。

「こりゃこりゃびっくり。こんな重いものを、お前のその娘っ子よりも細い腕でよく運べたもんだなぁ」

軽く見得《みえ》を切ってそう大仰《おおぎょう》に言ってのけた兄弟子は、空襲警報が鳴るや否《いな》や道具を放り出して真っ先に逃げ出していた。

「だってこれには大高源吾《おおたかげんご》の衣装や道具が入ってますから。これがないと次の巡演の『松浦の太鼓』ができないもの。そんなことになったら、お国のために尽くしている軍人さんに申し訳ないですから」

「これが本当の火事場の馬鹿力《ばかぢから》ぁ……ってやつか」

その言葉に周りの者がみんな頷《うなず》いている。さっきよりもずっと優しい声でおじさんが言った。

「お前が心底芝居好きなのはよく知ってるがな……けど衣装や鬘《かつら》がなくても芝居は出来るが、命がなくなったら芝居は出来んぞ。そんなもの放っておいてもすぐに逃げて来い。誰も怒らんから」

おじさんの言葉に小さな笑いが起きたが、それはすぐにいっそう高くなった空襲警報によってかき消された。

空襲はいつもより長く、警報と爆音はなかなか止《や》まなかった。みんな肩を寄せ合い、不安そうに身体《からだ》を強《こわ》ばらせている。

「今日はまた、ずいぶんしつこいな」

「逃げる前に空を見たら、B29がはっきりと見えたよ。いつものは音だけなのに、今日はあんなに大きく見えるんだから、かなり低い場所を飛んでいやがるんだ。しかも、見たことないくらいたくさんの数がよ」

「アメ公の畜生め」

小さな力ない呟《つぶや》き。やり場のない怒りが地下室の中に満ちていくが、それが誰に対する怒りなのか、みんなだんだんと分からなくなっているに違いない。香也もそうだったが、それ以上に気がかりなのは、日に日に芝居をすることが難しくなっていることの現状だ。

　戦争が誰のせいなのかなどという話は口が裂《さ》けてもすべきではないし、お国が決めたことには従うのが当然だ。ただ今日の空襲でまた、芝居だけの日々が遠くなるだろう。役者を生業《なりわい》としている家に生まれ育ち、それしか生きる術《すべ》を知らない者としては、そのことが悔《くや》しくて仕方がなかった。

　どのくらい経《た》っただろうか。やっと爆音が聞こえなくなると、誰からともなく立ち上がり、ゆっくりと外へ向かい始めた。地下室から外に出たとたん、凄《すさ》まじい砂埃《すなぼこり》と煙が全身にまとわりついてきた。そこここで上がっている火の手が、初夏だというのに真夏のような熱い風を生み出している。

　幸い香也たちが居た辺りは焼夷弾の直撃は逃れたようだが、通りを隔てた一町会ほど先の一画は、ついさっきまでとはまるで風景が変わっていた。

　無残に姿を変えた建物、ひっくり返った車、折れた電柱、あちこちへこんだり穴が空《あ》いている道路、そしてその荒れた道路の上を、大勢の人たちがこっちに向かって逃げて来るところだった。誰も彼も煤《すす》で顔や手足が真っ黒で、中には衣服が燃えている状態で走っている者もいる。彼らの背後に広がっているのは、たくさんの劇場がひしめき合っている銀座だ。香也を始めとする劇団の者たちにとっては生まれた場所以上に慣れ親しんだ街だ。そこから他よりも一層激しい火の手が上がっているのが見える。

「銀座は……銀座は大丈夫なの？」

香也は思わず、逃げて来る人たちに向かって大声で問いかけた。

「大丈夫なもんか。あの辺は火の海じゃっ！」

誰かが叫んだ。

「火の海だって？」

一瞬香也は呆然《ぼうぜん》とし、無意識に叫んだ男の腕を摑《つか》んだ。「ねえ、歌舞伎座はどうなってる？　演舞場や国際劇場まで火は回ってないよね？　どこも大丈夫だよね？」

「演舞場の方は知らん。うちは歌舞伎座のすぐ近くなんだが、雨のように降って来た焼夷弾が歌舞伎座に直撃したんだろう。鼓膜が破れそうなでっかい音がしたと思ったら、そのすぐ後にはもう真っ赤に燃え上がっていたよ。あのでっかい建物の大屋根がぐらぐら左右に揺れて、瓶《びん》が割れるみたいなもの凄《すご》い音を立てて崩れていって……ありゃもうダメだって、うちのじいちゃんが泣きながら言ってた」

「嘘《うそ》だ、そんなの嘘に決まってる！　でなきゃ見間違いだ。他の建物と間違えたんだよ」

「うちのじいちゃんはな、ガキのときからあそこに通ってたんだ。見間違えるわけないだろう」

「嘘だ！」

　香也は走り出した。

「待て香也、どこ行くんだ!?」

　背後から兄弟子が追って来て、香也の手を摑んだ。

「歌舞伎座が燃えてるなんて嘘だ！　僕、自分の目で確かめてくる」

「馬鹿かお前は。確かめてもどうにもならんだろう。危ないから、とにかくいまは一緒に逃げよう。みんなお前と同じ気持ちなんだぞ！　それが分からんかっ!?　火が収まってからにするんだ」

　おじさんも怒鳴《どな》っているが、香也は兄弟子の手を振りほどくと、再び銀座に向かって走り出した。

　嘘だ嘘だ。歌舞伎座が燃えてるなんて嘘だ。あそこが燃えたら、辰《たつ》にいさんが帰って来たとき何て言うんだよ。舞台が火の中だなんて、歌舞伎座がもうダメだなんて全部嘘だ！　あそこには芝居の神様がいるんだから、アメリカの爆弾なんか落ちるはずない。燃えて崩れ落ちるなんて絶対にない。絶対に。
周囲に立ちこめる煙が灰色から黒に近づくにつれて、それが痛いほど目に染み始めてぼろぼろと涙がこぼれ出てきた。その涙の向こうに、実の兄以上に慕う大好きな兄弟子の辰三郎《たつさぶろう》が出征する朝、必ず生きて帰って来て、にいさんが死んだら僕も死ぬとさんざんにゴネて泣きじゃくりながら二人で一緒に見つめた歌舞伎座が、紅蓮《ぐれん》の炎の中で無残に崩れ落ちていく姿が滲《にじ》んで見えた。

一九四五年八月　中国大陸、香港《ホンコン》

数日前から街は騒然とし、港や駅には一刻でも早くこの街から逃げ出そうと集まって来た外国人が溢《あふ》れかえり、右も左も分からぬほどにごった返していた。数日前に日本に一発目の原子爆弾が投下されたことはすでにもうこちらにも伝わっていて、近いうちに日本が降伏するであろうことは市民の間で疑いようのない現実として受け入れられていた。つい一月前は明るく輝いていた租界《そかい》の灯《ひ》はあっという間に落ちて戸は固く閉ざされ、大きな荷物を抱えた外国人、特に日本人とそれに親しく関係していた者たちが我先へと中国脱出のために港に向かっていた。

そんな中、中国服姿の若い男が一人、汚い帆で覆われた小さな漁船で香港島から南Y《ラマ》島に向かっていた。服はどす黒く汚れており髪も髭《ひげ》も野放図《のほうず》に伸びていて、そのくたびれきった風体から何日も風呂《ふろ》に入っていないのは一目瞭然《いちもくりょうぜん》だった。だがそれにも拘《かか》わらず、その若い男の目には疲れも諦《あきら》めもまったく見えず、それどころか精気が満ちているようにどこか爽《さわ》やかで、すれ違った人間が足を止めてふと振り返って見るような不思議な艶《なま》めかしさがあった。痩《や》せてはいたが汚れた服の衿《えり》や袖《そで》から覗《のぞ》く肌はまさに成熟した男の身体そのもので、動く度に鍛えられた筋肉が野生の肉食動物のように蠢《うごめ》いている。その上、何気ないふとした仕草《しぐさ》や歩く姿、ぼんやりと沖を眺める横顔、激しい船の揺れにバランスを失いそうになる姿までもが一つ一つ不思議なほどにさまになっていて、どこかしら浮世離れした感じすらあった。

操舵室《そうだしつ》から出て来た船長が男に中国語で話しかけると、男はとりたてて返事はせずに曖昧《あいまい》な笑顔を浮かべただけだった。それでも船長は満足そうに一人で何かまくし立てた後、また操舵室に戻っていった。しばらくして南Y島が見えてきた。船は索罟湾《ソックーわん》に入ると男だけを降ろして、またすぐに離れて行った。名残《なごり》惜しいのか船長は操舵室の窓から男に向かって大きく手を振っていたが、やがてその姿も見えなくなった。

熱っぽい潮風が一人きりになった男の髪をなびかせる。長い髪で隠れていた顔は男臭さと優雅さが違和感なく同居していて、どこか古風な趣もある際だった男ぶりだった。男は軽やかな足取りで湾の奥の神風洞《かみかぜどう》に向かって歩いて行った。

その場所に着いたとき、そこにはすでに大日本帝国海軍の制服を着た中尉が待っていて、男の姿を見たとたんに目を細めて駆け寄って来た。この島にある日本海軍の特攻兵器用の特別部隊である震洋隊《しんようたい》の第三十六部隊の小隊長だ。

「やっと来たか。途中で連合国軍の攻撃に遭遇したという情報もあって心配していたんだ」

「遅くなって申し訳ありませんでした、中尉殿。ただいま到着致しました」

「いまの君は民間人ということになっているんだからそんな挨拶《あいさつ》は必要ない」

「はい。ではこれが上海《シャンハイ》で預かったものです」

男は汚い中国服の上着を脱ぐと、汗と雨や海水のシミが濃い茶色にまで変色している裏地を力一杯引き裂き、その下から油紙でしっかりと包まれた大判の封書のような物を取り出して中尉に渡した。

「申し訳ありません、ずっと肌身離さず持っていたのでちょっと汗臭くて」

男らしい風貌《ふうぼう》に似合わぬ恥じらいを含んだ言葉に、わずかに中尉は微笑《ほほえ》んだ。

「そんなことは気にするな。これを守り通すために君がどれだけの苦労をしたかは想像がつく。たった一人で上海から連合国軍の包囲網を抜けてここまで来るのは並大抵のことではなかっただろう。だが見事にやり遂《と》げてくれて感謝する。成功する確率は極めて低いと分かっていたし、本当に君が辿《たど》り着くのか祈るような気持ちで待っていた。君は自分の任務を全《まっと》うした。ここからは我々の任務だ。命を賭《か》けてどんなことをしても必ずやり遂げるつもりだと、それが自分の最後の言葉だと伝えてくれ。もし君が無事に生きて帰ることが出来たなら、どうか頼む」

そう言うと中尉はぴしっと背筋を伸ばし、一分の隙《すき》もない美しい敬礼を若い男にした。それは感謝と敬意の表れであり、同時に死への旅立ちの決意でもあった。若い男は目に涙を浮かべてその敬礼を受けた。

「中尉殿、必ず伝えます。自分は絶対に生きて帰りますから。どんなことをしてでも絶対に」

＝ 一章　敗れし国 ＝

1

一九四五年八月　フィリピン、マニラのイントラムロス地区

とにかく暑かった。特に今日は早朝から強い日差しが照りつけ、十時を回った頃《ころ》にはとっくに三十度を超えていた。今年の二月に起きた日本軍と連合国軍の市街戦で完全に破壊されてしまったマニラの街には「東洋の真珠」と持て囃《はや》されたかつての面影はまったくなく、廃墟《はいきょ》と化した建物と激しい戦闘によって築かれた瓦礫《がれき》の山が強い日差しを遮《さえぎ》るささやかな影を作っているだけだ。

リオン・ナラハシはうなじにかかる黒髪――これはここ数年間東南アジアの強い日

差しに晒《さら》されてきたせいで幾分茶色味を帯びていたが――それを後ろで一つに結び、これまたわずかに茶色がかっている上に、ときに妙な険《けわ》しさが見え隠れする瞳《ひとみ》を淡いグリーンのサングラスで隠して、生成《きな》りの麻のシャツと現地の男たちが穿《は》いているようなゆったりとした幅の広い綿のパンツというカジュアルな格好で、荒廃した街中をのんびりと歩いていた。

二週間ほど前にマニラの連合国軍司令部にも、日本の降伏は時間の問題となったという連絡がきた。ほどなく最初の原子爆弾が広島に、ついで長崎に投下され、数日後、日本が正式に連合国に対してポツダム宣言の受諾を通告してきたことで、戦争は急速に終結へと向かい始めた。もっともここマニラは、数ヶ月前にすでに米軍によって日本の支配から解放されて戦闘もとっくに終わっていたこともあり、それほどの衝撃はなく、このニュースもリオンはビーチで昼寝の最中に耳にした。

日本が降伏したことでフィリピンでのリオンの仕事は事実上終わり、暇《ひま》になった。いまは何もすることがなく、本国からの帰国命令を待つだけだ。フィリピンに駐留中のアメリカ陸軍第十四軍団はすでに撤収を開始しているが、終わるまでにはまだしばらく時間がかかるだろう。まずは軍の撤収最優先で、リオンのように民間人と軍人の間にぶら下がっているような曖昧《あいまい》な立場の者は後回しにされてしまうが、それは仕方のないことだ。

帰国の準備が整うまではのんびりと南国の島を満喫していればいい。とはいうものの、ハワイの日系社会で育ったリオンにとって青い海も色とりどりの魚も見飽きた物でしかなく、退屈な時間を持て余しているというのが本当のところだ。

この日は、何か面白いことでもないかとマニラ最古の地区イントラムロスのスラムまでやって来た。市街戦で焼け出された市民がいつの間にかここに集まり、バラックやテントで暮らすようになっていた。戦闘の激化によって山間部に逃げていた者たちも戻り始めている。若い女や子供の姿も増え、ちょっとした市場も立つようになったことで、不潔《ふけつ》で猥雑《わいざつ》ながら妙な活気が溢《あふ》れていた。

こざっぱりとした身なりやこの土地ではまず手に入らないであろう持ち物から、リオンが連合国軍の庇護《ひご》下《か》にあることは一目瞭然《いちもくりょうぜん》なのだろう。どこに行っても物乞《ものご》いや子供、それに派手な格好の女たちがまとわりついて来る。彼らを適当にあしらいながら、目に入った屋台でランブータンを一袋を買った。ドル紙幣を出したとたん、また子供や女が群がって来る。戦禍で何もかも失った彼らにとっては、ドルは黄金と同じだ。

どこからともなく伸びてくる何本もの手を振り払い、近くにあったベンチに腰を下ろしてランブータンの皮を割っていると、誰かがリオンの肩を叩《たた》いた。振り向くと、アメリカ陸軍の制服を着た白人の青年が立っていた。

「やあ」

青年は人懐《ひとなつ》っこい笑顔でリオンに挨拶《あいさつ》をした。

「こんにちは」

リオンも穏やかに返した。少佐の階級章を付けているが、どう見てもまだ三十前にしか見えない。丸くてやや子供っぽい印象の顔つき。太っても痩《や》せてもいないが、屈強という感じとはほど遠い。新品の軍服を着ているが似合っているとは言い難い上に、まったく日焼けをしておらず傷一つない色艶《いろつや》の良い顔を見れば、屋内勤務しか経験したことがないのは明らかだ。リオンは周りを見回したが、他に軍服を着た人間はいなかった。

「少佐殿はお一人ですか？」

リオンは礼儀正しく訊《き》いた。

「少佐殿はよしてくれ。僕はジョナサン・ボウマン、ジョンでいいよ。仕事で声をかけたわけじゃないんだ。久しぶりに軍人以外とお喋《しゃべ》りがしたくなっただけだから、堅苦しい挨拶は抜きにしてくれ」

「そういうことなら……。俺はリオン・ナラハシ。コーラル・サルベージの社員でアメリカ人だ。よろしく」

「コーラル・サルベージって、日本軍が海に沈めた財宝を引き揚げるとか言って息巻《いきま》いてるあの怪しげな会社だよね？」

「酷《ひど》い言われようだな」

「違うのかい？」

「いや、本当だ」

　リオンは苦笑いを浮かべた。

　今年の三月に日本軍が米軍に敗れ、三年に及んだ日本のフィリピン支配が幕を閉じたとたん、これまで日本軍が独占していた利権にありつこうと、世界中から欲の皮を突っ張らせたいろんな連中が流れ込んで来ている。

　ちょっとでも目端《めはし》の利く連中ならば、激しい戦闘によって何もかも失ってしまったマニラの復興よりも、日本軍が放置していった利権や略奪品に目が向くのは当たり前だ。どさくさに紛《まぎ》れて一攫千金《いっかくせんきん》を狙《ねら》う禿鷹《はげたか》どもは、戦後の荒廃した土地にはつきものだった。

　そして、こうした連中に紛れ込めば簡単に素性《すじょう》を隠すことができる。ボウマンの言う通りコーラル・サルベージはまともな企業とは言い難《がた》く、金さえ払えば簡単に社員の身分を売ってくれる。この隠れ蓑《みの》のおかげで、リオンはここで順調に任務を遂行することが出来たと言って良かった。

「ナラハシって言ったね」

「ああ」

「日系人だろ?」

そう訊《たず》ねるボウマンの目はなぜか輝いていたが、逆にリオンは心の奥底で身構えた。

「それが何か? 収容所以外の場所に日系人がいるのが不満か?」

「とんでもない」

ボウマンは目を丸くして慌《あわ》てて否定した。「その逆さ。僕は大統領令9066号なんて下等な法案を心から軽蔑《けいべつ》しているし、ルーズベルトは大嫌いだ。あいつは戦争狂のレイシストでタチの悪い病持ちの妄想狂《もうそうきょう》だ。あんな奴《やつ》が我が祖国の大統領だなんて虫酸《むしず》が走る。もっとも天罰が下ったようだからほっとしたけどね」

「驚いたな。将校の言葉とは思えない。誰かに聞かれでもしたらどうする気だ。懲《ちょう》罰《ばつ》だけじゃ済まされないかもしれないぞ」

さすがのリオンも面食《めんくら》い、慌てて周囲を見回し米軍人がいないことを確認した。

確かにルーズベルト大統領は米国の日系人を強制収容所に送り込むための切り札とでも言うべき大統領令９０６６号に署名し、日系人弾圧の先頭に立っていた人物だが、大統領選で再選したばかりの今年の四月に急死した。

これだけではなく、彼の行った経済政策への反対者も多い。要するに味方も敵も多い人間だったので喜ぶ人間がいても不思議はないが、日系米国人のリオンが言うならまだしも、白人の将校が口にすべきことではなかった。

それにしても、この男からは見慣れた職業軍人の匂《にお》いが少しもしてこない。妙に人懐こくて子供のように好奇心に満ちた目をしている。さらにこの、怖い物知らずなのか思慮が浅いのか分からぬような歯に衣《きぬ》着せぬ発言。軍人ならではの緊張感や鋭さはまるで感じられなかった。

「本国ならまだしも遠いアジアの地で、しかもここにはアメリカ人は君しかいない上に、君は民間人なんだから心配ないじゃないか。それに、ルーズベルトは陸軍では害虫並みに嫌われてるんだ。あいつは露骨な海軍贔屓《びいき》だったからね」

「それはそうだが……」

変な男だが面白そうな人物でもある。いままでリオンの周りにいなかったタイプで、暇を持て余していたこともあって少しだが興味が湧《わ》いた。

リオンが身体《からだ》を端に寄せてベンチの片側を空《あ》けると、ボウマンは日本語で「アリガトウ」と言って嬉《うれ》しそうに腰を下ろした。リオンはまた驚いた。

「日本語が出来るのか？」

「ああ」

「ジョン、所属はどこだい？　仕事柄、司令部勤務の将校たちとは面識があるけど、君とは初めてのような気がするんだが」

「もちろん初対面さ。だって僕は昨日フィリピンに到着したばかりなんだからね。明日にはもうここを離れるから、その前に少しでも街を見物しておこうと思って部隊を抜け出して来たってわけ。そうしたら君の姿を見つけて、民間人でそれも日系人に違いないと思うと嬉しくなって、それで声をかけたんだ」

偽りでも何でもないようで、ボウマンは本当に嬉しそうだった。

「どうして日系人だと嬉しいんだ」

「僕は日本が大好きなんだ。開戦前に日本で暮らしていたことがあるからね」

「本当か？」

驚きの連続だった。祖父母が日本人でハワイの日系社会で育ったリオンだが、日本の地は一度も踏んだことがなかった。

「本当さ。五年以上も前だけどね。当時の僕は進路を決めかねていた。やりたい事が多すぎたんだろうね。あちこちの専門学校に入ったり辞めたりをくり返して人生に迷っていたんだ。それで思い切って異国で好きなことを学ぼうと決心して、有り金かき集めて東南アジアを目指して船旅に出た。途中の寄港地だった横浜で、船が出航するまで二週間あるって言うんで日本見物でもしようと思って下船したのが運命の分かれ目だった。横浜の街を少し歩いただけで、目に入る物も人もすべてが美しくて素晴らしくて、僕は一瞬で日本の虜《とりこ》になってしまった。そこですぐさま旅を中断して、日本で暮らすことに決めたんだ」

「呆《あき》れるくらいすごい行動力だな」

「昔から直感で行動するタイプなんだよ。それに僕は子供の頃から東洋には強い関心があって、頭の中でいろいろと東洋の国々のことを想像するのが大好きだった。そんな僕が初めて見た日本は、僕の想像の何倍も素晴らしかったよ。特に日本の数々の伝統文化は歴史を持たないアメリカ人には想像も出来ないほど繊細で華麗で奥深く、まるで夢の中の迷宮に彷徨《さまよ》い込んだのかと思ったくらいだ。この国には、僕が愛して止まないものがすべて揃《そろ》っているに違いないと確信した。それらにもっと接したくて、日本暮らしを決めたってわけさ。横浜から東京へ行き、そこで安い下宿を見つけて仕事も探した。みんな初めて会う人間ばかりなのに誰も彼も、親切で優しくてあれこれ僕の世話を焼いてくれるんだ。あれにはびっくりしたよ。彼らは、そういう民族なんだね。それで僕はすぐに彼らと仲良くなり、働きながら毎日日本の芝居を見たり本を読んだり和楽を聴いたり……そうそう、京都に旅行したこともあるんだよ。あれは僕の人生の中でも最高に素晴らしい体験だったなぁ。君は歌舞伎《かぶき》や文楽や能を知ってるかい？　長い歴史を持つ国にしか存在しない真の民族文化、究極の芸術だ。建国わずかのアメリカではあり得ない究極の至宝だ。あれほど素晴らしいものなんて、そうありはしない」

ボウマンはそのときのことを思い出したのか、目を細めて恍惚《こうこつ》の表情を浮かべている。

リオンは複雑な気分だった。

いまの自分はアメリカに忠誠を誓っている。先祖の血を断ち切ってアメリカを祖国と定めた日系人にとって、日本のことを口にするのは禁忌《きんき》に等しかった。一言でも日本を誉《ほ》めようものなら、忠誠を疑われる。だから誰も何も言わないのに、白人のボウマンはそんなことにはまったく気づかないのか、それとも分かっていないのか無神経とも思える無邪気さで喋《しゃべ》り続けていた。面白い男ではあるが、そういうところは好きになれないと思った。

ただ一つはっきりと伝わってくるのは、何か下心があってリオンに日本の話をしているわけではなく、心の底から話したいことを嬉々《きき》として喋っているということだけだ。

「日本の伝統芸能については祖父から聞いたことはあるけど、観《み》たことはないんだ」

「それはもったいない。ぜひ観るべきだ。何度も言うようだけど、あんなに美しい物は世の中にそうあるものじゃないんだから」

「そうか。しかし、そんな君がどうしていまは軍人なんだ?」

「それが成り行きとでも言うか……。僕は日本が大好きだったけど、開戦前に離れざるをえなくなった。それで仕方なく、桜の美しい春に後ろ髪引かれる思いで日本を離れたんだが、帰国してわずか二週間ほどで徴兵されちゃって、その年の暮れには真珠湾から戦争が始まったというわけさ」

「なるほど。でもその若さでもう少佐ってことはすごい出世じゃないか。いったいどんな手柄を立てたんだ? 失礼ながら戦場を渡り歩いて来たようには見えないんだけど」

その質問に、ボウマンは「ふふっ」と意味ありげな笑いを漏らし、小さな声で言った。

「僕の出世はすべて日本のおかげさ」

「どういうことだい？」

「僕は陸軍に配属されてすぐに、日本での生活経験を買われてプレシディオ日本語学校に入学させられたんだ。そこを出て連合国翻訳局（ＡＴＩＳ）へ。それからは南太平洋地域司令部付きの通訳として、日本軍の捕虜からの聴取や通信記録の翻訳なんかに携わることになってね。他に僕ほど日本語が出来る通訳がいなかったし、さらに僕が訳した情報は部隊の勝利に大いに役立ち、戦術の決定の重要な決め手にもなって、それが大いに評価されたってわけ。もっとも前線で戦っていた連中からはずいぶん妬《ねた》まれたけどね」

「それで出世が早かったのか。確かにある意味、日本のおかげだな」

「だろ？　だから僕と日本は切っても切れない関係なのさ。戦争が終わったら是非また日本に行きたいと、密《ひそ》かに神に祈っていたんだよ」

「ということは、まさか……」

リオンがボウマンの顔を見つめると、ボウマンはにやりと笑った。

「そうさ。やっと希望が叶《かな》うときが来たんだ。正式な辞令が出たんだよ。連合国軍総司令部付きの通訳として、僕はまた日本の土を踏めることになったんだ」

それを聞き、ようやく彼がここにいる理由が腑《ふ》に落ちた。連合国軍最高司令官のマッカーサーが、ポツダム宣言を受諾した日本に進駐するという話はすでにリオンの耳にも入っていた。

「それが君の希望なら何も言うことはないよ。おめでとう」

「ありがとう。君は日本には行かないのかい？」

「ああ。こっちの仕事が終われば帰国する予定だ」

「せっかく知り合えたのに残念だな。そうだ、もし良ければ今夜食事を一緒にしないか？」

「有り難いお誘いだが、残念ながら先約があってね」

リオンは嘘を吐《つ》いた。約束などなかったが、これ以上日本の話を聞いていたくなかったのだ。彼は日本と無関係の人間だからこんなご時世でも無邪気に日本の話が出来るが、リオンは違う。

開戦の数年前から今日までずっと、〝日系人〟という宿命を背負った家族と親戚《しんせき》は住み慣れた家や職場を追われ、居住地を定められて監視され、その上さらにいつ日系人強制収容所に送られるのかという恐怖と闘ってきた。日系人が圧倒的に多く社会の中核を担っているハワイでは、さすがに西海岸ほどの厳しい措置は取られずに済んでいるが、それでも息を殺すようにして暮らしていることに変わりはない。少しでも日本贔屓《びいき》な言動があれば、長年かけて築いてきた合衆国への偽らざる忠誠の全てが疑われ、無に帰してしまうのだ。だが、ボウマンは恐ろしいほどそうした政治的なことに関心がないようだった。

「それは残念だな。こんなところで日本のことを話せる人間に会うなんて、素晴らしい偶然なのに」

ボウマンは心底がっかりしている。無理もない。さっきのような話を気楽に軍の仲間に語るわけにもいかないだろう。しかし、リオンだって気楽に聞いていられるような心境でもない。

「俺《おれ》もだよ。だけど素晴らしい偶然はこれっきりじゃないさ。次はきっとアメリカで会えるよ」

リオンは心にもないことを言って、固い握手をしてボウマンと別れた。

それから一週間ほど経ったが特に誰からも連絡はなく、相変わらずリオンは毎日ぶらぶらしていた。軍の撤収には時間がかかる。表向きは民間人である自分たちのような人間はいつも一番最後なので焦っても仕方ない。

幸いお仲間は大勢いる。この夜は、こっちで知り合った連中と狭いアパートの一室で賭《か》けカードをして遊ぶことになった。

集まったそれぞれが通信社記者、コモン・ウエルスの友軍、実業家などともっともらしい肩書きを持っているが、誰も信じてはいない。人種もさまざまで、米国人と名乗っていても欧州のどこかの国の訛《なま》りが残っていたり、英国人と言いながらも国王の名前すら知らなかったりと、言ってることはどれも当てにはならなかった。どの連中にもどこかの国や軍の息がかかっているのだろうが、それはお互いさまだ。戦争中は相手の腹を探りながらも手を借りたり貸したりという関係を維持していたが、日独が降伏したいまはその必要もなくなった。それにしても今夜はいつにも増して蒸し暑い夜で、窓もドアも開け放しているのに少しも涼しくなかった。

「まったく、どうにかならないのかこの暑さは。おかげでツキまで逃げていくようだ」

身体中あちこちにタトゥーを入れている自称通信社記者が、うんざりした顔で手の中のカードを眺めている。彼はさっきからさっぱりツキがないらしく、一人負け状態だ。それに比べ、珍しくリオンはついていた。カードを切るたびにフラッシュ、スリーカード、ツーペアと面白いように手が揃っていく。

「腕の悪さを暑さのせいにするんじゃないよ。お前のツキのなさはいまに始まったことじゃない。だいたい、日本軍が撤退したら、連中が略奪したマラカニアンのお宝を見つけ出すとかいう話はどうなったんだ？」

「初耳だな、そんな話」

コモン・ウエルスの友軍と名乗る男の白々しい言葉に笑いが漏《も》れた。彼は現地女性の娼婦斡旋《しょうふあっせん》で有名で、〝友軍〟ではなく〝遊軍〟だと陰口を叩かれているくらいだ。

「もう忘れちまったのか」

「現実味のある話なら忘れないんだがね」

「噂《うわさ》では日本軍に協力していたフィリピン人将校の、連合国軍と取り引きしたさの苦し紛れの口からでまかせを解放軍の腰巾着《こしぎんちゃく》やら外国人部隊の連中が鵜呑《うの》みにしたのが発端《ほったん》だったらしいぜ」

そう言ったのはどこに会社があるのかも分からない訛った英語を話す恰幅《かっぷく》のいい実業家。リオンも含めて、どいつもこいつも胡散臭《うさんくさ》い。日本軍によって荒らされたフィリピンは、こういう連中が涎《よだれ》を垂らしそうな噂話の宝庫になっていた。

日本軍が撤退する直前にどこからともなく「連合国軍に渡さないために、日本軍が略奪したお宝を海に沈めたらしい」などというもっともらしい噂が広まり、それを信じた連中が目を血走らせて我先にと海へと向かったのだが、すでに大半を連合国軍が引き上げた後だったが……。

「いつも連合国軍は取り引きなんかしないと言ってるだろう。それに、そのフィリピン人将校はすぐに処刑されたって話だぜ」

リオンがそう言うと、また笑いが漏れた。

「処刑されたのは本当だろうが、取り引きをしない軍なんてないね」

通信社記者の言葉にはみんな頷《うなず》き、リオンも頷きながらテーブルのカードに手を伸ばした。確かにその通りだが、いまの自分にとってはそんなことはどうでもいい。大切なのはふとしたことですぐにそっぽを向いてしまうギャンブルの女神のご機嫌だ。

今日は何を引いても当たる気がする。そっと手の内のカードに視線を落としたとたん自然と顔がほころんだ。ついているときは何をやってもうまくいく。

そう思ったときだ。外から「ボスはいるかい？　ボス、どこだ？　急用だから迎えに来たんだよぉ」というひどく訛った英語が聞こえてきた。窓もドアも開けっ放しだから、外からの声は筒抜けだ。

「あれは誰のお迎えだ？」

友軍が訊《き》いた。

「あの声はリオンの運転手さ。こんなところまで迎えに来るなんて珍しいな。しかも急用だって？」

通信社記者と実業家が探るような目でリオンを見ている。

「本社が仕事を急《せ》かしてきたんだろう。最近、あんたらの相手に忙しくてサボってばかりだったからな」

そうとぼけると、リオンは満面の笑みで全員の顔を見回してから、ゆっくりと自分のカードを見せつけるように表にして並べた。

「軍に限らず、要は世の中は結果がすべてなんだよ。こんなふうにね」

キングのフォーカードにダイヤのエース。

見たとたん友軍は汚い言葉を吐いてカードを放り投げ、実業家は目を丸くして口笛を吹き、通信社記者は頭を抱えた。

「悪いね、今日は俺の日だったみたいだ」

リオンはウインクを投げて鼻歌交じりにテーブルの上の紙幣とコインを全部かき集めると、パンツのポケットを大きく膨らませて席を立った。

運転手はホセという名で、こっちに来てから雇ったフィリピン人だ。リオンに雇われる前はコモン・ウエルスの後方支援を手伝っていたとかで、酷《ひど》い発音ながらも英語で会話が出来る。仕事ぶりは悪くないし気も回るが、金に汚いのが玉に瑕《きず》。もっとも日本軍と米軍の戦闘で自国を焼け野原にされたフィリピン人としては、それも致し方のないことだろう。

「急用だって？」

リオンはポケットからたったいま稼いだばかりのドル紙幣を数枚出してホセに渡した。ホセは嬉《うれ》しそうに受け取ると、急いで自分のズボンのポケットに大事そうに仕舞い込んだ。

「そうだよ。会社からの電報で、〝至急キャサリンに会いに行け〟って。ボス、キャサリンってどこの女だよ？　俺、知らないけど」

「どこの女でもいいだろう。すぐに車をサンタクルスにやってくれ。そこで俺を下ろして、お前は先に帰ってろ」

「迎えに行かなくていいのか？」

「ああ。どのくらい時間がかかるか分からないから帰りは何とかする。あの辺はまだ治安が良くないし、軍のナンバー以外の車だと狙《ねら》われることもあるだろうから、俺を下ろしたらさっさと戻れよ。どうせ戻るのは明日以降だから、それまでは家族のところに帰っていろ」

「分かったよボス」

ホセは嬉しそうに頷くと、停《と》めてあった車に向かって走り出した。

サンタクルスで車を降りたリオンは徒歩で市場に向かった。この辺りも中心部同様に地上戦で跡形もなく破壊された地域だが、それでも日本軍の撤退からすでに半年近くが過ぎ、山間部へと逃げていた住民も戻り始めて市場や家も建つようになってから活気を帯び始めていた。ここに最後まで残っていた米軍の第一騎兵師団もそのほとんどが撤収を完了している。

リオンは路地を埋める市場の奥にある『バー　キャサリン』という英語の看板がかかった店に入った。カウンターしかない狭いところで、若い米兵二人と三人のフィリピン女が酒を飲んでいた。その脇をすり抜けるようにして奥に進み、厨房《ちゅうぼう》を通り過ぎてそのまま外に出ると壁のすぐ横に地下まで延びる狭い階段がある。それを下りた先にあるドアをノックすると、しばらくして覗《のぞ》き窓が開いた。

「リオン・ナラハシだ」

そう言うと、すぐにドアが開いた。中には顔だけは見たことがある陸軍少尉と知らない顔のスーツ姿の年配の男がいた。

「やあナラハシ、呼び出して悪かったね」

少尉が穏やかな表情で挨拶をしたが、スーツの男は黙って座ったままリオンを見ている。リオンは男を無視して、側《そば》にあった椅子《いす》に座った。狭い部屋には電話、無線機、通信機、暗号機などがびっしりと並べられている。ここはマニラでの戦闘が始まるまでは第三十七歩兵師団の秘密連絡所の一つだったが、いまはもう必要がなくなり、撤収を待つばかりとなっていた。

「急用だと聞きましたけど、まさかＰＷＢ（心理作戦部 Psychological Warfare Branch）の少尉殿からとは思いませんでしたよ」

彼のことは何度か師団本部で見かけたことがある。はっきりそうと紹介されたわけではないが、おそらくＰＷＢの人間だろうというのは周囲の空気から感じ取っていた。

「そんなに意外でもないだろう。正規のメンバーでないとは言っても、君もまんざら無関係じゃないんだし。いや、実は誰よりも関係していたと言った方がいいのかな」

少尉はそう言うと、何かを窺《うかが》うようにスーツの男に視線を遣《や》った。男はしばらくリオンを凝視していたが、やがて小さく頷いた。どうやらそれが合図だったようだ。少尉はほっとした表情に変わり、それからリオンに向かって穏やかな声で言った。

「最初に断っておくが、今日のことはＰＷＢには関係ない。わたしはただの伝書鳩《でんしょばと》で、上からの命令を君に伝えに来ただけだ」

そう言う少尉は意味ありげな笑みを浮かべているが、その笑顔はリオンを不安にさせた。

「分かりました。それで命令とは？」

「我々の予想よりもかなり早く日本が降伏したいま、わたしも君もここですることは何もない。毎日ぶらぶらしているのにも飽きたんじゃないかと思ってね。君は対日宣伝工作のアドヴァイザーとして非常に優秀でよくやったと聞いているが、この国は君の能力が最大に発揮される場所ではない。もっといい場所があるはずだろう？」

その言葉を聞いたとたん、さっきまでのツキがきれいさっぱりと吹き飛んだことが分かった。幸運の後にやって来るのは不運と決まっている。とたんにリオンの胸に湧き上がる厭《いや》な予感……そして、たいていそれは当たるものだ。

「東南アジア特有の暑さにも慣れてきて、ここが気に入り始めていたんですがね……。それで次はどこに？」

「日本」

やっぱりそうか。心のどこかでそんな声が聞こえた気がした。「君の祖国だろう」

　なぜか少尉が勝ち誇ったような顔をしている。

「祖父母の祖国で、わたしの祖国じゃありません。わたしの母はハワイの先住民系米国人で、わたしたち一族は米国の市民権を持っていて、開戦前からずっと米国のために働いています。米国に忠誠を誓い、それが揺らいだことは一度もありません。それが認められたからこそ、わたしはいまの任務に就くことが出来て、家族は日系人収容所から釈放されていまもハワイで……」

「知っている」

　少尉がリオンの言葉を封じた。「いまのはちょっとした言葉のアヤだから気にしないでくれ」

　口先だけだ。顔はまったく悪いと思っていない。リオンは不快な思いをぐっと呑み込んだ。こんなことは、祖国でいわれなき差別と迫害に遭っている家族に比べたら些《さ》細《さい》なことだ。こいつの言うように言葉のアヤだと思えばいい。

「それで、日本では何をすればいいんですか？　また毎日ぶらぶらですか？」

　その言葉を遮《さえぎ》ったのは黙って二人のやり取りを聞いていたスーツの男だった。

「準備をして欲しい」

「何のですか？」

リオンは男を見た。無表情で鋭い目つきをしている。瞳は深いブルーで、口数も瞬《まばた》きも少ない。自分の考えをいっさい顔に出さないタイプだ。

「〝狩り（hunting）〟」

彼は癖のある英語でそう言った。

2

昭和二十年十月十七日　京都舞鶴《まいづる》

紀上香也《きのえこうや》が戦争によって寸断された交通網を乗り継いで京都に入り、そこで自らが身を寄せる紀上春五郎劇団の古い馴染《なじ》みであった鉄鋼会社社長の配慮で進駐軍のトラックの荷台に乗せてもらい、でこぼこの道を数時間揺られてようやく舞鶴に到着したのは、昨日の夜更けだった。一緒に荷台に乗っていた米兵に貰《もら》ったローフとかいうもそもそしたパンを食べ、魚臭い漁港の片隅で一眠りして目が覚めたときは外はすっかり明るくなっていた。どうやら天気は好《よ》さそうだ。それだけでも胸が高鳴っていく気がする。

どこかで水を貰おうと、香也は辺の散策を始めた。これといった縁もなく知る人もいない土地だが、目の前に広がっていたのは日本中どこに行っても、もうすっかり見慣れた光景だった。焼け落ちた建物の跡、折れたり壊れたままの電柱や看板や標識やその他もろもろの形を失った物たち、そしてさらにその残骸《ざんがい》らしき細々とした屑《くず》が散らばったままでこぼこと変形し、ところどころ塞《ふさ》がれてしまった道路。砂塵《さじん》のような埃《ほこり》と塵《ちり》に覆われて、どこもかしこも薄汚れてしまった町と人。だが戦争に負ける数ヶ月前に比べればずっとマシだ。所構わず放置されていた死体や、あるいはそれに近い状態の人々の姿はめっきり減り、代わりにボロを纏《まと》っていても何とかして生き延びんとする浮浪者や物乞《ものご》いたちが、今日の糧になるものは落ちていないかと目だけはぎらぎらと血走らせて彷徨《さまよ》っている。

しかもこの日の舞鶴は、ただならぬ熱気と活気のようなものが漂っていた。どこから集まって来たのかたくさんの人の姿がある。特に女の姿が目についた。何のために来たのかは訊かずとも分かる。香也も同じだからだ。

少し歩いた場所にあった漁師の家の戸を叩き、大声で水を分けて貰えないかと頼むと、しばらくして腰の曲がった老婆が顔を出した。

「すみませんが、水を分けてもらえませんか？」

もう一度同じことを言いながら、香也は肩から斜めにかけていた水筒を外して差し出した。老婆は香也の顔と水筒を交互に見てから分かったというふうに小さく頷いて水筒を受け取ると、土間にあった大きな水瓶《みずがめ》の蓋《ふた》を開けた。

「坊、どっから来たんや？」

「東京です」

「一人でか？」

「はい」

「こないな子供が、気の毒になぁ」

この言葉に香也は黙って微笑《ほほえ》むしかなかった。子供と言われる歳《とし》ではないのだが、小さな身体と幼い容姿のせいで、いつも似たようなことを言われていた。同じ年頃の知り合いはみな声変わりをして髭剃《ひげそ》り痕が目立ち始める頃なのに、香也はいまだに高く澄んだ声ときれいな白い顔の少年の面立ちのままだ。もっとも戦争が始まってからは、それで得することの方が多かった。舞鶴に来るときトラックの荷台で一緒になった米兵たちも、小柄で愛らしい顔つきの香也を子供だと信じていた。だから気前良くチューインガムや飲み水やローフを分けてくれたのだろう。

「東京から誰を迎えに来たんか？」

ひしゃくで瓶の水を水筒に移しながら、老婆が訊いた。兄弟子と言いかけてから、香也は「兄です」と言い直した。歌舞伎役者という特殊な家の事情を見ず知らずのあかの他人に説明するのは面倒だし、する気もなかった。それに小さい時から同じ一門で一緒に育ったのだから血がどうであろうと兄に違いはない。

「あんちゃんは兵隊さんか？」

「はい、陸軍です」

「今日の船に乗っとるんか？」

「たぶん……いえ、きっと乗ってますよ。先月、にいさんの部隊が釜山《プサン》からの船で引き揚げて来て、戦友の方がその足でにいさんの消息を報せに、うちまで来てくれたんです。にいさんは終戦直前に事情があって部隊を離れていたから一緒の船には間に合わなかった。だけど、来月舞鶴に入る引き揚げ船に乗ることになっている。にいさんは生きてる、元気だって、自分が帰省する前にわざわざ教えに来てくれたんですから、絶対に乗ってます。だから僕、ラジオで釜山からの白竜丸《はくりゅうまる》が舞鶴に入港するって聞いて、急いで東京を出発したんです。他のにいさんたちやおじさんたちはいろいろあって大変なので、それで一人で……」

「そうかそうか、それなら乗ってるやろう。いやぁ絶対に乗ってるな。うちの末の息子は海軍に取られて戻って来んかったが、坊のあんちゃんはきっと帰って来るさ」

老婆はそういうと、重くなった水筒を返してくれた。

気の毒ではあるが、よくある話で少しも珍しくはない。戦争のせいで、他人の身内の不幸に同情しながらも自分の身内の無事を安堵《あんど》することを誰も責めなくなった。この老婆のように幸運も不運も淡々と受け入れるしかないのだ。だがいまの香也の頭には不運を受け入れる余地は欠片《かけら》もなく、兄弟子の辰三郎の幸運だけを強く信じていた。

もともと世間からは浮き世離れしていると言われる芸事の世界で生まれ育ったこともあるし、戦争が始まってしばらくは香也の周辺の人間の誰にも召集令状は届かず、どこかまだ他人事《ひとごと》な感があった。だが二年目に入ると劇団の関係者や一門の者も次々と兵隊に取られるようになり、ついに一昨年の秋、襲名したばかりの辰三郎にも赤紙が届いた。

年の瀬の芝居で初めての大役を務めることも決まっていたのに、その幕開けを待つことなく辰三郎は出征して行った。

出征する前の夜、香也は、にいさん、頼むから芝居が出来る身体で無事に生きて戻って来てよと、泣いて泣いて泣き続けて懇願した。いったいその細い身体のどこにそれだけ涙水が溜《た》まっているんだと兄弟子やおじさんたちが呆《あき》れるほどに泣いたが、それでも涙が止まらなかった。翌朝、また泣きながら一緒に歌舞伎座まで歩いて行って、絶対に生きて帰って来てと何度も何度も念を押し辰三郎を呆れさせた。

その願いは、神様に通じたに違いない。

水の入った水筒を受け取り老婆に丁寧に礼を言ってから、香也は漁師の家を出て埠《ふ》頭《とう》に向かった。

引き揚げ埠頭にはすでに夫や息子、父親の姿を待ちわびる者たちが先を争うように、いまにも海にこぼれ落ちんばかりに押し寄せていた。これから入港してくる白竜丸で引き揚げて来る陸軍の兵隊は二千人を超えるという話だから、出迎えが多いのも無理はない。誰もが祈るような目で沖を見つめ、いまかいまかと船を待っている。やがて小さな船影が見えてくると誰からともなく歓声が上がった。

ゆっくりと大きくなる船影。それを見ているだけで香也の目に涙が浮かんできた。香也だけではない。泣いている者は大勢いた。みんな大切な人間を想い、ただただこの日を待っていたに違いなかった。

船が入港すると迎えの者たちが下船口に集まり、タラップがかけられるのを待ちきれないという様子で見つめていた。やがてタラップがかかり、復員兵たちが次々に降りて来ると出迎えの者たちが次々に待ち人の名を呼び始めた。香也も叫んでいた。

「にいさん、辰三郎にいさんはどこ⁉　僕だよ香也だよ！　どこにいるのにいさん、にいさん！」

あちこちで早くも再会を果たした者たちの歓喜や泣き声が聞こえる。彼らをかき分けて香也はひたすら辰三郎の姿を捜した。

辰三郎は背が高い。十三のときにはすでに先代の辰三郎を追い抜いた。そのときはまだ健在だった先代も春五郎のおじさんも、この子は姿のいい立役になるだろうと喜んだと聞いている。辰三郎の部隊が大陸に派遣されると聞いて麻布の駐屯地まで面会に行ったときも、師団で辰三郎より背が高い人間は一、二人しかいなかった。

そんなにいさんを見失うはずがないと、香也は目をいっぱいに見開き、必死になって船から下りて来る兵隊たちを一人一人、穴が空くほど見つめていた。人の壁のせいで、小柄な香也の視界はいとも簡単に遮《さえぎ》られてしまう。再会を果たした者たちはそこから離れて行くからいいが、そうでないものはいつまでも居座る。

船が入港してから一時間もすると次第に混雑が落ち着き始め、目的を達した出迎えに来ていた者たちが一人、また一人と減りだした。しっかりと手を握り合い連れだって去って行く者を見ているうちに、香也はたまらなく不安になってきた。

まさか辰にいさんはこの船に乗っていないのでは……いや、そんなはずはない。絶対に乗っているはずだ。にいさんの無事を知らせに来てくれた人だって、にいさんは必ず帰って来ると言ったじゃないか。絶対に乗っている、絶対に。いくら胸の内で強く言い聞かせても、なぜかじわりと涙が浮かんでくる。

お前はすぐ泣く。小さいときからよくそう言われたものだが、もしここで待ち人に会えなかったらいくら泣いても泣ききれるものではない。

「にいさん、どうして降りて来ないんだよ。にいさん……」

泣くまい泣くまいと我慢してきたが、とうとう我慢しきれなくなり堰《せき》を切ったようにぼろぼろと涙がこぼれ落ちた。

そのとき、タラップの上にぼんやりと一際大きな人影が滲んで見えた。一瞬、幽霊かと思うほどぼやけた人の姿は、やがてタラップを降りて来るに従いしっかりと輪郭《りんかく》を成してきた。はっきりと人の姿に見えたとき、香也はタラップの真下に駆け寄り叫んだ。

「にいさん、辰三郎にいさん！」

長身の男はその声に応《こた》え、大きく手を振った。

「香也か？　そうだな香也だろ。おーい、いま戻ったぞ」

そう叫んだ声も姿も、紛れもなく香也が見送った辰三郎、その人だった。辰三郎は一番最後の数十人の民間人グループと一緒に下船して来た。てっきり陸軍の部隊と一緒に引き揚げてくるとばかり思っていた香也は、軍服姿の男ばかり見ていて私服姿の民間人には目もくれなかった。しかも辰三郎は薄汚れたシャツにシナ服のようなズボンと上着という日本人らしからぬ服装で、端整で精悍《せいかん》ながらもどことなく愛嬌《あいきょう》の漂う顔は以前よりも大きく頬《ほお》がこけて無精《ぶしょう》ひげで覆われていたものだから、なかなか見つけられなかったのも無理はなかった。

辰三郎が日本の地を踏んだ瞬間、香也は両手を広げて生命の存在を確認するかのようにありったけの力を込めて抱きつき、周《まわ》りの目も憚《はばか》らずに泣きじゃくった。ひとしきり泣いてからようやく、「にいさんおかえりなさい。お国のために本当にご苦労さまでした」という一言を絞《しぼ》り出すことができた。

3

昭和二十年十月　東京町田

その訪問は何の前触れも連絡もなく、本当に突然だった。町田にある東亜映画株式会社の町田撮影所の前に進駐軍のジープが停まり、そこから軍服とスーツ姿の二人の男が降りて来て、撮影所内の視察を申し出たことで現場は大騒ぎとなった。居合わせた従業員の中で一番地位が高いのは映像部製作部部長の三原宇太郎《みはらうたろう》だった。三原は二人のアメリカ人を応接室に待たせ、すぐさま幹部たちを集めた。

「あいつら何者で、何をしに来たと言っているんだ？」

三原のその質問に答えたのは、営業部の津本という社員だ。彼は開戦前は洋画の配給に携わっていたので多少英語が出来た。

「ＣＩＥの報道・映画・演劇班の責任者でデイヴィッド・コールとか言ってました」

「ＣＩＥって何だ？」

「民間情報教育局……とか何とか言うらしいです」

「民間ってことは進駐軍じゃないのか？」

「いやぁどうだろう。ＧＨＱには違いないんじゃないですか？」

「ＧＨＱで民間なのか？」

「まあ……それも変ですけど……」

三原に限らず、ほとんどの日本人は進駐軍がどんな組織なのかよく分かっていない。新聞やラジオでは毎日のようにＧＨＱからの命令や通達が流されているが、そこに登場する組織名は耳慣れない上にころころと変わるものだから、ついて行けないのだ。進駐軍にしてもまだ日本に上陸して二ヶ月ほどだし、支配する方もされる方も混乱期にあるのは明白だ。全ての日本人が知っている事実はただ一つ。いまの日本でマッカーサー元帥の方が天皇陛下よりも偉いということだけだった。

「視察とか言ってるが、要は検閲だろう。大本営の検閲は廃止されても今度はＧＨＱの検閲ってわけか」

三原の言うように、ＧＨＱは進駐してくるとすぐに戦前からの日本の検閲をすべて廃止した。そして、映画に関しては日本の民主化に協力するものに限って製作を許可すると発表したのだが、問題はどんなものが「民主化に協力するもの」で、どんなものが「協力していないもの」かだ。現場ではその解釈を巡って戸惑《とまど》いと不安が広がり混乱だけが加速している最中だった。とにかく絶対的な支配者をいつまでも待たせることも出来ないので、三原は津本を伴って応接室に向かった。

部屋に入ると、コールは窓から外を眺め、軍人の方は煙草《たばこ》を吸っていた。やはり軍人らしく体格がいい大男で、並ぶと三原など子供扱いされそうだった。

「ようこそいらっしゃいました。ここの責任者の三原と申します」

三原が丁寧に挨拶をすると津本が緊張した面持ちで通訳した。「今日はどんなご用件でございましょうか」

「撮影所の中を見せてもらおうか」

コールは小太りの赤毛の白人で見るからに偉そうな態度だったが、それは仕方ない。彼らは好きなだけ威張れるのだから。軍人の方は何も言わなかった。

「分かりました」

三原は大人しく頷き、津本を伴って撮影所の中を案内した。コールは「ここでは何人働いている？」「そのうち女性や子供は何人だ？」「給与はちゃんと支払われているか」などと質問をした。ときおり軍人とコールは英語で喋っていたが、三原には何も言わなかった。

てっきり現在撮影中の作品について訊《き》かれると思っていた三原は、内心戸惑っていた。というのも先週、同業の映画会社の新作が「民主主義に反している」と上映禁止になり、フィルムも脚本もすべて没収されたばかりだったからだ。ついにうちの作品にもGHQの手が伸びてきたかと思い、三原は内心びくびくしていた。いま製作しているのは戦後初の作品だ。戦争中は軍の検閲によってなかなか作りたい物が作れなかっただけに、この作品には今後の会社の命運がかかっていると言ってもいい。もしそれが上映中止にでもなったら、ここにいる全員が職を失うことになるかもしれない……。

しかしそんな三原の危惧《きぐ》をよそに、撮影所内の視察が一通り終わってもコールは新作については一切触れず、その代わりに大切な話があるので従業員全員を一箇所に集めてくれと言った。

言われるまま、三原はすぐに四十人ほどの従業員を会議室に集めた。みんないったい何が始まるのかと神妙な面持ちで、じっと立っている。その社員の前に立ってコールが話を始めたので、津本がそれを訳してみなに伝えた。

「この会社に組合はあるのか？」

「組合ですか？」

従業員たちは互いに顔を見合わせている。

「労働者の権利を守るための組合だ」

「わたくしどもは、決して労働者の権利を無視するような真似《まね》はしておりませんが……」

三原が遠慮がちにそう言うと、コールは三原を睨《にら》んだ。

「君の意見は訊いていない。重要なのは、この会社に労働者を守り、彼らの発言を代弁する組合があるかということだ！」

最後の方は怒鳴り声に近かった。コールは顔を真っ赤にして大声で続けた。

「いま一通り見たところ、この撮影所は実に素晴らしい。新しい日本に相応《ふさわ》しい良い映画を撮るための環境は揃《そろ》っていると見受けたが、ただ一つ致命的な欠点がある」

「とおっしゃいますと？」

「従業員の労働組合がないということだ！」

一際大きなコールの声が響き渡った。

「そ、それで……」

「いますぐ組合を作るのだ。それがなければ完璧《かんぺき》な撮影所とは言えない。労働組合がないというのは民主主義に反することなのだ。戦争に負け、我々の統治を受け入れた日本はすべからく、国を挙げて民主化へと進まねばならない。分かったかね？」

正直に言えば、何が言いたいのかよく分からなかった。しかし現実ではこの男の命令にはすべて応じる以外の選択肢はないわけだし、何よりもコールの抜き打ち視察が新作の検閲ではなかったということが、三原の気持ちをいくぶん軽くしていた。

組合を作れば新作が上映できるのだろうか？　それならいくらでも作ればいい。新作が上映出来なければ次はないかもしれないし、そうなればここにいる全員が職を失うのだから。三原はすぐに頷いた。

「分かりました。ただちに取りかかります」

「そうしたまえ」

コールは満足げにそう言うと、大男の軍人の顔色を窺うように見上げている。軍人は満足そうに頷いただけだった。

4

一九四五年十月下旬　東京西巣鴨《にしすがも》

生まれて初めて日本の地を踏んだからといって、どうということもない。ここはいままで訪れた数多くの外国の一つに過ぎず、自分の祖国は生まれたときから死ぬまでずっとアメリカだ。来日してからというもの、リオンは毎日のように自分に言い聞かせていた。

実を言えば死んだ祖父は最後まで日本に帰りたがっていたし、特に晩年は同じ移民船で一緒に渡って来た仲間たちと、集まれば必ず日本の話ばかりしていた。それだけに耳にしたことのある地名や食べ物や日用雑貨などを目にすると初めてのような気がしなかったり、これがそうなのかと感慨深い気もするが、そのことをわずかでも他人に気取られてはならないと自分を戒《いまし》めていた。この感情は永久に表に出してはならず、自分の中に奥深い場所に、日系移民一世たちの思い出と一緒に封じ込めておかねばならないものだ。

開戦前夜、米国の全ての日系人たちは身を切り裂かれるような残酷な選択を迫られた。お前はアメリカ人か、それとも日本人なのかと。そしてリオンの一家は、長年辛《しん》苦《く》を共にしてきた日系人社会の仲間たちから「裏切り者」と呼ばれて「祖国を捨てる気か」と罵《ののし》られてもアメリカ人であることを選んだ。アメリカ国民として日本と戦い日本を倒すと星条旗に宣誓したのだ。一家にとってその決断は最終にして絶対で、考え直すことも後悔もできない、いやしてはならないと一族全員が固く心に誓い合った。

その朝リオンは、GHQ／SCAP（連合国軍最高司令官総司令部）のLS（法務局）付きの若い兵士の運転する車で西巣鴨にある巣鴨拘置所に向かった。GHQが巣鴨プリズンと命名したこの施設には、百人を超える戦争犯罪の容疑者が収容されており、その数はいまも増え続けていた。リオンは鉄条網で囲まれた敷地の正面ゲートに設置された歩哨所《ほしょうしょ》で、身分証明書と総司令部法務局の許可証を提出した。日本でのリオンの身分は、米国の三大ネットワークの一つNBCと契約している報道記者ということになっている。歩哨《ほしょう》所の軍曹はざっと書類に目を通しただけで、質問はいっさいせずにすぐに立ち入りを許可した。

運転手を車に残し、リオンは一人で拘置所内に向かった。本部事務所に入ると待ち構えていたように、白人の中尉が近寄って来た。すでに上から話が通っていることもあり、無駄な社交辞令はいっさいない。

「未決囚との面会だったな？」

中尉が小さな声で訊いた。

「そうです」

「君の訪問は日報には残すなと言われているから、なるたけ控えめにな。勝手にあちこちうろつかないでくれ。用が済んだら挨拶は不要だから黙って出て行ってくれ。面会室はこっちだ。ついて来い」

実にシンプルで分かりやすい指示だった。言われた通りリオンは何も言わず黙って中尉の後に付いて監房棟へと向かった。監房棟は灰色の四角いコンクリ作りの頑丈な建物で、すべての窓に鉄格子がはめられ、屋上の監視塔では二人の兵士が銃を持って待機していた。

中尉はリオンを狭い面会部屋に案内するとそのまま姿を消した。窓はなく、鉄格子で半分に仕切られているだけ。しばらくして看守が一人の未決囚を連れて来た。鉄格子越しにリオンの正面に座らせて、彼もまた何も言わずに部屋を出て行った。本来戦犯容疑者との面会には監視を付けることが義務付けられているが、それも上からの連絡で必要ないと言われているのだろう。おそらく今日の面会そのものがないことになっているに違いない。

未決囚と二人きりになってしばらくしてから、リオンは口を開いた。

「宮本寅次郎元日本陸軍大尉。第六十一師団所属となっているが、四四年から終戦直後まで大本営からの特命により中国での関東軍の住民虐殺、略奪等の作戦に頻繁《ひんぱん》に関与した疑いありと記録にある。間違いないか?」

「はい」

目の前の男はまっすぐにリオンを見て頷《うなず》いた。リオンより二つ年上の三十三歳。背は百七十センチあるかないかで、痩せ細ってはいるが大陸での戦闘で鍛え上げた身体と決して屈服しないという信念を滾《たぎ》らせた挑戦的な目をしている。この男は現在、BC級戦犯の容疑で勾留《こうりゅう》されていた。有罪となるかどうかの瀬戸際でもこんな目つきをしていることにリオンは満足した。自分が求めている人間の条件にぴったり合うからだ。

「一応確認しておくが、現在自分が置かれている状況について理解してるね？」

「はい」

「容疑については？」

「ＧＨＱの説明によると、自分が関東軍に協力して南京《ナンキン》や上海で行った諜報《ちょうほう》活動が、先ほど言われた住民虐殺や略奪への幇助《ほうじょ》に当たるということでした」

しっかりとした声だった。

「それで、実際のところはどうなんだ？」

「自分は戦争中ずっと上官の命令を忠実に実行できるように努力してまいりました。どんな命令であれ、上官の言うことには従うのが軍人であり部下であります。住民を殺すことが必要だと言われればそれに従います。食料を盗めと言われればそうします。躊躇《ちゅうちょ》はしません。それが戦犯だと言われるなら、いまさら何も言うことはありません。自分がしてきたことは全て、お国のためと思ってしたことです。上官も、その上の方もみんな同じ気持ちだったはずです。みんなお国のことだけ考えておりました。自分一人のためにしたことは誓って一つたりともありません。それでも我々がしたことが戦争犯罪だと言うなら、もう何も言うことはありません。我々は負けたのですから。我々のしたことが間違っていたから裁かれるとは思っていません。あなた方だって同じことをたくさんしたはずだ。しかしあなた方は勝って我々は負けた。負けたから裁かれるのです」

すでに覚悟を決めているのだろう。態度にも口調にもわずかな後悔も迷いもない。ここで減刑や命乞いをするような男なら無駄足だったとがっかりするところだが、どうやらそうはならずに済みそうだ。

「君はまだ、お国のために働きたいと思っているか？　どんなことでも国のためなら出来るか？」

リオンは訊いた。

「もちろんです」

そう言った後、宮本の表情に変化があった。じっとリオンを見つめて観察している。なぜそんなことを訊くのかという疑問が生まれている証拠だ。期待した通り勘のいい男だと分かり、リオンは心の中でほくそ笑んだ。数百人に上るBC級戦犯容疑者の資料の中から吟味《ぎんみ》に吟味を重ねて数十名を選び出し、これから全員に面談する予定だが、最初の一人としてはこの男は悪くない。いや、むしろ理想的だ。

「我々はいま、この国のために働ける人間を集めているんだ」

「どういう意味です？　あなたは占領軍の人間じゃないですか」

「そうだ。だが我々は日本を植民地にするために進駐しているわけではなく、正しい民主主義国家としての新生日本の基盤を作るために駐屯している。多くの日本人はそれを誤解しているようだが、決して占領が目的ではない」

「誤解も何も負けてしまったんだ……。もうどうでもいい」

宮本は投げ遣《や》りに呟《つぶや》いてから、敵意に満ちた目でリオンを睨《にら》んだ。「それに、我々が牢獄《ろうごく》に繋《つな》がれてるから何も気がついていないと思ったら大間違いだ。監房内では、未決囚の中に進駐軍のスパイがいるともっぱらの噂ですよ。決して進駐軍の尋問には屈すまいと誓い合い味方同士のような顔をして仲間を油断させ、戦争中にどんな作戦に関与したか訊き出して、恩赦《おんしゃ》と引き換えに看守に密告している者がいるとか。誰が怪しいかも分かっているんですよ」

それは本当のことだった。しかしここに収監されている大勢の中でも宮本のような男は、そういう裏切り者を見極める嗅覚《きゅうかく》が鋭いので簡単に気を許すはずもない。そんな下等な罠《わな》に落ちる人間はたかが知れていた。

宮本がリオンの言葉を信じないと言うならそれでもいい。だがワシントンで偉そうにしている連中はともかく、現場の関心は片の付いた勝負の内情をほじくり返すことにはない。戦犯を晒《さら》し者にしたいのは戦争中に日本の植民地にされていた国の人間と政治家だけであって、連合国側の職業軍人の多くは負けた者を裁《さば》くことには反対していた。敗戦国の彼らには分からないだろうが、戦勝国の米国にとってこれからもっとも重要になるのは、負けた国のことより勝った国々との今後のパワーバランスだからだ。

「否定はしないが、実を言えばそんなことはどうでもいいんだ。戦犯を裁くのは侵略された国の手前もあるからで、別にアメリカのためではない」

宮本が明らかに驚いた顔をしたことに満足し、リオンはにやりと笑って続けた。

「ここだけの話だがね」

「いったい何を言ってるんだ……」

「だからここだけの話をしている」

「どうして？」

「いいか、確かに日本は戦争に負けた。だが君たちにはまだ守るべきものがあるはずだ。それを守るために働く気はないかと訊いているんだ」

「守るべきもの……いったいそれは何ですか？」

「日本という国が誕生してから二千年以上も変わることなく続く〝ミカド〟を中心とする国体や、そこから生まれた固有の伝統文化といったこの国にしか存在しない極めて個性的で特殊なものたちだよ。歴史、政治、文化の全てが融合して造られた一つの民族の理想とする姿——これこそが君の言う『お国のため』の『お国』だったんじゃないのか？　君たちは命を簡単に捨てる民族だ。平気で敵艦に特攻を仕掛けるような行為にすら迷いがない。勇敢で無謀で命を惜しまない君らが命以上に惜しんだもの、それらは戦争に負けたいまでもこの国にしっかりと残っているんじゃないのか？」

「確かに残っている。連合国軍がどれほど爆弾を落としても、何千年もかけて我々の身体に流れるこの血に刷《す》り込まれ続けてきた『日本の心』は絶対に絶てないだろう。まさか、進駐軍がそれを守ってくれるとでも言うのか？」

「そうだ」

　リオンははっきりと言った。言わなければ、この男を仲間に引き入れることは出来ない。ちょっと話しただけだが、すでにこの男はリオンの〝合格基準〟に充分に達していた。

「そんな話、信じられない」

「ここにいたらそうだろうが、外に出れば分かる。戦争が終わったいま、もはや我々は日本の敵ではなくむしろ味方だということがね。真の敵は別にいるんだ。君たちが命すら惜しまずに守り通そうとしたものを根こそぎ破壊して歴史から消し去ろうとしている連中――そいつらこそが真の敵だ」

「詭弁《きべん》だな」

「詭弁じゃない。いいことを教えてやろうか？」

リオンは意味ありげな視線を宮本に向けた。

「いいことだと？」

リオンは二人を隔てる鉄格子《てつごうし》に顔を近づけ、耳を貸せというポーズをして見せた。宮本は大人しく鉄格子に耳を寄せ、リオンはその耳に向かって小さいがしっかりした声で言った。

「マッカーサー元帥《げんすい》の軍事秘書官ボナー・フェラーズはワシントンに対して、断固として天皇の戦争責任を問うべからずと主張して戦犯追訴から外した。ソ連、英国、オーストラリア、中華民国は天皇を戦犯として裁くことを強く求めていたし、アメリカ本国にも天皇制を廃止させろと言っている連中が少なからずいるが、マッカーサー元帥はこの意見にはまったく耳を貸す気はなく天皇制を維持したまま日本の民主化を進める意向だ。実際、いま現在そのようにあらゆることを進めている最中だ。ここを出ればそれが分かるはずだ。我々は皇居の前に連合国軍最高司令官総司令部を置いてはいるが、天皇への敬意を示し皇居の中を侵してはいない。もしそれをすれば、決して日本国民が黙ってはいないということをマッカーサー元帥もフェラーズもよく理解しているんだ。それこそ、今度こそ本当に君たちが怒濤《どとう》の勢いで国民総玉砕《ぎょくさい》へと向かうとね。だがそれは断じて我々の望むことではない。何一つ米国の利益にはならないのみならず、連合国軍のリーダーとしての米国の地位を失墜《しっつい》させるだけだ」

それを聞いた宮本の顔つきが、さっきまでとは変わった。

「いまの話は本当か？　本当に陛下が裁判に引き出されるようなことはないんだな」

「ない。少なくともマッカーサー元帥による日本統治が順調に進んでいるうちは心配ない。元帥もフェラーズも日本という国を一つにまとめて同じ方向を向かせることが出来るのは天皇だけだと考えている。天皇がＧＨＱの言う通り民主化に向かえと言えばみながそれに従う。それが日本人であり日本という国なんだと理解している」

宮本は身を乗り出し鉄格子を握りしめた。

「本当に本当だな？」

「本当だ。これで俺の話を真剣に聞く気になったろう」

リオンが囁《ささや》くように言うと、宮本も声を落とした。

「それで、自分に何をさせたいんだ」

「さっきも言ったように、我々はいま新たなる敵と戦うために新しい組織の準備をしている。指揮権を持つのはＧＨＱだがそこで実際に働くのは君たちのような日本人だ」

「要するにその組織は諜報《ちょうほう》機関だな」

腑《ふ》に落ちたという表情だった。

「その通り。君が承諾すればすぐにでもここから出してやろう。それと同時にＢＣ級戦犯リストからも抹消《まっしょう》されるから、これから先びくびくしないで生きていける。悪い話じゃないだろう」

宮本は黙り込んだ。考える時間が必要なのだろう。リオンは席を立った。「考える時間をやろう。だが、あまり長くは待てないぞ。君は頭のいい人間だから、どうするのが一番いいか分かるはずだ。この国のために、そして君や君の家族のために一番いい選択をしてくれると信じているよ」

完全に勝負は見えた。リオンはこの男は必ず仲間に入るという確信を持った。宮本はリオンを見上げ、それから口を開いた。「一つ訊いてもいいですか？」

「何だ？」

「あんたは日系人ですよね？　見た目もそうだが日本語がとてもうまい」

「そうだとしたら何だ？」

「日本に爆弾を落として焼け野原にして、トドメに原爆なんて狂気じみた物を落とした国のために働くってのはどんな気分ですか？」

リオンは答えずに面会部屋を出た。

5

昭和二十年十月から十一月にかけて

香也の舞鶴滞在は思いのほか長引いた。それというのも辰三郎の引き揚げ証明書がなかなか発行されなかったからだ。なぜ所属部隊と一緒の船に乗らず一人だけ民間人の格好で引き揚げて来たのかとしつこく問われていたところを見ると、脱走兵か何かと疑われていたのかもしれない。

ちゃきちゃきの江戸っ子で気の短い辰三郎は昔から関西弁が嫌いだが、運悪く舞鶴の引き揚げ船管理局の担当者たちは揃《そろ》いも揃ってこてこての関西弁だった。舞台で慣らした良く通る声で滑舌《かつぜつ》良くまくし立てる辰三郎と、のらりくらりと話を交わす担当者のやり取りはさながら芝居の一幕のようで、見物人まで出来る始末だ。とりあえずかつての所属部隊に問い合わせるから、それまでどこにも行かないで待っていてくれと言われれば待つしかなかった。

辰三郎は一刻も早く東京に戻りたかったようだが、香也はそれほどでもなかった。むしろ心の中で、辰三郎さえ一緒なら何日舞鶴にいてもいいとさえ思っていた。他に何かすることがあるわけでもなし、一日中べったりと側に居て会えなかった二年分の溜まりに溜まった想いを喋《しゃべ》り続けるものだから、辰三郎はすっかり呆れている。

「それにしてもお前は変わらないってぇか、昔よりちっちゃくなってるんじゃないか？ えらく痩せちまって、東京はそんなに食料事情が悪いのか？」

辰三郎は近くの漁師に分けてもらった魚の干物を香也に差し出した。勝手に東京に向かえば本当に脱走兵にされてしまう畏《おそ》れがあるので、身許《みもと》の確認が済むまで待つしかない。さし当たってしばらくの間舞鶴の漁港の片隅で寝泊まりさせてもらっていた。幸いまだそれほど冷え込む時期ではないし、食べ物は何だかんだと近所の者がめぐんでくれる。彼らの多くは引き揚げ者に親切で、ことあるごとに言葉をかけ何かと世話を焼いてくれた。

「悪いよ、すごく。僕だけじゃなくてみんな痩せてるよ。太ってる人は戦争中に悪いことをしてた人たちだけさ」

「それじゃ劇団の者はみんな大変だな」

「うん。だけどうちは梅松移動劇団や春五郎一座の移動劇団であちこち巡演して歩いていたから、他の人たちに比べたらずっとマシかもね。地方の軍需工場や駐屯地《ちゅうとんち》に慰問巡演に行くとさ、お米や菓子をたらふく食べさせてくれるんだ。みんなそれが楽しみで巡演に加わってるようなもんだったよ。食料だけじゃなくて石鹸《せっけん》や晒《さら》しや針と糸みたいな日用品も揃《そろ》ってるし、砂糖や小豆《あずき》まで分けてくれるんだから何もない東京とは大違い。田舎は食料だけはあるから、こうやって僕らにもいろいろ分けてくれるけど、東京じゃこうはいかないものね」

焚火《たきび》で干物を炙《あぶ》り、それを囓《かじ》りながら香也は辰三郎をしげしげと眺めた。彼もまた厳しい軍隊生活で痩せてはいたが、以前よりも遥かに逞《たくま》しい身体つきになり、日焼けした顔は身内の贔屓目《ひいきめ》と言われようが惚《ほ》れ惚《ぼ》れするほど精悍《せいかん》で男らしい。幸いなことに五体満足で病気などの気配はみじんもなく、青年らしさと言うよりも、まさにこれから爛熟《らんじゅく》した男盛りを迎えようとする健康的な精気が溢《あふ》れ出ていた。

「何だよ、じろじろ見て」

「正右衛門《まさえもん》のおじさんが生きていたら喜ぶだろうなと思って。あのおじさん、辰にいさんを見るといつも『うちには巧《うま》い役者は大勢いるが、立ってるだけで客が気を向けるような粋《いき》な二枚目がいねぇ。辰の奴なら大丈夫だ』って口癖《くちぐせ》だったじゃないか」

「そりゃおいらが大根ってことか」

「違うよ二枚目ってことだよ」

「正右衛門のおじさん、死んだのか？」

「うん。にいさんの部隊が大陸に行ってすぐ。僕が駐屯地まで面会に行ったとき、実はもうあまり具合が良くなかったんだけど正右衛門のおじさんにも春五郎のおじさんにも、これからお国のために大陸に向かうにいさんに余計なこと言って心配させるなって口止めされてたんだ」

「そうだったのか。他のみんなは達者なのか？」

「槙《まき》おじさんの息子が南方で戦死した。去年の暮れに戦死の報が届いて、ずっと息子が戻って来たら跡を譲るって言ってたおじさんはすごく気落ちしちゃってさ、可哀相《かわいそう》で見ていられなかった。喜次郎にいさんは元気は元気なんだけど、空襲で手の指を何本か無くしたからもう芝居は無理だって。それに今年の初めの空襲で梅松の本社ビルに爆弾が落ちて社長が大怪我《おおけが》をしたんだよ。あっ、でも幸い命は取り留めたけどね」

「梅松の本社までそんなことになってるとはなぁ」

「それだけじゃないんだ。三月の空襲で明治座が焼けて五月には演舞場も国際劇場も梅松座も……それに歌舞伎座も……全部焼けちゃった。真っ黒になって跡形もなくなっちゃった」

「歌舞伎座が焼けて無くなっただと？」

それは辰三郎にとっても衝撃だったようでしばらく言葉を失っていたが、それでも香也のように泣くようなことはなかった。「戦争だからな」と呟《つぶや》いただけだった。

「あれだけの人間が死んで、たくさんの町が焼け野原になったんだ。外地でも戦闘でめちゃくちゃになった町を幾つも見た。東京の芝居小屋だけが無事であるわけがない」

「そりゃそうだけど」

「それよりお前はもっと食え。そんなやせ細ってちゃいい女形《おんながた》にはなれないぞ」

辰三郎はさらに三匹の干物を炙り始めた。今日の昼間、近所に住む漁師が袋いっぱい分けてくれたおかげで遠慮する必要はなかった。

「で、いまはどこも芝居が出来ねぇのか？」

「ううん、東京劇場は無事だった。それで虎之助《とらのすけ》劇団が九月から芝居を始めたんだ。虎之助のおじさんが『アメ公が怖くて芝居を止めたとあっちゃぁ役者の名折れだ』って威勢のいい啖呵《たんか》切ってさ」

「あのおじさんらしいや」

「それで春五郎のおじさんが、うちも負けちゃいられないって、今月から帝国劇場で幕を開けてるはずだよ。僕は兄さんを迎えに行くから外してもらったんだ」

「それならちっとは安心じゃないか。役者は芝居さえ出来りゃ後はどうとでもなるもんだ」

辰三郎は嬉しそうに笑った。

「それがそうでもないんだ」

香也は両手に干物を持って大きなため息を吐いた。

「どうして？」

「先月、梅松や他の興行会社のお偉いさんがGHQに呼ばれて一箇所に集められて、そこで歌舞伎や文楽は占領軍の方針にそぐわないって言われたらしいんだ。もしかしたら廃止や禁止になるんじゃないかって、みんなびくびくしてるよ」

「どういうことだ？　さっき、うちの劇団は今月帝国劇場で芝居をやってるって言ったばかりじゃねぇか」

「一応ね。でもかけてるのは舞踊劇と現代劇なんだ。おじさんが、とりあえずこれで様子を見ようって言って」

「何で歌舞伎が占領軍の方針に合わないんだ？」

「おじさんの話だと、殿様に忠義立てしたり仇を討ったり自分の子供の首を差し出したりしちゃいけないんだって」

「馬鹿野郎、寝言言ってんじゃねぇ。歌舞伎からそれを取ったら何が残るんだ」

「えーっと何が残るかな……あんまり残らないかな」

「呑気《のんき》に考えてんじゃねぇ。だいたい、歌舞伎で忠義の敵討《かたきう》ちに身代わりに切腹といやぁ見せ場の中の見せ場だろうが。それがなくて客が納得するものか」

「僕に怒ってもしょうがないよ。まずGHQが興行会社の偉い人たちに命令して、今度はその人がおじさんたちに説明して、おじさんが僕らに説明して。それで、どうやらこんな話らしいって」

「GHQのどこの部署の誰が言ったんだ？　もっと詳しく説明してみろ」

「さあ……」

「まったくお前に訊いても埒《らち》が明かないな」

「ごめんなさい。でも他の人に訊いたって誰もはっきり分からないと思うよ。とにかくうちだけじゃなくてどこの一座も状況がまったく把握出来てないみたいで、とりあえず芝居をかけてみてGHQにダメだって言われたら仕方ないけど、何も言わなかったらそのまま続けよう……みたいな感じだもの」

「何てこった」

辰三郎がいまいましげに舌打ちしたが、香也に怒っても仕方ないと思ったのか、香也の顔を見て、子供の頃から何度となく見てきた、香也以外には滅多に見せることのない無防備で優しい笑顔になった。

「お前のせいじゃないのに怒って悪かった。とにかく東京に戻るのが先だな」

「うん。でもにいさんが一緒だから待つのは全然平気。僕も一緒にいつまでだって待つ」

「お前は平気でも毎日お喋《しゃべ》りを聞かされるこっちが敵《かな》わん」

神様が香也の気持ちを汲《く》んでくれたのかは分からないが、結局舞鶴には一月近くも足止めされることになった。その間中、香也は嬉々として世話女房のように、髪を切れ、髭《ひげ》をあたれとまめまめしく辰三郎の世話をしていた。それでも何とか無事に辰三郎の身許《みもと》が確認され、引き揚げ証明書を持って二人が足の踏み場もないくらい満員の東京行きの夜行列車に乗り込んだのは、十一月に入ってからだった。

途中京都で下車し、今回香也の世話をしてくれた古い馴染《なじ》みの鉄鋼会社社長にお礼かたがた復員の挨拶をしに行った。ここの社長は親の代からの劇団の贔屓で、辰三郎の無事の姿を見て心から喜んでくれた。幸い京都は戦禍を免《まぬか》れ、開戦前に京都に嫁いだ辰三郎の妹一家も無事だったし神社仏閣を始め芝居小屋も全て健在で、辰三郎は幾分胸を撫《な》で下ろした。日本中全てが灰になったわけではないと思うとまだ少し心強い。せっかくだからせめて一泊して行けと勧められ、断ることも出来ずに甘えることにした。

その夜辰三郎は香也が寝てから社長に、香也が言っていた「占領軍の方針」とやらについて質問をした。香也の話では何が何だかさっぱり分からないが、ここの社長は実業家だけに世の中の動きには敏感だ。

「ああ、その件はうちも聞いたよ。京都大阪でもみな不安がっとってな」

「こっちもですか？」

「せや。何でもその新方針は映画・演劇だけでなく、浪花節《なにわぶし》、落語、漫才、講談、文楽《ぶんらく》、浄瑠璃《じょうるり》にまで適応されるゆうことや。簡単に言うと、進駐軍の日本占領方針に沿った内容のものは許可されて、そやないものは許可されんゆうことやろうな」

「それで許可されない内容というのは具体的にはどんなものなんですか」

「何でも封建的な忠誠心や復讐《ふくしゅう》を美化したもの、譎詐《けっさ》、殺人、裏切りなどを正当化したものはダメやとか。落語や漫才はともかく、歌舞伎や文楽にはきっつい話やで」

「なるほど。それはもう完全に禁止と決まったんでしょうか？」

「いや、わしもそれは大阪の新聞社の人間に聞いて確かめたんやが、ＧＨＱからはっきりと禁止を定めた通達のようなものはまったく出てないそうや。連中が言うには『命令ではなく、あくまでも〝指導〟』ということらしい。けど、指導でも一本でもわしらが無視できるわけもないやろ。それに指導に従わんかったら監獄に入れる、沖縄に送られて強制労働させられる、とまあ物騒な噂まで流れとって、どこまで本当かは分からんけど、みんなびくびくしててなかなか上演に踏み切れんようや」

「なるほど。いまの話でだいたい状況が分かってきましたよ」

「映画なんかは、占領軍の意を汲《く》んだ新作を製作すればとりあえず従業員の糊口《ここう》は凌《しの》げるやろ。それでもうさっそくそういう内容の作品に取りかかっている会社もあるようや。歌ったり踊ったりで別に人も死なんし、復讐もせんような映画はいくらでも作れるからな。けど歌舞伎や文楽は新しい物を作ればそれでええやろうってもんじゃないからなぁ」

「そうですね」

「こんなもんまで禁止になるかもしれんとは、戦争に負けるちゅうのは、ほんまにせんないことやな。兵隊さんはみんな、一生懸命国のために戦ったちゅうのになぁ……」

社長のその一言は辰三郎の胸に沁《し》みた。

翌朝早く、こんなご時世に新鮮な魚や酒まで調達して歓待してくれた社長に礼を言って辰三郎と香也は東京に向かった。

そして翌日、辰三郎は二年ぶりに東京の地を踏んだ。疵《きず》一つなかった京都と違い、雨霰《あめあられ》のごとく焼夷弾《しょういだん》の洗礼を受けた東京は見るも無惨な姿に変わり果てていた。あれほど華やかで活気に満ちていた街が色を失い、音楽を忘れ、形を崩し、煤《すす》まみれになっていた。あちこちにある崩れかけた、あるいは完全に崩れた建物、道路脇に積まれた瓦礫《がれき》の山、ぞっとするほど数多くいる浮浪者、そしてその脇を我が物顔で胸を張って歩いていく駐留軍の兵隊たち。

涙が出そうになったが辰三郎は耐えた。

京都の社長が言った通り、これが戦争に負けるということだと唇を噛《か》みしめた。俺たちが不甲斐《ふがい》なかったから日本は戦争に負けたんだろうか。あの地獄のような外地で、血と汗を啜《すす》り、仲間の屍《しかばね》を食らいながら一人残らず玉砕するまで、もっともっと必死で踏ん張れば良かったのかと、いまさら悔《く》やんでも仕方ないことが頭を過《よ》ぎる。

一方香也はと言えば、再会してからというもの始終上機嫌だった。一時も離れたくないのか、にいさんにいさんと子犬のようにまとわりついてくる。香也の父親は一座の座長でもある紀上春五郎の弟子の一人だったが早くに亡くなり、さまざまな事情から引き取り手のいなかった香也を春五郎の実弟であった辰三郎の父親が引き取った。今年で十七、辰三郎とは九つ違いだが、歳の近い辰三郎の妹には少しも懐《なつ》かずに子供のころから辰三郎の後ばかり追いかけていた。十数年を経たいまもその当時と少しも変わっていない。

「にいさん、今月はうちの劇団は東京劇場だから悪いけど誰も迎えに来られないんだ。これから直接劇場に行ってみようよ。早くみんなに会いたいし」

東京駅を出ると香也が声を弾ませて言った。

「そうだな」

築地《つきじ》にある東京劇場までは、ここから歩いて二十分程度だ。辰三郎も一刻も早くみんなの顔を見たかったし、何よりも長らく触れていなかった芝居の空気に触れたかった。赤紙が届かなければ、自分もいま頃は舞台の上にいたはずだ。

築地に続く道は酷《ひど》く荒れていたが、それでも交通量は多く、人と車で目を開けるのが辛いほどの砂埃だった。そのせいだろうか、さっきから香也はずっと咳《せ》き込んでいるし、目も不自然なほど充血している。

辰三郎は上着のポケットから使い古した軍の支給品のタオルを出して鼻と口を覆《おお》うように香也の顔を包んだ。戦場ですっかり荒れた硬い指先で触れた香也の頰《ほお》は、まるで薄いガラスの花器のように透き通るように白く、青白い血管が浮いて見えるほどだ。それにちょっと歩いただけで肩で息をしているのも気になった。若い香也がこれほどやつれるとは、それほどまでに東京の食料事情が悪かったのかと思うと不憫《ふびん》で仕方なかった。

「戦争は終わったんだから、せめてお前が飯くらい腹一杯食えるようになるといいんだがな」

「京都でいっぱい食べたじゃないか。あんな美味《うま》いもの食べたの久しぶりで、みんなに申し訳ないくらい。社長の家のご馳走《ちそう》のことは内緒にしておこうね」

香也はそう言って無邪気に笑った後、また小さく咳《せ》き込んだ。香也が砂塵《さじん》を吸い込まないように辰三郎は上着を脱いで頭からかけてやり、歩くペースも落とした。しばらく歩くと懐かしい東京劇場が見えて来た。周囲はずいぶんと破壊されているのに、劇場だけがぽつんと無傷で残っている姿を見ると胸が熱くなった。劇場の前まで来ると、香也はさっきまでの頼りなげな足取りが嘘のように、楽屋入り口に向かって勢いよく走り出していた。

「春五郎おじさん、辰三郎にいさんが帰って来たよ！ にいさんが帰って来たんだよ。みんな、にいさんだよ。にいさんが帰って来たよ！」

感極まって叫びながら楽屋の奥へと駆け込んで行く。辰三郎もゆっくりと後を追った。香也の声を聞きつけ、劇団の者たちが次々に楽屋から飛び出して来た。

「本当だ辰三郎さんじゃないか。いつ帰ってくるかと首を長くして待ってたんだよ」

「辰さん、よくまあ無事で良かった」

「若旦那、お帰りなさい」

誰もが口々に言葉を掛けて再会を喜んでいる。春五郎もやって来て、目を潤《うる》ませて喜んでいた。久しぶりに味わう幸せな時間……のはずだが、それぞれの顔色が優れないことに辰三郎はすぐに気がついた。

「おやじさん、今日の芝居は終わったんですか？」

「あ、ああ……」

「片付けや明日の準備や稽古《けいこ》もあるだろうに、みんな揃《そろ》って冴《さ》えない顔で何をしてたんですか？ 何かあったんじゃないですか」

「おめぇは相変わらず勘が鋭いなぁ」

春五郎は感心したように息を吐いた。

「どうしたんです」

「実はな、ついさっき梅松の渉外部長が来て、ＧＨＱの民間検閲局ってのが、ここと新宿第一劇場の芝居の上演を自粛《じしゅく》しろと言ってきたって言うんだよ。辰三郎、せっかくお前が帰って来てくれたって言うのによぉ。明日から芝居を見せてやれねぇかもしれないんだ」

　そう言っている春五郎の目に浮かんでいる涙は、さっきまでとは違い悔し涙に見えた。

「全部の小屋に一斉に自粛の通達や上演禁止令のようなものが出たわけじゃないんでしょう？」

「うちと新宿だけって話だ」

「なぜその二箇所だけに？」

「うちは今月『寺子屋』で新宿の方は『番長皿屋敷』なんだが、その内容がよろしくないって言うんだよ。忠義や皿一枚のために婦女子を殺す話なんて、とんでもねぇってことらしい。ちくしょう、悔しいじゃぁねぇか……。戦争に勝ったからって、たかが芝居にまでケチを付けてきやがって。あんな有名な狂言をかけちゃならねぇって言うなら何をやれって言うんだ。このまま歌舞伎はもう出来なくなるのかよぉ？　辰三郎、お前が元気で戻って来てくれさえしたら劇団のことは何の心配もねぇって思ってたのに。どうしてこんなことに……」

俯《うつむ》いた春五郎の目から涙が落ち、それに釣られるように他の者まで泣き出した。

6

一九四五年十一月　有楽町

リオンは候補者すべてと面談をした末に、最終的に未決と既決合わせて十四名のBC級戦犯の釈放を上層部に打診し、そのすべてが受け入れられ、直ちに過去の一切の記録が抹消された。一番最初に面談した宮本ももちろんメンバーの一人だ。さらに先月の四日に出されたGHQの「人権指令」によって廃止が決まった特高警察からもメンバーの人選を進めたが、終戦時に特高警察にいた者の多くが新たに新設されることになった内務省警保局の公安課や各地の公安警察への異動を希望したため、最終的に候補に残ったのは五名だけだった。全員痩せた身体ながら体力はありそうで鋭い目つきをし、戦いに敗れたいまもお国のために死ねれば本望だと迷うことなく言うような者ばかりだった。他にもあちこちから選ばれた四名がこの機関の創設メンバーだ。

国中が終戦の傷手を噛み締めた秋が終わって東京に吹く風が日に日に冷たくなってきたある日、リオンは彼らをGHQ／SCAP（連合国軍最高司令官総司令部）が置かれている有楽町の第一生命ビルの真裏にある小さなビルに集めた。本来秘密組織に会合は必要ないが、今回だけは例外だった。全員がつい数ヶ月前までアメリカの敵として血を流し合っていた者ばかりだ。その彼らに自分たちアメリカを信じさせて相応の働きを要求するには、はっきりと雇い主の姿を見せておく必要があった。彼らはまだ半信半疑か、あるいは戦犯として臨《のぞ》まなければならない裁判を回避したいがために仲間になっただけで、心底忠誠を誓う気などさらさらないだろうし、リオンもそれを求めてはいなかった。雇い主はアメリカかもしれないが、彼らが働くのはこの国のためなのだと、そう信じさせることが一番重要であり、この会合の唯一の目的だった。

「まず君たちに紹介しておこう。こちらはG－2（参謀第二部）のウィロビー少将だ」

部屋にいた全員がリオンの背後に座っている少将の階級章を付けた軍人に視線を遣《や》ったが、少将は何も言わずにゆっくりと全員を見回しただけだったが、これで充分だ。理解出来ない言葉でスピーチするよりも、威圧感や存在感を見せつけた方が遥かに効果的だ。

「それで、これから我々はどういったことをするのですか？」

一番前に座っていた男が訊いた。

「簡単に言うと、戦前戦中の特高警察と似たような任務を秘密裏に行う機関だと考えてくれ」

小さなざわめきが起きた。

「それならあそこを廃止する必要はなかったじゃないか。特警を廃止したのはＧＨＱだろうが」

誰かが叫び、あちこちから同意の声が漏れる。

「正確に言えばＧＨＱの一部だ。あれについては全員が賛成だったわけではない」

リオンはそう答えたが、それは紛《まぎ》れもない事実だった。連合国軍総司令部は一枚岩などではなく、本国での民主党と共和党の激しい覇権争いは遠い極東の地にも大きな影を落としている。しかも民主党出身のルーズベルトが急死し、直後に彼が始めた戦争が終わったことは共和党にとっては政権を奪うための絶好のチャンス到来と言えた。

人権指令による特高警察の廃止は本国のリベラルと称される連中の強い要望ではあったが、日本の現状を知る者たちはみな反対だった。というのも、日本の敗戦によりこれまで支配される側だった第三国人たちの日本への報復が始まり治安が乱れることは目に見えていたからだ。占領下で日本が混乱すれば、その怒りの矛先が事実上の統治主である米国へと向き、「反米」の動きが高まることは分かりきっている。結局、特高警察を廃止したところで、日本の治安を維持するためにはそれに代わる組織は絶対に必要だということになって新たに公安警察が設置されたわけだが、民主化を進めている手前もあってその権限は特高警察に比べればかなり制限されることになった。

「我々は特高警察のやり方を肯定するわけではない。独善的で反民主的で、問題が多々あったのは確かだ。しかし彼らの行っていた幾つかの重要な任務については引き続き実施すべきだと考えている」

「それは何ですか？」

「日本国内における不穏分子の監視、摘発。つまり……」

「早い話がアカの撲滅《ぼくめつ》ってことだろ」

後ろに座っていた元特高警察の若い男が大声で意見を述べた。

「まあ、簡単に言えばそういうことだな」

リオンはにやりと笑った。

「だけど、それはあんたたちの言う民主主義に反するんじゃないのか？」

もっともな意見だった。集めた連中は腕っ節だけでなく頭もそこそこ回り、軍や警察でそれなりの教育を受けている者ばかりなので呑み込みが早い。またそういう人間でないと、こうした組織には必要はない。ここに揃《そろ》っているメンバーには充分な資質がありそうだと分かり、リオンは満足していた。

「誤解しないでくれ。我々の目的は思想を取り締まることではなく、敗戦の混乱に紛れて社会に対し害を成す怖《おそ》れのある者を監視し、確固たる証拠を摑《つか》むのが目的だ。証拠は警察に渡し、警察が連中を逮捕する。逮捕された者については必ず弁護士が付き処分は司法が判断する。君たちも知っての通り、日本の敗戦によって共産主義者などの政治犯が大量に釈放されることになり……」

「そうしたのはあんたたちだろうが」

また鋭い指摘が飛んだ。

「さっきも言ったように、我々とは意見の違う連中がしたことだ」

「GHQの内輪《うちわ》揉《も》めの尻拭《しりぬぐ》いを敗戦国の俺たちにさせようってわけか」

さすがに「そうだ」とは言えない。その代わりにリオンは部屋に一つだけある大きな窓の側に歩み寄り、しっかりと閉じられていたグレーのカーテンを開いた。

目の前の第一生命ビルの横の隙間《すきま》から皇居の濠《ほり》が見える。すでに夕方を過ぎ、鮮やかなオレンジの夕焼けが黒みを帯び始め、やがて暗闇《くらやみ》に変わろうかという時刻だ。濠の水も取り巻く木々も楚々《そそ》として美しく穏やかだった。皇居警備の警察官たちは戦争前と少しも変わらず、どんなことがあってもこの先の地だけは穢《けが》されまいと、いまも制服姿のまま直立不動でそこを守っている。皇居はひっそりと静かに、まるで何事もなかったかのように目の前にあった。

「共産主義者たちは、あそこに住んでいる方まで法廷に引きずり出して戦犯として裁くことを強く望んでいる。マッカーサー元帥にも圧力をかけてきているが、それについて元帥はまったく応じる気はないし、副官のフェラーズもワシントンに対して『天皇を戦犯として裁くべきではない』という意見書を提出している。だが連中はしつこい。そして、彼らの背後にいるのはソ連と中国共産党だ。彼らの望みは天皇制の破壊と日本の共産化だ」

室内にいる者の目の色が明らかに変わったことをリオンは見逃さなかった。メンバーを一堂に集め、場所をこのビルに定め、この瞬間までカーテンをしっかりと閉じておいたこと、すべてが計算ずくだ。

「我々のために働けとは言わない。だが、あそこにいらっしゃる方のために働いて欲しい。確かに君たちは負けた。植民地を失い国土は破壊され多くの人も失った。だが国破れて山河ありという言葉にあるように、国は破れてもなお君たちには残されたものがあるはずだ。それを守るために我々の手脚となって働いて欲しいと言っているんだ。君たちにまだその気持ちがあるのなら」

リオンには対日工作のプロとしての自信があった。こう言われて心が動かない者はこの中にはいないはずだ。そういう者ばかりを選んで来たのだから。もちろん分かっていたことだが、ノーと言う者はいなかった。

解散となり全員が部屋を出て行った後、リオンはウィロビー少将と一緒に第一生命ビル内にある彼の執務室に向かった。

部屋に入るとすぐに若い秘書官がコーヒーとドーナッツを用意してリオンの前に置き、小さく頭を下げてからそのまま部屋を出て行った。空腹だったこともあり、リオンはしばらくの間食べることに専念した。その間ウィロビーは何も言わず大きな椅子に座って壁にかけられた日本画を眺めていた。かなり時間が経ってから、ウィロビーは「見事だった」と言った。

「何がですか？」

「君の手腕だよ。フェラーズからフィリピンのＰＷＢ（心理作戦部）が採用した民間人の分析官で対日心理作戦のスペシャリストがいると聞いて、まさにいま我々が一番必要としている人材だと思った。すぐにこっちに回してくれと異動を頼んだのは正解だったようだ」

「ご期待に添えるように努力します」

リオンは控《ひか》えめに答えた。

「日本を力で叩く段階は終わった。これからは血を流さずに、この国を我々の意のままに動かしていくことが必要になる。そのためには、日本人の行動原理や彼ら特有の心理状態が手に取るように理解出来て、さらにそれを巧《うま》く操《あやつ》っていける人間が必要だ。戦いに敗れて眼の前の敵を失った者には新しい戦いと敵を見つけてやらねばならない。そうしないと負けた者たちの鬱憤《うっぷん》は全て、自分たちを打ち負かした者へと向き歯止めが利かなくなる。その役目に君はぴったりだと良く分かった。やはりこれだけ見事に彼らを掌《てのひら》の上で転がせるのは、君の中に流れている血のせいかな」

「わたしは米国人です。米国では国籍に血は関係ないはずだ」

リオンは強い口調で言った。

「気を悪くしないでくれ。我々は君を必要としているんだ。同時に天皇もね。この国を完全に我々の手中に収めて共産主義者たちに渡さないためには、天皇は絶対に必要不可欠なピースだからな」

「そして合衆国を民主党に渡さないためにも、でしょ？　むしろあなた方にとっては、そっちの方が重要なのではありませんか？」

「むろんそれもある」

ウィロビーは素直に認めた。「マッカーサーはいつまでも日本にいるわけではない。いずれ帰国し、戦場から議会へと戦いの場を移すだろう。これはそのときのための準備の一つだが、どうあっても成功させねばならない重要な準備だ。そしてその時が来れば、ルーズベルトが行った数々の馬鹿げた政策が間違いであったと証明されるはずだ。例えば、日系人だけを収容所に押し込んだような。君も密かにそれを望んでいるんだろう？」

「だとしても、ここでルーズベルトを批判する気はありません」

「賢明だな。だが、君がこれからすることが成功した暁には、ルーズベルトのやったことは間違いだったと声を大にして言えるはずだ。この国の赤（RED）を黄色い鷲《わし》(Yellow Eagle) に狩らせるなんて、日系人の君でなければ思いつかないしやり遂げられないことだ。君の中に流れるその血を誇りに思っていい」

リオンはそれには答えず、小さく頭を下げて部屋を出た。考え事をしながら一人で階段を下っていると、背後からばたばたと忙《せわ》しない軍靴の音が響いてきた。軍人らしからぬ行為だが、そのくらい急いでいるのだろうとその程度にしか思わなかった。しかし靴音は大きくなり、やがて止んだかと思うと今度は誰かがいきなり後ろからリオンの腕を摑んだ。

「待ってくれよ！」

焦《あせ》ったような男の声。それから流暢《りゅうちょう》な日本語で「ナラハシさん、ちょっと待って下さい」という声が続いた。

リオンは驚いて男の顔を見て、そしてまた驚いた。

「やっぱりそうだ。リオンじゃないか！　さっき廊下で後ろ姿を見てそうじゃないかと思って急いで追いかけて来たんだよ」

「君は……」

「やっぱりまた会えた。実はマニラで会ったときから僕にはそんな不思議な予感があったんだ。必ずまた君に会える、それも日本でってね。やっぱり当たったよ！」

得意げにそう言って満面の笑みで立っていたのは、マニラで出会ったジョナサン・ボウマン少佐だった。

=　二章　最初の冬　=

1

昭和二十年十一月　東京

敗戦後初めての師走《しわす》が近づいていた。当たり前と言えばそれまでだが、戦争に負けようとも師走や正月はいつものようにやってくるのには驚かされる。そして正月を待つ人の顔は、疲れ果ててはいてもどこか明るく弾んでいるようにも見えた。劇団の者の話だと、秋にはすでに東京の下町で祭りが復活し、子供たちが焼夷弾《しょういだん》の被害を免れた町会の御輿《みこし》を担いで町内の者たちの気持ちを明るくしたと言っていた。負けた悔しさが消える日はなくとも、戦争が終わってもう空襲に脅《おび》えなくてもいいというだけでも喜ばしいことなのかもしれない。

　その日辰三郎は築地の稽古場《けいこば》を抜け出して九段下に向かっていた。こっそり抜け出したつもりだったが、何故ばれてしまうのか、いつものように香也がちょこちょこと引っ付いて来る。

「ねえ、にいさん、どこ行くの？　稽古はしないの？」

「次にかける狂言も決まってないのに稽古も何もねぇだろう」

「おじさんは十月にやった『銀座復興』をやろうかって。あれならGHQも文句を言わないだろうからって言ってるよ」

「そんな芝居、おいらは知らねぇよ。だいたい二年も舞台に立ってないのにそんな簡単に立てるか。そんな甘いもんじゃねぇ」

「にいさんだったら大丈夫だよ。居るだけでも絵になるし、台詞《せりふ》を憶《おぼ》えるのだって一番早かったじゃないか」

「いまは時間がかかるんだ」

「嘘だ。もしかして柳橋のかづらさんに会いに行く気なら諦《あきら》めた方がいいよ。かづらさん結婚したからね」

「そういやそんな芸者がいたなぁ。――嫁に行ったのか？」

「うん。それから向島《むこうじま》の小染姐《こそめねえ》さんは、戦争中は陸軍の偉い将校に囲われてたけど終戦後はどこにいるか分からないんだって。だから行っても無駄だよ。新橋の呉服屋の娘は疎開《そかい》先で知り合った男の子供をこっそり産んだとかで大騒ぎで、お茶屋の花江さんは乾物屋の旦那《だんな》さんと……」

「おめぇも口うるさい奴《やつ》だな。女のところじゃない。九段下の『日の出日報』って新聞を出してる会社に行くんだよ」

あまりにしつこいので、辰三郎は音を上げて本当のことを白状した。

「何しに？」

「軍隊で一緒だった人がそこにいるって聞いたんだ。新聞社に勤めているなら、一座の者よりＧＨＱについてずっと詳しいだろう。お前やおじさんたちの話だけじゃさっぱり事情が分からないからな。芝居をしようにも、何なら良くて何がダメなのかもっと具体的に把握してないと、いまみたいな調子じゃどうにもならねぇ」

「何だそうだったのか。にいさんのことだから馴染《なじ》みの女の総見にでも行くのかと思った」

「馬鹿《ばか》言ってんじゃねぇ。分かったら金魚の糞《ふん》みたいに引っ付いてないで、帰って休んでろ。ずっと気になってたんだが、いくら戦争中に食い物がなかったからってお前だけ痩《や》せすぎだ。顔色も良くないぞ」

「大丈夫。そういうことなら僕も一緒に行くね。にいさん一人にすると何時《いつ》帰ってくるか分からないもの」

香也はにこにこ笑っている。こうなると何を言っても無駄なことは分かっていた。

仕方なく辰三郎は香也を連れて九段下の新聞社に向かった。受付で「日の出日報の田村真一さんをお願いします」と頼み、近くにあったぼろぼろの長椅子《ながいす》に座って待っているると、しばらくしてかなりくたびれた背広を着た田村が向こうから走って来るのが見えた。辰三郎は立ち上がり、深々と一礼した。

「田村少尉殿、お久しぶりです」

「藤原じゃないか！　そうか戻って来てたのか。心配してたんだ。無事で良かったなあ、本当に良かったよ」

田村はそう言って両手で辰三郎の手をしっかりと握りしめた。

藤原大和《ふじわらやまと》というのが辰三郎の戸籍上の名前だが、この名を呼ぶのは軍での知り合いくらいだ。もっとも入隊前までは春五郎劇団の若手看板役者の一人だった辰三郎だけに、芝居が好きな者ならばすぐに分かるようだ。田村の部隊は中国の南京《ナンキン》で辰三郎がいた第六十一師団に合流したのだが、そのとき彼は真っ先に辰三郎に向かって「お前、もしかしたら歌舞伎役者の紀上辰三郎じゃないのか？」と声をかけてきた。新聞社で働いていたので辰三郎の舞台写真は何度も見ているし、春五郎劇団の興行を取材しに行ったこともあると話してくれた。

「復員してすぐに、自分の無事を伝えにわざわざ劇団まで足を運んで下さったそうで、ありがとうございました」

いま気がついたのか、隣にいた香也が慌《あわ》てて頭を下げている。

「いいんだよそんなこと。舞台があるだろうにわざわざ礼を言いに来てくれたのか？」

「それもあるんですが、ちょっと少尉殿にお訊《たず》ねしたいことがあって」

「もう少尉じゃないから田村さんでいい。お前も陸軍の藤原軍曹ではなくて、いまは紀上春五郎劇団の紀上辰三郎なんだろう？」

「はい。それじゃ田村さん、実はGHQのCCDとかCIEとかについて教えてもらえませんか。劇団の連中はまったく分かってないようで何を訊いても話にならないんです」

「ああ、なるほどそういう話か。確かにあそこのことは君らには重要な問題だものな。――これから時間あるか？」

「大丈夫です」

「じゃあ一時間後にこの先にある『くだん坂』っていうバラックの汚い店で会おう。安くて不味《まず》い密造酒を出すが、俺たちが中国の蕪湖《しょうこ》で飲んだのほどは酷《ひど》くないから安心しろ」

「分かりました。先にこいつを帰してから店で待ってます」

そう言うと、田村は慌てて手を横に振った。

「いや一緒でないと困る。こっちは御贔屓《ごひいき》さまのいる役者と違って、哀れなほどの安月給なんだ。芸者がいるような店にはとても行けないんだから、せめて可愛《かわい》らしい女形《おやま》くらい隣に置いてくれてもいいだろう」

それを聞き、香也は勝ち誇ったような顔で辰三郎を見上げていた。


田村が店に顔を出したのは約束の一時間後から三十分ほど遅れた頃だった。

「悪い悪い。文化部で資料を借りるのに手間取ってしまってね。実は俺も良く分かってないものだからちょっと教えて貰《もら》っていた。GHQの下部組織は、やれ再編だ併合だと言ってしょっちゅう名前を変えるものだから掌握《しょうあく》するのが大変なんだ」

田村はそう言ってテーブルの上に灰色の表紙の分厚い綴《つづ》りを置くと、当然という顔で香也の隣に座った。店のオヤジに噂《うわさ》の密造酒を頼んでから田村は綴りを開いた。大陸にいたときも得体の知れない地酒や珍味に目がなくて、彼の小隊の連中はよく怪しげな酒を飲まされて腹を壊したり悪酔いしたりとさんざんな目に遭わされていた。むろん自身ものたうち回って苦しんだり下痢《げり》に悩まされたりが一回二回ではないのに、それでも喉元《のどもと》過ぎれば何とやらで、また懲《こ》りずに同じ事をくり返すという憎めない男だった。

酒が置かれると田村はすぐに飲み始め、それを見てから辰三郎も口を付けた。店にはお茶葉がないと言うので香也は白湯《さゆ》だった。

「まず君らを悩ませている民間情報教育局（ＣＩＥ）と民間検閲局（ＣＣＤ）だが、これは似て非なるもので所属している部署が違うそうだ。ＣＩＥは幕僚部でＣＣＤは参謀部の参謀第二部。正直言ってこの二つの関係は俺ら記者にも良く分からないが、とにかく仲は良くないともっぱらの噂だ。意思の統一が出来ていないのか、あるいは統一する気がないのかは分からないが、それぞれが日本の報道・映画・演劇に対して好き勝手にいろんな口出しをしてくるものだからどこの現場も大混乱になってる。しかも両組織とも〝民間〟と称しているからなおさらややこしいんだよ。映画関係者の間で畏《おそ》れられているＣＩＥだが、本当のところは〝指導〟することしか出来ず、それ以上の権限は有していないそうだ。彼らが何か難癖《なんくせ》を付けてくる時はいつも〝指導であって命令ではない〟と念を押すそうだ」

「こっちにしてみたらそんなの関係ないよ。どっちにしたって逆らえないことだけは一緒なんだから」

香也が不満そうに口を挟み、田村も頷《うなず》いた。

「まったくその通りだな」

「それならどうしたらいいんだ」

つい苛《いら》ついた口調になったことに辰三郎は後悔した。田村のせいでも香也のせいでもないのは百も承知なのに。「すみません」と謝ると、田村は気にするなと言うように首を左右に振った。

「この間会った映画会社の連中も、ずいぶん困っていたよ。ＣＩＥの担当者が前触れもなく突然撮影所や会社に現れて、作品とは関係ないことにまで口を出すらしい。労働者の待遇を上げろとか組合を作れとか頭ごなしに言われたところもあるそうだ」

「そんなことまで口を出すんですか？」

「ああ。彼らも戸惑っていたが作れと言われれば作るしかないからな」

「作品についてはどうなんですか？」

「GHQが奨励するような内容なら問題ないが、そうではなさそうな物については諦めるか、そうでなければ幹部連中がCIEの担当者に金を渡したり女を抱かせて上映許可を貰おうとしている会社もあるそうだ。歌舞伎《かぶき》にしても、まず事前に演目を伝えて上演出来るように働きかけてみるというのも一つの手かもしれんぞ。奴らの中には調子に乗って自分から謝礼を要求する者もいるというからな」

しゃくに障《さわ》る話だが、田村の言う通りそうした働きかけをしておかないと『寺子屋』のように途中で横槍《よこやり》が入る怖《おそ》れがある。

「それはどこの誰に働きかければいいんでしょうか。CIE、CCDの両方の担当者ですか？」

「いや、おそらくそれだとキリがないし、たかられて終わりだろう。それにさっきも言ったように、日本人がみんなびくびくしているから威張り散らしているんだろうが、本当はそれほどの権限は持っていないのかもしれない。だからもっと出来れば上の方……例えば総司令部の幕僚部や参謀部のお偉いさんに直接話を持っていくのが一番確実じゃないかな。その連中が上演を許可したのなら、下部組織の担当者ごときが口は出せまい」

「なるほど。それなら甘えついでに田村さん、GHQのお偉いさんにコネはありませんか？　うちも芸者上げての接待だって何だってしてますから」

「にいさん、そっちの方は顔が広いから大丈夫だよね」

香也が真面目《まじめ》な顔で言うので田村は笑っている。

「お前さんの兄貴はそっちの方も名題《なだい》だったな」

「はい」

「つまらないこと言ってるんじゃねぇ。そんなことより、お願いしますよ田村さん」

辰三郎はテーブルに手をついて頭を下げた。

「そう言われても……GHQに知り合いか」

田村はしばらく考えていたが、急に神妙な顔つきになると「お前、宮本大尉のことは知ってるか？」と訊いてきた。

「いえ、自分は上海で別れたきりでその後は何も」

「そうか」

田村は周囲を見回してから声を落とした。「実は九月十一日にGHQによる最初の戦犯容疑者の逮捕令状が出て、直後に百名以上が逮捕されたんだが、その際かなりの自殺者が出たんだよ。政治家の小泉親彦《ちかひこ》や橋田邦彦、軍人も杉山陸軍大将を始めとして数名が自死した。どうも宮本大尉はそのとき自殺した将校の一人と終戦後も行動を共にしていたらしく、その場でＢＣ級戦犯容疑者として逮捕されて巣鴨プリズンに収容されたということだった」

「本当ですか？」

「ああ。新聞社に回ってきた逮捕者及び収監者名簿に名前があったから間違いない。ところがだ……」

田村はさらに声を落とし囁《ささや》くように続けた。「見たんだよ、三日ほど前に宮本大尉を新宿で」

「間違いなく宮本大尉だったんですか？」

「一年以上寝食を共にした人間を見間違えるものか。あれは絶対に宮本大尉だった」

「だったら釈放されたんでしょう。確かに宮本大尉は関東軍からの特命に関わっておられるという噂がありましたが、こう言っては何ですが一介の大尉ですよ。自死された方々みたいな大物とは違う」

「俺もそれは考えた。だけど釈放されるにしても判決が出てからのはずだ。まだ裁判も始まっていないのに釈放されるなんて考えられない。それに俺が新宿で見かけたとき、宮本大尉は外国人と一緒だった」

「外国人って？」

「東洋系の細身で長髪の日焼けした男で、いい身なりをしていた。外国製のツィードのコートを着て革靴に高級時計、いまの日本であんな格好をしているのは連合国の外国人だけだろう」

「だとしても戦争は終わったんですから、宮本大尉が外国人と歩いていても不思議でも何でもないでしょう」

口ではそう言ったものの、心の中では辰三郎も違和感を感じていた。いくら戦争が終わったからと言って、あの宮本大尉が外国人と連れだって歩くだろうか?

「もちろんそうだが新聞社にいるといろいろな噂が耳に入ってくる。その中には巣鴨プリズンに関する物もたくさんあるんだ。事実かどうかは分からないが、GHQに協力した者は無罪、あるいは減刑になるとか……」

「宮本大尉に限ってそんなことは絶対にありません!」

辰三郎は強い口調で断言した。少なくとも辰三郎の知っている宮本は、そんなことをするくらいなら迷わず自決を選ぶ人間だった。

「分かってる。分かってるがだ、俺はもしあの人がGHQに協力して巣鴨プリズンを出たんだとしても責める気はみじんもないぞ。本当だ。もう戦争は終わったんだし、戦時中にあの人がやっていたことは全部上からの命令、お国のためだ。あの人だけじゃない。巣鴨プリズンにいる大半の連中がそうだろう。それで死刑や懲役《ちょうえき》になるなんてあまりに理不尽だ。違うか？」

「違いません。自分もそう思います」

「だろ？　だからさっきの件だが、もしあれが宮本大尉で身なりのいい外国人と付き合いがあるのなら、ＧＨＱにもツテがあるんじゃないかと思っただけだよ」

「あのぉ、さっき新宿って言ったけど新宿のどの辺で見かけたんでしょうか」

二人の間の剣呑《けんのん》とした空気を鎮《しず》めるかのように、香也が遠慮がちに口を挟んだ。

「ハーモニカ横丁さ」

「分かるか？」

辰三郎が訊ねると香也は「うん」と頷《うなず》いた。「おいおい、あの辺は闇市と浮浪者が集まってて物騒だから、こんなお稚児《ちご》さんみたいな綺麗《きれい》な子が行くところじゃないぞ」

「田村さんは取材ですか？」

「それもあるけど、あの辺に変わった闇焼酎を出す店があるって聞いて覗《のぞ》いてみようと思ってな」

「大陸でさんざん痛い目に遭ったっていうのに……。酒はほどほどにしておいた方がいいですよ」

「まったくだ」

田村はそう言いながらコップの酒を勢いよく飲み干した。

2

昭和二十年十一月　東京有楽町

ＣＩＥの映画班長であるデイヴィッド・コールの日本での暮らしは概《おおむ》ね順調、いやむしろ紛《まぎ》れもなく素晴らしいもので、新天地を求めて極東までやって来たのは間違いではなかったという確信は日に日に強くなっていた。そしてその確信が、彼にかつてない自信を与えつつあった。米国での彼はしがない労働者の一人に過ぎず、貧しい移民家庭出身であったこともあって、決して真面目一辺倒で生きてきたわけではない彼の臑《すね》には小さな疵《きず》もいくつかあった。だからいくら頑張ったところで大きな成功は見込めるはずもないと諦《あきら》めていた。一生底辺で終わるくらいなら犯罪者にでもなって一時でも甘い汁を啜《すす》れれば、そんな考えさえ頭に浮かんでいた頃、世界規模の戦争という千載一遇《せんざいいちぐう》のチャンスが訪れた。戦争は底辺にいる者が過去を葬り去り、そこから抜け出して一気に上へと駆け上がる絶好のステージだ。

コールは経歴を詐称していまの仕事に就《つ》いたが、当時はそんな人間は他にもたくさんいたし、特に責められるようなことでもなかった。しかし戦争中は軍のためになる人間が全てであって過去の経歴は問題ではないからだ。しかし戦争は永遠には続かない。いつか終わる。終われば既に三十も半ばのコールはまた厳しいアメリカの競争社会に放り出され、前ほど酷《ひど》くはないにしろ、どこか中小企業に就職してさしてぱっとしない人生を送ることになるだろう。そのくらいなら極東の敗戦国でもう一旗上げたい。そう考えて遠く離れた占領地でのＧＨＱ勤務を自ら希望した。そして、ここでかつて手にしたことのない権力を手に入れることに成功した。

ＣＩＥの報道・映画・演劇班の映画班長という身分は想像以上に素晴らしく快適で、彼の自尊心は大いに満たされていた。何しろ自分の一言で日本人は右往左往の大騒ぎ、何とか検閲から逃れようとあらゆる方法で懐柔《かいじゅう》してくる。アメリカでは誰も自分の機嫌を取る者はいなかったが、ここではご機嫌取りに来る者ばかりでこの上なく気分が良かった。もっと締め付ければ、もっと低姿勢で来るだろう。そのためには映画だけではなく他のジャンルにも徹底した検閲が必要だ――などと、さらなる権力の増加に向けてあれこれ考えを巡らせているところだった。

「フォーセット大尉、ちょっといいか」

コールは同じ課のフォーセットを呼んだ。コールの身分は民間人だが、彼は現役の海軍大尉で演劇班の班長だ。

「演劇班の方は順調なのか？」

「それが歴史の浅い映画のようにはいきませんよ。特に日本の演劇界には能、歌舞伎、文楽といった我々の国よりも長い歴史を持つ伝統芸能がたくさんありますからね。この連中は、こちらの目を盗んでは相変わらず前時代の封建的価値観に立脚《りっきゃく》した作品を上演する傾向にあります。特に歌舞伎の興行を一手に仕切っている梅松株式会社にその傾向が顕著《けんちょ》に表れていますね。やはりそう簡単に方向転換は出来ないんでしょう。我々の指導をのらりくらりとかわしながら、はっきりとした方向転換を回避《かいひ》するつもりかもしれません」

「だったら、民主化に反するなら歌舞伎などいっそのこと全部禁止してしまえばいいじゃないか。いい見せしめになる」

コールは強い口調で言った。

「コール班長、お忘れですか。我々にはそんな権限はありませんよ」

一瞬言葉に詰まったがここで黙るのは癪《しゃく》だし、立場は自分の方が上なのだ。コールは軍人に甘く見られたくなかった。

「だったら歌舞伎の全作品に厳しい指導をすればいい。それでも逆らうようなら上演許可を与えるな」

「コール班長」

フォーセット大尉が厳しい口調で話を遮《さえぎ》った。

「何だね」

「G－2のCCDから、うちが越権行為をしているというクレームが入っています。うちは企画や台本の事前検閲までで、出来上がった作品の検閲はCCDの担当です。しかも指導を無視した者を罰する権限も持ち合わせてはいない。GHQの占領方針は、あくまでも戦後日本の民主化を援助、指導するというもので力ずくで抑えつけることではないし、マッカーサー元帥は絶対にそれを望んではいないと聞いてます」

「そ、それは……」

コールは反論できなかった。

「それともう一つ。CCDから、あなたが必要以上に労働運動に肩入れしているのではないかという質問がありました。むろん、そんな本来の職務と関係ないことはしていないはずだと答えておきましたがね。こういうことが続くと、ゆくゆく困ったことにもなりかねませんよ」

くそっ。コールは心の中で呟いたが顔には出さず、神妙な表情をつくって「分かった。変な誤解を受けないように気をつける」とだけ答えた。

「歌舞伎を始めとする伝統芸能については、いま上演作品の詳細なリストの提出を命じています。そのリストに基づいて我々が作品内容を検討し指導する方向で進めていくつもりです。GHQは、あくまでも封建的な価値観を奨励《しょうれい》するような作品を排除したいだけで、日本の伝統芸能を抹殺《まっさつ》する気はないということをくれぐれもお忘れなきよう。娯楽への過剰な弾圧はGHQへの反感、ひいては反米へと繋《つな》がります。その辺は映画班もまったく同じはずですよ」

「分かった。だったらリストの提出を急がせたまえ」

それだけ言うと、分が悪いと感じたコールは大人《おとな》しく引き下がった。


その夜コールは新橋のダンスホールで一人の男と会った。日本でコールの過去を知る唯一の男だ。コールはまだアメリカに居た一九三〇年代に共産党に入党していた。当時は貧しい若い労働者で、厳しい不況の中で社会への不満が溜《た》まりに溜まっていた。社会主義への傾斜は、魂の叫びというよりいわば必然からだったと言ってよい。そして、裕福になれない鬱憤《うっぷん》を晴らせる場所を求めたのはコールだけではなかった。当時社会の底辺に近い場所で生きることを強《し》いられていた移民系の若者の多くが、〝楽園〟を求めて共産党に入党した。いま思えば一種のブームのようなものだったのだろう。だからコールは徴兵《ちょうへい》によって入隊が決まったとき、そのことを隠した。これもまた他の多くの若者と同じだった。無事に任期を終えれば、世間の見方も少しは変わるし自分にとって不利益になりそうなことを敢《あ》えて言う必要はない。そのおかげで除隊してからもこうして軍に関わる仕事に就《つ》くことが出来ているとも言える。

だがなぜかこの男はその事実を知っていた。男は〝ペルレ〟と名乗り、自分も「隠れ共産党員」だと告白し、いまの日本の若者は昔の自分たちと同じで〝楽園〟を求めていると力説した。なるほどいまの日本は、全国民が貧しいと言っていい。そんな彼らに必要なのは、底辺にまで平等に富が行き渡るような政府主体の社会主義的な政策ではないのかと。確かにその通りだ。貧しいということがどういうことかを良く知っているコールもまったく同意見だった。

「君のおかげで日本の主だった映画製作会社すべてに労働組合が誕生したんだ。これは素晴らしいことだよ」

ペルレは満足そうな表情で手にしたグラスを掲げた。長身で肩幅の広いがっちりとした体型にブラウンの髪、灰色の目と見事な鷲鼻《わしばな》。顔つきと英語の癖からドイツ系のような気がするが、彼は違うと言っている。いずれにせよコールにとってはどうでもいいことだった。ペルレは豊富な資金を持ち、コールの能力を高く評価してくれている。それが最も重要なことだったからだ。

「彼らは定期的に集会を開き、雇用者たちとの交渉を開始する気でいる。我々のおかげで、いままでの日本では出来なかったことをしようとしているんだ。素晴らしいことじゃないか」

コールは鼻高々で語った。

「まったくだ。だが、その動きが映画会社だけで留まっていてはダメだ。この波をもっと多くの業界に広げていかねば。GHQは財閥解体に乗り出すと言っているが、どこまで深く切り込めるかは怪しい。財閥たちも必死で抵抗するだろう。いまこそこれまで強欲な資本家たちに搾取《さくしゅ》されていた労働者たちが立ち上がるときだ。日本中に労働運動の波を広げて、傲慢《ごうまん》な資本家たちの前でインターナショナルの大合唱を響かせるんだ」

「君の言うことはいつもスケールが大きいな」

コールは笑った。この男はいつもこんなふうで隙《すき》も摑《つか》み所もない。だが金離れだけは良く、いつもコールに充分な活動資金を渡してくれる。この日彼から貰った封筒もＧＨＱの給与袋の倍の厚みがあった。

「いまの日本を見れば、そう遠くないうちにその日は必ず来るだろう」

ペルレは静かな声で言った。「人間は長期間の貧しさには耐えられない。我慢の限界を超えると必ず〝楽園〟を求めて体制に反発し始めるものだ。民主主義の悪いところは、人民に自由という名目の競争だけを与えて、勝った者にだけいい夢を見せて負けた者への責任を取らないことだ。戦争に負けて全てを失ったいまの日本に必要なのは、弱者を救済できる社会主義だけだ」

3

昭和二十年十一月　日比谷から新宿

昼を過ぎた頃から日比谷の公園には人だかりが出来始めていた。その視線の先にいるのは、先月ＧＨＱによって徳田球一《きゅういち》ら共産党幹部十二人が釈放されたことを喜び赤旗を振りながらＧＨＱ本部までデモ行進した連中と同じ顔ぶれだった。あれ以来急に元気付いて、徳田球一を筆頭に「天皇を打倒しろ！」と街頭で息巻いている。拍手や声援をする者もいたが、多くの人間はどう反応すべきか迷っているようにじっと様子を窺《うかが》っているだけだ。拍手している者たちの多くはおそらく第三国人に違いない。その光景を眺めながら、宮本は忌々しそうに地面に唾《つば》を吐き捨てた。

「誰か行ってあいつらを全員ぶち殺して来い！」

「そうしたいのは山々だがそうもいかん。何しろ民主主義の世の中になったんだからな」

そう言って煙草を差し出したのは、特高警察上がりの新藤喜一だ。他に巣鴨プリズンで一緒だった川俣太美夫と宮本の三人が同じ班となった。

リオンは設立したばかりのイエロー・イーグル機関のメンバーを三、四の班に分けてそれぞれに任務を与えた。宮本たちの任務は、戦後急激に活発化し始めた労働運動を啓発している共産主義者の炙《あぶ》り出しだ。あの連中のように人目につくところで目立った活動をしている者たちは、いますぐどうこうする必要はない。むしろもっと危険なのはああいう連中に資金を与え、裏で煽動《せんどう》している者だというのがリオンの意見であり、それに対しては誰も反論する気はなかった。ただ徳田たちを野放しにしておくのが気にいらないだけだ。

だがリオンがそれ以上に危惧《きぐ》しているのは、あの連中がこれほど大胆に、そして傍若無人《ぼうじゃくぶじん》に活動できる背景にはＧＨＱ内部からの後押しがあるからだという点だった。当然のことながら連合国軍とはアメリカだけではなく他の国も含まれる。そして彼らの後ろ盾《だて》となっているのは紛れもなくその一員のソ連であり、いま宮本たちが追っているのは、踊らされている者ではなく踊らせている者の所在といって良かった。

新藤の煙草《たばこ》から貰《もら》い火をしながらしみじみと煙草を見ると、いつものゴールデンバットではないキャメル、進駐軍しか持っていない煙草だった。

「これナラハシに貰ったのか？」

「ああ、この仕事を引き受けて良かったことと言えば、いつでも洋モクが手に入ることかな」

笑いながらそう言うと新藤は美味《うま》そうに煙を吐き出した。

「気前がいいな」

「人の使い方を知ってるんだろう。昔俺の上司だった男と同じような目つきをしてやがるからな」

「どんな目だよ」

「人を狩る目さ。もっとも歳はあいつの方がずっと若いがね」

「上司ってのは特警のか？」

「そうだ。警視庁の特高一課でゾルゲを逮捕した凄腕《すごうで》だよ。俺はまだ新米だったが、上の偉い連中がドイツ大使館からの圧力に負けて何度も『ゾルゲに不審な点はない』と横槍を入れて来るのを全て無視して、ひたすら影のように張り付き続けてとうとう尻尾《しっぽ》を摑んだ。そういや、あんたはあいつが処刑された巣鴨拘置所にいたんだったな」

　昭和十八年にスパイ容疑で逮捕され拘留されたソ連のスパイ、リヒャルト・ゾルゲは日本の敗戦が濃厚になってきた昭和十九年に、まるでソ連への当てこすりのようにロシア革命記念日十一月七日に巣鴨拘置所で死刑の執行がされた。最後の言葉が「世界の共産党万歳」だったという話は、宮本が中にいたとき何度も聞かされていた。

「さっさと処刑したのは正解だったな。もし終戦前に執行しなかったら、いまごろあいつは大手を振って徳田たちと赤旗を振ってるぜ」

「まったくだ」

「ところで川俣の方はどうなってる？」

「東亜映画株式会社の町田撮影所に潜り込んで、ＣＩＥのデイヴィッド・コールと一緒にいたという男の正体を探っているよ」

コールはＣＩＥに勤務する民間人だが、いまの職に就《つ》いてから報道、映画関係の会社への〝指導〟のついでに行く先々で労働組合の設立を強く要求していた。そのことがナラハシの耳に入り、要注意人物としてマークされていた。

「軍服を着ていたんだろ。それでも誰か分からないのか？」

「ナラハシに言わせると本物の軍人かどうか怪しいそうだ。少なくとも米軍人の中にはいまのところ該当者が見つからないと言っていた。俺たちから見ればみんな同じように見えるから町田撮影所の連中が米軍人だと信じ込んだのも無理からぬ話だが、ＧＨＱっていうのは米軍だけじゃないんだってな」

実を言うと、宮本もリオンから説明を聞くまでそう信じていた者の一人だ。おそらく日本人のほぼ全員が同じように思っていることだろう。ＧＨＱ／ＳＣＡＰは連合国軍最高司令官総司令部の名の通り連合国軍の集合組織で、職員は米軍人と米国籍民間人が多数を占めてはいるが、他にイギリス軍やオーストラリア軍の人間たちも含まれているということだった。そもそもＧＨＱは米英、英連邦だけでなく中華民国、ソ連まで含む国々から派遣された四十万人以上の人員を統括《とうかつ》しているというのだから、すべての人間を掌握できるわけがないというのも納得できる話だ。

「ソ連も中華民国も表向きはお仲間なんだから厄介《やっかい》なことだ」

宮本は大きなため息を吐《つ》いた。

「だいたい、こんな面倒なことをしなくてもコールをとっ捕まえて直接尋問すればいいんだよ。少々手荒なことをしても吐かせれば、その軍服の男の正体が分かるのに」

新藤が荒っぽいことを口にするので、「お前まだ特警気分が抜けてないようだな」と宮本は呆《あき》れた。終戦前までのやり方はもう通用しないということを新藤の胆《きも》に銘じさせておく必要がありそうだ。

「ダメか？」

「ダメだな」

宮本は指が焦《こ》げそうなほど短くなった煙草を投げ捨てた。「そもそもコールなんてさほどの大物じゃないんだ。どこに行っても堂々と名乗っているし、ナラハシの話では彼が共産党贔屓《びいき》なのは周囲の者はみな知っているそうだが、労働者の権利のために組合の設立を奨励することは日本の民主化を進めるＧＨＱの方針に背いてはいない。そんな人間の身柄を理由もなく拘束したりしたら、背後にいるかもしれない連中は一気に消えるぞ。リオンの狙いはコールよりももっと大物だ。少なくとも誰も名も所属も知らない軍服の男の方が価値があると睨《にら》んでいるんだ」

「なるほどな、諜報屋《ちょうほうや》の考えそうなことだ。――おっと連中、そろそろ引き上げるみたいだぜ」

そう言って新藤が煙草を投げ捨てた。じきに日が暮れるので徳田たちは引き上げる準備を始めた。集会が終わると党本部に戻り夜遅くまで何やら激しく討論したり機関紙を作ったりしているようだが、これといって他に変わったことはなかった。何しろ日本の敗戦によって彼らは息を吹き返し、ＧＨＱに対して「解放軍万歳」とまで叫ぶほどだ。そういう連中をＧＨＱが表だって糾弾《きゅうだん》や監視をすることも出来ず、元戦犯容疑者の宮本たちのような人間を使っているのだから皮肉なものだとしか言いようがない。

「また今夜も退屈な尾行か。監視しか出来ないってのも辛《つら》いね」

新藤はつまらなそうに呟《つぶや》いた。

「しょうがないだろう。時代は変わったんだ。悪いがしばらく一人で頼む。俺は明日は新宿へ行くから」

「分かった。新宿ってことは、政治犯として投獄されていた手崎与志夫《てざきよしお》のところだな」

「そうだ」

「あいつ、手応えはどうだ？」

「かなりいい。完全にリオンのことを日系アメリカ人のＮＢＣの記者だと信じたようだ。自分の半生を残らず語るから記事にしてくれと張り切ってる」

「そりゃあいい。あいつは獄中で早々に寝返った根性のない野郎だけに、いまは昔の仲間からも見捨てられて拠《よ》り所がないんだろう。自分の立場を少しでも良くしようと必死だろうから、いままで隠していたことも喋《しゃべ》るに違いない。飴《あめ》と鞭《むち》作戦でどんどん情報を漏らしてもらえ」

新藤は皮肉っぽく笑った。リオンは戦後釈放された政治犯・思想犯に新聞記者として近づき、取材という名目での接触を図っていた。戦争前の日本はもうどこにもない。白昼堂々と大衆の前で陛下を愚弄《ぐろう》するようなことをしている連中がいても手が出せないくらいなのだから、昔のやり方はもう通用しない。しかも存在そのものが秘密となっているイエロー・イーグル機関にあっては、地道に調査を進めて堀から埋めていくしかない。

新藤と別れた宮本は、翌日都電を乗り継ぎ新宿に向かった。破壊された道路の整備はまだまったく進んでいなかったが、それでも都電やバスは車体に戦争の傷跡を残したまま砂埃《すなぼこり》をまき散らしつつも、庶民の足として毎日力強く運行されていた。

着いたのは昼前だったが、新宿駅前は身動きが取れないほど人が集まっていた。終戦直後からこの周辺にはテント張りの闇市が立つようになり、いまは一大闇市場だ。日本中が物資不足だが東京は特に酷《ひど》く、食料も日用雑貨も何もない。盗品でも横流し品でも構わないから手に入る物を求めて、東京中から人が集まって来る。女の姿も目に付いた。どの女も両手でしっかりと大事そうにバッグや巾着《きんちゃく》を握りしめている。おそらくその中には戦争中必死で守ってきた虎《とら》の子《こ》が入っているのだろうが、いくら金があってもいまの東京には物がない。それでもわずかな食料品や日用品を求めて家族のためにくたくたになるまで闇市を歩き回るのだろう。

元政治犯の手崎は、ハーモニカ横丁で被弾して崩れた家々の中から勝手に持ち出した品を売って暮らしを立てていた。要するに盗品販売だ。中を覗《のぞ》くと、いまにも崩れそうなバラックの店先に鍋《なべ》、やかん、桶《おけ》、欠けた茶碗、破れた衣類、片方しかない靴、位牌《いはい》、割れた洗濯板などが並べられ、その奥に片脚が義足の手崎が座っていた。

「手崎のおやじ、元気かい？」

宮本は気さくに声をかけた。

「あんたか。そろそろ寒くなるからイヌどもにやられた脚が痛んでしょうがないよ」

手崎は同情を引くかのように、いかにも哀れっぽく残った脚をさすってみせた。特高警察の拷問で脚を失ったと吹聴《ふいちょう》しているが、本当のところは仙台刑務所に服役中に感染した壊疽《えそ》が原因だと聞いている。

「そうそう。あんたに会ったら礼を言おうと思ってたんだ」

「何の？」

「アメリカの記者を紹介してくれたことだよ。あいつ昨日、煙草とチューインガムを持って来てくれたんだぜ。煙草は洋モクだよ洋モク！」

手崎は嬉しそうに言った。

「そりゃ良かった。取材はうまくいったのか？」

「もちろんさ。俺の武勇伝をたっぷり聞かせてやった」

どこまで本当か分からない手崎の自慢話を右から左へと聞き流していたときだ。

「宮本大尉ではありませんか？」

そう呼ぶ声に驚いて振り返ると、懐かしい顔がそこに立っていて、宮本は胸の中に何かがこみ上げてきたような気がして少しの間、言葉を失った。

「おまえ藤原……藤原じゃないか！」

「宮本大尉、やっぱりご無事だったんですね。上海で別れてからずっと案じてましたが、大尉のことですから絶対に生きて日本に帰られたはずだと信じてました」

「大尉はいらない。もう軍人じゃないからな」

「自分もいまは藤原軍曹ではなく紀上辰三郎です」

「そうか役者に戻れたか。良かったな、本当に良かった」

宮本は感極まって言った。

「有り難うございます」

そう言って笑った顔は以前のままだった。戦争中二人は同じ部隊で、辰三郎は宮本小隊の隊員だった。しかし、宮本は南京《ナンキン》駐留中に関東軍からの特命に協力するために部隊を離れた。数ヶ月後に再び上海《シャンハイ》で原隊と合流したが、そのときはすでに大陸の各師団は連合国軍によって分断され敗走を余儀なくさせられていた。誰の目にも日本の敗戦は濃厚で、関東軍や各師団本部はそのときが来るのを覚悟したのか、あるいは大本営からの指示があったのか、少数の部下のみに事情を伝達して秘密裏に書類の処分を始めとする極秘作戦を開始した。宮本は極秘作戦に選ばれた一人で、自分の助手として辰三郎を選んだ。理由は数多くいる部下の中で最も信頼が置け、かつ健康で無傷、そして容姿が良かったからだ。

生まれながらの役者の血筋というだけのことはあって、中国語が上手《うま》いわけでもないのに大陸人の中に紛れても少しも物怖《ものお》じしない度胸と素人《しろうと》離れした華ある存在感で、周りの人間を惹《ひ》き付ける何かがあった。宮本が関わったのは、大陸での日本軍の活動に関わりある記録を抹消《まっしょう》し、さらに大きな秘密を守り通すという大胆な任務だった。だからこそ、むしろそういう任務に相応《ふさわ》しからぬ意表を突くような鮮やかな人選が必要だと思ったのだ。

　宮本は一介の下士官に過ぎない辰三郎に作戦の詳細は告げず、察しのいい彼もまた何も訊かなかった。部下の使命は上官の命令を忠実に遂行することで、そこに理由や私情は必要ないという軍人の本分を彼はよくわきまえていた。宮本に命じられた通りに辰三郎は軍服を脱ぎ民間人に成りすまして部隊を抜けたのだが、彼が上海を離れて香港に向かう途中に日本が敗戦を受け入れたことで彼の任務は中途で命令者を失い途《と》切《ぎ》れることとなった。

「すまなかったな、あのときは」

　宮本は真っ先に謝った。原隊と一緒に引き揚げ船に乗ることが出来なかった辰三郎のことはずっと心にひっかかっていたのだ。幸い終戦直後に無事に香港《ホンコン》到着したという連絡を受けて生きていることは分かったものの、彼が単独で部隊を離れた理由については誰にも話すわけにはいかなかった。また関東軍と繋《つな》がりがある自分の命令で動いていたと言えば、辰三郎自身も関東軍との関係が疑われることになる。そこで上級将校から愛人とその家族を安全な場所まで送って行ってくれと個人的に頼まれて、下士官の彼が断れるわけもなく仕方なく部隊を離れたのだと説明し、部下の田村に日本に戻ったら藤原の家族に無事を伝え、少し遅れるが必ず復員してくるはずだと伝えてやってくれと託した。幸い宮本が名を拝借した上級将校はすでに戦死している上に、現地妻との間には三人の子供もいることは公然の秘密だったので、周囲はすんなりと信じた。

「自分は無事に帰国出来ましたし、こいつの顔を見たら大陸でのことは全部忘れましたよ」

辰三郎のその言葉で、宮本は初めて彼の隣にいる華奢《きゃしゃ》な少年に気がついた。掃《は》き溜《だ》めみたいなこんな場所には場違いな垢抜《あかぬ》けようで、一目で辰三郎と同業だと分かった。

「この子がよく話していた弟弟子か？」

「はい。紀上香也といいます。これから贔屓《ひいき》にしてやってください」

「もちろんだ。ずいぶんと可愛い子だがいずれは女形《おんながた》か？」

「はい」

「そりゃ楽しみだな。居《い》るだけで目の保養になりそうだ。それにしても偶然とはいえこんな場所で会うとはなぁ」

「いや実はこの辺で宮本さんを見かけたという噂を聞いて……。こいつがよく小道具に使えそうなものを探しにこの辺りの闇市に通ってるって言うもので一緒に来たんですよ。そうしたら運良く宮本さんにそっくりな人がいて、もしやと思ったんです」

「そうか。とにかく会えて嬉しいよ」

宮本はそう言ってしっかりと辰三郎の手を握った。もちろんその言葉に偽《いつわ》りはなかったが若干《じゃっかん》の後ろめたさもあるし、また一瞬だが辰三郎があのときの任務についてどの程度察していたのかという不安も胸を過《よ》ぎった。

「こうして再会出来たのも何かの縁、どこかで一杯やりましょうよ」

「ああ……そうだな」

断ることも出来たが宮本はそうしなかった。辰三郎は勘が鋭いので下手な小細工はしない方がいいと思ったのが半分、純粋に会えて嬉しかったのが半分だ。

「この辺りに有名な密造酒があるって聞いたんですが」

「カストリ酒だろ。あれは止めておけ。飲んで死んだ奴が大勢いるらしい。それにこんな子を連れてるんだからタチの悪い酔っ払いに絡まれたりしたら厄介だ。——手崎のおやじさん、ちょっと奥を借りてもいいか？　こいつは軍隊で一緒だった男なんだよ。いまばったり出くわしてさ」

「ああいいよ。けど畳も何もないぞ」

「そんなものこの辺りのどこにもないから構わんよ」

「そうか」

手崎が三人を奥へと案内した。奥と行ってもバラックの屋根とトタンの壁があるだけで下は土のままだ。三人はそこに置かれていた木製のベンチに腰掛けた。おそらく焼け跡から拾ってきたものだろう、半分以上が焦《こ》げていた。部屋の中央に置いてあるドラム缶に火が焚《た》かれ、その上にヤカンが置いてある。手崎は近くにあった箪笥《たんす》の残骸《がい》のような棚から形の違う湯飲みを三つ出し、ヤカンから白湯《さゆ》を注《つ》いだ。

「どうやらまったくの偶然ってわけでもなさそうだな。わざわざ俺を捜しに来てくれたんだろう？」

宮本は湯飲みを受け取り辰三郎に訊いた。

「ええまあ」

「また何で？」

「自分の消息を劇団に連絡するように手配していただいたお礼を言いたくて。それと……」

辰三郎はちょっと言いにくそうに言葉を濁した。

「何だ？」

「ちょっと宮本さんにお願いがあるんです」

「俺にか？」

「はい。宮本さんを見かけたという人が、身なりのいい外国人と一緒だったと言ってました」

「そりゃアメリカの新聞記者だよ」

湯飲みを配っていた手崎が嬉しそうに口を挟んだ。「俺はな、この人に紹介してもらってアメリカの新聞に載るんだぜ」

「へぇすごいですね」

香也がそう言うと、手崎はますます嬉しそうな顔になった。

「おやじ、店番してないとすぐにかっぱらいが来るぞ」

宮本の言葉に、手崎は慌てて「そうそう」と言いながら店先に戻った。

「それで外国人がどうしたって？」

「その新聞記者と親しいんですか？」

「いや、俺も闇市で声をかけられてちょっと話をしただけで、親しいわけじゃない」

「そうですか。何とかその人と連絡がつかないでしょうか」

「ちょっと無理だな。いったいどういう用件なんだ？」

「その記者はＧＨＱのお偉いさんにコネはないかと思って」

「どういうことだ？」

辰三郎が事情を説明し始めた。ＧＨＱのＣＩＥが日本の報道・映画・演劇に圧力をかけていることは充分知っている宮本は、なるほどと腑に落ち、同時にいらぬ気を回す必要はなかったとほっとした。彼の頭はもう戦後の自分の家業へと向いている。終戦直後に上官から命じられた秘密任務のことにはまったく興味がない様子だ。このまま ずっと興味がないままでいて欲しい。芝居のことだけ考えていてくれればこっちも助かる。だがそのためには……。

「そうか、役者の世界も大変だな。俺も新聞でＧＨＱが歌舞伎や文楽に難癖付けてるってのは読んで知っていたけど、そんなに酷《ひど》いとはな」

「そうなんです。映画関係者なんかは毎月ＣＩＥの担当者を呼んで接待したり金を渡しているという噂もあります。本意じゃありませんが、うちだって上演を許可して貰えるならそのくらいのことはする覚悟です」

「確かにこんなご時世だものな。ＧＨＱが白と言えば黒い物も白。逆らったところでどうにもならん」

宮本は神妙な顔で頷《うなず》いた。そういう事情ならば辰三郎がこんな場所まで自分を捜しに来たことも合点がいくし、軍隊にいたときから自分を慕ってくれて命すら惜しまず従順だった部下に対して少しでも力になってやりたいという気持ちも胸の中でうごめいていた。だが結局は辰三郎をいま自分がいる世界に近づけたくないという気持ちの方が勝った。

「分かった。またどこかであの記者に会ったら訊いてみる。だから時間をくれないか？　もしあの記者が見つかれば劇団の方に連絡するから」

「お願いします宮本さん」

辰三郎と香也は、ほとんど同時に同じ台詞《せりふ》を言って頭を下げていた。まるで芝居の一幕のようだ。

「やれやれ流石《さすが》に役者の血筋だな。息がぴったりじゃないか」

宮本は感心した。こんな些細《ささい》な日常の一コマにすら、彼らの血の中に潜む役者の遺伝子というものが見え隠れするようだった。

ふと、きっと何もかもこの血のせいに違いないと宮本は思った。場面場面で無意識にごく自然に自分の顔を変えながら使い分けていく他の兵隊にはない才能。これがあったから俺はあの任務にこいつを使おうと思いついたんだ。こいつなら周囲の人間すべてに疑われるような窮地《きゅうち》に陥《おちい》っても、きっと切り抜けることが出来る。血眼《ちまなこ》になって日本の兵隊を捜し回っている中国人の目を誤魔化《ごまか》せると。

宮本は心の中で何度も同じことを呟《つぶや》いていた。言い訳だと分かっていたが、あのときはそうするしかなかった。日本軍の落日がすぐ目の前に迫っている切羽詰まった状況で他の方法を考えることも、他の誰かを選ぶことも出来なかった。幸い辰三郎は宮本の期待を裏切ることなく無事に終戦の混乱を乗り切って無傷で帰国することが出来た。そしてあの任務の裏にあった真実には何一つ気付いてもいないようだ。このまま芝居のことだけ考えて全てを忘れてくれれば、あの作戦は戦争の闇の中へと消えていくだろう。いつか誰かが真実を暴く日まで……。宮本は辰三郎のためにそれを強く願った。

4

昭和二十年十一月 根津《ねづ》

リオンは明治に建てられたという根津の小さな洒落《しゃれ》た洋館を借り、そこをＮＢＣ派遣の報道記者リオン・ナラハシの居と定めた。この家の持ち主は日本の財閥一族の親類筋だが、現在進められているGHQによる財閥解体を畏れて戦々競々としているようで、外国人に家を貸しておけば資産没収を免《まぬか》れると考えたのか「家賃はいらないから是非住んでくれ」と懇願された。家主も近所の人間もリオンを新聞記者だと信じている。ついこの間まで敵対していた国の人間と知っていても表面上はいたって親切で穏やかだったが、大人たちは自分たちの方から積極的に近づいて来ることはなく、遠巻きに様子を窺《うかが》っているだけだ。だが子供たちは違う。子供の好奇心と怖い物知らずは万国共通。国境も人種も関係なく、いつも目を輝かせてリオンを観察し、隙《すき》あらばチョコレートやチューインガムという未知の食べ物を手に入れようとチャンスを窺っている。外から戻って来ると必ず玄関先でたむろして待ち構えている汚い浮浪児たちが手を伸ばしてしつこく何か強請《ゆす》ってくる。フィリピンでも毎日のようにくり返されてきた光景だ。それを適当にあしらいながら家に逃げ込む暮らしも慣れたものだった。

その夜、リオンの家には数人の客があった。主賓はGHQのDS（外交局）に勤務していたヘンリー・ルイスというイギリス人の職員で、帰国が決まったという話を耳にしたリオンが彼のために日本風のサヨナラ・パーティを主催することにしたのだ。

料理は近所に住む板前に頼んだ。東京は食料不足でとてもまともな食材は手に入らないと言うので、G－2（参謀第二部）のコネで補給軍から必要な食材と酒を調達してもらった。だが何と言ってもこの日の目玉は〝ゲイシャ〟だった。GHQは芸者は娼婦《しょうふ》であるという認識から、勤務者が芸者と接触できる場所に出入りすることは全面的に禁止していた。だがそう言われれば言われるほど接触してみたいのが人間というものだ。さほど親しくしていたわけでもないルイスを家に招くには、それなりの餌《えさ》が必要になる。そこで「帰国するんだってね。どうだい、うちで〝ゲイシャ〟を呼んでサヨナラ・パーティをしないか？　上司にバレたところで、その時は君はもう日本にはいないんだから何の問題もないんだし、取材で知り合ったオキヤに頼めばゲイシャと遊べるんだ。いい土産話が出来るぞ」と持ちかけたところ、ルイスは二つ返事で受諾した。

芸者の手配はこの家の家主に頼めば簡単なことで、リオンの狙《ねら》いは見事に当たり、パーティは大いに盛り上がった。家主が手配してくれた柳橋の三人の芸者たちは若く美しく、目にも鮮やかな衣装で踊ったり三味線という不思議な音を出す弦楽器を弾いたりして場を盛り上げた。子供の好奇心と同じでホステスの仕事も万国共通だ。言葉が通じなくとも男たちを楽しませる手練手管《てれんてくだ》は見事なもので、リオンは非常に満足していた。すっかり酒が回ってみながハメを外し過ぎて疲れた頃合いを見て、リオンはルイスに近寄り親しげに肩に手を回した。

「やあルイス、楽しいかい？」

「ああ楽しいよ。僕のために日本最後の夜にこんな素敵なパーティを開いてくれるなんて、君は最高の友だよリオン。これでお別れなんて実に残念だ」

「まったくだ。それにしても司令部勤務は苦労が多かっただろうな」

「まあな。マッカーサーはあの通りの性格だし、やりにくいったらなかったね。ミスをしようものならすぐに雷だし不機嫌になるし。だけどいまの日本はまだ混乱の中なんだから、何でもかんでもすぐに思い通りにいくわけがないんだ。それなのに二言目には急げ急げと……」

だいぶ不満が溜まっていたようだ。リオンは胸の中でほくそ笑んだ。

「マッカーサーはなぜそんなに焦《あせ》っているんだ？」

「それは、やっぱり負けたくないんだろう」

「誰に？」

「アイゼンハワーにさ」

ルイスは目の周《まわ》りを真っ赤にして呂律《ろれつ》の回らない口調で続けた。「知っての通り今度の戦争には二人の英雄がいる。ドイツに勝った欧州のアイクと日本に勝ったアジアのマックだ。アイクはドイツ、マックは日本の占領軍のトップで両方とも元帥だが、本当なら二人の立場が同じはずがないんだ。まるで水と油なんだから」

「どうして？」

「元々アイクはマックの部下だったんだ。マックはウエストポイントをトップで卒業した優等生で同期の出世頭、それに引き換えアイクは成績は真ん中かその下くらいで出世も遅かった。マックが少将のとき、彼の代表補佐武官だったアイクは、まだ少佐だったんだぜ。二人はフィリピンで一緒に勤務していたが、何か間違いがあるとマックはすべて副官のアイクの責任にしてねちねち虐《いじ》めていたって話だ。それが厭《いや》でアイクは何度も転任希望を出したらしいが全部マックに握り潰《つぶ》されたらしい。アイクがマックを嫌うのは当然だろう」

「へぇ、そんな因縁《いんねん》があったのか」

「そうさ。ところがマックと別れたとたん、アイクの能力が正当に評価されるようになった。抑えつけられていた指揮官としてのカリスマ性と作戦遂行能力が一気に花開いたってわけだ。戦争が始まってからのアイクの欧州戦線での活躍は目覚ましく、とんとん拍子に出世した。とりわけ死んだルーズベルトがアイクを高く評価していて、彼に重要な作戦を任せて出世の階段を用意してやったって話だ。少佐から中佐になるまで十六年もかかった男がたった五年で元帥だぜ。信じられるか？　いつの間にやらマックと同じ数の星を付ける立場になっていたってわけだからマックにしたら面白いはずがない。しかも欧州でのアイクの人気は抜群だ。僕の母国イギリスでの人気も相当なもので、彼は欧州をナチから救った英雄として愛されてる。女性に人気のないマックとは違い、アイクは欧州のご婦人たちの間でも大人気で毎週婦人会のパーティに引っ張りだこって話だ。むろんそのことは本国にも伝わっているはずだし、ことあるごとにマックが苛つくのも分かるだろう？」

「なるほど。そういう事情があったのか」

リオンは大きく頷いた。

「そうさ。世の中は事情だらけなんだよリオン」

泥酔の一歩手前のルイスは焦点の外れた目つきでリオンに寄りかかり、酒臭い息を吹きかけた。「戦争が終わったいま、そんな二人が目指す場所は一つしかないだろう」

「目指す場所って？」

「ワシントンさ」

「政界か」

「そう。それも最終目的地は合衆国大統領の椅子だ。マックが政治家への転身に野心満々なことはプレスの連中はみんな知っているはずだ。だがアイクの方はいまのところ政治家への転身は考えていないという話だ。だけど、ワシントンには彼の人気を見逃さない連中が大勢いるんじゃないのか？　いま現在占領軍トップの椅子は二つあるが、アメリカのトップの椅子は一つしかないときてる。そう遠くない将来、どっちかがその椅子に座っている可能性は低くはないんだぜ」

アイゼンハワーについては知らないが、マッカーサーが大統領の椅子を狙っているのは間違いあるまい。フィリピンにいたときからそんな噂は流れていたし、彼を最もその椅子に座らせたがっているのは副官のフェラーズだと囁《ささや》かれている。だとすれば、あの二人にとって日本統治はただの任務とはまったく違う、いわば彼らの人民をまとめる力が試されている実験場なのかもしれない。

それならここで彼らの成功に貢献すれば、日系人に対する評価は大きく変わるはずだ。厭《いや》でも日系人の功績を認めざるを得なくなるし、万一にもマッカーサーが大統領になるようなことがあれば、そのときに日本での日系人の働きを思い出させてやればいい。いまその合衆国で唯一無二《ゆいいつむに》の輝かしい椅子に座れているのは誰のおかげなのかと。

そう考えたときリオンは身体の奥底が熱くなり、自分の中で心臓の鼓動が大きく速くなっていくのが分かった。

「なぁルイス」

リオンはいつの間にか芸者の肩を抱いて口説いているルイスを見た。「CIEのことなんだが、どうしてあんなのばっかり集めたんだろうか」

「あんなの？　ああ左利き（レフト・ハンド）ってことか」

「ってことは、DSも気が付いてはいるのか」

「うちだけじゃない。はっきり口にはしなくてもみんな知ってるよ。GHQ内ソ連支部なんて陰口叩いてる連中もいるくらいだからね」

実のところ生粋《きっすい》の職業軍人で強烈な反共産主義者であるG－2のウィロビーはCIEを酷《ひど》く毛嫌いして、彼らのやり方にことごとく反発していた。とはいえ日本の民主化を進めるという目的は一緒なので当初は我慢をしていたようだが、最近はCIEの権限を越えたとも言える行動に苛《いら》つき警戒を強めている。特にCIEの連中が上に何の許可も得ずに日本の労働運動の後押しをしたり、あろうことか社会主義者たちと『インターナショナル』を合唱したりと目に余る行動に出始めたことでとうとうウィロビーの堪忍袋《かんにんぶくろ》の緒《お》が切れたらしい。

「GHQはなぜあんな連中を集めたんだろうか」

「僕も本当のところは知らないが、僕の上司は『ルーズベルトが死んだからだろう』と言ってたな」

「どんな関係があるんだよ」

「ルーズベルトの急死で急遽《きゅうきょ》大統領を引き継ぐことになったトルーマンは、社会改革に夢中だった前任者の方針を一気に逆方向に向けちまった。もともと本国ではルーズベルトのニューディール政策には、随分不満も出ていたんだろう？」

「そうらしいが俺は開戦してからずっとアジアの戦場ばかり取材してきたから、その辺のことはいま一つピンとこないんだ」

「とにかく、トルーマンのおかげで本国に居場所がなくなったルーズベルトの置き土産《みやげ》とも言うべき社会改革派の連中にとって、占領国日本は格好の実験場に思えたんじゃないかな。だって本国で出来なかった社会改革を占領地でなら思う存分出来るんだからな。GHQにしたってスムーズに日本の民主化を進めるためには、ああいう連中の力も必要だと割り切っているんだと思うよ。――それにしてもこのホステスたちは実にキュートじゃないか。僕は急に帰国したくなくなったよ」

「そうか。それなら極東最後の夜を心ゆくまで楽しむといい」

そう言ってリオンはルイスと芸者の側から離れ、一人で中庭に出た。他のゲストたちも芸者たちと言葉も通じないのに楽しげに戯《たわむ》れている。何を交渉しているのかは推測できるが、リオンは気づかないふりを通すと決めていた。外の風はもう冷たく、付き合いで飲み過ぎた身にはちょうどいい酔い冷ましだ。

マッカーサーとフェラーズは、大統領選への布石として何としても日本の迅速な民主化を成功させたいに違いない。アイゼンハワーへの対抗心がどの程度のものかは分からないが、かつては部下だった男に負けたくないという気持ちは本当だろう。そんなこともあって、GHQに社会改革に熱心な左利きたちが流れ込んで来ることを黙認してきたのだろう。マッカーサーもフェラーズも戦争の達人ではあるが、統治のスペシャリストではないのだから不安もあったのかもしれない。彼らを上手く利用したいが、決して日本をソ連や中国のようにしたいわけではない。いや、むしろ日本の民主化を進めつつ、欧州だけでなくアジアも侵食し続ける共産主義の赤い波を何が何でも食い止めたいのだ。そのためには連中を利用しながら抑えつけなければならないというジレンマに陥《おちい》っているのだろう。

かなり危ない綱渡りだ。リオンはそう思ったが、その綱を渡りきらなければその先の栄光はないことも充分分かっていた。

乱痴気パーティの翌日、まだ酒臭い根津の自宅に宮本が定期報告にやって来た。何しろまだイエロー・イーグル機関は動き始めたばかりでメンバーそれぞれの力量を見極める時間が必要なのだが、宮本に限っては第一印象通りの男で、リオンは彼を選んだことに満足していた。各班の現況を報告した後、宮本は言い難そうに切り出した。

「まったくの別件ですが、一応お耳に入れておきます」

「何だ？」

「あなたと一緒のところを自分の知り合いが目撃したらしく、それを自分のかつての部下だった男に教えたようなんです。それでその男があなたを紹介してくれとわたしのところに頼みに来ました。もちろん新聞記者としてのあなたですが」

「なぜ俺を？」

「ＧＨＱの幹部を紹介して欲しいんだそうです。彼は歌舞伎役者で、あの業界はいま大変なんでしょう。それで……」

宮本からその男の事情を聞いたリオンは興味をそそられた。

「その元軍曹は何ていうんだ」

「本名は藤原大和ですが、世間では白羽屋《しらはや》の御曹司、紀上辰三郎の方が通りがいい。戦前は紀上春五郎劇団の若手人気役者で、いずれは春五郎の名跡を継ぐだろうと言われてました。どちらも芝居好きなら誰でも知っているような有名な役者ですよ」

「姓が同じということは、二人は親子なのか？」

「姓と言っても役者としての一門の名字で戸籍上の名前ではありませんし、正確に言うと辰三郎は春五郎の甥《おい》です。春五郎には実子がいてその子も役者だったんですが、確か十五、六のときに事故で亡くなっています。それで辰三郎が養子に入った。こう言っちゃ何だが、死んだ実子よりも甥っ子の辰三郎の方が断然実力と人気があったこともあって、彼が後継者になることは自然の流れだったんでしょう。芝居通の話だと、小さいときからそれに相応《ふさわ》しい華も資質も傑出していたそうですから。出征中も頻繁《ひんぱん》に手紙を書いて寄越してきてた弟がいて随分と可愛がっているようですが、これも本当の弟じゃなくて春五郎の弟子の実子を引き取ったとか……。歌舞伎や能といった伝統芸能を継承する家というのは普通とはかなり違ってましてね、男子のみによる芸の継承のせいか、一門の血筋や名跡を絶やさないための養子縁組が盛んで、それぞれの一門がどこかで血縁を持って繋がっているような密接で複雑な関係でして……まあ、こういう日本特有の習慣というのは、外国の人間にいくら説明したところで分からないと思いますがね」

明らかに最後の一言は厭味《いやみ》だと分かっていたがリオンは無視した。

「どんな人間だ？」

「いい男ですよ」

すぐさま宮本は言った。「見た目も中身もね。気性のさっぱりした粋《いき》な江戸っ子で、生まれた時から特殊な世界で生きてるわりには、いい意味で世渡りというのが分かってる。軍隊時代もそこに居るだけで周りをパッと明るくしてくれるような奴でした。勘が鋭くて行動力と忠誠心があって、小隊でも可愛がられていましたよ。とりあえず、あなたとはたまたま知り合っただけで自分も詳しいことは知らないと誤魔化《ごまか》しておきました」

その話しぶりから、宮本がその役者に対して抱いている好感が充分に伝わってきた。だからこそリオンのような人間と関わらせたくないと思っていることもだ。開戦からずっと東南アジアのあちこちで対日心理作戦に関わってきたリオンには、宮本の日本人ならではのそういう優しさが彼の弱点であることもとっくに察していたし、そういう人間を見ているとつい意地悪をしたくなる自分の性分も厭というほど知っている。

リオンは外連味《けれんみ》たっぷりに笑った。

「それならいい。ところで宮本」

「はい」

「君は結局、巣鴨プリズンでの聴取で終戦直前の任務については何一つ証言しなかったが、こうやって無事に釈放されたいまなら話してくれてもいいんじゃないか？　ここで何を聞いてもそれを理由に君を戦犯として再勾留《こうりゅう》する気などまったくない。そもそも俺は戦犯狩りには興味がないからね」

宮本はしばらく考えていたが、やがて「そうですね」と頷いた。

「関東軍の将校から、連合国軍の捕虜にされる前に密かに上級将校とその家族だけを大陸から脱出させるという連絡を受けて、それに協力していました。玉砕《ぎょくさい》を覚悟していた兵士たちにはとても言えませんから、ごく少数で秘密裏に実行するしかなかったんですよ。数人は脱出に成功しましたが残りは自決か逮捕、生きて帰国した者も連合国軍の戦犯容疑者として逮捕状が出た直後に自決しました」

「それだけか？」

リオンはさり気なく、だがしっかりと訊ねた。

「それだけです。自分もあわよくば将校たちと一緒に大陸を脱出する気でしたが、それは無理でした。日本がポツダム宣言を受諾してしまいましたから……それで、脱出する前に引き揚げ命令が出たんですよ」

「だが無事に帰国は出来たし、戦犯にもならずにすんだんだ。運が良かったな」

「帰国出来たのは運ですが、それからはあなたのおかげだ」

宮本は淡々と言い、リオンは静かに微笑《ほほえ》んだだけだった。この男の心はいまだに帝国陸軍とともにあり、彼の目の前で拳銃自殺した将校と同じく、何があろうと死者たちと共有した秘密を守り通す気だ。そう確信したとたん、なぜかリオンは笑い出しそうになった。これこそまさに、自分が分析し続ていた日本人そのものではないか。彼らは死者との約束を破ることを恥とし、恥をかくことは死ぬよりも辛いと考える民族なのだ。

5

昭和二十年十二月 向島から馬喰町《ばくろちょう》

ＧＨＱからの横槍で結局『寺子屋』の上演を打ち切らざるを得なかった春五郎の落胆は大きく、見ているのが辛かった。劇団の連中もみんな酷く気落ちして、他の仕事を探した方がいいのではないかと言い出す者までいる始末だ。何とも言えない重苦しい空気が劇団を覆っていて稽古場にいても息が詰まりそうだった。

「──おい、もう酒はないのか？」

素肌に女物の長襦袢《ながじゅばん》を羽織《はお》っただけという若いヒモか情人《いろ》気取りの辰三郎は、向島にある馴染《なじ》みの置屋の奥座敷で大声で催促した。

「もうそれが最後。このご時世に客でもない男に出す酒はありゃしないよ」

そう言ったのはここの女将《おかみ》のすぎ乃で、二十近く年上だが、辰三郎の古い馴染みの一人だった。

「辰ちゃん、あんたこんなところで油を売ってていいのかい？　いつもなら師走《しわす》と言えば討ち入りだって言うんで、みんな目の色変えて『忠臣蔵』の稽古をしてるのにさ」

「『忠臣蔵』をやれるなら、俺だってこんなところで年増《としま》相手に不味《まず》い安酒なんか飲んでないよ」

「年増で悪うござんしたね。あんたがさんざん食い散らかしてた若い子たちはみんな戦争でちりぢりバラバラ。軍人に囲われたり疎開先で嫁に行ったりで、残ってるのは貰《もら》い手の無かったのばかりだよ」

「香也もそんなこと言ってたな。まったく、何から何までしけてやがる」

辰三郎は未練がましく空のお銚子《ちょうし》を覗いた。

「ねぇ辰っちゃん、どうしてＧＨＱは『忠臣蔵』はやっちゃいけないって言うんだい？」

寝間着姿のすぎ乃は辰三郎の横にしなだれかかるように座り、懐紙《かいし》に煙草《たばこ》を巻きながら訊いた。

「戦争が終わってすぐに、ＧＨＱが映画や芝居の関係者を一堂に集めて今後の方針を説明したんだとさ。そのときに歌舞伎の興行を一手に引き受けてる梅松株式会社に配布した覚え書きには、『封建的忠誠および復讐《ふくしゅう》の信条に立脚《りっきゃく》する歌舞伎演劇は現代の世界に通用せず』と書いてあったそうだ。どっからどう見たって『忠臣蔵』はまさにそれにどんぴしゃじゃねぇか」

「だけどさ、それがなきゃ歌舞伎でも何でもないじゃない。ちっともおもしろくないと思うけどね」

すぎ乃は巻いた煙草に火鉢から火を移し、それを辰三郎に銜《くわ》えさせた。長年男の相手をしてきただけのことはあって手慣《てな》れたものだ。

「そういや、東亜映画や西映像会社の連中が芸者を上げてＣＩＥの連中を接待してると聞いたぜ」

「らしいね。この辺の置屋にも毎週どこかの映画会社からお声がかかってるよ。ＧＨ

Qの規則で料亭への出入りは禁じられてるからって、闇料亭に招待して接待してるみたいだよ」

闇料亭というのは表向きは『クラブ』や『ダンスボール』の看板を上げているが、実態は芸妓《げいぎ》による接待を行う料亭のことだ。いくらGHQが職員や兵隊の芸妓遊びを禁じたところで、はいそうですかと素直に従うはずもなく、こういう抜け道はすぐに出来上がるし、本部も表沙汰《おもてざた》にならねば見て見ぬふりをしているところがあるのだろう。

「ちくしょう、映画にはそういう抜け道があって、何で歌舞伎にはないんだよ。歌舞伎ばっかり目の敵《かたき》にしやがって」

「あら、お前さん方の敵はGHQだけじゃないだろう。同じ日本人だって歌舞伎を目の敵にしてるのがいるじゃないの」

「新劇の連中のことか」

「そうそう」

何か思い出したようにすぎ乃は笑い出した。「この間、新劇の打ち上げに呼ばれた子が言ってたよ。劇団代表の柴田岳が酔っ払って興行会社の関係者の前で、『そもそも歌舞伎役者なんてものは、幼児期から小学校にも行かせてもらえず、やれ踊りだ義太夫だとお稽古事ばかりやらされて、幼いうちから家業の芝居と花柳界《かりゅう》に縛られて、それ以外の世界を知ることなく大人になったいわば一般常識が欠如した連中だ。そういう個人の自由や独自性を奪う世襲制度は民主主義の世の中に反する。GHQの言ってる通りだ！』ってね。でもまあ、あながち的外《まとはず》れなことも言ってないけどね。確かにあんたたちは子供のときから花柳界に入り浸《びた》りで、悪い遊びを憶《おぼ》えるのだけは人一倍早いからね。そのくせ世間一般のことは何一つ分かっちゃいないんだから」

「遊びなんてもんはな、男なら遅かれ早かれ憶えるもんなんだよ。ちくしょう、ふざけやがって。あいつらGHQの後押しがあると思って急に態度がでかくなって、これを機に演劇界から歌舞伎を抹殺しようとでも思ってんのか」

「だったらなおさら、こんなところで遊んでいていいのかい？　まあ、あたしゃ辰ちゃんとなら何日一緒に居てもいいけどね。何ならずっとここに居たっていいんだよ」

「馬鹿言うな、こっちの身が保たねぇ」

辰三郎は立ち上がり、長襦袢を脱いで自分の着物に着替え始めた。「そうだ姐《ねえ》さん」

「何？」

「ちょっと小遣い頼むよ」

すぎ乃は呆《あき》れ顔で大きな息を吐《つ》いた。

「やれやれ。あんたって男は、戦争に行ってもちっとも性根は変わってないね。あちこちで女泣かせて馴染みには小遣いせびって。あんたが知らないだけで、戦争中にあちこちであんたにそっくりのガキが生まれてるんじゃないのかい」

「かもしれねぇが、みんなやってきたことだ。遊びも知らないような役者に出来る芸なんぞ底が知れてらぁ」

「やれやれ、あたしも急に新劇の味方をしたくなったよ」

すぎ乃はそう言いながらも、古い鏡台の引き出しを開けて一円札を十枚出して辰三郎に手渡し、また必ず来ておくれと念を押した。

置屋の外に出ると、ひんやりとした空気が全身にまとわりついた。じきに本格的な冬がやって来る。歌舞伎の世界では毎年年末年始には華やかで大がかりな狂言をかけるものだが、今年はそれもままならない。それもこれもみんな戦争に負けたからだ。

「ちくしょう」

思わず呟《つぶや》いたとき、置屋の軒先に身をちぢこませた香也が立っているのが見えた。辰三郎の姿を見つけると香也は待ち侘《わ》びたように笑った。

「なんだ迎えに来てたのか」

「うん。にいさんたちがそろそろ辰を迎えに行ってやれって言うから」

「そうか。寒いのに外で待ってなくても、中に入ってりゃ良かったのに」

懐から出して手で香也の頬《ほお》に触れると、生きているのが嘘のように冷たかった。どのくらいそこで待っていたのか、冷え切った白い顔の中で黒々とした大きな目だけが異様に輝いて見えた。

「そうしたら、にいさん帰るって言うでしょう。すぎ乃姐さんが怒るよ」

おそらくすぎ乃は香也が迎えに来たことに気がついていながら、わざと知らん顔をして外に待たせていたに違いない。昔からそういうことが何度もあった。

「そんなこと知るか。それよりあの婆さんから小遣い貰ったから、これから久しぶりに二人で浅草にでも行ってみるか？　落語でも見物して闇市でカルメ焼きを買ってやるぞ」

「聞こえるよ兄さん」

香也は小声で辰三郎を諫《いさ》めながらも満面の笑みで辰三郎の手を握ると、いそいそと向島から浅草へと隅田川にかかる橋に向かって引っ張るように急ぎ始めた。

久しぶりに好物の甘い物を口にして上機嫌の香也を連れて馬喰町《ばくろちょう》にある春五郎の自宅兼稽古場に戻って来たのは夕暮れ時だった。冬の日は短く、五時を過ぎるとあっという間に真っ暗だ。ここには母屋に春五郎と番頭一家、稽古場には空襲で家を無くした一門の弟子たちが集まって雨露を凌《しの》いでいたが、何と言っても手狭なので近所の寺の一部を借りて弟子や他の者たちはそこで生活をしていた。

　香也と一緒に帰って来た後、辰三郎は母屋を出て寺に向かった。電気が復旧したと言ってもまだ頻繁に停電や時間制限があったりで、夜ともなればどこも真っ暗だ。辰三郎は足許《あしもと》に注意しながら寺の敷地内にある井戸に向かった。ちょうどそこで春五郎の弟子の中でも一番の古株の槙《まき》が洗い物をしていた。息子を南方で亡くしたという槙は、家族を東北の親類の家に預けて、役者だけでなく裏方や雑用までこなして劇団を支えるために一人東京に残っていた。

「おじさん、暗い中で大変だね」

　辰三郎は槙に声をかけた。

「若旦那ですか。——やれやれ、やっと女のところからお戻りですかい」

「香也が迎えに来たんで仕方なくね」

「そろそろ真面目にお稽古しないと、おやじさんの雷が落ちますぜ。いつまで復員気分に浸《ひた》ってるんだって」

「稽古しようにも次に何をかけるのかも決まらないような状態じゃ、気が入るわけないじゃないか。それより、ちょっと訊きたいことがあってさ」

辰三郎は腕を組んで井戸にもたれかかり、横目でちらりと槙を見た。

「へぇ何だろうね」

槙はとぼけているようだ。

「とぼけなさんなって。香也のことだよ」

槙は洗い物をする手を止めてため息を吐いた。

「気が付いちゃったか」

「あたぼうよ。気が付かないわけがないだろう。あんなに痩せて、しかも気味悪いほど色が白いじゃないか。あいつはもともと色白だったがあの白さは普通じゃない。それにおいらの前じゃ元気に見せてるがすぐに疲れるみたいだし、この間はどこにぶつけたわけでもないのに鼻血なんか出しやがって。おいらの後ばっかり追い回してないで養生しろって何で言ってやらねぇ。揃《そろ》いも揃って薄情な連中だぜ」

「薄情なわけじゃない。みんな香也の好きにさせてやりたいだけなんですよ」

厭な言葉だ。なぜか辰三郎はそう感じた。

「それどういう意味だ」

槙は黙っていた。「そんなに悪いのか？」

辰三郎がそう訊くと、槙はたったいま洗ったばかりの湯飲みに井戸水を入れて辰三郎に手渡した。喉《のど》の奥に染みるような冷たい水だった。

「今年の五月にそれまでになかったほど激しい空襲があったんですよ。それで歌舞伎座がきれいに燃え落ちまったんですよ。香也の奴、歌舞伎座が燃えてるって聞いて、みんなが止めるのも聞かずにわざわざ見に行って、歌舞伎座が焼け落ちるのを目の当たりにして相当なショックを受けたみたいでしたね。辰兄さんと一緒に上がる舞台がなくなったって、そりゃもう可哀相なほど落ち込んでましたよ。あそこで辰三郎さんの相方をするのが香也の夢ですからねぇ。見かねて春五郎のおやじさんが、日に日に空襲が激しくなるし香也のような若い子だけでも疎開させようと言い出して、みんなもそれに賛成したんですよ。若い者が生き残ってくれれば劇団は存続できるからって言ってね。ちょうどそのとき、吉川興行会社の吉川移動劇団が山陽の方を回るって話を聞いたんで、あそこなら芝居も続けられるしってことになって香也を預けることにしたんです。最初は、にいさんが帰ってくるまで東京を動かないとダダをこねてましたが、若旦那のことが分かったらすぐに呼び戻すからと言って承知させました。五月の終わりにあいつは吉川移動劇団の連中と一緒に東京を離れて行きましたよ」

そこまで話して槙は鼻水を啜《すす》った。「香也のために良かれと思ってやったことなんですよ。こんなことなら行かせるんじゃなかった」

「何かあったのかい」

「吉川移動劇団は岡山、広島と山口と公演して回る予定だったんだが、ちょうど広島に入った日にピカドンが落ちやがって……」

その言葉を聞いたとたん、辰三郎の手から湯飲みが滑《すべ》り落ちた。大陸で日本の広島と長崎にとてつもない威力の原子爆弾が落とされたと聞いたとき、誰もがどうとてつもなく凄《すご》いのか想像が出来ず実感が湧いて来なかった。何しろ人類がいままで一度も経験したことが無い物を日本の二つの土地が日を置かずに経験したと言われてもピンとくるはずもない。それからだんだんと耳に入ってきた〝ピカドン〟の威力についての噂は、耳を塞《ふさ》ぎたくなるようなものばかりだった。あれを落とされた土地の人間は皆死に絶え、草も木も百年以上生えない不毛の地に変わると……。

「香也……まさかあいつがピカドンに……」

「移動劇団は爆弾が落とされた中心部からは少し離れた場所に居たそうですが、ピカドンのせいで逃げ出す手段がなくなってしまって、しばらく広島で足止めを食らったって言うんですよ。劇団の連中はみんな黒い雨に濡れてどうにもならなかったって話してました」

「どうして香也がそんな目に遭わなきゃいけないんだ。あいつが何をしたって言うんだ」

「運が悪かったんだとしか……それしか言いようがありませんよ。それに香也だけじゃない大勢の人間がピカドンにやられたんでしょうが、誰にもどうすることも出来なかったんですから言っても辛《つら》いだけのことですよ」

「医者には診せたんだろうな」

「当たり前じゃないですか。香也が東京に戻ってすぐに、おやじさんが昔贔屓《ひいき》だった駒込《こまごめ》の病院の偉い先生に頼み込んで、何度も診てもらいましたよ。だけどピカドンに遭《あ》っちまったらどうにもならないって先生が言うんだ。何より香也自身が一番それを分かってるんじゃないでしょうか。それでも明るいのは、東京に戻ってすぐに若旦那の部隊の人が、若旦那は無事でじきに復員してくるって教えてくれたからですよ。あいつはそれだけを楽しみに待ってたんだ。にいさんが帰って来る、にいさんの芝居が見られるってね。本当にただそれだけを心待ちにして、舞鶴まで自分が迎えに行くって聞かなくてさ。おやじさんも香也の好きにさせてやれって言って……。金魚の糞《ふん》でもいいじゃないですか、連れて歩いておやりなさいな。あいつは小さいときから若旦那が好きで好きで仕方ないんだから。あいつがどれだけ若旦那の芝居が好きかを一番知ってるのは若旦那じゃないですか」

　その通りだが、だからこそ一番悔しいんじゃないかと叫びたかった。香也が小さいときから一緒に稽古を重ね、周囲も当人たちもいずれ二人が揃って一座の看板になることを疑っていなかったし、何より自分たちがそう信じていた。祖父や父やおじたちと同じように、みんなで一緒に芝居をして劇団を支えていく。それは役者の家に生まれた子なら当たり前のことで、わずかな疑問も持ったことはなかった。ずっと二人で同じ道を歩き、いずれそれを次の世代に渡していく。昔から親たちがやってきたことを自分も香也もやっていけるものとばかり信じていた。

　帰り道のことはまったく憶《おぼ》えていなかった。ただぼんやりと歩いているうちにいつの間にか稽古場に着いていたが、何故か中に入る気になれなかった。稽古場には提《ちょう》灯《ちん》が点《つ》いていて、中で人の声がしている。こんな時間まで誰か稽古をしているのだろう。漏れてくる三味線の音色を聞いていると無性に腹が立って仕方なかった。香也を移動劇団に預けたおやじにか、原爆を落としたアメリカにか、それとも病気を治してくれない医者にか、いやどれも違う。一番腹立たしいのは香也に何もしてやれない自分だ。

「ちくしょう」

腹立ち紛れに辰三郎は目の前の小石を蹴《け》ったが、その石が前にいた人間の足に当たったのを見たとたん「しまった」と思い、慌てて駆け寄った。稽古場から漏れる灯《あか》りの中に見慣れない人影があった。

「こいつぁ申し訳ないことを。お怪我はございませんか?」

「大丈夫ですよ。どうぞお気遣いなく」

流暢《りゅうちょう》な日本語でそう答えた男は、辰三郎よりも長身で顔は東洋系だが明らかに外国人と思える格好をしていた。暖かそうで高そうなツィードのコートに洒落た中折れ帽と革靴。うなじにかかる長さの髪を綺麗《きれい》に後ろに撫《な》でつけている。ふっと漂ってくる香は整髪剤かコロンと呼ばれるものに違いない。着流しに古い綿入れを羽織っただけの辰三郎とはえらい違いだ。男は辰三郎を上から下までじっくり眺めてから、淀《よど》みない日本語で「失礼ですが、あなたは紀上辰三郎さんでしょうか?」と訊いたので、辰三郎はさらに驚いた。

「はい、そうですが」

「NBCの記者でリオン・ナラハシといいます。わたしに会いたがっていると聞きました。わたしもあなたのことを聞き、ぜひ一度お会いしたいと思ってやって来ました」

それを聞いたとたん宮本の顔が真っ先に頭に浮かんだ。自分との約束を守って、記者に連絡をつけてくれたのだろう。小隊長には昔からそういう律儀なところがあった。そう思うと辰三郎はさっきまでの苛立《いらだ》ちが少し落ち着いていくのを感じた。

どうぞ中に入って下さいと勧めたがリオンは丁寧に断り、それよりもこれからちょっと自分に付き合ってくれないかと誘ってきた。辰三郎が頷《うなず》くと近くに停めてあった車まで案内し、その車で有楽町のクラブに連れて行かれた。客のほとんどは軍服とスーツ姿の外国人で、わずかにいる日本人客の中には新聞で顔写真を見たことがある日本自由党の議員がいた。正真正銘の高級クラブのようだが、常連なのかリオンはいたって平気な顔で、蝶《ちょう》ネクタイ姿のマネージャーにコートと帽子を預けながらにこやかに言葉を交わしている。マネージャーがすぐに二人をステージから離れた席に案内した。物珍しさから辰三郎はきょろきょろと周囲を見回していたが、やがて酒が運ばれて来くると、今度はそちらが気になった。

「ナラハシさん、これは?」

「ブランデーです。ここには日本酒は置いてないんですよ。ところで日本の役者はみんな同じ名字と聞いたものですから、辰三郎さんと呼んでもいいですか? わたしのことはリオンと呼んで下さい」

「分かりました。わざわざ来ていただけるなんて思ってもみませんでした。しかも日本語が分かる人なんて……」

辰三郎が正直な感想を漏らすとリオンはにっこり笑った。名前を聞けば日系と分かるし、目の前の笑顔はとても日本人的ではあったが、仕草や振る舞いはどう見ても外国人、ところがその取り合わせがちぐはぐな感じではなく妙に型にハマってしっくりくるので、なおさら不思議な感じがした。

「宮本さんから現在、歌舞伎を始めとする日本の伝統芸能が置かれている窮地《きゅうち》についてお聞きして、たいへん興味を惹《ひ》かれると同時に心が痛みました。わたしは日本で暮らしたことはありませんが、日本のことは祖父母から聞いて少しは知っています。生前、祖父母は歌舞伎は素晴らしい芸術だと言っていました。わたしに出来ることなら是非とも力にならせて下さい」

「それは本当ですか?」

いろいろなことで荒れていた辰三郎の心に一筋の希望の光が差し込んできたようだった。いまの劇団にとってこれほど心強い味方がいるだろうか。何より芝居が出来れば、少しでも香也を喜ばせてやれる。辰三郎の頭に真っ先にそれが浮かんだ。喜ばせてやりたい、少しでも長く香也が喜ぶようなことをしてやりたかった。

「もちろん本気です。ですから、こんな時間にあなたに会いに来たのですから」

「有り難うございます、有り難うございます」

辰三郎は何度も何度も頭を下げた。

「歌舞伎に対する指導については、わたしも知っています。ただそれはGHQの総意というわけではなさそうです。近いうちにあなたにある人物を紹介しましょう。彼はマッカーサー元帥のすぐ近くで働いていますから、必ずや力になってくれるはずです。しかも彼は戦前日本で暮らした経験があり、日本語が堪能で歌舞伎についての知識も豊富でよく分かっている人物です」

まるで夢のような話ではないか。辰三郎はすぐには信じられなかったが、とにかく悪い話ではないことは確かだ。

「それは本当に？」

「はい。ただ、わたしのことはまだ秘密にしておいていただけませんか？　宮本さんにもです。正式にその人物を紹介するまでは伏せておきたいんです。何しろ非常にデリケートな立場の方ですから」

「分かりました」

「その代わりというわけではないんですが、実は一つお願いがあります」

「何ですか。自分に出来ることなら何でもします。軍では鍛えられましたから体力には自信があります」

「そんなに難しいことではありませんから安心して下さい」

リオンは明るく笑った。「わたしはいま東京である人物を捜しています。ぜひその人に会って取材をしたいのですが、彼はどこかに雲隠れしてしまって見つからないんです」

「日本人ですか?」

「いいえ外国人ですが、アメリカ人とは限りません」

「外国人なら簡単に見つかりそうな気もしますが。だいたい日本では目立つし」

「彼がCIEの映画班担当者と一緒に、東亜映画の町田撮影所を始めとする数社の映画関係の会社や撮影所に姿を現したことは分かっています。——どうでしょうか? その男のことをもっと詳しく会社や撮影所の人間から訊き出してはいただけないでしょうか。宮本さんの話では、あなたは有名な役者でとても人気があるとか。映画関係者にも知り合いがいるでしょう? 彼らはわたしには教えてくれなくても、あなたには教えてくれそうな気がするんです」

「その程度のことなら、すぐにでも調べてみますよ。ですからさっきの件、どうかよろしくお願いします。本当にお願いします」

辰三郎が何度も念を押すと、リオンは何度も「分かりました」と力強く頷いた。

翌日リオンは仕事を終えたボウマン少佐を自宅に招いた。先日の再会以来、ボウマンとはすっかり仲良くなり、よく食事や遊びに行ったりしていた。第一印象通りの人間だったボウマンに特に好意を持ったわけではないが、ＧＨＱでマッカーサー付きの通訳をしている彼は貴重な情報源だったし、ボウマンにしてもリオンは数少ない腹を割って話せる相手のようだった。明らかに彼は軍では浮いた存在だったし本人も軍が好きではないと公言するくらいだから、戦場からの生粋《きっすい》の叩き上げ軍人たちからは煙《けむ》たがられていることは容易に想像できた。

聞けば、子供のときから音楽家や画家や詩人といった芸術家に憧《あこが》れていて、あちこちの専門学校に在籍してそういった勉強もしたのだが、どれも長続きしなかったそうだ。素人《しろうと》のリオンの目から見ても、ボウマンには無から有を創造して美しい形に変えるような芸術の才能は皆無に見えた。むしろ危険な戦闘にはまったく関与せずに通訳という特技だけであっという間に出世街道を駆け上がった世渡りの上手さを見ても、芸術家よりもペテン師の才能の方が遥《はる》かにありそうだ。だが彼が芸術を心から愛していることだけは疑いようがなく、絵画や音楽や舞踊に関する知識はかなりのもので、またそれについて語る時のボウマンは本当に嬉しそうで楽しそうで幸せそうで、その部分だけはリオンが彼の中で一番好感が持てるところだった。ボウマンという男の中には、芸術を信奉する純粋さと世間を見極める狡猾《こうかつ》さがうまく折り合いを付けて同居していた。

一方、紀上辰三郎はおそらくこの男とは対極にいる人間だ。リオンは彼を見た瞬間そう直感したし、宮本が語った彼の人間的な魅力が間違ってはいなかったという確信も持った。ボウマンと違い彼は芸術の女神に愛され他にはない特別な天分を授けられて生まれてきたに違いない。だが、幸運の女神にまで同じように愛されているかはまだ分からなかった。

「なあジョン、君はいまの仕事に満足かい？」

リオンはボウマンのグラスにビールを注ぎながら訊いた。

「何だい突然」

「満足しているのかと思ってね」

ボウマンは両手を組み、ちょっと考えるような仕草《しぐさ》を見せてから答えた。

「日本に来ることが出来た、それについては大満足だ。でも満足しているのはそれだけかな。他は何もないよ。いつも言っているように僕は軍が嫌いだし、いまＧＨＱが日本でやっていることにもさほど興味はない。君にしかこんな話は出来ないけどね」

「そうだろうね。俺も常々君はもっと別のことがしたいんじゃないかと感じていたんだ。失礼だが、俺は君と初めて会ったとき軍人には向いていないと思った。軍人はみんな粗野で単純で画一的で創造性がない。だけど君は創造性と芸術性に満ちた人間だ」

「本当にそう思っているのかい？」

「もちろん」

ボウマンは嬉しそうに微笑《ほほえ》みビールを飲んだ。「そんなふうに言って貰《もら》えると心から嬉しいよ」

「ジョン、俺に力を貸してくれないか。俺の日本の友人を救うために、君のその素晴らしい才能が必要なんだ。どうしても必要なんだ」

リオンはそう言って熱っぽい目でボウマンを見つめ強く手を握った。いつになく真剣な様子に驚いたのか、ボウマンはグラスを置いて姿勢を正した。

「良く分からないが、僕に出来ることなら力を貸すよ」

「出来るどころか、これは君にしか出来ないことなんだ」

「僕にしか出来ないことだって？」

好奇心と期待でボウマンの目が輝き始め、リオンは心の中で思い通りに事が進んでいくことに少しばかり酔いしれていた。

「君はいつも日本の伝統芸能は素晴らしいと話しているよね。特に歌舞伎が大好きで恋をしていると言ってもいいほどだと」

「ああ、だってその通りだもの。僕が世界で一番素晴らしい舞台芸術だと思うのは歌舞伎だからね」

それを聞きリオンはにやりと笑った。

「だったら歌舞伎を救ってやれよ。君にはそれが出来るんだから」

「僕が歌舞伎を救うだって？」

「そうさ。これはいまの日本でしか出来ないことなんだ。君が窮地に立つ日本の伝統芸能歌舞伎の救世主になるんだよ。そうすれば歌舞伎の歴史の中に君の名前は燦然《さんぜん》と輝いて残ることになる。この先俺や君が死んだ後も永遠に、歌舞伎を救って希有な芸術を守ったアメリカ人としてね」

＝　三章　勝利の先　＝

1

昭和二十年十二月　ＧＨＱ／ＳＣＡＰとその周辺

先月、ついにアイゼンハワーが陸軍参謀総長に任命された。今年五月のドイツ降伏後、アメリカによる占領地帯の軍政長官に就任していた彼が、早々にその地位を部下のパットンに委任したのはこのためだったのかと、フェラーズは臍《ほぞ》をかんだ。これで占領地に縛られない彼とワシントンの距離はぐっと縮まったと言えよう。それに引き換え、マッカーサーはいまだにこの地に縛られて動くことが出来ない。

終戦時に大統領のハリー・Ｓ・トルーマンがマッカーサーに与えた『天皇と日本政

府の統治権はマッカーサーに隷属《れいぞく》しており、その権力を思う通りに行使できる。我々と日本の関係は条件付きのものではなく、無条件降伏に基づいている。マッカーサーの権力は最高であり、日本側に何の疑念も抱かせてはならぬ。日本の支配は、満足すべき結果が得られれば、日本政府を通じて行われるべきである。もし必要であれば、直接行動してもよい。出した命令は武力行使も含め必要と思う方法で実施せよ』というこの一文は、まさに「米国史上空前」と称されるほど大きな権限がマッカーサーの手に委《ゆだ》ねられたことを意味していた。連合国軍最高司令官政治顧問団特別補佐役でマッカーサーを補佐していたウィリアム・ジョセフ・シーボルドは「物凄《ものすご》い権力だ。アメリカ史上、一人の手にこれほど巨大で絶対的な権力が握られた例はない」と驚愕《きょうがく》し、自他共にマッカーサーの右腕と認めるフェラーズもそのときは同じように感激した。

だがあれから半年以上が過ぎて、アイゼンハワーとは正反対にいまなお日本統治の全てを任せられている現実を見れば、もしかしたらこのアメリカ史上初の巨大な権限はマッカーサーをワシントンから遠ざけてこの地に縛り付けるための重石《おもし》だったのではないかとさえ思え始めてきた。

日本はドイツとはまったく違う。ヒトラーが死んでもドイツ国民は連合国軍を恨《うら》まないが、天皇が死ぬようなことになればそれこそ日本国民が玉砕覚悟で連合国軍に反抗するだろう。連合国とドイツには共通の宗教や文化が存在するが、日本との間にはないか、あったとしてもごくわずかだ。要するに日本統治の難しさはドイツの比ではないということだ。ワシントンの連中はそれを承知の上で、マッカーサーに困難な仕事を丸投げして自分たちが責任を負わずにすむようにしたのかもしれない。疑えばキリがなかったし、いまさら何を言っても仕方のないことだったが、世渡りには人一倍長《た》けているアイゼンハワーが、まんまと占領地の統治という厄介事から逃れて参謀総長の椅子《いす》に座ったことは、マッカーサーにとって決しておもしろい話ではあるまい。ほんの数年前まで、アイゼンハワーは彼の部下の一人に過ぎなかったのだから。

とにかくワシントンの目をマッカーサーに向けさせるためには、日本統治を連合国軍の手から速やかに日本政府に委ねるしかないが、それが簡単でないことはこの数ヶ月間で厭と言うほど分かっていた。アイゼンハワーのようにさっさと後任を決めて何もかも申し送りたいところだが、アメリカ史上かつてない権力を与えられた手前それも出来ないのでは、極東の島に流されて身動きが取れないのと同じだ。

「何かいい手はないのか」

フェラーズは独り言のように呟《つぶや》きながらも、執務室の少し離れた場所に居たウィロビーを見た。さっきから聞こえているはずなのに知らん顔だ。

「迅速に日本の民主化を進めて一日も早く日本政府に委ねるにしても……だ」

フェラーズは明らかに声のトーンを上げた。「それには効果的でインパクトのある何かが必要だ。本国に対してマッカーサーの日本統治は完璧《かんぺき》で何事もなく順調に進んでいると証明できる何かがな」

「心配しなくても、そのうちその何かがあっちの方から転がり込んで来ますよ」

やっとウィロビーが口を開いた。

「本当か？」

「そのために戦犯を残らず絞首刑にしろと息巻く連中を抑えつけてこの地に黄色い鷲《わし》を放ったんじゃありませんか。しかも鷲使いはこの国の人間をよく知り、身体《からだ》の中に同じ血まで持っている。彼なら必ず我々が満足出来る獲物を狩ってきますよ。何しろあの連中にはまだ忠誠を尽くすべき相手がいるのですから。――この濠の先にね」

彼らは同時に窓の外を見た。視線の先にある禁断の地は、敗戦を受け入れたいまもまだ誰の手によっても侵されず静かに厳《おごそ》かにそこにあった。

その頃、コールからはペルレ、ホステスたちからは社長、他の者からは違う名で呼ばれている男もまた有楽町のビルの一室から濠の向こうを眺めていた。この視線の先にあるのは欧米では「王」と称される者と同格、いやそれ以上の存在で、長い歴史の中で常に民衆の敵であった者に違いない。生まれながらに与えられた特権の上に胡座《あぐら》をかき、民衆の命を虫けらのように扱って来た者たちだ。世界の多くの国々は革命によってこうした連中を倒してきた。フランス、ロシア、中国、どこも人民の怒りが一つになって大きなうねりとなって悪《あ》しき支配者をその地位から引きずり下ろすことに成功したのだから、この国でも同じことが起きても不思議はない。ましてこの国は、独裁者の言うがままに戦争へと突き進んだ挙げ句に何もかも失い、残された物は荒廃と貧困と絶望だけのはず。その不満があそこに向かわずして、どこへ向かうと言うのだろうか。他の国ならばとっくにそうなっているはずだ。ところがこの国ではいまだ何も起こらないどころか、予兆さえ一向に見受けられない。

「あそこはいつも恐ろしいほどに静かだ。濠の外で何が起きていようとまるで我関せずってところだな」

いつの間にかペルレの隣に立っていたコールが皮肉たっぷりに呟いた。

「己だけが安全な場所に身を置き、決して危険を冒さない。腐敗しきった権力者の特権だよ。世界中どこに行っても権力者のやることは同じだ」

ペルレは吐き捨てるように言った。

「怖くて亀《かめ》のように首をすくめて身を隠しているだけさ。来週、外が騒々しくなる。そうすれば少しは気になって、びくびくしながら顔を出すかもしれんぞ」

コールは面白そうに言った。

「来週、何があるんだ？」

「労働者集会だよ。報道、映像関係の会社の労働組合の連中を集めてデモをするんだ。共産党の徳田たちも合流して、すぐそこの広場で日本政府の敗戦責任と天皇の戦争責任を追及すると言っている」

「どのくらい集まる予定だ？」

「いまのところ百人に届くかどうかといったところらしいが、もっと人を集めるように言ってある。各社での労働組合加入者は増えているが、デモへの参加となるとまた別なんだろう。何しろみんな日々の暮らしで精一杯な連中ばかりだからな。日当でも出さないと集まりは悪い。さすがにGHQでデモ参加者を募るわけにもいかないし、何とかならないか？」

コールは物欲しそうな目でペルレの顔を見上げた。

「多少なら都合出来ないこともないが、それをやると金の出所からこちらの素性《すじょう》が手繰られる畏《おそ》れがあるぞ」

「それが何か拙《まず》いのか？　あくまでも日本の貧しい人々が圧政から脱して民主的な活動をするための援助支援金みたいなものじゃないか。ＧＨＱの占領政策とぶつかる話でもないし、問題ないと思うが。君の同志たちもそれを望んでいると思うんだがなあ」

もっともらしい言葉を並べるコールの目は輝いている。この男のことだから、その援助支援金とやらの中にちゃっかり自分の取り分を組み込んでいるはずだ。言っていることは立派だが、別の場所にある卑《いや》しい本音が見え隠れしている。コールの夢は現実的だ。本国に戻って他の人間より裕福な暮らしをすることだけなのだから。ペルレはそれを感じ取っていたので返事を曖昧《あいまい》にしていたが、はっきりと「出す」と約束しない理由は他にもあった。投資に見合うだけの成果が得られるのかという疑問だ。

無条件降伏を受諾したにも係《かか》わらず、いまもこの国では革命も暴動も起きず、民衆は粛　々《しゅくしゅく》と現実を受け入れている。それは恐ろしいほどの従順さと忍耐力で、無謀な戦いに突き進んでいたときと本質はまるで変わっていないように見えた。ペルレの中には苛立ちと焦《あせ》りと同時に畏怖《いふ》さえ生まれつつあった。単身この国に乗り込んで来たはいいが、このままでは何の成果も得られぬまま帰国することになるかもしれない。そうなれば同志たちによる彼の評価は地に落ちるだろうし、この国の敗北を見ることなく遠い異国で無残に処刑された同志に顔向けも出来ない。特にゾルゲには……。人伝《ひとづて》にゾルゲの最後の言葉を聞いたときペルレは、これは残された同志へのメッセージだと感じた。だからこそ、いつか彼の志を引き継ぐためにこの地に降り立つことを胸に誓ったのだ。

それにしてもなぜこの国の民は、自分たちをここまで追い詰めた絶対的支配者に向かって怒らないのか？　それどころか、なぜいまも敬い慕い守ろうとするのか、それがペルレには理解できなかった。人心だけではなく、この国の摩訶《まか》不思議な文化も習慣も嗜好《しこう》も全てが深い謎《なぞ》だった。

「デモを実施したところで、この国の多くの民衆は遠巻きに見ているだけだろう。組合で縛られたわずかな連中が濠の外で声を上げたとしても、それに賛同する者が増えていくとも思えない。仮に賛同する部分があっても周りの目を気にして行動には移さないんじゃないのか」

「だったらどうすればいいんだよ」

「もっと不特定多数の人間が気楽に見たり聞いたりすることが出来て、かつ我々の主張を何度も何度もくり返して聞かせることが出来るもの、つまり効率的で効果があるプロパガンダが必要なんだ。そういうものになら金をかける価値があると思うがね」

「つまり？」

「映画だよ」

ペルレはコールを見てにやりと笑った。「君がその手に握っている絶好の切り札、それを利用しない手はないだろう。それならば同志たちも出資に賛成するはずだ」

リオンの組織の存在はG－2の限られた者しか知らず正式な名称もなかったが、それでは何かと不都合なのでウィロビーは彼らを〈イエロー・イーグル（Yellow Eagle）機関〉と称して、GHQに接収された市谷台の陸軍省と陸軍参謀本部のすぐ目と鼻の先にある戦火《せんか》を逃れたアパートの三室を連絡所として与えた。古い建物だが隣の建物の一階が軍郵便を扱っていた郵便局で電話が引いてある。連絡用としてそこの電話を使えるし、目と鼻の先には進駐軍が駐留していることもあって物資の補給が容易《たやす》いことからここを選んだようだ。家具らしきものは一つもないが、機関員の中にはいまだ住居の定まらぬ者もいて、絶えず誰かが寝泊まりをしているような状態なので、数人の大人が一度に寝転がれるような充分な広さがある方が有り難い。その日、宮本と他に三人が一室に集まって薪《まき》ストーブにあたっていると、東亜映画の町田撮影所に日雇いとして潜り込んでいた川俣が血相を変えて飛び込んで来た。

「おい大変だ」

それが最初の一言だった。

「男の正体が分かったのか？」

宮本が訊《き》くと川俣は、いやそうじゃないと大きく首を左右に振った。

「それどころじゃない。そんなことよりもっと頭にくることだ。まったくふざけやがって！」

今日は朝から冷え込んでいたが川俣は走って来たらしく、額に汗が浮かんでいる。班の最年長、唯一の四十代でいつもは穏やかな男がかなり興奮していた。

「ちょっと落ち着け」

宮本はストーブの上のやかんの蓋《ふた》を開け、中を見た。玉子が六つ入っている。東京は相変わらず酷い食料不足が続いていて、公定価格では一個三十銭ほどの玉子が闇市で三円以上の価格で取り引きされていた。有り難いことにこの機関には、リオンの手配でＧＨＱの支援食料のおこぼれが回ってくる。慢性的に飢えている機関員たちにとって最大の楽しみは食べることだけに、これは素晴らしい贈り物だった。宮本は菜箸《さいばし》で器用に玉子をすくい上げてテーブルに置き、そのお湯を急須《きゅうす》に入れてお茶を注いで川俣の前に置いた。

「外は寒かったろう」

「そういやそうだな。それどころじゃなかったんですっかり忘れていた」

「カワさんがそんなに慌てるなんて、よほどのことみたいですね」

そう言ったのは、どう見ても貧相で冴《さ》えない小男にしか見えない木村だが、実は元特務機関員で、それもかなりの腕利きだったらしい。

「ああ、ぶったまげる話だぞ」

川俣は熱いお茶を啜《すす》ってから幾分落ち着いたようにふっと息を吐《つ》き玉子の殻《から》を剝《む》きながら興奮したようすで話し始めた。

「撮影所で仲良くなった男に聞いたんだが、そいつが親しくしている映画監督がしきりと天皇批判映画の製作を持ちかけられているらしい。その監督も『さすがにそれは』と言って返事を渋《しぶ》っているそうだが、どうもしつこく持ちかけている男というのがコールと一緒だった軍服らしいんだ。もちろん東亜の社員はみんなその男はＧＨＱだと信じて疑っていない。だからＧＨＱの命令ならば製作するしかないんじゃないかって話になりそうだとか」

「何だと、それ本当か⁉」

全員の顔色が変わり、室内に怒声が飛んだ。怒りのあまり全身を震わせている者もいた。

「ナラハシの話と違うじゃないか。ＧＨＱは天皇の責任は追及しないと確かに言ったんだぞ！」

「静かにしろ！」

宮本の厳しい声で部屋は静かになった。「いいか良く考えてみろ。ＧＨＱが天皇の戦争責任は追及する気はないと言っているのは口からでまかせとは思えない。だいたい勝った国が負けた国にそんな嘘《うそ》を吐《つ》く必要がどこにあるんだ。事実、東條大将には逮捕状が出たのに陛下に対してはそんな動きはまったくないし、ＧＨＱは皇居の中に踏み込むような真似《まね》もしていない。俺は、マッカーサーにはその気はないというナラハシの言葉は嘘じゃないと信じているが、もしかしたらＧＨＱの内部に、その決定を面白く思ってない連中がいるんじゃないだろうか。だからそいつらは天皇批判の映画を製作して日本国民の煽動《せんどう》に利用しようとしているのかもしれない。とにかく早合点《はやがてん》はするな」

みな黙っていたが、しばらくして川俣が口を開いた。

「それならどうするんだ？」

「俺はこれからすぐにナラハシに会ってこの件についての指示を仰ぐ。カワさんは引き続き撮影所の連中に接触して出来るだけ詳しい話を訊き出してくれ。他の班の者もいつでもこの件に回れるように準備をしておけ」

そう言いながら、すでに宮本は部屋の隅に置いていたコートと帽子を手に取っていた。


数時間後、宮本は有楽町にあるホテルにいたリオンと会って自分の考えが間違っていなかったことを確認した。リオンの話では、マッカーサー元帥は終戦前から一貫して天皇制の解体には反対し、速やかに無血で日本の民主化を進めるためには天皇の存在は必要不可欠だと考えている。マッカーサーに日本統治に関する全面的な権力が託されている以上、ＧＨＱが彼の意向に反することをするわけがないと。

「だが、以前にも言ったように寄せ集めと言えるＧＨＱは一枚岩ではないんだ。こと天皇の処遇については、マッカーサーの方針に真っ向から反対する根強い勢力がある。おそらく今回のことは、裏でその連中が糸を引いているのかもしれない。だがもしそれが同じ連合国内のどこかの国の意図としても、いまのところＧＨＱは表だってそれを糾弾することは出来ない」

リオンはそう言って宮本を見た。「だから君たちを集めたんだ。決してＧＨＱには出来ない、いやすべきではないことを密《ひそ》かにしてのけるためにね」

汚れ仕事させるため、リオンにそうはっきりと言って貰えば逆にやりやすいというものだ。

「分かりました。それなら具体的な指示をお願いします」

「まず他に天皇批判の映画製作を持ちかけられている映画会社や監督はいないかを調べろ。次に、彼らにそれを持ちかけているのは一人なのか複数なのかもだ。そして製作に応じる気のある会社、監督をすぐにリストアップしろ。どの程度危険かを見極めた上で処置を検討する。逆に渋っているところもリストアップしておけ。そっちに関してはＧＨＱの上層部から釘《くぎ》を刺しておけば問題ないだろう。それから、どんな手を使っても徳田たちの党本部にMole（モグラ）を送り込め。そういう話があるならあの連中が関与していないはずがない。それと他の班のメンバーもこの件に回して、徳田たちが接触している人間を片っ端から調べろ。日本人についてはそっちで、外国人に関しては無理に接触せずにすぐに俺に連絡しろ。こっちで調べるから」

いつになく厳しい口調だ。宮本には、それがマッカーサーの方針に反するＧＨＱの裏切り者に対してだけでなく、それに従おうとする日本人にも向けられているようにも聞こえた。

「一度訊いてみたかったんですが、あなた自身は天皇制存続に賛成なんですか？」

宮本は訊かずにはおられなかった。目の前の男は日本人だと言われても違和感がないし、アメリカ人だと言われればそうかもしれないと思うような曖昧な存在だった。生まれたときからおそらく死ぬまでたった一つの祖国しか知らない人間には、祖国が二つあるということ自体理解できない。祖国というのはどんなときでも一つしかないはずだ。それともリオンにとって本当に祖国はアメリカだけなのだろうか。日本への郷愁はわずかもないと言うのか……。だが宮本につけ入る隙《すき》を与えないかのように、リオンは何事もなかったようにさらりと言った。

「俺の意見など問題ではない。全てマッカーサー元師の方針に従うまでだ。君たちは戦争中の報道統制によって連合国軍の動きは何一つ知らされていなかっただろうが、マッカーサー元帥は終戦の一年半以上も前にすでに日本が降伏した後のことを検討し始めているんだ。その結果、直接統治より既存の日本の体制を利用した間接統治の方が好ましいという結論を出し、天皇制維持の方針を固めている。これには多くの対日分析官も賛成をした。というのも、君たち日本人は戦争に勝とうが負けようが圧倒的な天皇制支持を変えることはない、そういう民族なんだ。だからもし天皇制廃止のために天皇の戦争責任を追及したりしたら、これまでにない秩序の大混乱をこの国に招くことになる。平穏で効果的な日本統治のためには、天皇は必要不可欠な存在だと知日派の国務次官代理ジョセフ・グルーらも進言し、マッカーサー元帥も同意した。連合国軍が日本統治に関して全権を彼に委ねているということは、彼の方針がアメリカの方針だ。それ以外の方針は必要ない」

「そうですか」

改めて確認出来て、宮本は内心ほっとした。

「それはそうと、終戦直前に君が参加した極秘作戦のことだが……」

またその話か。宮本は心の中で呟《つぶや》いた。「あれから何か思い出したことや、言い忘れていたことはなかったか？　どんな些細《ささい》なことでもいいんだが」

「それがあのときは目の前に日本の敗戦が迫っていて誰も彼も混乱し冷静な判断力を失っていましたから、他に何か特別なことがあったかと言われても思い出せません。自分は何とか生きて日本に帰りたい一心で、撤退中に連合国軍と交戦にならないことだけを祈ってました。交戦になったらどうやって逃げようかと、それだけで頭がいっぱいでした」

「そうか」

言葉と裏腹にまったく納得していない顔だ。しかし宮本はそれを押し通すしかなかった。それが自分の目の前でこめかみに拳銃を押し当てて迷うことなく引鉄《ひきがね》を引いた者たちへの供養であり、最後の願いだったからだ。

2

昭和二十年師走　東京

戦前から歌舞伎《かぶき》の興行を一手に独占していると言っていい梅松株式会社と映画専門の東亜映画株式会社は商売上は敵同士ということになるのだろうが、共に地獄のような苦しい戦時中を生き抜いてきたという共通の経験と自負のせいか、役者も現場の人間も行き来や交流は頻繁でこれといったしがらみもなかった。いまは誰の顔を見ても命を永らえたことを喜び合える時期だし、命あっての商売だということもみんな分かっている。

その朝早く、辰三郎が町田に向かうためにこっそり家を抜け出す用意をしていると、何か言いたげな顔で香也が様子を窺《うかが》っていることに気がついた。また女のところ？　稽古《けいこ》はどうするの？　おじさんが怒るよといったお決まりの台詞が出てくる前に、辰三郎は小さな声で「一緒に来るか？」と訊いた。それを聞いたときの香也の何とも言えない嬉《うれ》しそうな顔を見たとき、辰三郎は強い力で胸を締め付けられたような気がした。

「そこの十字路で待ってるから暖かい格好して来い。夜はもう冷えるから急いで着込めるだけ着て来いよ。おじさんたちに見つかるんじゃないぞ」

辰三郎はそう言って先に家を出た。歩いて数分のところにある十字路で待っていると、兄弟子のお古の外套《がいとう》にこれまた誰かから貰《もら》ったマフラーをぐるぐる巻きにした香也が懸命に走って来るのが見えた。大きすぎる外套の下にあれこれ着込んで来たのだろう。ちっちゃな子供が悪戯《いたずら》で大人の服を重ね着して雪だるまのように膨《ふく》れあがっているようにしか見えず、不格好なその姿で懸命に走って来る姿を見つめているとただ愛《いと》しさだけが募り、その姿に厭《いや》でも幼い日が重なっていく。

香也の実父が亡くなったのは彼が五つのときだ。未亡人となった母親の頼みで春五郎の実弟であった辰三郎の父は香也を引き取ることにした。亡くなった香也の父親は春五郎が可愛《かわい》がっていた弟子だったし、当時香也はもう子役として舞台に上がっていたこともあり、手許で育てることに躊躇《ためら》いはなかったようだ。母親は香也の四つ上の姉だけを連れて実家のある信州に戻り、すぐにそこで再婚した。後で知ったのだが、相手の男にはすでに先妻との間に男子があったために再婚の条件が香也を手放すことだったらしい。それっきり香也は一度も母と姉とは会っていないし、あちらから連絡もない。

当時、母親から選別されて一人置き去りにされたことを察したのか、香也はいつも九歳年上の辰三郎の後を金魚の糞のように付いて来た。少しでも姿が見えないと、にいさん、にいさんと半べそをかいてあちこち捜し回っていたものだ。まるで他にもう頼る人間はいないとでも言うかのような懐きようで、辰三郎もそれがいじらしくて手を引いてあちこち連れて回っているうちに、いつの間にかそれが当たり前となり、この先もずっとこの関係が続いていくのだろうとばかり思っていた。

それからしばらくして春五郎の実子が亡くなり辰三郎は養子に入ることになったが、もともと二つの家族は家を並べて暮らしていたのだから環境的には何一つ変わることはなかった。一緒にいる時間があまりなく十七歳で京都に嫁いで行った実妹よりも、朝から晩まで習い事や稽古で片時も離れることなく一緒に過ごしてきた香也の方が濃い血の繋《つな》がりがあると思えるのも無理からぬことだ。

「今日はどこ行くの、にいさん」

そう訊く声が弾んでいる。どこだろうと一緒ならどこでもいいのが伝わってくるような楽しそうな顔だ。東京駅までは瓦礫《がれき》運搬のトラックの荷台に乗せてもらい、駅からは電車に乗った。切符を買って電車に乗ると、また香也が「どこに行くの？」と訊いた。相変わらず電車はいっぱいで、特に復員して来たばかりの兵隊や引き揚げ者の姿が目に付いた。大陸からの引き揚げはいまも続いている。兵隊優先のおかげで辰三郎は早々に復員出来たが、まだ大陸には大勢日本人が残っているはずだ。これから故郷に戻る者たちの家や家族が無事であればいいと願わずにはいられなかった。自分もこの国ももう充分いろいろなものを失った。これ以上何を失えと言うのだろうか。

「お前、東亜映画の町田撮影所の場所、分かるか？」

辰三郎がそう訊くと、香也は不思議そうな顔で「うん」と頷いた。

「あそこに何しに行くの？」

「野暮用。それよりお前、東亜映画に関する話で何か面白いもの知らないか？　戦争中のことでもいいし終わってからでも。噂とか評判とかよ」

「面白いって……そんなのあるわけないよ。東亜も梅松と一緒で戦争中は軍の検閲を通るような映画しか作れなくて大変だったって話だし、監督や脚本家の中には軍に睨《にら》まれて特高警察に連れて行かれた人もいるんだよ。ほら、あそこって戦前は外国の労働者映画とか革命映画にかぶれていた連中が多かったでしょ？　そういう人たちは大変だったみたい」

「だけどその連中はGHQのおかげで、いまはえらく鼻息が荒いって聞くぜ。新劇の奴らと同じで」

「そうらしいね」

そう言ってから香也ははっと何か気がついたように辰三郎を見上げた。「もしかして、にいさん、歌舞伎が廃止されたら東亜に移ろうかと思ってるの？」

「馬鹿言うな」

「ホントに？」

「ホントだよ」

「もし……もしだよ、そんなことないと思うけどもし歌舞伎が廃止されたら、にいさんどうする？　菊丸にいさんは会社勤めするって言ってるし春柾《はるまさ》にいさんはダンスホールの踊り子に踊りを教えようかって言ってるけど、にいさんはどうするつもり？」

「そうなったらお前と一緒に靴磨きでもするか。お前が客を引いて来ておいらが靴を磨く。そうすりゃ下だけ見てればいいから客に顔を見られなくてもすむだろう。誰にも紀上辰三郎だってばれないぞ」

「そんなこと言って、にいさんのことだからちょっと綺麗な女が通ったらすぐに上を向くに決まってるよ。それでばれちゃう」

辰三郎は笑ったが、香也の心配も分からないではなかった。いまの歌舞伎には逆風が吹き荒れていて、劇団やその周辺の者たちの中には歌舞伎が廃止された後のことを考え始めている者も出てきている。いまさら会社勤めが出来るだろうか、それとも商売でも始めようかと本気で悩んでいる姿を目にしても、いまの状況ではかける言葉がない。実際、この先どうなるかまったく分からないのだから。

「にいさんならどこでも大丈夫だろうけど、でも一番似合うのは歌舞伎の舞台だよ。舞台のにいさんは誰より格好いい。錦絵《にしきえ》みたいに姿がいいんで惚《ほ》れ惚《ぼ》れするよ。おじさんたちには言わないけど、僕、いつもにいさんしか見てないもの」

「だからいつも怒られるんだぞ。とにかくいまはその舞台が続けられるように何とかするしかないだろう。お前、町田撮影所に仲のいい知り合いはいないか？」

「知り合いは何人かいるけど、一番仲がいいのは大道具の友田のおじさんかな。戦争中よくお世話になったんだ。働き盛りは兵隊に取られて人手不足だし、鉄物は金属特別回収で軍に持っていかれちゃうし、どこの劇団も撮影所も男手と物不足だったから、映画とか歌舞伎とか関係なくみんなで人と物を貸し借りして使い回してたんだ。僕もとっても良くして貰ったよ」

「そうか。じゃあその人を紹介してくれ」

「いいよ」

町田に着くまで、香也は戦争中のことや隣近所の噂といったとりとめもない世間話を話し続けている。戦争前はときに煩《うるさ》いとすら感じた中身のないお喋りがなぜかとても心地好く、そしてたまらなく愛しく感じられた。こんなに無邪気に明るくて元気なんだから、そのうちきっと体調も良くなっていくはずだ。辰三郎は自分にそう言い聞かせた。

町田撮影所に着くとすぐに香也は受け付けで名前を告げて、勝手知ったる顔で中に入って行く。この周辺は空襲の被害を免《まぬか》れたようで、撮影所とその周辺には穏やかな昔ながらの町並みが残っていた。香也は先に立って敷地内に幾つもある倉庫の一つに入って行った。ずらりと並べられた大道具類を見ていると映画と舞台の違いはあれど、そこから漂ってくる匂いは同じだった。幾つ目かの倉庫まで来たとき、入り口近くに置かれたドラム缶で瓦礫を燃やしていて、周辺で数人が暖を取っていた。

「友田のおじさん、こんにちは」

香也はその中の一人に気さくに声をかけた。五十絡みに見える小柄な白髪《しらが》男が「やーちゃんじゃないか。今日はまたずいぶん丸いな」と嬉しそうに顔を綻《ほころ》ばせた。〝やーちゃん〟というのは襲名前の香也の子役時代の愛称で、それを知っているということはかなり芝居好きに違いない。すぐに辰三郎に気付くと「これは白羽屋の若旦那《わかだんな》もご一緒でしたか。よくご無事で、お国のためにご苦労様なことでございました」と深々と頭を下げた。それから香也を見て笑った。

「良かったなやーちゃん、大好きなにいさんが帰って来て。これでもう何の心配もないな」

「留守にしていた間、劇団の者がお世話になりました」

「お互い様ですよ、こういう時代なんだから。ところで若旦那、こんなところに来られるなんてどうしたんですか？」

「いや、ちょっと」

どう切りだそうかと思っていると、香也がすぐに「あのね、友田のおじさんにこっそり訊きたいことがあるんだ。ちょっといい？」と助け船を出す。こういう察しの良さも他とは違う特別な世界で育ってきた兄弟ならではだった。

「ん？　何だか知らんがやーちゃんの頼みなら聞かないわけにはいかんな。ちょっと冷えるがあっちで話そうか」

　友田は奥へ向かって歩き始めた。倉庫の奥にはトタンで仕切った小部屋があり、友田はそこに二人を案内してからきちんと戸を閉めたが、それでも足許《あしもと》から冷気が漂ってくるようだった。

「火鉢くらい置いてあげたいんですが、ここは火気厳禁なんです。何しろ必死で空襲から守った道具類を火事でなくすようなことになったら目も当てられませんから」

「このくらい平気ですよ」

「そうか、お若いものね。僕なんか寒いと関節がきしきし痛みましてね。まあ、そのおかげで兵隊にも軍需工場にも取られずに済んだんで、こうして映画の仕事を続けていけるわけなんですが」

「そうですか」

「それで、どんなご用でしょうかね。若旦那がわざわざ訊きたいことって、ひょっとしてコレのこと？」

　友田は小指を立てた。

「いやこっち」辰三郎は親指を立ててから、声を落とした。「それもＧＨＱの」

「ほう、そりゃまた」

「戦後すぐにここにＣＩＥ（民間情報教育局）の視察があったそうですね」

「ええ。事前に一つの連絡もない不意打ちだったんで、みんなびっくりでしたよ。製作部長の三原が何とか切り抜けてくれましたけどね」

「そのときＣＩＥの映画班長のコールと一緒に制服姿の軍人がいたそうですが、その人の名前は訊きましたか？」

「いいえ、たぶん訊いてないと思いますよ。こっちから何か質問出来るような雰囲気じゃなかったし、びくびくしちゃってそれどころじゃなかったですから」

「でもそのときはそんな厳しい指導はなかったんでしょ？」

「あのときはね。みんなを集めて、すぐに労働組合を作れと言われただけです。作品に関する指導が来たのはその後で、業界の人間が放送会館に集められたときです」

「そのとき視察の件についての説明はあったんですか？」

「そんな説明があったとは聞いてませんね」

「だったらＣＩＥの正式な視察かどうか分からないんじゃないですか？」

「そう言われりゃそうですけど……でも正式であろうがなかろうが、あまりこっちには関係ないでしょう。あいつらは天皇陛下よりも偉いんですから。だけどどうして若旦那がそんなこと訊くんですか？」

友田は訝《いぶか》しそうに辰三郎を見たが、すぐに何か思い当たったような顔をして声を落とした。「ひょっとしてあの噂のことを知ってるんですか？」

「え、ええ……まあそんなところで」

何のことかさっぱり分からなかったが、辰三郎は適当に話を合わせた。

「そうですか。それで確かめに来たってわけか。いや、さすがにあれは僕らも驚きましたよ。いくら戦争に負けたからって、そんなこと出来るわけないだろうってね。でも話を受けたのが小木野《おぎの》監督らしいって聞いて、ちょっと納得しましたけどね」

「小木野監督って、軍を批判して戦争中に特高警察に捕まった人でしょ？」

香也が小さな声で聞くと友田は頷いた。

「戦後すぐに釈放されたんだ。これからは堂々と軍部の批判が出来ると息巻いていたから東條大将を批判するのは分かるけど、まさか陛下の戦争責任を追及する映画を撮るなんて、本気なのかね……」

友田は大きなため息を吐いた。

「もしかしてその話を持ちかけたのは、軍服の男なのかな」

辰三郎は心の中の驚きを顔に出さず、さらりと訊《たず》ねた。

「たぶんそうなんじゃないかな。いえね、ここだけの話ですけど二人が一緒のところを見かけた者がいるんですよ」

「どこで見たんです？」

「人形町の『ケリー』って闇料亭ですよ。他に漏れるとまずいので口止めされてるんですが、実はうちの会社のお偉いさんたちがＣＩＥの者を接待するのによくその店を使ってましてね、若旦那たちには言いづらいことなんですが、どうにかして映画界だけでも何とか指導を和《やわ》らげて貰《もら》えないかと……。お供に付いて行った奴がそこで小木野さんが外国人と一緒にいるのを見た、背広姿で仲居たちはどこかの社長だと話していたけどあれは前に撮影所に来た外国人だったって言うんです。まさか見間違えたとも思えないでしょう？」

確かにその通りだ。他の者ならいざ知らず、毎日たくさんの人間の顔を見分けている撮影所の人間がそう言うなら間違いないと辰三郎も思った。

「二人だけ？　それとも他にも誰かいたんですかね」

「そう言えば最初に見かけたときは二人で、二度目のときは脚本家の川島さんともう一人知らない日本人が一緒で、かなり盛り上がっている感じだったとか言ってましたよ」

「そうですか」

「それにしたって、いくら戦争に負けたからって、いままでの日本で正しかったことを全部ひっくり返していいもんなんですかね。納得いかないって言うか……まあ負けちゃどうしようもないんですがね」

何もかも戦争に負けたせい。復員してから何百回その言葉を聞いたことだろうか。戦争に負けたくらいで戦前からずっと長く頑《かたく》なに守られてきた日本の価値観がすべてひっくり返されてしまうのか。歌舞伎もそうなってしまうのか。冗談じゃない。戦争に勝とうが負けようが関係なく日本人の中に残るものはあるはずだ。辰三郎は喉元まで出かかったその言葉をぐっと呑《の》み込んだ。

もっとゆっくりしていけと何度も香也を引き留める友田を振り切って、町田の撮影所を後にした。別れ際友田は新聞紙に包んだ焼き芋《いも》を一つ香也に手渡し、「しっかり食べて早く元気に」と、そんなことを何度も言っていた。それを横で聞いていた辰三郎は、友田は香也が広島で被爆したことを知っているのだと察した。考えてみれば狭い業界の中で、吉川移動劇団が広島にいたことはすぐに知れ渡ったはずだ。町田駅で電車を待つ間、香也が焼き芋を半分に分けて片方を辰三郎に差し出してきたが、全部食べないともうどこにも連れて行かないぞと言ったら、神妙な顔でもそもそと食べ始めた。

「あのおやじさん、ずいぶんとお前のことを気に入ってるようだな」

「うん。友田さんの息子は二人とも戦争中に死んだからね。どっちも僕と同じくらいの歳《とし》で」

「空襲か？」

「事故と病気。でもどっちの原因も戦争だから同じことだよ」

「そうか、気の毒にな」

「でも一番上の娘さんには去年赤ちゃんが生まれたんだよ。死ぬ人ばかりじゃない、生まれてくる人もいるから、みんないつまでも泣かなくてすむんだろうね」

一瞬、言葉に詰まった。香也がこんなことを言うのを初めて聞いたし、なぜそんなことを言うのかも薄々と感じ取れて胸がきりきりと痛んだ。大陸にいた二年の間そこで何をしたかを辰三郎が香也に語りたいと思わないように、香也もまた言葉にしたくないあらゆる経験をしてきたに違いない。戦争はいろいろなものを粉々に壊して、残ったものの形まで変えてしまった。たぶん香也の目にはすでに静かに近寄って来ている死の影が、そして自分の死を嘆き続ける辰三郎の姿まで見えているのかもしれない。いつの間にか、香也を案じているはずの辰三郎が香也に案じられている。子供のときから誰よりもよく知っている間柄だけに、それが手に取るように伝わってきて切なかった。ちょうど香也が焼き芋を食べ終えたころに電車が入って来たので、二人はそれに乗った。相変わらず電車はいっぱいだが、それでも動いているだけ有り難い。燃料不足の東京では毎日運行している電車とバスは貴重な移動手段だ。

「にいさん、これから人形町の『ケリー』に行こうと思ってるでしょう」

「良く分かったな」

「そのくらい分かるよ。にいさんの気性はよく知ってるから何を調べてるのか訊かないけど、闇料亭の連中は口が固いから正面から行っても難しいと思うよ」

「お前もそう思うか」

「うん。だってあの人たちのことを、戦争に負けたとたんにアメリカにすり寄ってる裏切り者だって言ってる人がいっぱいいるし、本人たちも後ろめたいところがあると思うんだ。だからきっと何を訊かれても知らぬ存ぜぬだよ。特攻で死んだ兵隊さんの家族はああいう連中が大嫌いだし、愛国者を名乗る人たちに……右翼って言うの？　そういう連中から何度も厭がらせをされたって噂《うわさ》も聞くし、絶対に警戒してるよ。どうしてもって言うなら、にいさんの得意の手を使うとか……」

香也はそう言って意味ありげな視線を向けた。

「何だよ得意の手って」
「分かってるくせに」
香也は大きなため息を吐いた。「戦争に行ってもにいさんの女癖だけは治らないって言ってた」
「誰が？」
「みんな」
「勝手なこと言いやがって。それより、問題はその得意の手を使う当てがあるかどう
かだろう」
「それなんだけど、ちょっと前に梅松のおじさんが、『ケリー』の女将《おかみ》は新橋の見番《けんばん》
の出だって話しているのを聞いたことがある。そっちだったら、にいさんの顔が利く
んじゃない？」
戦争前に辰三郎が新橋の見番に籍を置いていた見世出し前の芸子に手を付けたこと
を皮肉っているに違いない。確かに新橋の見番にならかつての馴染《なじ》みが何人かいたし、
そのうちの一人でも見つければ『ケリー』で働いている人間と繋ぎを付けることが出
来るかも知れない。辰三郎は人形町より先に新橋に行ってみることにした。
結局、新橋の見番で昔の馴染みを見つけ、あれこれ話をつけてから香也と二人で馬

喰町に戻ったのはすっかり暗くなってからだった。稽古もしないでいつまでぶらぶらしているんだと春五郎の雷が落ちることは覚悟していたのだが、たった一言「香也のこと、よく見といてやれよ」だけ、拍子抜けするほどあっさりしたもので、このところの不運続きで見るも哀れなほど意気消沈しているのが良く分かった。あの口うるさいおやじがこんなに気落ちしているかと思うと辰三郎の気分も沈んでいくようだった。養子とはいえ実の父親と同じだ。その春五郎に気力を取り戻させる方法は一つしかない。この先も昔と変わらない芝居を続けていけること。そして、いまその可能性を握っているのはあのリオンという日系人の記者しかいなかった。

三日ほどして稽古場に平田太吉《ひらたたきち》という中年の男が辰三郎を訪ねて来た。以前は新橋の料亭で板前修業をしていたが、いまは『ケリー』で給仕をしているという。辰三郎の馴染みだった新橋見番の芸者、松江の紹介だ。他の者の手前もあるので近くの寺に案内し、そこの座敷に上がってもらった。

「わざわざ来ていただいて、どうもすみませんね」

辰三郎は平田に頭を下げた。

「とんでもねぇ。あっしも松江姐《ねえ》さんからの頼みじゃ断れませんから。何しろ姐さんには昔っから世話になりっぱなしでして」

　と平田は笑った。その喋《しゃべ》り方や仕草から、隠そうとしても隠しきれない堅気とは違う匂《にお》いが漂ってくる。松江は戦前は土地のテキ屋の親分といい仲だったという噂もあったし、もしかしたらその関係なのかもしれないと辰三郎は思った。

「用件の方は松江姐さんから聞いてるとは思うんですが」

「へい、万事お任せ下さいってなもんですよ。うちの店の客のことが知りたいんですってね」

「はい。ここだけの話ですが、映画監督の小木野さんです」

「あの人、このところよく来やすぜ」

　すぐに平田は答えた。「毛唐のタニマチがいるんでさぁ。でなきゃ、いまの日本であんな店にちょくちょく来られるわけがねぇ」

「そのタニマチはＧＨＱですか？」

「違うよ」

　これまた即座に答が返ってきた。「エゲレスとかフランスとか、あっちの方の人間らしいけど女どもはみんな社長って呼んでますよ。金持ちなのは間違いないからね」

「名前は何ていうんですか」

「それが店の者はみんな社長で通しているから。いえね、最初に来たときに『昨日まで紀伊《きい》半島で買い付けをしていた』とか何とかカタコトの日本語で喋っていたので、それで『紀伊半島から来た社長』が短くなって紀伊の社長、もっと短くなって……」

「ただの社長ってわけか。でも小木野さんたちもそう呼んでるわけじゃないんでしょう？」

「あの人たちは変な呼び方してるよ。へる……へる大工さんとか？」

「大工ってことはないでしょう。聞き間違えじゃないですか」

「冗談言っちゃいけねぇよ。あっしは背中中墨《じゅう》を入れてるんで徴兵検査で弾《はじ》かれちまいましたが、耳はめっぽういいんだ」

ということは、どうやら辰三郎の第一印象は間違っていなかったようだ。

「だけど外国人に大工さんってのもなぁ」

「間違いありやせんって」

平田は自信たっぷりだ。

「だったらその二人の連れのことは分かりますか？」

「名前だけはね。かわしまさんとすずしたさんと呼び合ってましたっけ。すずしたって方は、先生とも呼ばれてましたぜ」

「そうですか。他に何かその大工の外国人について耳にしたことありませんかね」

「そう言われても、こっちは女たちみたいにべったり引っ付いてるわけじぇねぇからなぁ」

「そりゃそうですね。贔屓《ひいき》の女はいるんでしょうか」

「いつも呼ばれるのが二人。サリーとケイト……源氏名だけどね。サリーは幸子っていう吉原から流れて来た女で、ケイトは圭子っていう戦争未亡人さ。この連中は芸妓と違って店の外でも仕事をしてるんでさぁ。仕事の内容は……こりゃ野暮《やぼ》なこって。あっしが知ってるのはこのくらいでさぁ」

平田はへっへっへと笑った。闇料亭がＧＨＱの兵隊相手の売春斡旋所《あっせんじょ》になっているのは公然の秘密と言ってもよく、別段驚くようなことでもなかった。

「また何か分かったら教えてもらえませんか？　よろしくお願いします」

辰三郎はそう言って、平田の手に一円札を十枚握らせた。平田は「へい、よござんす」と言ってにやりと笑った。

3

リオンからの連絡を受けたイエロー・イーグル機関はすぐに特別実働部隊を結成して動き始めた。宮本と新藤は天皇批判映画の製作に荷担しようとしている映画監督の小木野と脚本家の川島と一緒に行動していた〝すずした〟の身元調査と監視だったが、この男の正体はすぐに割れた。

鈴下要鉱《すずしたようこう》という名で活動している四十三歳の自称社会主義者で、終戦と同時に台頭してきた勢力の一つ『日本社会主義者の会』の中心人物の一人だ。会本部は千住の焼け跡に建てられたみすぼらしいバラック小屋で充分な活動資金があるとは思えないが、闇市で食料を買い込んだり闇料亭に出入りしたりとやけに羽振りがいい。鈴下には結婚歴があるが、いまは千住で妻ではない別の女性と暮らしている。戸籍上の妻がどうしているのかまではまだ分からない。同居中の女も社会主義者と称しているが、戦前戦中にそういった活動をしていたという記録はどこにも残っていないから、おそらく他の同志たちへの手前があってそういうことにしているだけだろう。しかも鈴下には他にも愛人がいて、自宅に戻るのは月に数日程度というから家庭生活はないのと同じだ。

この日も鈴下は東向島の玉の井の銘酒屋《めいしゅや》に泊まり込んでいた。日が暮れる頃に脚本家の川島もこの宿にやって来て、ちょっと前に座敷に上がったところだ。川島を尾行して来た二人が、少し離れた場所でそ知らぬ顔で立っている。元特高警察の長田と元陸軍警務の山崎だが、こんなところで仲間同士出会っても気安く声などかけたりすることはない。

「ちょっと行ってくるか」

しばらくしてから、そう言って新藤が二人の方へと歩き出した。新藤は二人の近くまで行くと、軍靴《ぐんか》の靴紐《くつひも》を結び直すためにしゃがみ込んだ。するとあちらの一人が路上に視線を落とし、吸いかけの煙草でも落ちてないかとうろうろと探し始める。戦争に負けて金も食べ物もないのに、それでも娼婦買いに集まって来る人に紛れてしまい誰も気に留めない。しばらくそんな芝居をしてから、新藤はゆっくりと靴紐を結び直して立ち上がり、そこから離れてしばらく時間を置いてから宮本のところに戻って来た。

「どうだった?」

「あいつらもご苦労なこった。やり手の話だと、川島はたまにここへ来るようだが、いつも鈴下がいるときだけらしい。ってことはここは鈴下の奢《おご》りってことだな」

「すると金の流れは社長とかいう外国人から鈴下、それから小木野、川島ってところだな」

「おそらくそうだろう。社長に小木野や川島のことを紹介した仲介者が鈴下だとしたら、奴の羽振りの良さも納得できる。おそらく謝礼を受け取っているんだ」

鈴下は社会主義者を標榜《ひょうぼう》してはいるが、筋金入りだとは言い難い。戦時中はことりとも音をさせずに身を潜めていたくせに、日本が負けたとたんに声を張り上げ出したような奴だ。それだけに上手く立ち回る方法を知っている。

「なあ宮本さん」

新藤は暖《だん》を取ろうと両手をこすり合わせて息を吐きかけながら、鈴下と川島のいる銘酒屋の二階を見上げていた。

「何だ？」

「ナラハシはどこで『ケリー』の情報を手に入れたんだろうな」

「さあ」

「それだけじゃない。外国人のくせに〝鈴下〟って言う名前まで知っていやがった。日本に知り合いがいるってわけでもないんだろうに」

「どっかの情報屋を雇ったんじゃないか」

「かもしれん。だが、いったいどこでそんな使える情報屋を見つけたんだよ」

「分からん。どうせ訊いても教えてくれんさ」

そうは言ったが、宮本も同じ疑問を抱いていた。いくら彼が日系で日本語が堪能でもしょせんアメリカ人、しかもついこの間までは日本の敵、そしていまは日本の支配者である国の人間だ。むろん支配者に媚びを売る連中は大勢いるし、自分たちだって他から見ればそうにしか見えないだろう。だがだからと言って、簡単に日本人に信用されるとも、どんな情報でも簡単に彼の手に入るとも思えなかった。

「ナラハシは連中をどうする気かな」

新藤はそう呟《つぶや》き、ポケットから煙草《たばこ》を出した。国産のゴールデンバットだ。さすがにナラハシもあっちにもこっちにも洋モクをばら撒《ま》きすぎて、在庫が尽きたのかもしれない。

「さぁな。とりあえず外国人には手を出すなということだからそれは守れよ。いまの日本で外国人の身に何かあったらＧＨＱは面子《メンツ》のために何が何でも犯人を挙げざるを得ない。だから外国人はこっちに任せろということだった。俺たちは日本人専門で我慢しろ」

「そういうことになるのは重々承知しているんだが……」

新藤は納得したように頷《うなず》いてから声を落とした。「日本人ならどこまでやっていいんだ？」

「とりあえず殺すのはダメだとさ。これもいまの日本でＧＨＱは先頭に立って民主化を進めている手前があるから、暗殺は表向き容認できまい」

「すると一歩手前までならいいわけだな」

「一歩だとやり過ぎだ。二歩手前くらいにしとけ」

「分かった」

新藤は面白そうに笑いながら、煙草を吸っている通りがかりの男を見つけて貰《もら》い火をすると美味《うま》そうに一服し、それから「一応確認しておくが川島だけでいいんだな？」と念押しした。

「鈴下は社長に繋がる大事な紐だ。いま切るわけにはいかない」

「そうだな。だったらこの件は俺と長田に任せてくれよ。鈴下の監視はあんたと山崎で頼む」

暗に、同じ元特高警察同士の方がこの種の仕事はやりやすいと言っているのだ。宮本もそれに反対する理由がなかったので「分かった」と返事をすると、新藤は煙草を吸いながら宮本の側を離れて行った。しばらくして長田と組んでいた山崎がやって来て、宮本に小さく頭を下げた。

翌朝、銘酒屋から出て来た川島が相方の女に見送られて機嫌良く玉の井を去って行くその後ろに、影のように寄り添っていく二人の男の姿があった。細かい打ち合わせなどしなくても旧特警式のやり方は充分承知している新藤と長田は尾行の途中で二手に分かれ、人気のない場所で長田が川島を呼び止めた。

「あの、もしかしたら川島さんじゃありませんか？」

「は、はい。そうですけど」

川島は訝しげな表情で長田を見た。四十過ぎの頭髪が半分以上白くなった痩せた背の低い男だ。まだ酒が残っているのか目の焦点が定まらず顔が赤い。川島が怪しげな呂律《ろれつ》で「どなたでしたっけ」と言ったとたん、背後から忍び寄った新藤が川島の頭に背広をかけて視界を塞《ふさ》ぎ、背後から押さえつけた。それを待っていたかのように長田が川島の腹に蹴《け》りを入れ、川島は声すら上げることが出来ずにその場に膝《ひざ》から崩れ落ちた。

4

昭和二十一年新春　春五郎劇団

この日の春五郎劇団は久しぶりに活気を取り戻し、座頭の春五郎は舞台上かと思うほどの威勢のいい声を上げて、役者はもとより大道具に義太夫に後見にと誰彼お構いなしに目に入る者全員にハッパを掛けて歩いていた。劇場の表を見ていたかと思うと楽屋に戻り、ゴミは落ちていないか、座布団は、お茶は用意してあるかと何度も同じことを訊く。いい加減うんざりした辰三郎が「心配ないよ」と言っても耳に入らないようだ。

やがて劇場の前に一台のジープが停《と》まり、そこから軍服姿のボウマン少佐が降りて来た。春五郎と辰三郎、それに数名の役者が並んで出迎えたが、緊張で胸がいっぱいという様子の春五郎より先にボウマンが流暢《りゅうちょう》な日本語で挨拶《あいさつ》をした。

「辰三郎さん、初めまして。今日はお招きいただき光栄です。わたしはマッカーサー元帥の副官のボウマン少佐です。わたしは開戦前の日本で若いあなたの舞台を見て以来、あなたが大好きでした。今日の『鳴神《なるかみ》』も大好きな狂言です。『保名《やすな》』は初めてなのでとても期待しています」

「へぇぇぇ、そうでございますか。マ、マッカーサー元帥さまの副官とは、これは恐れ入りました」

すっかり恐縮した春五郎は深々とお辞儀をしたままなかなか頭を上げないが無理もない。天皇陛下よりも偉いと言われるマッカーサー元帥の副官がわざわざ春五郎劇団に足を運び、しかも今日の狂言を楽しみにしているとまで言っているのだから、これが夢なら覚めないでくれという思いだろう。辰三郎も始終笑顔で失礼なきようにと細心の注意を払ってボウマンの相手をしていたが、心のどこかで何かが引っかかり春五郎のように無邪気には喜べなかった。

リオンは確かに約束を守った。こんなにも早くＧＨＱの大物、しかも日本語が喋れて歌舞伎に好意的な人間がやって来るなんて、にわかに信じられなかった。正直、あまりに思い通りにことが進んでいるので怖いほどだ。だがいまはこれからの舞台に集中しなければならないし、一度舞台に立ってしまえばそこにいるのが日本人でもＧＨＱでも関係ない。やるべきことをきっちりとやるしかないのだと辰三郎は気持ちを切り替えることにした。

春五郎を始めとする劇団の者たちの歓待を受けながら、ボウマンが劇場へと入って行った。それを見送ってから辰三郎も楽屋に向かおうとしたとき、カメラのシャッター音がした。誰かと思ったら田村で、外套の腕に日の出日報の腕章を付けていた。

「田村さん！」

「これは紀上辰三郎丈、本日の幕開けまことにおめでとうございます」

田村はおどけてそう言ってからしみじみと辰三郎を見回した。「そうやって羽織、袴《はかま》でぱりっとした格好をしていると、軍服のときとは比べものにならないいい男っぷりじゃないか。やっぱり役者だねぇ」

「そいつはどうも。わざわざ取材に来てくれたんですか？」

「もちろん……と言いたいところなんだが、実はついでね」

田村はそう言って恥ずかしそうに頭を掻《か》いた。「取材帰りにたまたま劇場近くを通ったら春五郎劇団の看板が目に入ったんで、ちょっと寄って見たらどっかで見たような二枚目がいたってわけだ」

「そうですか。それでも嬉しいですよ。カメラ持参なんだから、いい写真を紙面に載せて下さいよ」

「任せてくれ。ところでこの間の可愛い子も出るのか？」

「出ますよ、ちょっとですけどね」

「そりゃ楽しみだ。厭な物を見てきた後だから、ああいう愛くるしい日本人形みたいな子で口直ししないとな」

「芸の方はまだこれからですが、今後ともご贔屓願いますよ。ところで厭な物って何ですか？」

「戦争中にさんざん見てきたようなものだよ。ぼこぼこに殴られた男の顔さ。大陸でのことはすっかり忘れようとしているのに、久しぶりに思い出しちまって気分が悪くなったよ」

「喧嘩《けんか》ですか」

「というより一方的に殴られたみたいだが、目撃者がいないこともあってどうもその辺がはっきりしないんだ」

「本人に訊けばいいでしょう。ひょっとして死んだんですか」

「生きてるよ。——そうか、お前さん役者だからもしかしたら面識があるかもしれないな。川島青水っていう脚本家なんだけどな」

「川島……青水？」

一瞬、辰三郎はどきりとしたが顔には出さなかった。「知らないですね」

「そうかぁ、脚本家と言っても歌舞伎とは縁がなさそうだものな」

「どんな作品を書いているんですか?」

「川島は戦前まだ若いときに日本プロレタリア映画同盟に所属していたらしいんだが、そこが解散してから普通の商業映画会社に就職して何年か勤めた後に脚本家として独立した。いままで関係した作品は比較的普通の娯楽作品ばかりでプロレタリア映画系のものはなかったって話だから、歌舞伎とは無縁だな」

「強盗か何かに遭ったんでしょうか」

「発見されたとき本人は虫の息で通り魔とか強盗だとか言ったらしいが、どうもピンとこないんだよなぁ」

田村は喋りながらカメラのファインダーを覗《のぞ》いている。そのとき劇場から拵《こしら》え途中の香也が出て来た。細い首筋まで覆う雪のような柔らかな白塗りに映える艶《つや》やかな朱の紅、鬢《びん》付《づ》けの香る黒々とした鬘《かつら》をつけて、華奢《きゃしゃ》な身体に不似合いな大きな廓《くるわ》繋《つな》ぎ柄《がら》の浴衣《ゆかた》姿の肩に、ふわりと男羽織をひっかけただけの艶っぽい姿に、すかさず田村はシャッターを切りながら言った。

「やっぱり寄って良かったよ。同じ撮るならこういう被写体でないとな」

「にいさん、何してるの? 早く準備しないと」

「香也、田村さんが来てくれたんだ。日の出日報で舞台の宣伝をして下さるとさ。ご挨拶しな」

香也はすぐに笑顔を作ってしおらしく田村に頭を下げたが、目が辰三郎を急《せ》かしているのが分かった。

「おそらくあの殴り方は、大陸で憲兵の猛者《もさ》が連合国軍の間諜《かんちょう》なんかにやっていたヤキ入れと同じだ。お前も大陸でやられた連中を何度か見ただろう。殺しはしないが、その直前まで慎重に、だが充分に痛めつけて気持ちをへし折るという手慣れた者の仕事だ。金さえ奪えばそれで済む通り魔の強盗がそんな手間暇をかけるとも思えない。憲兵の連中が言ってたが、あれはそんな簡単じゃないそうだ。かなり厳しい訓練を受けていないと加減が分からず殺しちまうんだそうだ。ぎりぎりのところで生かしておくなんて、誰にでも出来る芸当じゃないからな」

「そうですか」

脚本家の川島という一言がいつまでも引っかかっていたが、香也が急かすので辰三郎は田村と別れて楽屋へと急ぎ、次の瞬間にはもう舞台へと気持ちを切り替えていた。

この日は客入りも良く、初日とは思えぬ舞台の仕上がりで万事上出来と言えた。とりわけボウマン少佐の歌舞伎への理解と熱狂は春五郎を始めとする劇団の者全員を喜ばせ、それまでの暗い雰囲気を一掃してくれた。春五郎は香也の体調を考慮してあまり出番を与えなかったが、それでも体調の悪さをみじんも感じさせない可憐《かれん》で初々しい舞い姿はボウマン少佐の目に留まり、すっかり気にいった様子で称賛の言葉を並べていた。確かに今日の香也の舞は格段に美しかったが、それは芸の力というよりも香也の生への執念が生み出した奇跡に近いものに思えた。舞台の上の香也からは生命力が溢《あふ》れ出ているようだった。出来るならその執念がいつまでも続いて欲しい。一年後も二年後も……十年後までも。辰三郎はそんな気持ちでいっぱいになった。

舞台が終わった後、全員が拵《こしら》えのままでボウマン少佐を見送った。彼は名残惜《なごりお》しそうでまだ劇団の者たち、特に香也と芝居談義をしていたかったようだった。しかし本部に戻る時間が迫っているということで渋々ＧＨＱのジープに乗り込んだ。その時力強い口調で次の訪問を約束した。

「辰、お前いい方を招待してくれたな。でかしたぞ、本当にでかした。これで安心だ。これでまた昔みたいに芝居が出来るぞ」

走り去るジープを見送りながら、春五郎はしみじみ呟《つぶや》いていた。

その夜、辰三郎は香也にも見つからないようにそっと家を抜け出し、二十分ほど歩いてからようやくタクシーを見つけて根津に向かった。燃料不足が著しい東京を走っているタクシーは、ほとんどが石油の代わりに木炭などを使う代燃車で、辰三郎が乗ったシボレーも後部トランクに積まれた燃焼罐《がま》の煙が座席にまで充満してくるような有様だったが、それでも荒れた道を快調に根津まで走って行った。リオンの借りている洋館はこの辺では有名らしく、運転手は迷うことなくすぐに家を見つけた。門の前で呼び鈴を鳴らすとほどなくして寝間着の上に暖かそうな紺色のガウンを羽織ったリオンが玄関までやって来た。風呂《ふろ》上がりなのか、襟足《えりあし》に届く長い髪が濡《ぬ》れた状態で後ろに撫《な》でつけられていた。

「やあ、いらっしゃい。君から訪ねて来てくれるとは嬉しいな」

「いきなりすみません。電話ではなく、どうしても直接会ってお話ししたかったものですから」

「構わないよ」

リオンは辰三郎を自宅に招き入れたが、そのとき辰三郎は草履《ぞうり》を脱ぐ必要がないと言われて面食らった。草履を履いたままで居間に通されると、そこは西洋と日本が入り交じった不思議な空間だった。大きな火鉢の前にソファーと屏風《びょうぶ》。奇妙な色鮮やかなカバーの掛けられた大きな座布団。リオンは奥の部屋からグラスと酒瓶を持って来ると辰三郎の前に置いた。それからタオルを差し出した。

「顔が汚れてる。君たちにとって顔は商売道具なんだろう？」

「タクシーが木炭車だったから煙が凄くて、それででしょう」

タオルで顔を拭《ふ》くとタオルが煤《すす》で真っ黒になった。

「悪いがここには氷がないんだ。氷抜きの水割りでいいかい？」

「構いませんよ。あまり酒臭いと家の者にあれこれ言われますから」

「ママに叱《しか》られるか」

「弟ですよ。母はいません」

「血は繋がってないと聞いているが」

「良く知ってますね。調べたんですか、それとも宮本さんから？」

リオンはそれには答えず二つのグラスに酒を注《つ》ぎ、片方にだけ水差しの水を入れるとそれを辰三郎の前に置いた。

「今日はうまくいったみたいじゃないか。うちに戻る前に日比谷のＧＨＱの近くでボウマンと会ったんだが、彼はご機嫌で君たちの芝居を絶賛していたよ。もう大ファンってわけだ」

リオンはすっかりうち解けたような口ぶりで満足そうな笑顔で喋っているが、辰三郎はどう返事をしていいのか分からなかった。確かにボウマン少佐は芝居に満足していた。上手な日本語で彼の口から流れるように出てきた日本の伝統芸能への称賛は世辞やお愛想でなく、紛れもなく本心だろう。それに関する知識も日本人に負けないほど豊富で、開戦前に日本にいたこともその時分に生活費を切り詰めてまで歌舞伎を観るためにあちこちの劇場に通っていたというのも真実に違いない。だが、ほんの少し前まで軍隊にいた辰三郎には腑《ふ》に落ちない点があった。

「ナラハシさん」

「リオンでいいと言っただろう。君とは腹を割って話したいから堅苦しい喋り方は止《や》めてくれ。少なくとも俺はもう君のことを日本で出来た最初の日本人の友人だと思っているんだ。帰国したら家族や親戚《しんせき》に、自分は日本のカブキ・スターと親しい友人なんだと自慢するつもりだよ」

本音とも思えないが、辰三郎はそこは無視することにした。いまはそれよりももっと重要なことがあるからだ。

「じゃあリオン、はっきり訊くがあの男は本当にマッカーサーの副官なのか？」

リオンは辰三郎の顔を見てにやりとした。

「というと？」

「こちとらちょっと前まで軍人で大陸で戦争していたんだ。そのころからマッカーサーの名前と噂は厭と言うほど聞いていた。軍人になってからずっと戦争をし続けてきて、フィリピンで山下大将の部隊を撃破したほどの男だと。戦争が終わったといってもそれほどの男が、あんなまったく戦場経験のなさそうな人間を副官にするとは思えない。第一若すぎるだろう。アメリカと日本の軍の人事は違うんだろうが、元帥と言えば軍の頂点だ。それも日本よりも大きいアメリカ軍の頂点ときている。その副官がおいらと同じくらいの歳《とし》だなんてちょっと考えられないんだ」

「さすがだ」

リオンは茶化すように拍手をしてから真顔になった。「本人が副官だとそう言ったのか？」

「ああ、みんなの前ではっきりと」

「困った奴だな」

リオンは苦笑いを浮かべた。「最初に言っておくがボウマンは悪党ではないし正真正銘の日本贔屓だ。ただちょっと夢見がちなところがあると言うか……特にアジアの国は幼い頃から彼の目には楽園のように映っていたらしく、そこで王様のように振る舞いたいという願望が強いのだろう。幸い、いまの日本は彼のその願望を満たすにはぴったりだ。誰もがアメリカの軍服の前にひれ伏すからね。その上大好きな歌舞伎役者を前にして、少々のぼせてしまって自分を実際以上の権力者に見せたくなったんだろう。ちょっとした出来心だと思うよ」

「何だよ、副官ってのはでたらめか」

辰三郎は落胆した。それが顔に出たのだろう。すぐにリオンが言い繕った。

「そうがっかりすることはない。彼があの若さで少佐なのもマッカーサーの側近であるのも紛れもない事実なんだ。正確には副官ではなく通訳だがね。戦争中もずっと通訳として司令部勤務で、語学力を駆使した日本軍の捕虜尋問の腕前が評価されてスピード出世したということだった」

「なるほど。道理で日本語がうまいはずだ。看板の漢字まで読んでたよ」

「通訳だからある意味副官以上にマッカーサーの近くにいると言っていいし、考えようによっては日本の伝統芸能にまったく興味のない副官よりも、理解のある通訳の方が君たちにとっては好都合なんじゃないのか？　彼に野心や下心がないとは言わないが、歌舞伎を救いたいと思っている気持ちだけは決して偽りではない。それは君も感じただろう？」

「まあ……確かにそれは感じた。相当好きみたいだったからな」

ボウマンは戦争前に日本で見た狂言を一つ残らず憶《おぼ》えていると言い、筋書き、役者の名前、見た場所、記憶に残った台詞《せりふ》などを事細かに教えてくれた。それを語っているときの生き生きとした表情、そして感激してそれに聞き入る春五郎を始めとする劇団の連中の顔が浮かんでくる。副官というのが嘘だとしても、ボウマンがかつて経験したことがないほど不安と絶望に沈み込んでいた劇団に希望を与えたのは確かだ。

「それならこのままにしておけばいい。副官であろうが通訳であろうが、どっちでも君たちにとっては差異はないはずだ。欲しいのは、歌舞伎の上演を続けていけるという確かな保証なんだろう？　だったらマッカーサーのすぐ横に歌舞伎に理解のある人間が存在しているという事実を見逃す手はない」

「そりゃそうだが」

釈然としなかったが反論するほどの理由は見つからなかったし、リオンの言うようにボウマンの本当の身分や立場よりも、マッカーサーのすぐ隣に歌舞伎の理解者がいることの方が重要だというのは説得力があった。

「ここでボウマンの些細《ささい》な嘘を暴いて機嫌でも悪くされたら元も子もなくなってしまうぞ。そうなったら、あれ以上の人間はもう紹介できない」

辰三郎の心を見透かしているかのようにリオンが追い打ちをかけた。「彼の存在は、決して君たちにとってマイナスにはならないはずだ。しっかり楽しませてやれ。あの男は間違いなく使える」

「言われなくてもそのつもりだ。ところで先日のことだけど、あまり役に立てなくて悪かった。そっちは約束通りボウマン少佐を紹介してくれたのに、こっちは肝心の外国人がどこの誰なのかも分からなくて……」

辰三郎は慎重に言葉を選びながら言った。田村が話していた脚本家の川島というのは、『ケリー』でリオンが捜している外国人と会っていた川島に違いない。川島が襲われたのは偶然だろうが、なぜか気に掛かった。かといって、単刀直入に不躾《ぶしつけ》な質問をしてリオンの機嫌を損ねるようなことにでもなったら取り返しがつかない。春五郎たちのあの喜びをぬか喜びに変えたくはなかった。

「とんでもない。大いに役立ったよ」

リオンは満面の笑みだ。

「肝心の社長だか大工だかとかいう外国人は見つかったのか？」

「まだだ。だがいずれ見つかるだろう」

リオンは自信たっぷりだ。いまの日本で金回りのいい外国人となればそう多くはないし、どこに居ても目立つはずだから捜すのに時間はかからないと思っているのだろう。

「その社長には何の取材なんだ？」

辰三郎はさり気なく訊いた。

「戦争中のことさ。彼は太平洋戦争で連合国軍に協力していたから、そのときのことを記事にしようと思ってね」

「話した人間の身に危険が及ぶとか、そういう取材じゃないのか？」

「そんな心配はまったくない。戦争が終わったいまではただの思い出話さ。どうしてそんなことを心配するんだ？」

「別に心配なんかしていない」

辰三郎はそう言って水割りを飲んだ。川島が酷《ひど》い目に遭ったことをリオンは知っているのだろうか？　もしかしたら田村がプロではないかと言った犯人のことも知っているのではないだろうか。そんな考えがふと頭を過《よ》ぎるが、そこまで訊くことは出来なかった。

「そうか。だったらもし彼に関する新しい情報が手に入ったら、また連絡して欲しい。すぐに取材に行くから」

辰三郎は「分かった」と答えるしかなかった。何と言ってもリオンはボウマン少佐という切り札を握っている。

「ところで、今日GHQ／SCAP勤務の人間とランチを一緒にしたとき、君たちに関係したちょっとした情報を耳にした」

「どんな？」

「CIEのコールが映画業界への指導と称して、彼らが〝好ましからざる〟と判断した二百本以上の映画のネガを没収したことは知っているか？」

「新聞で読んだ」

「本国にわずかに送った以外は、すべて多摩川の河原で焼却したそうだ」

「何だと!?　ひでぇことしやがる。それじゃ戦争中の検閲と何も変わってないじゃないか」

「その通り、GHQ内部にもコールのやり方を疑問視する意見が出ているそうだ。だが君たちにとって一番の問題は、彼は映画班にもかかわらず演劇班にも似たような指導の徹底を要求していることだろうな」

「それで演劇班もこれから同じことをするつもりなのか？　まさか歌舞伎や文楽の床本《ゆかぼん》を集めて焼いちまう気じゃないだろうな。冗談じゃないぜ！」

辰三郎は思わずそう叫び、その拍子に握っていたグラスの酒がこぼれた。

「いまのところ演劇班のフォーセット大尉にはそこまでする気はないようだ。ただ、映画同様歌舞伎、文楽にも作品リストを提出させて内容を検討した上で、上演出来るものとそうでない物に分けようとする動きがある。そのくらいのことはしないと格好《かっこう》が付かないからな。この話は知ってる?」

「梅松のお偉いさんから、うちのおやじがそんなような話は聞いたとは言っていた」

「俺が取材した限り、君たちや日本社会が不安視しているような歌舞伎などの伝統芸能の廃止、全面禁止という意見や動きはＧＨＱの内部にはまったくない。これは間違いないことだ。上層部は封建的な価値観を極端に美化した一部の演目を上演禁止にすれば済む話だと思っているんだろう。つまり内容的に問題のない他の演目や新作はいくらでも上演出来るんだから、そんなに深刻な問題とも思えないんだが」

「簡単に言うな!」

辰三郎は即座にリオンの言葉を否定した。「こいつはいままで経験したことないくらい深刻な大問題なんだよ。日本語が喋《しゃべ》れて日本人みたいな顔をしてても、やっぱり外国人だな。あんた、何にも分かっちゃいねぇ」

「だったら分かるように説明してくれないか。生憎とボウマンほどこの国に愛着がなくてね」

落ち着き払った声で笑顔のままだ。その笑顔が自分の本心を決して他人に見せないための仮面だということは、すでに辰三郎には分かっていた。この男は記者であって役者ではないが、役者以上に厚い仮面を被《かぶ》っている。もしかしたら記者というのも嘘なのかもしれないが、GHQに知り合いがいて自由に出入り出来る立場にはあり、何か特別な目的があって自分たちに近づいて来たのは間違いない。だが辰三郎にしても、下心があってこの男に自分から近づいたのだからお互い様だった。

「いいか、GHQが禁止しようとしているのは『仮名手本忠臣蔵《かなでほんちゅうしんぐら》』や『菅原伝授手習鑑《すがわらでんじゅてならいかがみ》』の『寺子屋』や『義経千本桜』の三段目『すし屋』だったりするんだよ。その三つは歌舞伎の中の歌舞伎、いわばこれこそが歌舞伎だっていうそのものなんだ。それが上演出来なくなったら、他の何をやっても意味がねぇじゃないか」

「だが、それらは子殺しや復讐《ふくしゅう》の美化といった反民主的な内容と聞いているが違うのか？」

「違いはしない。まったくその通りだが、何度も言うようにそれが歌舞伎ってものなんだよ」

辰三郎は苛々《いらいら》して言った。こればかりはどう説明していいのか分からず、もどかしいばかりだ。「いいか、あんたらの言うことも分かる。子供を殺すことも集団で復讐をすることもいいことじゃないのは分かっているし、日本ではいまも日常的にそんなことが行われてるわけじゃないんだ。ただ心の中にいつまでもそういう物を残しておきたいという強い気持ちがあって、それを舞台で芝居が代弁してるだけなんだよ」

「だから、いま君が残しておきたいと言っているものの正体こそが、封建的価値観ってやつだろう。近代社会の規範に逆行し民主主義の根底にある自由、平等、友愛の精神に完全に真っ向から反しているものだ。さっきも言ったように、近代社会に順応した新作を上演すればいいじゃないか。新作をやるのがそんなに厭なのか？」

「別に新作が厭だとか、そんな話じゃないんだ。ただ歌舞伎ってのは、民主主義が生まれるずっと前からこの国にあって、あんたの国よりも長い歴史があるんだ。GHQがどんな理屈を並べようが、歌舞伎という樹齢三百年以上のでっかい樹の幹になっているのは、その封建的価値観とやらに基づいた物語だけなんだ。もちろん樹が大きく成長するにつれてそこからいろいろな枝が伸びて、新しい芽や葉が付いて花が咲いて実が生《な》って、落ちた種が新しい別の樹になることだってあるかもしれない。新作というのは、そういう枝や若い樹のことだよ。でもな、歌舞伎の樹は一本だけ、その樹一本しかないんだ。幹がなくなった樹に、枝や葉だけが残ってもしょうがないじゃないか」

そして自分たちはその樹で生きている、いやその樹でしか生きていけないのだと辰三郎は思っていた。いまの自分の叫びは、春五郎を始めとする役者の家に生まれそこで死んでいくものと信じている者たち全員の叫びでもある。辰三郎はどう説明すれば、目の前の男にそれを理解させられるのかともどかしかった。日本人のような顔をして淀《よど》みない日本語で話すアメリカ人にどうしたら……。

「あんたの中にだって少しは日本の血が流れているんだろう？　だったら日本のために何かしようって気にはならないのか」

卑怯《ひきょう》な言い方かもしれないと思ったが、敢《あ》えて辰三郎はそう言ってみた。あるいはこの男を怒らせて、この紳士然とした端整な仮面を剝《は》いでみたかったのかもしれない。そしてその目論見《もくろみ》は見事に当たった。

「ならないわけないだろう」

リオンは激しい口調で言った。「だからいま俺はここにいるんだ。アメリカで生きている日本の血を引いた者たちのためにね。俺に君たちの気持ちが分からないように、君にも日系アメリカ人の気持ちは分からないだろう。隣に住む人間や学校や職場の者たちから〝敵国人〟と呼ばれて蔑《さげす》まれ隔離され監視される者の気持ちは……。戦争に負けたいまでも同じ民族同士がしっかりと繋《つな》がり合っている社会で生きている君には、到底理解できるはずもない。君たちは戦争によっていろいろな物を失ったかもしれないが、それでも国を愛し国からも必要とされている。俺たちは勝った国に居ながら国から疎《うと》まれ排除されようとしているんだ。それを阻止して、日系アメリカ人はアメリカ国民なんだと認めさせて、国から必要とされるためにいまここにこうしているんだ。君と同じ言い方をしてやろうか？　俺は日系アメリカ人という樹を枯らさないためには何でもするつもりだ。どんなことでもな」

その瞬間、辰三郎は自分がいかに残酷なことを言ったのかに気が付き後悔した。

「悪かった。つい……言いすぎた。許してくれ」

「気にしないでくれ。お互いさまだ」

リオンはそう言うと、すぐにさっきまでと変わらぬ穏やかな表情に戻って辰三郎の手から空になったグラスをそっと取り上げ、新しい酒を注《つ》いだ。

「次に君が来るときまでに日本酒を探しておくよ。あれはＧＨＱのＰＸには置いてないんだ」

「ＧＨＱの売店では何でも手に入るんだろう？」

「たいていの物はね。何か欲しい物があるのかい？　煙草、食料だったら何とかなるが」

「薬は？」

「それなら軍病院に行けば出してくれるから紹介しよう。誰か具合が悪い者でもいるのかい？」

「弟が……」

「戦争中に怪我《けが》でも？」

少し間を置いてから辰三郎は言った。「運悪く広島にいたんだ。原子爆弾が落とされた日に」

リオンが小さな声で英語で何か呟いた。祈りの言葉のようにも聞こえたし、そうでなかったかもしれないが、いずれにせよ辰三郎には絶望的な意味に思えた。

「気の毒に」

リオンが日本語でたった一言そう言った。おそらくそれ以外の言葉が見つからないのだろう。

「芝居が、歌舞伎が大好きで、ガキのときからおいらと一緒に歌舞伎座に立つのが夢だって、そればかり言っていた。その歌舞伎座も空襲で焼け落ちて、いまのあいつの楽しみは、どんな小屋でもいいからうちの劇団が芝居をかけ続けることだけだ。だから見せてやりたいんだよ。一つでも多く、戦争前と変わらずあんたの言う封建的価値観に凝り固まった芝居をやってる姿をあいつの目に焼き付けてやりたい。他にあいつが喜ぶようなことが思いつかないんだ」

「そういうことなら、君にとってリストによる上演作品の選別は何の意味もなさないってことになるな」

「そうだ。しかも上演禁止の筆頭に上がっているのが歌舞伎三大名作と言われるほどの作品ときてるんだ。あの三つがあれば他に何も無くても歌舞伎は出来るが、その逆はないんだ」

「なるほど。なかなか厄介な問題だが……」

そう言いつつもリオンは何を思いついたのか意味ありげな笑みを浮かべて言った。

「まったく打つ手がないわけでもなさそうだ」

5

東亜映画の町田撮影所に日雇いの作業員として潜り込んだ川俣は、管理部の従業員と仲良くなり彼に誘われて労働組合に入った。ここに限らず、このところ都内の多くの映画製作や報道関係の会社で組合の設立が続いていたが、まだ一般の製造業や販売業や小さな会社で組合があるところはほとんどなく、彼らはいわば敗戦後の新しい日本企業の模範として労働者組合とは何かを世間に示しているといった感じだ。実際には組合には入ったものの何をどうしていいのか分からない者も多い。

　ほとんどの者には思想的な背景はまったくなく、組合員なら労働環境の改善や賃金引き上げの交渉などが容易いと信じているだけのようだった。組合長や幹部には何人か明らかにアカと分かる人間がいたが、調べてみれば戦前戦中から特高警察の監視対象名簿に載っていたような者ばかりで、特別驚くようなことでもなかった。しかも彼らは戦争が終わり日本が負けたことで自由を得て勢いを増していた。これからは思想の自由が保障される世の中になり、軍や政府を批判しても戦前のように捕まることはなくなるのだと喜びを爆発させ、組合活動に情熱を注いでいた。川俣は元職業軍人で特高警察ではないこともあり、これらの人間と職場で接する分には特に不快感はなかった。アカでない人間にもいろいろいるようにアカもいろいろで、一から十まで気にいらない奴もいれば、日雇いの川俣にも毎朝挨拶をしてくれて些細《ささい》な質問にも真摯《しんし》に対応してくれる者もいる。施設管理課長の野村秀明がまさにそれで、熱心な共産党支持者であることを除けばいたって常識のある社会人で、組合の活動を通して撮影所で働く人間の待遇改善に真剣に取り組みたいと考えているらしく、社員たちから人望もあった。

　毎朝、撮影所内のゴミ拾いをしている川俣は必ず野村を見つけ出して「課長、おはようございます」と丁寧な挨拶をする。すると野村も丁寧に返す。そんなことをやっているうちに顔を覚えられ、気軽に言葉を交わせるくらいになってきた。さらに川俣が組合員になり労働運動に興味を示し始めるとますます両者の距離は縮まっていった。仕事の後、組合の定例会があった日の帰り道、川俣は偶然を装い野村と一緒になった。

「課長、めっきり寒くなりましたね」

　川俣は汚いジャンパーのポケットに両手を突っ込み肩を丸めて話しかけた。

「本当だね。燃料不足で暖房も使えないし、撮影所は底冷えするからみんな風邪《かぜ》をひかないように注意しないとな」

　気取りのない優しい表情に穏やかな声だ。川俣はこの男が嫌いではなかったし、むしろ人間性には好感すら抱いていたが、それとこれとは別だという割り切りも出来ていた。こういう経験は戦争中、厭と言うほどしてきたからだ。個人的な好き嫌いと任務の遂行はまったくの別問題だと納得しなければ軍の任務も機関の任務も務まらない。大陸で会った連中も全員がみな悪い奴ばかりではなかったし、ひょんなことから仲良くなった者もいたが、殺せと言われたから殺したまでのことだ。好きで殺したわけではないし、殺さずに済むのならそれが一番だとも思っていた。

「まったくです。ところで、今日の集会には監督の小木野さんも来ておられましたね」

「ああ、川俣君は小木野君を知ってるのか？」

「戦前、あの人の『若者の苦悩』を観たことがあります。あの映画、好きなんですよ」

「そうか、あれは僕も好きな映画だ。社会の底辺で苦悩する若者の姿が実によく描かれていたよ」

「そうですね。ところで小木野監督の新作はいつ頃になるんでしょうか」

「新作撮ること知ってるのか？」

野村はちょっと驚いた様子だった。

「あちこちで噂になってますからね」

「だろうな。だけどまだ極秘だから口外はしないでくれよ。何しろ内容が内容だから、外部に漏れるとタダじゃすまないだろう」

「もちろんです。会社の上層部も承諾しているんですか？」

「いや、会社は反対してる。何かあったときに責任を取れないからね。かと言ってGHQの意向も無視できないので板挟みといったところだ。苦肉の策で、小木野君の自主製作については黙認するという形にするようだ」

「会社の方針も分かりますが、だったら製作費用はどこから出るんですか？　内容が内容ですから普通の会社はお金を出してくれないと思いますが」

「そうなんだよ。軍部批判映画に金を出す会社はけっこうあるんだが天皇批判となるとさすがにね……だが小木野君はやる気満々のようだ」

野村は小さく息を吐いた。その息は夜の闇の中にすぐに白く浮かんで、冷え込みを実感させた。もしかしたら明日は雪になるかもしれないと思わせる寒さだ。

「何か当てがあるんですかね」

「小木野君の話だと、外国企業が金を出す算段をしてくれているそうだ。外国資本の映画なら、もし日本での公開が無理でも海外に輸出という手もあるからと言ってる」

冗談じゃないぜ、そんなふざけた真似させてたまるかと川俣は心の中で毒づいた。アメリカ人のマッカーサーは天皇の戦争責任は問わない方針だというのに、なぜ同じ日本人がそれを覆《くつがえ》そうとするのかまったく理解出来ず、腸《はらわた》が煮《に》えくりかえるほど腹立たしかったが、決してそれを気取《けど》られないように笑顔を作った。

「それは良かった。その外国企業って何て会社なんですか？」

「僕も詳しいことは知らないんだが、関西の方で何か買い付けをしている会社だとかいう話だったな。むしろ東京の会社じゃない方がいいだろう」

「そうかもしれませんね」

川俣は同意するように何度か頷いた。

「たぶん完成までは茨《いばら》の道だと思うから、いまの段階で関係者のことを他に漏《も》らしたくないんだろう。警戒しているのか、僕らにも詳しいことを言わないんだ。川島君があんな事件に遭《あ》ったのも偶然じゃないいんじゃないかと噂している者もいるしね」

「川島さんって誰ですか？　その人どうかしたんですか？」

川俣は空とぼけた。野村は人の好《よ》いアカで、他人の言葉を疑わない。根っから素直な人間なのだろう。

「脚本家さ。最初は小木野君と組んでやるような話だったんだが、先日強盗に遭って瀕死《ひんし》の大怪我をしたんだ」

「強盗？　そりゃきっと浮浪者の仕業《しわざ》ですよ。最近多いですから課長さんも気をつけて下さいよ。俺なんかこんな汚い格好ですから一文も持ってないって分かるでしょうが、課長はそうじゃないですからね」

「僕だって一文もないよ」

野村はそう言って笑った。


生死の境から何とか持ち直して意識を取り戻した川島が小木野の映画から手を引くことに決めたようだ、という情報が宮本たちの耳に届いたのは事件から二週間以上が過ぎた頃だった。手を引こうが引くまいが当分は病院のベッドから動けないだろうし、動けるようになったとしても普通の生活に戻れるまでどのくらいかかることか。あるいはもう戻れないという可能性もある。せっかくあの苦しい戦時中を生き延びたというのに戦争が終わったとたんにこれでは本人もやり切れまい。ここで命まで失っては元も子もないという冷静な判断が川島に出来たことは幸いだった。

小木野はどうするか思案しているのか、いまのところこれといった動きはない。鈴下も相変わらずあちこちの銘酒屋と千住の本部を行ったり来たりしているが、社長と会う気配はなかった。

「川島は社長という男の正体を本当に知らなかったのか?」

鈴下の監視を交代した後、宮本は市谷台のアパートで布団を被《かぶ》って仮眠を取っていた長田に訊いた。

「あれだけ痛めつけても何も言わなかったんだから、本当に知らないんでしょう。あいつはそれほど根性のある男ではありませんよ」

長田は眠そうな目をこすりながらも自信たっぷりに言い切った。

「俺もそうは思うが、何か少しくらいその外国人の手懸かりになるようなことはなかったかと思って……」

「川島の話では、一番最初に映画製作の件で声をかけて来たのは小木野だそうです。小木野の紹介で鈴下と知り合った。鈴下が日本社会主義者の会の中心人物の一人だということは知っていましたし、鈴下も特に隠していなかった。近いうちに政党としての認可を勝ち取って選挙に出るつもりだと大口叩《たた》いていたそうですよ。川島が人形町の『ケリー』に行くときはいつも小木野のおまけで、一人で行ったことはないと言っていました。社長と話をしていたのは主に鈴下で、自分はあまり話をしたことはないとも。どうやら会話の内容がよく理解出来ていなかったんでしょう」

「日本で商売をしているくらいだから、社長は日本語が堪能《たんのう》なんじゃないのか？」

「それが簡単な会話くらいしか出来ず、鈴下とはもっぱら外国語と日本語のごちゃまぜで喋っていたということで、聞き慣れていないと何を言ってるかさっぱり分からなかったと言ってましたよ」

「すると鈴下は英語が出来るのか」

「あいつは大学出のインテリですからね。もっとも在学中はほとんど大学には顔を出さずに吉原に入り浸っていたとか。徴兵検査も仮病で逃げたという噂があり、かなり世渡りの上手い小狡《こずる》い男のようです」

「その社長が映画製作の資金源なのは間違いないな。映画だけでなく、日本のアカ全体に資金を供給している可能性もある」

「だとしたら凄《すご》い大物じゃないですか。もしかしたらゾルゲ並みかもしれませんよ」

長田が嬉しそうに目を輝かせて言った。

「その前に資金を受け取っている者を全て掌握しておく必要があるな。これは絶対に調べ上げておかねばならないぞ」

宮本は強い口調で言った。仮に社長の正体が分かっても、いまの日本にはその男を拘束することも取り調べる権利もない。ＧＨＱにしてもその男がしていることが明確な犯罪だという証拠がない限りはどうにも出来ず、そうこうしているうちに男は出国してしまうだろう。そうなるとすべて終わりだ。

「だけどそれを正確に掌握しているのは社長本人しかいないんじゃないですか？　最終的には少々荒っぽい手を使っても本人に訊くより他ないと思いますがね」

他の連中同様に、長田もまだ昔の癖が抜けきらないようだ。宮本は何度となくしてきた説明を根気よく繰り返すしかなかった。

「分かってはいても連合国の人間に手を出すことはリオンが承知しないだろう。下手したら国家間の問題にもなりかねないし、いまの日本ではそうなれば全てで不利だ」

「だったら鈴下に直接当たるしかないと思いますがね」

徹夜明けの長田は何回目かの大欠伸《おおあくび》をした。

「いずれな」

宮本はそう言って誤魔化した。日本社会主義者の会はいま政党申請の準備をしているという話だし、こちらについても迂闊《うかつ》な真似は出来ない。特に鈴下に直接手を出すときにはそれなりの準備と根回しが必要になるだろう。それにもう一つ、宮本にはどうしても気に掛かることがあった。それは新藤も疑問を持っていたこの情報の出所だ。

リオンが有能なのは間違いないだろうが、それはあくまでも組織内部でのことだ。いくら日系とはいえ、初めて踏む土地でこれほど迅速に重要な情報を手に入れてくるとは、いったいどんな手を使ったのか。なぜかそのことを考えると宮本の胸の辺りに重い何かがのしかかってくるような気がするのだ。

「どうかしたんですか、宮本さん」

「どこから鈴下や川島の情報が漏れたのかと思ってね」

「それはやはり『ケリー』じゃないんですか。三人が一緒に行動しているのはあそこだけのようですから」

「だがああいうところは普通は口が固いし、特に外国人相手の闇商売だ。そう簡単に客のことを漏らすとも思えないんだが。あるいは他の客が漏らしたのか……。だとしても、どうやってナラハシがその客と知り合ったのかと思ってね」

少し間を置いてから長田が思い出したように言った。

「もしかしたら映画関係者からじゃないでしょうか」

「映画関係者？」

「はい。調べてみたところあの店は表向きはクラブと称していますが実は闇料亭で、映画関係者がGHQの下《した》っ端《ぱ》役人を接待するのによく使っているらしいんです。GHQは芸妓《げいぎ》や娼妓《しょうぎ》との接触や検閲対象の会社からの接待を受けることを禁止しているはずですが、実は芸者遊びがしてみたくて自分たちから接待を要求する者も多いそうです。そこで数社の映画会社があそこで頻繁に外国人を接待しているって噂ですよ」

それを聞いた宮本は、このところずっと自分の胸にのしかかっていた重石《おもし》が何なのかやっと理解出来た。どこの映画会社にも顔が利き、そこの人間たち全員が顔を知っていて、店の人間もつい気を許してしまうような気の好い男が一人だけ、自分の知り合いにいるではないか。彼の器量と機転があれば、あのくらいのことを調べ出すのはさほど難しいことではあるまい。そして、そんな男がいることをナラハシに教えたのは他ならぬ自分だと思うと、愚《おろ》かな自分に対して激しい怒りを感じた。リオンは興味のないような顔をして、いつの間にか辰三郎に接触していたに違いない。宮本は戦争中の負い目もあって、いまの仕事をしている限り、辰三郎とは極力関係を持つまいと固く心に決めていた。それなのに一番巻き込みたくない人間をすでに巻き込んでいたかと思うと、知らず知らずのうちにまた一つ辰三郎への負い目を背負った自分に腹が立って仕方なかった。

＝ 四章　狩人たち ＝

1

昭和二十一年一月

――いま日本の伝統芸能継続の壁となっているＧＨＱの機関は二つある。一つは幕僚部の下にあるＣＩＥと称される民間情報教育局、もう一つが参謀部下にあるＧ－２（参謀第二部）内にあるＣＣＤと呼ばれる民間検閲局だ。注意すべきは、ＣＩＥは企画や脚本の事前検閲のみの権限しか与えられていないという点だ。完成した作品の検閲を行うのはＣＣＤで、完成した作品の上映や舞台の上演作品に対する中止や禁止といった絶対的な権限もＣＣＤにしか認められていないんだ。だからここは一つ、ＣＣ

Ｄの連中と懇意にしておいたらどうだい？　今度ＣＣＤの責任者のピート・タイラーが離任して帰国することになったんだが、送別会という名目なら一席設けることが出来るかも知れないぞ。ここで顔を合わせておけば、新任者になってから今後何かとやりやすくなるんじゃないか？　タイラーとは取材で何度も会っているし、よければ俺《おれ》が口を利《き》いてやろうじゃないか。

そう辰三郎に耳打ちしたのはリオンだった。話はすぐに辰三郎から梅松株式会社に伝わり、早速会社の幹部たちと歌舞伎《かぶき》興行の関係者で、タイラーの送別会を催そうということになった。場所は新橋の老舗《しにせ》旅館『竹葉屋』で、離任するタイラーだけでなく後任のデニス・リビングストンもＣＣＤから参加すると聞いた幹部たちは俄然《がぜん》やる気になって準備を始めた。

表向きは芸妓《げいぎ》とは言えないので、当日は給仕と称して選《え》りすぐった綺麗《きれい》どころをずらりと彼らの周りに並べ集めた。若い美しい娘に囲まれ、さすがに悪い気もしないのか、ちょっとした座敷遊びを交えながら華やかに穏やかに宴《うたげ》が進んでいった頃、梅松の幹部の一人がおそるおそる本題を切り出した。

先月半ば、伝統芸能の興行主である梅松株式会社は、ＧＨＱの要望に沿った「上演可能、不可能リスト」を作成して担当のＣＣＤに提出したばかりだった。これはＧＨ

Q側が一方的に上演禁止演目を決定するのではなく、日本人の方で自主的に決めてくれという趣旨だというので、梅松では連日連夜幹部、関係者が集まってさんざん検討した結果、ようやくリストの作成にこぎつけたが、上演可能リストの中に歌舞伎の三大名作とされる物は含まれていなかった。CCD側でさらにそれを検討し、若干の手直しが加えられたということだった。

「ところで先月検討された歌舞伎・文楽の上演不許可リストのことですか、あれは絶対なんでしょうか？」

その場にいた全員が笑いを浮かべながらも、心の内の不安を隠せない複雑な表情でタイラーに目を向けた。

「我々はいままで絶対という言葉を使ったことはないし、出来るならこれからも使いたくはないと思っている。それは個人的な気持ちではなくGHQの政策方針がそうなのだと受け止めてもらいたい」

「はい」

「マッカーサー元帥は歴史上長く続いてきた日本の伝統芸能を潰《つぶ》そうとは考えていないし、我々にそんな権利があるとも思ってはいない。ドイツもイタリアも敗戦国だが、我々はそれらの国の優れた芸術には最大の敬意を払っているつもりだ。これは重要なことなので勘違いしないで欲しい。だがあの二つの国に比べていろいろな意味で日本は特別なのだ。西洋の理解を超える部分が多すぎる。だからこそ伝統芸能といえども世界の時流に反していたずらに大衆に封建的な誤った価値観や危険な思想を押しつける物については自粛《じしゅく》すべきだと考えている」

「それはもう重々承知しています」

「我々としては、封建的な価値観や悪習を彷彿《ほうふつ》させる古典は出来るだけ避けて、全興行の五十パーセント以上を新作や舞踏や現代劇にしてもらいたいと考えている」

タイラーとの会話は通訳を交えてだったが、それでも簡単な会話は日本語で出来るし、意外に日本の文化伝統について詳しくてよく勉強しているのには驚かされた。それと同時に、彼らが内容も分からずに闇雲《やみくも》に何でも禁止しようとしているわけではないことも充分に伝わってきた。彼らは間違いなくちゃんと「内容を検討」しているわけで、それだけに手強《てごわ》くもあった。

タイラーも後任のリビングストンも終始紳士的で、宴《うたげ》の間一切高圧的なことは言わず、表向きは友好的で楽しい時間が過ぎた。手土産まで持たせて彼らを見送った後、一気に緊張が解けたのか誰からともなく大きなため息が漏れた。

「厳しいことになりましたね」

幹部の一人が呟《つぶや》き、周りにいた者はみんな頷《うなず》いた。

「そうですね。だが、ああやってはっきりと言葉で示してもらえばまだ何とかなるんじゃないですか？　考えようによっては半分は古典をやってもいいってことじゃありませんか」

「そうかもしれないが、だからってそれじゃ残りの半分を『寺子屋』や『熊谷陣屋《くまがいじんや》』にしましょうってわけにもいかないだろう。あれだけ釘《くぎ》を刺されたんだから」

「確かにいますぐは無理でしょうが、とにかく廃止や禁止といった言葉は一切出なかったんだし、古典上演の可能性が残されているということが重要だと思いますよ。しばらくはGHQの顔色を窺《うかが》いながら、差し障《さわ》りのなさそうなものからかけていったらどうでしょうね。『鳴神《なるかみ》』とか『金閣寺』とか……。『鳴神』については先月春五郎劇団がやって好評でしたし、劇場にマッカーサーの副官までやって来て辰三郎を絶賛していったというじゃないですか。あの若さで大したものですよ。あれなら問題ありませんって」

「まあ、当分はそうするしかないだろうか」

その言葉に全員が頷いた。現実の厳しさを嚙《か》みしめながらも、とりあえず最悪の事態は免《まぬか》れたようだというわずかな安堵感《あんどかん》も漂っていた。

ところがその数日後に何の前触《まえぶ》れも予兆もなく恐れていた事態が突然やってきた。その朝、日の出日報を広げた梅松を始めとする全ての歌舞伎関係者は驚くべきものを目にすることになる。

歌舞伎、ついに全面廃止か！
ＧＨＱ、現代劇と舞踊劇以外認めず！

という心臓が止まりそうなほどショッキングな大見出しだった。それに続いて梅松株式会社の山田演劇部長の談話として、今後歌舞伎演劇を中止し、舞踏と現代劇で興行を継続する意向だという内容のやり取りが掲載されていた。

その瞬間、業界に係わるすべての者がパニックに陥《おちい》ったと言っていい。もちろん辰三郎もだ。新聞を握りしめて飯も食わずにすぐさま九段下の新聞社に飛んで行き、田村を呼び出した。頭に血が上っていたので香也が追いかけて来たことにも気づかなかったほどだ。

「これはいったい何ですか、田村さん！」

田村に怒っても仕方ないと分かっているが、それでもいくら抑えようとしても辰三郎の語気は荒くなり誰かに文句を言わずにはおられなかった。

「待ってくれ、俺もびっくりしてるんだよ」

田村はバツが悪そうに頭を掻《か》きながら、ちょっと出ようかと言って先日のバラックのボロ飲み屋『くだん坂』に辰三郎と香也を連れ出した。

「この記事、田村さんが書いたんじゃないでしょうね!?」

店に入るなりすぐさま辰三郎は田村に詰め寄った。香也がいまにも泣き出しそうな顔でしがみつき、「にいさん、落ち着いてよ」とくり返している。

「俺じゃない。他の者だ」

「これ、本当のことなんですか?」

「それがなぁ……」

田村は言いにくそうに言葉を濁し、それから「良く分からないんだ」と言った。

「そんないい加減なことがあるか！　新聞社がそんな適当なことでいいんですか!?」

我慢しきれずに辰三郎は怒鳴った。

「にいさん、お願いだから怒らないで。田村さんが書いたんじゃないみたいだから。ねっ、にいさん」

とうとう香也がいつものようにべそをかき始めた。くっきりとした大きな目いっぱいに溜《た》まった涙を見たとたん辰三郎の怒りは急速に鎮《しず》まり始め、すぐに田村に八つ当たりしたことを少しばかり後悔した。

「すみませんでした。何一つ田村さんのせいじゃないのに、つい……」

「いいよ。お前さんは気は短いがまったく後に引きずらない江戸っ子だってことは、俺は良く知ってるからな。この記事を書いたのは文化部の奴《やつ》なんだが、何でも二日ほど前に知り合いの映画関係者から、山田演劇部長を始めとする梅松の幹部たちがCIEから呼びつけられて放送会館に集まるらしいって情報を入手して、これは何か特別なことがあるに違いないと睨《にら》んで張り込んでいたそうだ。――その集まりのことは知ってるか？」

「いえ何も」

山田らの梅松の幹部がCCDのタイラーの送別会を開いたのは、確か五日ほど前だ。そのときは雰囲気も良く、タイラーとも後任のリビングストンとも腹を割った話が出来たと、梅松の幹部を始めとする出席者たちは満足していたと聞いている。それぞれの劇団に対しても今後は慎重に演目を検討しながらも、細々とでも古典を続けていこうという意思確認もしたはずだ。

「間違いなく二日前ですね？」

「そうだ。それも『いますぐ来い』という急な呼び出しだって言うじゃないか。それで文化部の奴は、これは何かあると思って飛びついた。記者の勘働《かんばたら》きってやつだ」

「それで？」

「放送会館の前で待ち伏せて、梅松の幹部が出て来たところを突撃取材したそうだ。そうしたら……」

そのときの様子は、一目でただならぬ雰囲気と分かるほどのものだったという。梅松の幹部たちの顔は青ざめ、驚きと失望がはっきりと顔に表れていた。これは相当厳しいことを言われたに違いないと直感した記者が問い詰めると、ＣＩＥの責任者から「今後、現代劇や舞踊劇以外のものを上演した場合、ただちに上演禁止を命じる」というようなことをかなり強い口調で言われたということだった。その後で、こうなってしまっては自主的に興行を中止せざるを得ないという趣旨のことを語ったらしい。

「それを聞いた記者が、多少大袈裟《おおげさ》というか目を惹《ひ》く紙面にするために、こういう過激な見出しにした……とまあ、そういうことらしいんだ」

「それが本当なら、まだ完全に廃止って決まったわけじゃないでしょ？　それなのにこんな書き方するなんて酷《ひど》いよ」

ついに涙をぽろぽろ落としながら香也が田村を責めるように言うと、さすがに田村も応《こた》えたのかしきりと香也に謝っている。辰三郎もかっと頭に上がった血が引いて少し冷静に考えられるようになると、この記事は多少先走ったものであるかもしれないと思えてきた。とはいえ、わざわざＣＩＥが梅松を呼び出してまで厳しく言ったとなると「全面禁止」や「廃止」といった趣旨を伝えるためだったとも受け取れる。いずれにせよ全て推測で、いまの時点でははっきりとした命令や通達が出ているわけではなかった。田村はひとしきり香也に謝り、小さい子供の機嫌でも取るように同僚から分けて貰《もら》ったというミカンを二個ほど香也に押しつけて逃げるように会社に戻って行った。

田村がいなくなると香也はミカンの一つを辰三郎に渡しながら「これからどうなるのかな」とぽつんと呟いた。辰三郎も同じことを考えていたが、これからどうなるのかを知るためにも確かめておかねばならないことがある。

「とりあえずミカンでも食うか」

そう言いながら辰三郎は皮を剝《む》き始めた。

「うん」

香也も皮を剝き始めた。辰三郎は剝いたミカンを香也の前に置くと、「ちょっと電話を借りてくるからその間に食っとけ」と言って『くだん坂』を出た。九段下の郵便局で電話を借りてから、『くだん坂』に戻ると香也が心配そうな顔で辰三郎を見た。

「どこに電話したの？」

「知り合いのところだ。これから根津に行くけど一緒に来るか？」

嬉《うれ》しそうな声で「うん」と返事をしてから小声で「根津にも女がいたのか」と漏らした。

「寝言言ってんじゃねぇよ。いいか、これから会う人間のことは誰にも言うな、絶対に内緒だからな。お前だけに教えてやるけど他には秘密にしとけよ。分かったな」

念を押すと香也はしっかりと頷いた。

バスを乗り継いで根津に着いたのは昼過ぎだった。辰三郎はすでに何度かここに来ていることもあり、表玄関の呼び鈴を鳴らさずに勝手に門を開けて中に入った。小さな洋館とはいえ凝った造りの古い雰囲気ある家を香也は珍しそうにしげしげと眺めながら、何か腑《ふ》に落ちたように言った。

「ここだったんだね。にいさん、ときどきこっそり稽古場《けいこば》を抜け出してどこに行ってるのかと思ってたんだ」

「まあな」

「どんな人？　たぶん、すごく綺麗な金持ちの奥さんでしょう？」

香也がそう訊《き》くので、辰三郎は思わせぶりににやりと笑った。

「戦争前に、じきに外国映画が禁止されそうだって言うんで二人で長唄《ながうた》の稽古をさぼって銀座に洋画を観に行ったのを憶《おぼ》えてるか？」

「うん。にいさんの好きなジャン何とかって俳優の映画でしょう」

「ジャン・ギャバンの『望郷』。あの映画に出て来るような奴だよ」

そう言うのと同時に、計ったかのようにドアが開いてリオンが顔を出した。白いトックリセーターにゆったりとした暖かそうなウールのズボン、後ろに流した髪を一つに結んだ長身の男を見て香也は目を丸くした。

「いらっしゃい。寒いから早く入れ」

別段驚いた顔もせずに、リオンが二人を招き入れた。初めての香也は家も中に置いてある物も住む人も全部珍しいのだろう。さっきから目を丸くしたり、きょろきょろしたりをくり返している。居間に落ち着くと、リオンが慣れた手つきでいつものように辰三郎には酒、香也には湯気の上がった甘い匂《にお》いのする大きなカップを渡した。香也は中を覗《のぞ》き込んだとたん嬉しそうに声を上げた。

「これ、もしかしてチョコレート？」

「ホットチョコレートとマシュマロだよ。初めまして香也さん。俺は辰三郎の友人でNBCの記者のリオン・ナラハシだ」

「は、初めまして」

香也は恥ずかしそうに顔を赤らめたが、すぐに目の前にあるいまの日本では最高に贅沢《ぜいたく》な飲み物に夢中になった。リオンはグラスを持って辰三郎の隣に座り「兄弟揃《そろ》って血相変えて来た理由は、だいたい想像がつくよ」と言った。

「だったら説明してくれ。あの記事は事実なのか？」

「違うな」

すぐさまリオンは言ったが、こんなに簡単に否定されてもまったく真実味がなく逆に信用出来なかった。

「それじゃ、日の出日報の記者が嘘《うそ》を書いたって言うのかよ」

「と言うより早合点したんだろう。それも勘違いの早合点だ」

「そんないい加減な話、信用できるか！ いったいどうなってるんだ」

辰三郎はどこにもぶつけようのない怒りをリオンにぶつけていた。筋違いと分かっていても、誰かにぶつけないと気が収まらない。香也は心配そうな顔で辰三郎を見て、それからリオンの顔色を窺っていた。

「もしあれが事実ならば、参謀本部がマッカーサーの名で、占領国民への命令という形で正式発表をするはずだ。しかし彼らは伝統芸能の中でも人気の高い歌舞伎を廃止することは日本人にとって大事件であり、ＧＨＱへの憎しみを加速させることだと重々理解しているし、そこまでやるからにはそれなりの理由が必要なことも分かっている。だからそんな話はこれまでどこからも出ていなかったし、おそらくこれからも出ることはないだろう。それをするのは自分で自分の首を絞めるようなものだからな」

「だったらどうしてこんな記事が出たんだ。梅松の幹部たちがＣＩＥに呼び出されたというのは本当の話だと聞いたぜ」

立て続けの質問に困ったようにリオンは両手を挙げた。

「すぐに事実を確認するから二、三日時間をくれ。とにかくこの記事には何の法的な根拠がないんだから少し落ち着くべきだ」

これが落ち着いてられるかって言うんだと思ったが、怒って焦《あせ》ったところでどうにもならない。辰三郎はグラスの酒を一気に呷《あお》ったが、それが喉《のど》を通った瞬間、戦後初めて口にするような上等な酒だと気がつきリオンを見つめた。この男は自分のために、わざわざこの酒を探してくれたのだろうか。そう考えると不思議な気持ちだった。

「にいさん、この人、もしかして宮本さんが言っていた記者さん？」

子供みたいに口の周りを茶色の泡で汚した香也の囁《ささや》きを聞き逃さなかったのか、リオンはにっこり笑って、辰三郎が答える前に「そうだよ」と言った。

「君も宮本さんを知ってるのかい？」

「はい」

「辰三郎と同じ部隊にいたんだってね」

「そう聞いてます」

「一緒に帰って来たの？」

「いえ、にいさんだけ復員するのが遅くなって……」

「つまらないことで部隊とはぐれたんだよ」

辰三郎は良く通るきっぱりとした声で話を遮《さえぎ》り、それを察した香也は下を向いて黙った。辰三郎は戻って来てから戦争中、ことに大陸でのことは一切口にしていないし、周りの者も気を使ってしつこく訊いてはこない。なぜリオンがそんな質問をするのか分からなかったが、何を訊かれようと辰三郎は戦争中のことを語る気はなかった。あれは悪い夢だ、そしてもう終わった夢なんだと思って忘れてしまいたかった。

「どうしてはぐれたんだ？」

顔は笑顔だが目は笑っていない。なぜこんなことを訊くのか、辰三郎の胸に漠然とした不安のようなものが過《よ》ぎった。そう言えば、いままで目先のことで精一杯で考えもしなかったが、この男はなぜ辰三郎の力になろうとしているのだろうか。ボウマンのように歌舞伎が好きなわけでもなく、宮本ともそれほど親しいとは聞いていなかった。

「上官の現地の愛人とその女との間に出来た子供を安全な場所まで逃がしてやれと命令されて送って行くことになり、一時的に部隊を離れたんだ。軍服姿だとかえって危険なので中国の民間人の苦力《クーリー》の格好で離隊した。その格好のまま復員したおかげで終戦後に身許《みもと》の証明に時間がかかっちまったのさ」

「どこに送って行ったんだ？」

「香港。到着したときに日本が降伏したと聞いて、そこにいた部隊と一緒に撤収することにしたんだ」

「その任務を命じたのは誰だったんだい？」

「上官としか分からない。なぜそんなことを訊くんだ？」

「記者だからね」

リオンは明らかに空とぼけた笑顔で誤魔化すと、今度は香也相手にお喋りを始めた。君はどんな役をやるの、毎日どんなお稽古をするの、学校へは何時《いつ》行くの、いつごろから芝居を始めたの、などという当たり障りのないもので、彼が本気でそれを知りたがっているとも思えなかったが、香也は自分の周辺にはまずいない流暢《りゅうちょう》な日本語を話す異国育ちの洗練された大人との会話を純粋に楽しんでいるようだった。一時間半ほどして二人が家を出るとき、リオンは台所からチョコレート、チューインガム、ビスケットの入った紙袋を持って来て、香也にプレゼントだと言って持たせた。中を覗きこんだ香也は歓声を上げている。胸に大事そうに紙袋を抱えて、はしゃいで庭先を歩く香也の背中を眺めながらリオンが小声で言った。

「ボウマンが言ってた通りの実に愛らしい子だな。女形《おやま》というのは東洋の神秘の妖精《ようせい》、西洋にとっての禁断の実だと大袈裟《おおげさ》に絶賛していたからね。あいつにしてみれば長年の夢が叶《かな》って天国にでも居るような気分ってわけだ」

玄関先で笑顔で軽口を叩きながら、リオンはそっと辰三郎の羽織の袖《そで》に大きめの封筒を滑り込ませて囁《ささや》いた。「――ＧＨＱの軍病院への紹介状と彼に関する情報を記入したカードが入っている。あそこにはかなりの数の広島、長崎の被爆者の治療をしている専門の軍医が何人もいる。窓口にこれを出せばすぐに診てくれるはずだ」

どうせ自分たちが落とした悪魔の爆弾の威力がどの程度のものだったか調べるためにせっせと治療しているのだろうが、そうと分かっていても辰三郎は「いろいろすまねぇな」と礼を言った。突如降ってきた黒い毒に蝕《むしば》まれつつある香也が、いまどんな状態でどんな治療が必要なのか一番分かっているのは、毒をバラ撒《ま》いた張本人たちだけだ。

・

真っ黒な煤《すす》をまき散らして走る代燃バスに乗り継いで馬喰《ばくろ》町《ちょう》近くに戻り、そこから歩いての帰り道、家まで待ちきれずにチョコレートを囓《かじ》り始めた香也は、リオンに貰った袋を大事そうに抱えて始終機嫌が良かった。

「にいさん、あの人と親しいの？」

「どうかな。知り合いではあるけど」

「格好いい人だね。外国人みたい」

「馬鹿、あいつは外国人だよ。日本人みたいな顔をしてても日本人なんかじゃない。骨の髄《ずい》までアメリカ人だ。チョコレートを貰っても忘れるなよ。あいつは日本を負かして広島と長崎にピカドンを落とした憎いアメリカ人だ」

「でもあの人が落としたわけじゃないでしょ？」

「同じことだ」

「にいさん」

突然、何を思ったのか香也は自分が食べていたチョコレートの欠片《かけら》を辰三郎の口に押し込んだ。

「いきなり何しやがる」

辰三郎は小さく噎《む》せた。

「戦争は終わったんだからもういいじゃない。僕は戦争中ずっとにいさんが無事に帰って来てくれて、昔と同じ姿で舞台に立ってくれることだけを祈っていた。僕は無理かもしれないけど、どこにいてもこの先もずっと、桜丸や知盛や将門《まさかど》や義経の拵《こしら》えで舞台に立っている誰よりも格好良くて錦絵《にしきえ》みたいに華のあるにいさんを見ていられるんだったら、もう誰も恨まないよ。戦争を始めた軍のこともアメリカ人のことも憎まないよ。だってそれが戦争ってものなんだから、きっと誰にもどうにも出来なかったんだよ。それに戦争は他の人たちから親や子供や恋人奪ったけど、僕からにいさんは奪わなかった。ちゃんと元気な姿で返してくれたから、僕はもう誰も恨まないと決めたんだ」

その言葉を聞いたとき、辰三郎は不覚にも目から涙が落ちないようにと日の暮れかかった天を仰ぎ、鼻の奥に溜まった水と一緒にチョコレートを呑《の》み込んだ。

2

二人を見送ると、リオンはすぐさまその足で有楽町に向かい、G－2のトップであるウィロビーにこの記事についての事実確認と調査を求めた。事実確認の方は至って簡単で「そんな事実はない」と即答だった。ではなぜこんな記事が出たのかということがはっきりしたのは、一晩中徹夜で事情を調べた翌日の早朝だ。

リオンがG－2のオフィスに顔を出すとすぐにウィロビーの執務室に通された。秘書が何も言わずにコーヒーと朝食のドーナツを用意してから黙って部屋を出て行くという、いつものパターンだ。コーヒーを飲みドーナツを食べていると不機嫌な顔のウィロビーが部屋に入って来た。

「おはようございます」

「おはよう、昨夜は忙しかったようだな」

「ほんの少しですよ」

「君がここに頻繁に出入りするのは好ましくないが、今回は仕方ないか」

ウィロビーはそう言うと小さなため息を吐《つ》いた。「――で、結論は出たか？」

「はい。分かってみれば実に馬鹿馬鹿《ばか》しい話ですよ。数日前、歌舞伎興行を一手に取り仕切っている梅松株式会社の幹部たちが、離任するCCDのタイラーのために豪勢な送別会を開き、後任のリビングストンには土産まで持たせたらしいんです。それがどこからかCIEのコールの耳に入ったようで、自分をないがしろにされたのがよほど面白くなかったんでしょうね。早速、梅松の幹部らを呼び出して頭ごなしに、自分の命令に従わなかったら処罰すると脅かしたものだから、幹部たちはすっかり萎縮《いしゅく》してしまって自主的に興行を控えると言い出した。それを嗅《か》ぎつけた新聞記者によってこんな記事になった……とまあ、これが真相です」

「処罰だと？　GHQはわたしに無断でいつ奴にそんな権限を与えたんだ」

ウィロビーは吐き捨てるように言った。

「この手の話は今回に限ったことじゃないでしょう。何しろここにいるほとんどの者はいまが人生の絶頂期だ。地位も名誉も財産もなく国に戻ればひたすら命令に従うしかない人間が、占領地では好きなだけ命令が出来て威張り散らすことが出来る。誰もが自分たちに脅《おび》えてくれて言いなりになるのだから、妙な勘違いするのも無理はない」

「手厳しいな」

「これでもだいぶ遠慮して言っています」

それを聞いたウィロビーは苦笑しながらも否定はしなかった。実際、偽《いつわ》らざる真実だから否定のしようがないはずだ。本国で口さがない連中が笑い話に語るのは、「bestは国土防衛、betterは欧州、tent pegはアジア」というジョークだ。軍では最も優秀な人材を国土の防衛に当て、それに次ぐ優秀な人材を欧州戦線に回す。どちらにもなれない連中の行き着く先がアジアだ。将官クラスでさえもアジアに配置された者たちは欧州組への嫉妬《しっと》を隠せない。何しろマッカーサーからして、欧州戦線のトップに自分ではなくずっと部下であったアイゼンハワーが任命されたときには憤懣《ふんまん》やるかたなかったに違いない。おそらく目の前のウィロビーだって心の奥では……。

タイラーにしてもコールにしてもここでは人を使う立場だが、国に戻れば使われる立場でしかない。だから占領地で思う存分羽を伸ばしたいのだろう。自分の力をより大きく見せるために権限のないことでも平気で言い、謝礼や賄賂《わいろ》を要求する事案が後を絶たず、参謀本部も内部の規律の引き締めに苦慮している。

「すぐにCIEに対して警告を出そう」

「ちょっと待って下さい」

リオンはすぐさま止めた。「それでGHQ内部の者は納得しても日本国民は納得しないでしょう。その前にまずしていただきたいことがあります」

「何だ」

「参謀本部からの正式発表として、この記事の完全否定をお願いします」

リオンは穏やかだが、あくまでもこれだけは譲れないという強い意思を漲《みなぎ》らせた目で言い切った。コールにしてみれば子供じみた嫉妬の末に軽い気持ちでやったことだろうが、敗戦によって多くの物を失い、かつてないほどにうち拉《ひし》がれながらも新しい時代を受け入れつつある日本国民にとって、これは大事件であり許し難い蛮行《ばんこう》でしかあるまい。これが事実ならば、敗戦国の伝統文化までGHQが破壊しようとしていると憤り反米感情が一気に高まることは間違いない。建国からわずかな歴史しか持たないアメリカ人にはなかなか理解することの出来ない部分だが、この国の国民は二千年以上も前から続く自国特有の価値観の中で誕生し、時節に合わせて逞《たくま》しく生き残ってきた伝統芸能に強い愛着と誇りを持っている。日本統治を円滑《えんかつ》かつ迅速に進めたいならその部分を土足で踏みにじるような真似《まね》はしてはならないと、リオンは訥々《とつとつ》とだがきっぱりと説明した。最後にもう一度、これは日本統治を速《すみ》やかに進めるために必要な処置なのだと念押しした。

「それは対日心理工作のプロとしての意見と受け止めていいんだな」

「はい。マッカーサー元帥もそういうご意見だったはずですが。ＧＨＱの目的は速やかで平和的な日本の民主化でしょう？」

「分かった。それならすぐに広報に命じて実施させる。まったくたかが演劇くらいのことで……」

ウィロビーが吐き捨てるように言ったが、おそらくこれがＧＨＱ上層部の共通した認識に違いない。実際のところ日本人が危惧《きぐ》するほどにはＧＨＱは歌舞伎を始めとする伝統芸能に重きを置いてはいないし、畏敬《いけい》も恐怖も抱いてはいないというのが本当のところだろう。封建的な価値観に基づく復讐《ふくしゅう》や自死の美学を保護しようという気はないが、伝統芸能だけが日本の特攻や玉砕《ぎょくさい》や自決といった西洋には理解出来ない行動の根底にあるわけではないことくらい承知していた。それらの本質は、ＧＨＱの手が届かないもっともっと深い場所にあるのだ。

だが組織の下部にいるコールのような人間にとっては、自分に力があるのだと思わせるためにも〝たかが演劇くらいのこと〟で片付けたくはないのだろう。そのために些細《ささい》なことを大きな問題にして騒ぎ立てる傾向が日に日に強くなってきており、そろそろ何かの手を打つ時期に来ていた。

「ありがとうございます。それからもう一つ」

一呼吸置いてからリオンは声を落とした。「外部からコールへの通信記録をそっちで押さえて貰えませんか？　最近の彼の行動はいささか度を過ぎています。立場を顧みずに労働組合の集会に顔を出したり陰でデモを煽動《せんどう》したり、さらに映画界を利用して過激なプロパガンダを計画しているという情報もあり、後々のためにもいまから確かな証拠を揃えておく必要があります」

ウィロビーはしばらく考えていたが、これも分かったと頷《うなず》いた。それから低い声で「コールのことは君に任せる」と言った。

執務室を出たリオンはすぐさま秘書に参謀長室の通訳へのメッセージを預けて、非常用の裏階段から建物の外に出た。昼食の時間帯に第一生命ビル近くにある進駐軍専用のレストランで待っていると、制服の上にコートを羽織ったボウマンが小走りでやって来た。

「やあジョン、忙しいところ呼び出して悪かったね」

「とんでもない。僕もちょうど君に会いたいと思っていたんだ」

ボウマンは顔を紅潮させていつになく早口だ。コートも脱がずに椅子《いす》に座るなり「昨日の新聞を見たかい？」と訊いた。

「ああ見たよ。参謀本部勤務でマッカーサーのすぐ隣にいる僕が知らない間にそんなことが起きているなんて、いったいどういうことなんだ。まったく馬鹿馬鹿しいというか、どいつもこいつも軍の連中なんて芸術の分からないボンクラばかりだ。戦争するしか能のない連中め」

流石《さすが》に周囲の目を気にしてか蚊《か》の鳴くような小さな声だったが、それでもボウマンの目は初めて見る険しさだった。

「まったく同感だ」

リオンはそう言って、手を付けていないコーラのグラスをボウマンの前に置いた。ボウマンはそれを一気に飲み干してから、ふうと大きく息を吐いた。

「記者の君が僕を呼び出したのはこの記事の真相を訊くためなんだろう？　さっきも言ったように、マッカーサーはこんな指示も命令もまったく出していないぞ。通訳の僕が知らないところでそんなことが出来るわけがないんだ」

「そうだろうな、副官殿」

そう言ってにやりと笑うと、一瞬ボウマンはバツの悪そうな顔で上目遣《うわめづか》いにリオンを見た。

「そのことか。あれはちょっとした……」

「そうだな、取るに足らないちょっとしたことだ。それよりも君に協力して欲しいことがあるんだ。あの記事が真実でないことは僕も知っている。さっきまでその件で司令部で取材していたんだから。だが日本人は本気で歌舞伎が廃止されるんじゃないかと脅えている。前にも言っただろう？　君が歌舞伎の救世主になるべきだと」

「ああ。でもどうやって？」

リオンはテーブル越しにぐっと身を乗り出してボウマンの耳に唇を寄せた。

「今日の午後、参謀本部の広報が記者会見を開いてあの記事を正式に否定する」

「本当か？」

「本当だ。だが多くの日本人、特に歌舞伎関係者はそれだけでは安心できないだろう。そこで君に援護射撃を頼みたいんだ」

「援護射撃……この僕がかい？」

ボウマンの顔にさっきまでとは違う赤味が差してきた。小狡《こずる》くて幼稚で小さな嘘をたくさん吐くところもあるが、ボウマンの最大の長所は「芸術に対する愛の深さ」で、それだけは間違いなく本物だった。特に彼の歌舞伎に対する讃辞《さんじ》にはみじんの偽りも世辞もなかった。赤子のような素直さで心から崇拝《すうはい》しているのだ。

「そうさ。マッカーサー元帥の側近にして、ＧＨＱ内で希有《けう》なる芸術の理解者であり庇護者である偉大なジョナサン・ボウマンにだ。いまの歌舞伎が置かれている厳しい状況を変えることが出来るのは君だけだ」

その日の午後、GHQの広報部は都内の報道関係者を一堂に集めて記者会見を開き、一連の歌舞伎に纏《まつ》わる流布を否定し、決して歌舞伎を始めとする日本の伝統芸能を廃止させようと圧力をかけているわけではなく、またそんな意思もまったくない。現代社会に適応した民主的な演劇の上演を推奨しているだけだと公式に発表した。それを受け、翌日の日の出日報に「憂うべく歌舞伎の現状をマッカーサー元帥の側近ボウマン少佐に訊く」というセンセーショナルなインタビュー記事が掲載され、さらに梅松の山田演劇部長による「歌舞伎廃止というのは性急であった」という先日の記事の釈明とも受け取れる記事も掲載された。

とりわけボウマン少佐のインタビュー記事はリオンの狙《ねら》い通りに、歌舞伎関係者にとって暗闇《くらやみ》に差し込んだ一条の光のごとき輝きを放って受け止められたようだ。彼はまずGHQ参謀部の総意として歌舞伎廃止、禁止といった事実はないと断言し、先日の記事にあったことは日本の歌舞伎関係者による行きすぎた配慮から出た自発的な興行の自粛宣言であり、馬鹿馬鹿しい限りだと語った。参謀部が禁止していないものを、なぜ日本人が自ら禁じる必要があるのか。歌舞伎という世界で唯一無二の偉大な芸術に対する冒瀆《ぼうとく》であり、このような行為は決して許されるべきではない。芸術と政治は切り離して考えるべきであり、これまで優れた芸術が国を滅ぼしたことはないと、マッカーサーの側近としての立場で言い切ったのだった。

おかげで大きな混乱も反米感情も伴うことなく事態は収拾を見ると同時に、今回の件でコールの立場は非常に危ういものになったはずだ。どうやら無様《ぶざま》な失態を演じたことについてＣＩＥ内部からも批判が出始めているという。コールが日本で社会主義化への露骨なプロパガンダを続けるためには現在の地位は必要不可欠で、それを失わないために今回の失敗を取り返せるような何らかの手を打たねばならないだろう。だがおそらくそれは、器量の小さいコール一人の力では無理だ。あの男は肩書きがなければ何も出来ないから、頭が切れて行動力のある協力者が必要になる。そうなれば必ず町田の撮影所に姿を現したＧＨＱに成りすましていた男に助けを求めて連絡を取るはずだとリオンは睨《にら》んでいた。

だからこそ外部からの通信記録を押さえておけばいずれコールを、そして背後にいる者を炙《あぶ》り出すのに使えるはずだ。本国にいる共和党の重鎮たちが最も畏《おそ》れているのは、日本が中国やソ連のように赤い波に呑み込まれてアメリカのコントロールから逸脱してしまうことだ。それを迅速かつ完全に阻止すればマッカーサー元帥の株は大いに上がる。何が何でもそうさせねばならない、いや自分がしてみせるとリオンは誓った。

3

昭和二十一年一月　イエロー・イーグル

終戦からたった半年で目に見えるほどの速度であらゆる業界に労働組合の設立が広まってゆき、共産党員や社会主義者の台頭は日に日に勢いを増していた。彼らは人数こそまだそれほどでもないが、毎週のようにどこかで集会を開きデモを行い最後に勝ち誇ったようにインターナショナルを大合唱していた。特に徳田球一率いる共産党は天皇糾弾《きゅうだん》を叫び、皇居前まで押し寄せるなど傍若無人《ぼうじゃくぶじん》な行為をくり返していた。

イエロー・イーグル機関の者が集会やデモの参加者に接触したり組合員に成りすまして潜入したところ、参加者に米や塩や煙草《たばこ》を配るところ、日当を払うこともあったという。敗戦で日々の食べ物すらない状況の者たちにそれほどの余裕があるとも思えず、これらの活発な活動の裏には間違いなく豊富な資金の流れがあるとして、リオンは金の出所の究明を最優先に掲げた。一連の活動を煽動している党や会には、まだ表向きはこれといった収入源はない。現金収入は党員のカンパくらいしかないはずなのに、明らかにそれを上回る活動資金を有しているのは明白だった。

一方映画監督の小木野はと言えば、鈴下の援助を受けて依然として天皇の戦争責任を追及する映画の製作を続ける気でいるようだが、川島の件で尻込《しりご》みする関係者が出始めたこともあって当初の予定から大幅に遅れているということだ。東亜の撮影所に潜り込んでいる川俣が施設管理課長の野村から聞き出したところによると、当初彼が構想していたロシアの革命映画のような壮大でダイナミックなものは出演依頼した役者全員が出演を拒んだために不可能となり、実写フィルムを多用した短いドキュメンタリー映画の製作に方針を変更したということだった。

定期的にこと細かに送られてくる川俣の報告からを要約すると、アカと言っても小木野はそれほど危険とは思えず、特に戦後の彼は、思想活動家の面よりもあくまでも映画監督としての姿勢を貫こうとしている傾向が強く見受けられ、強引に周囲を巻き込んだり、天皇批判映画への出演を拒む役者をしつこく説得するようなことはしないという分別も持ち合わせている。周囲への締め付けが厳しくなったり、自分の行動が他に迷惑をかけると感じたときには躊躇《ちゅうちょ》したり自粛《じしゅく》することの出来る人間なので、よほどのことがない限り本人に対して直接行動に出る必要はない、ということだった。

これはイエロー・イーグルにとっては有り難いことだった。作品に係わっている者全員を片っ端から川島と同じように脅していくのは大変だし、また世の中が大きく変わったいま、それによって完全に映画製作が白紙に戻ることも考えられなかった。小木野が降りたところで社会活動家として名を上げたい別の者が名乗りを上げるに決まっている。リオンは川俣の報告を評価し、小木野についてはとりあえず様子を見ることに決めた。あまり大勢に強く圧力を掛けすぎると、せっかく丸くなってきた筋金入りの活動家たちの反骨精神を目覚めさせるという藪蛇《やぶへび》になりかねないからだ。戦前戦中ならいざ知らず、いまの日本では彼らには弁護と反論の余地が充分に与えられているので危険を冒してまで分の悪い勝負をする必要はない。

さらにもう一方で、交代で人形町の『ケリー』の監視も続けていたが、捜している社長はぷっつりと姿を現さなくなった。おそらく川島のことはもう耳に入っているだろうから警戒してなりを潜めたのかもしれない。宮本らは従業員と常連客からあの手この手で例の社長のことを訊き出そうと試みたが、誰の印象も「金回りの良い大柄な白人男性」というだけで、身許を知る手懸《てが》かりになるようなものは何一つ出てこないところを見ると、よほど注意深く立ち回っているのだろう。簡単な日本語以外はあまり話さなかったというのも、おそらく従業員や客に会話の内容を聞かれないためだ。機関員それぞれが寝る間も惜しんで調査を続けていたが、これといった手懸かりが得られぬまま正直行き詰まっているような状況だった。

そんな中で、イエロー・イーグル機関の一人で特務機関出身の服部大吉はまだ二十八歳の男盛りということもあり、連日の場末の色街での聞き込みや潜入調査はまんざら辛《つら》いことばかりでもなかった。戦争中に大陸で憶えた娼婦の味は戦争が終わったからと言って簡単に忘れられるものではなく、むしろ戦争が終わったいまだからこそ、腐って落ちる直前の熟し切った果実のような蜜《みつ》の有り難さが身に染みる。生きていればこその快楽だと思えば、連日連夜のドブ街、赤線通いも苦にはならず、ほどなくして服部は時折『ケリー』から客を紹介して貰っているという二人の女の所在を突き止めることに成功した。

芸妓《げいぎ》崩れのサリーこと高木幸子は昔のツテで『ケリー』から客を回して貰っており、ケイトと名乗っている戦争未亡人の山下圭子はその相棒といったところだ。二人は決まった売春宿で毎晩客を取っているわけではなく、『ケリー』のような高級店の紹介を優先して、表向きは〝素人女〟で通しているという強《したた》かさだ。だが事情を知ればそれを責める者もおるまいと服部は思った。幸子は老いた両親と傷痍軍人《しょういぐんじん》となった弟の、圭子の方は戦死した夫の家族の面倒を見ているのだから彼女らが身体を売らねば皆が餓死することになる。この日服部は、かねてより繋ぎを付けていた別の闇料亭の紹介で圭子の客として日本橋の旅館に上がった。

「――お客さん初めてよね。誰の紹介？」

小柄で切れ長の目の整った顔立ちに良く似合う、静かで優しい心地《ここち》好い声だった。服部はこんな女を残して戦地で死なねばならなかった男に同情した。どれほど未練が残ったことか、自分だったら死んでも死にきれまい。

「小木野さんって人さ」

「あら、それじゃあんたも映画会社の人なのね」

「ああ、違う会社だけどな」

「そう。小木野さん元気？　最近お声がかからなくて寂《さび》しいって伝えておいて」

「俺も近頃さっぱりご無沙汰《ぶさた》でね。小木野さん、忙しいんじゃないかな。何か噂は聞いてないか？」

「なーんにも」

「それじゃ川島さんのことも知らないのか？」

「あら、あんたも知ってたの。追《お》い剝《は》ぎに遭ったんですってね。あたし新聞は読まないけど店の女の子たちが話してたの聞いてびっくりしちゃった。新聞にも出るほどの大怪我だったんだって？ 道理で最近来ないわけだってみんなで納得してた」

「金蔓《かねづる》の社長さんは？」

「そっちもさっぱり。少し前に一回だけ来たみたいだけど、そのときあたしたちは呼ばれなかったの。もう飽きられたのかしらね、このごろ素人っぽくないって言われるし。堕《お》ち始めたら歯止め利かないから無理ないけどさ」

明るくくったくなくそう言う辺りが、妙にさばさばとした諦《あきら》めが滲《にじ》んでいて切なかった。だが自分は不遇だと嘆く女よりも遥《はる》かにマシだし、服部はどことなく風任せ的な奔放《ほんぽう》さが見え隠れするこの女が気にいった。

「少し前に来たときは社長一人でかい？」

「ううん、どっかの別の社長さんと一緒だったって。北海道から来たとかで、えらく羽振り良さげな人だったらしいわ。あっちの方は空襲の被害もなかったし食料もたくさんあるみたいで、それを年の瀬に東京の闇市で売って大儲《おおもう》けしたんだってさ」

「羽振りのいい社長同士でどんな話をしてたのかな。やっぱり儲け話なんだろうからな。あやかりたいもんだ。ちょっとくらい憶えてないのかね」

「そんなの分かるわけないじゃない。店の子たちもあたしと一緒で、分かるのはハウマッチ、ギブミー、ハローだけ」

圭子は笑いながら小さな火鉢に手をかざし暖を取っていたが、指先が暖まると服部の服を脱がせ始めた。慣れた手つきからかなりの数の客を取っていることは容易に想像できた。

「金持ちってのはいいな。北海道なら空襲の被害も受けなかっただろうし、東京の暮らしの惨《みじ》めさなんか分からないだろうな」

「うんそうだね。でもまあ、あたしたちが貧乏過ぎるんだけどさ」

「そうだな」

「だけどあんたは金があるからこんなところに来るんでしょ？」

「なけなしの金だよ。せっかく繋がった命なんだから楽しまないとな」

服部はそう言って圭子を抱き寄せた。火鉢にかざしていた手は多少暖かかったが、頬や首筋は冷え切ったままだ。この女だけでなく、たくさんの女が戦争に負けて初めての正月をこんなふうに冷え切った身体で過ごしたに違いない。圭子のひんやりとした白い肌をささくれ立った日焼けした手で確かめながら、服部は耳許で囁《ささや》いた。

「それでその北海道の男は、どこの闇市で何を売って儲《もう》けたんだって？」

「鮭とかコンブやイクラや数の子だって。自分の船を何隻も持っててロシアのすぐ近くまで行って、軍艦の目を盗んで漁をしてるって自慢していたそうよ」

「聞いてるだけで美味《うま》そうだ」

服部はゆっくりと圭子を座敷に押し倒し、着物の裾《すそ》を大きく開いて身体を密着させて彼女の体温を感じようとした。薄い皮膚は冬の寒さで冷えていても、この女の身体の中にはまだ熱い血が流れていることを自分の肌で確かめたかった。それだけが生き残った者の特権だ。後は敗戦によってほとんど無くしてしまったのだから。

「ホントよね。イクラや数の子なんて何年口にしてないかしら。亭主が出征する年の正月に食べたのが最後だったなぁ」

服部の下で圭子が懐かしそうに夢見るように呟く。服部は情にほだされ「いつか食わせてやるよ」と、つい当てにならない約束をする。

「ホントに？」

圭子が嬉しそうに念を押した。

「ああ。だがあの世の亭主は悔しがるだろうな」

「死んで悔しがったって遅いわよ」

「生きて帰って欲しかったか？」

圭子は少しの間黙っていたが、それからやけに明るい声で言った。

「そう思ったときもあったけど、さっちゃん見てたら戦死で良かったんだって思えてきた」

「さっちゃんて？」

「サリーって名前の仲間で、弟が生きて復員して来たまでは良かったんだけど傷痍《しょうい》軍人でね。自分一人じゃ用も足せない、ご飯も食べられないような状態なんだって。親はそっちにつきっきりで働くことが出来ないから結局さっちゃんがこんな仕事しながら家族全員を食べさせていかないといけないのよ。何もかもさっちゃんが背負わされて、何かって言うと当たり前みたいに『血の繋がった弟だろう』って返されるから、このごろは早く死んでくれればいいのにって思うんだって。あの子、どんどん追い詰められてる感じで見てて可哀想。最近はヒロポンにも手を出してるみたいでね……。あたしも亭主の家族を食わしてるけど、年取った義父母も働いてはくれてるのよ。ちょっとしか稼げなくてすまないってあたしを気遣ってもくれるからまだずっとマシかもね」

残酷だが珍しくもないよくある話だし、服部には幸子を責める気などさらさらなかった。責めはしないが、いまの日本には幸子のような女が溢れているので、いちいち同情していては身が保《も》たない。兵隊は国のために華々しく散ってこそ花、ぼろぼろになってまで生きて帰っても家族の負担になるだけだ。幸運にも五体満足で生きて帰ることの出来た自分は、そういう連中の分までまだまだ国に奉公しなければならない、戦争には負けたが俺たちはまだ負けを認めてはいない。最後の最後に残された尊き者を守るために戦う覚悟はこの胸にしっかりと残っているんだと、服部は心の中で叫んでいた。多くの娼婦がそうであるように、つらつらと身の上を語るうちに圭子の体温が確実に上がってきて何かを期待するように頬《ほお》が上気していくのを感じたが、服部は次第に暖まってくる肉体とは裏腹に冴《さ》え冴《ざ》えとした頭の中で、北海道から来た男のことをもっと知りたいと考えていた。

そのころ宮本は手崎を訪ねて新宿のハーモニカ横丁にいた。相変わらずこの界隈《かいわい》は闇市に群がる飢えた人々が溢れかえり猥雑《わいざつ》で不潔で、それでいてどこかしら得体の知れない未来を予感させる混沌《こんとん》が渦巻いていた。金と食い物の匂いに吸い寄せられて浮浪者や傷痍軍人、帰る場所を失った復員兵や引き揚げ者たちがひしめきあい、捨て鉢・

になった連中がひっきりなしに盗みや破壊や喧嘩をくり返している。それでもここを離れるより集まって来る者の方が多かった。宮本が訪ねて行ったとき手崎はいつものバラックの小屋にはおらず、そこには見知らぬ浮浪者のような若い男が自分の店のような顔で座っていた。

「手崎のおやじさんはどうした？」

宮本が訊くと、男はまったく表情を変えずに面倒臭そうに「官憲に引っ張られた」と答えた。

「何やったんだ」

「盗み。配給品倉庫から盗まれた砂糖や米を売っていたのがバレたんだよ。この辺りの者はみんなやってることだが、どうやらチンコロした奴がいたらしくてここのおやじだけがしょっぴかれた」

「足の悪い手崎が一人で盗めるわけないだろう。誰かに頼まれて捌《さば》いていただけじゃないのか？　誰に頼まれたか話してなかったか？」

「そんなこと知るかよ。でもどうせ朝鮮進駐軍の連中の仕業《しわざ》だよ。警察はあいつらには手が出せないから、ここのおやじだけが貧乏くじを引いて終わりさ」

終戦直後から、かつて日本の植民地政策によって苦汁をなめてきた朝鮮人、中国人、台湾人たちによる強盗、略奪、強姦《ごうかん》、殺人といった犯罪が激増していた。彼らは徒党を組んで「朝鮮進駐軍」と称し、日本の官憲が取り締まれないのをいいことに好き放題していた。

宮本はすぐにその足で新宿署に向かった。幸いイエロー・イーグル機関には元警察官が何人かいるので顔は利く。万一無理ならリオンからＧＨＱという印籠《いんろう》を借りて話を通してもらうしかないと思ったがその必要はなく、「元特警の新藤の知り合いだ」と耳打ちしただけですんなりと話が通じた。手崎を取り調べた担当の話によると、さっきの男が言った通り、数日前に朝鮮進駐軍に襲われた配給物資倉庫から盗まれた食料品が手崎の店にあったということだった。手崎は知り合いの朝鮮人の男から買い、その値にさらに上乗せして売っていただけだと言い張っているということだったが、実のところその辺の事情は宮本にはどうでも良かった。宮本は担当者に洋モクを一箱渡して手崎との面会許可を得た。手縄を引かれて足を引き摺《ず》りながら面会室に現れた手崎は、宮本を見たとたん二人を隔てる鉄格子を握りしめた。手縄を握っていた警察官はすぐに部屋を出て行った。

「なんだ、来てくれたのか」

「おやじさん、災難だったな」

「まったくだよ。俺は倉庫を襲った連中とは無関係なのに、いくら言っても信用してくれないんだから」

「信用したところで連中にはどうにも出来ないからな」

「そりゃそうだが、それよりも早くここから出してくれよ。このままじゃ朝鮮人の罪まで俺が被《かぶ》らされるんだ、冗談じゃない。戦争が終わってやっと自由の身になったのに、こんな下らないことでまたム所暮らしなんてまっぴらだ」

それはまさに心の奥底から湧き上がってくるような本音に聞こえた。宮本は鉄格子に顔を近づけて手崎の目を覗き込んだ。

「ここの連中にはちょっとしたコネがあるからまんざら出来ない相談でもないが、こっちも他人に借りを作るにはそれなりの見返りがないとなぁ」

「そんなこと言われたって、俺はもう昔のことはあらかたあんたたちに話しただろうが。その礼だってまだ貰ってないんだぜ」

それなりにいい思もさせてやったはずだが、すっかり忘れているような厚かましさだ。だがこの男が本性を剝《む》き出しにし始めたことで宮本は手応えを感じていた。

「かもしれないが、まだ言い忘れていることがあるんじゃないかと思ってね」

「言い忘れたことだと?」

「そうだ。あんた自身のことではなく、例えば社会主義者の鈴下要鉱のこととかだ。あんた、戦争前に短い期間だか奴と仙台刑務所で同房だったことがあるそうじゃないか。そんなこと、こっちは一度も聞いてなかったな」

痛いところをズバリと突かれたのか手崎は露骨に厭そうな顔をした。

「言うほどのことでもなかったからさ。一緒に居たのはわずかな期間だったし、二人とも官憲の計略で逮捕された、いわば濡《ぬ》れ衣《ぎぬ》だったんですぐに釈放されたよ。それっきりだったんで忘れていたんだ」

必死の形相で手崎は訴えているが、この底冷えする面会室で何故か額に汗が浮かんでいた。

「濡れ衣ねぇ……まあそれはいいとしてだ、あんたのその足、特警の拷問で潰《つぶ》されたというのは嘘だな。当時あんたは壊疽《えそ》に感染していて一刻も早く治療をしないと足を失うほどに病状が悪化していたが、むろんそんなこと看守が取り合うはずもない。一方虚勢は張っていてもとんと根性のない鈴下の方も、思想犯への矯正として科せられた極寒での屋外重労働に音を上げて何が何でもそこから逃れたかった。あんたら二人は一日でも早く仙台刑務所から出て行きたいと思う理由があったってわけだ」

「だ……だから何だよ。俺たちだけじゃない。誰だってあんなところに居たくないに決まってるじゃないか！」

「そりゃそうだ。ところで、おまえらが釈放された直後、特警は大規模な赤狩りを決行して、社会騒乱を招くために暴動・決起を計画していたとして大物思想犯、北瀬山《きたせやま》新左《しんざ》と社会主義者の美津濃一郎《みづのいちろう》らを含む十六人を逮捕し大成果を上げたって話だな。ところがよくよく調べてみれば、事前にそんな情報はどこにも入手していなかったって言うじゃないか。何故か突然どこからか証言者が現れて、特警はこれ幸いにと連中の一斉逮捕に踏み切り一方的な裁判で有罪を下した。北瀬山と美津濃はそれから二ヶ月も経たずに処刑されたわけだが……」

手崎の唾《つば》が喉を通る音が宮本にまで聞こえた。「連中が実は無罪だったらどうなるかな。誰かが自分の保身のためにガセ情報を流して、北瀬山や美津濃を特警に売ったとしたら……」

「そんなこと……俺が知るか……」

手崎は精一杯強がってみせたが、声はすっかり弱々しくなっていた。

「この件がGHQの耳に入ったら間違いなく戦前戦中に特警によって行われた不当な思想弾圧犯罪として再捜査するだろうな。そうなれば誰が何のためにそんなガセネタを特警に流したのか、すぐに分かるだろう」

とうとう手崎の顔から大粒の汗が落ち、やがてがっくりとうなだれた。

このところリオンは、どうにかして鈴下を落とせるネタはないものかと連日巣鴨プリズンに通って、すでに裁判を終えて有罪判決を受けたBC級戦犯たちの懐柔を続けていた。あの手この手でなだめたりすかしたりして、目の前に減刑をちらつかせながら連合国軍捕虜への暴行、虐殺で有罪となった元仙台刑務所刑務官からこの話を訊き出すのに成功したのだ。

「俺にどうしろと言うんだ」

力なく手崎が訊いた。

「これは取り引きだ」

宮本ははっきりと冷たく言い放った。「ここから出たければ、鈴下とあんたが北瀬山や美津濃たちを特警に売ったことを証言して我々に協力しろ。それが厭《いや》だと言うのなら朝鮮進駐軍の罪も全部一人でひっ被ってまたム所暮らしに戻れ。今度は仙台ではなくもっと厳しい網走《あばしり》行きになるかもな。ひょっとしたら二度とシャバの土は踏めんかもしれんぞ。どちらを取るかはあんたの勝手だ」

訊かずとも答えは分かっている。戦争に負けたとたんにこういう連中が釈放され、世間で大きな声を出せるようになったからと言って性根が変わったわけではない。北瀬山や美津濃はアカでも根性と覚悟があった。特警のどんな拷問にも最後まで心が折れることはなく、己の信念を貫こうとする意志を持っていた。決して好きではないが、奴らは本物の男だった。それが仲間面したこんな奴らに裏切られて敗戦によって民主化へと進む日本の姿を見ることができないとは、皮肉なものだと宮本は思った。

4

あの記事が出て以来、ボウマンはどこの劇場にも顔パスで出入り出来るようになり、ことさら歌舞伎関係者の間では救世主として歓喜のまなざしで迎え入れられるようになった。そのおかげで、時間を見つけてはあちこちの劇場で可能な限りかかっている芝居を見て歩くのが楽しみとなっていたが、その中でも特に高く評価していたのは紀上春五郎劇団で、特にいずれ春五郎の名跡と劇団を継ぐであろうと言われる辰三郎だ。彼はまだ若いが文句なしに素晴らしい役者であり、舞台での輝きは他を圧倒していた。

だが実のところ芸の深さとはまったく別のところでそれ以上にボウマンの心を摑《つか》んで離さなくなったのは、やっと役が付き始めたばかりの駆け出しの女形《おやま》、紀上香也だった。男が女の姿をして〝女〟を演じるという極めて不自然でいびつな演劇は世界の他の地域にもないわけではないが、日本のそれは別次元に美しく神秘的だった。現実の女とはまるで違う異形の女がなぜこれほど妖艶《ようえん》で蠱惑《こわく》的で、衝動的に抱きしめずにはおられぬほどの愛らしさと魔性を放つのか、いくら考えてもボウマンには分からなかった。だが芸術とは分かるものではなく感じるものだということを充分に知っている彼にとって、これほど強烈に身体の奥底から何かを感じさせる存在は神と同じだった。

本物の女がいくら装ってもそれは生身の綺麗な女でしかないが、男が女を装うことで現実に存在しないはずの〝夢の女〟が生まれる。それはまさにボウマンが求め続けてきた〝奇跡の結晶〟以外の何物でもなかった。足繁《あししげ》く劇場に通って楽屋を訪ね、香也の姿を心ゆくまで愛《め》でる幸せを堪能《たんのう》していくうちに、ボウマンの心の中で日本に戻って来て本当に良かったという気持ちが日々大きくなっていった。

その日リオンは珍しくボウマンには気付かれないように後ろの方でこっそりと春五郎劇団の芝居を観た後、辰三郎と香也を日比谷のレストラン『アラバマ』に招待した。ボウマンはこの夜はマッカーサー元帥の会食に同行するので、芝居が終わるとすぐに参謀部に戻らねばならないことは承知の上だった。根が正直な子だけに、ボウマンが一緒ではないと知ると素直に香也はほっとした表情になり、さらに「ビフテキをご馳《ち》走《そう》してあげるよ」と囁《ささや》くと目を輝かせて喜んだ。何しろ食糧難のいまの東京で牛肉は大変な貴重品で、「死ぬ前に一度でいいからGHQが食しているビフテキという物を食べてみたい」という言葉が流行するほど憧《あこが》れのメニューだ。劇団の他の者が羨《うらや》ましがるからみんなには黙ってるねと言いながらも顔は満面の笑みで、そういう無邪気なところが彼はまだ子供なのだと思われて微笑《ほほえ》ましかった。その表情だけ見ていると少しばかり痩せすぎの色白で端整な顔立ちの少年としか思えなくもないが、広島で被爆した彼の身体の中で何が起きているかは、軍病院の医師からの情報で察していた。この愛らしい少年が成熟した大人の男になる日は、おそらく来ない。

この夜の香也は良く喋《しゃべ》り良く食べた。彼の言葉のほとんどは豪勢な晩餐《ばんさん》のスポンサーであるはずのリオンではなく、いつも世界で一番好きだと臆面《おくめん》もなく言い切る最愛の兄に向けてのものだったが、それでも少しも不快な気持ちにはならず、風に揺れて鳴る鈴のように気持ちを害さない他愛もないお喋りをぼんやりと聞き流す幸せにリオンは少しだけ浸り、やがて辰三郎は十年以上もその心地好さを当たり前のように享受してきたのだと気が付いた。そして、そう遠くないある日に突然この鈴が鳴り止んだとき、辰三郎がその現実を受け入れることが出来るだろうかと思った。

「ボウマン少佐に会うといつも君の話を聞かされるんだよ。聞いてる方は照れ臭くなるほど夢中のようだね。彼のおかげで俺も少しは女形について分かるようになったよ」

「ボウマンさんはとっても詳しいし、いつも来てくれてるからね」

それ以上は言い難いのか、香也は皿に視線を落として食べることに専念しようとしていた。その様子を見て、弟弟子のことは誰より分かるであろう辰三郎が話を引き継いだ。

「熱心なのは有り難いが、最近ちょっと度を超してきてる。みんなが副官殿、副官殿って頭を下げるものだから調子に乗っているんだよ。芝居が終わった後も何時までも香也の楽屋に居座っているし、最近は配役や演出にまで口を出すようになって迷惑している。あの人のおかげで歌舞伎廃止云々《うんぬん》という絶体絶命の窮地を脱したことは感謝しているが、それとこれとは別だ。素人に口出しされると芝居が台無しになる」

流石に辰三郎は香也と違い、遠慮せずにはっきりと言った。だいぶ腹に据《す》えかねているのだろうが、劇団関係者たちは何も言えないのだろう。

「そんなことだろうと思った。前にも言ったが、彼はいささか自分を大きく見せたがる傾向があるんだ。決して悪気はないんだが」

「悪気の問題じゃない」

辰三郎は血の滴る分厚い肉をフォークで口に運びながらも強い口調で言った。香也とは真逆で、仕草の一つ一つから成熟した男だけが持つ荒々しさの中にも匂うような色気が漂ってくる。ボウマンは辰三郎のことも誉《ほ》めちぎってはいたが、それは香也に対するものとは違い純粋に彼の芸への称賛だった。その一方でボウマンの言葉の端々《はしばし》には、お気に入りの人形の唯一無二の持ち主のような存在の辰三郎への嫉妬《しっと》が滲《にじ》んで見えた。傍から見れば彼がボウマンの敵でないことは一目瞭然《いちもくりょうぜん》だが恋はまさに盲目、ボウマンは張り合えると思っているのかもしれない。もっともリオンにしてみれば、この予想以上のボウマンの歌舞伎への、香也への入れ込みようは願ってもないことであり、素晴らしい策略を思い付かせてくれるきっかけとなった。

「君たちだってもう気が付いているだろう？　ボウマンは女よりも男が好きな人種だ」

そう言ったとたん、香也が恥ずかしそうに下を向いた。マニラで初めて会ったときにリオンはすでに彼の性癖は察していたが、それは特に珍しいことでもなかったし、とりわけボウマンは軍服こそ着ているが心は芸術家と同じで美を性で差別しないという信念を持っている。

「驚いたね。アメリカ軍じゃそんなの認めているのか？」

辰三郎が淡々と訊いたが、そんなことよりもリオンはさっきから器用にナイフとフォークを使いこなす辰三郎の手許が気になっていた。香也は箸《はし》で食事をしているが辰三郎は違う。洋食のマナーを心得ていた。戦争中どこで何をしていた、マナーはどこで憶えた、何のために必要だった……またぞろいつもの質問が喉元まで出かかっていたがリオンは敢《あ》えて自制した。宮本同様この男もしぶとい上に勘がいい。そして宮本ほどには真実を知らないとしたら、それだからこそ余計に慎重に接する必要があった。

「表向きは禁止だ。だがどこの軍でもよくあることじゃないか。ましてボウマンは戦争が始まったから仕方なく軍人になっただけで、本人は画家や音楽家を目指していたような奴だ。欧州の偉大な芸術家たちに男色家が多いのは有名だ。ボウマンは彼らと同じように自分も特別な人間なんだと信じているのさ。だが考えようによっては春五郎劇団にとってこれは大きなチャンスじゃないのか？　危うい立場の歌舞伎には庇護《ひご》者《しゃ》が必要だ。少々目に余ることがあっても目を瞑《つむ》って君さえ彼の心をがっちり摑んでおけば、今後何かと融通が利くように思うけど……」

「そこまでする必要はない」

辰三郎はぴしゃりと言い切り、香也はそれについては何も言わずに黙っていた。

食事が終わるとリオンは自分が雇っているドライバーに香也を送らせ、辰三郎と一緒に人形町の『ケリー』に向かった。店の前で降りたとたん勘のいい辰三郎はピンときたらしく、「捜している外国人の社長のことを訊き出せばいいのか？」と訊いた。

「それもだが、今日はその社長の連れだという北海道から来た男のことを訊き出して欲しいんだ。地元で船をたくさん所有していて海産物を獲《と》って暮らしているという話だ。去年の暮れにそれらを大量に東京に運び込んで闇市で大儲けしたとかで派手に遊んでいたそうだから、従業員たちも憶えているはずだ」

「分かった」

辰三郎は理由は訊かなかった。才能溢れる役者であるだけでなく、命令に疑問を持たない、忠実に実行するという軍人の資質も間違いなく持っている。戦争中は部隊でさぞ重宝がられたに違いないとリオンは思った。店に入ったとたんホステスたちの視線が一斉に辰三郎に向き、すぐに「あれ白羽屋の……」という小さな声があちこちから漏れた。二人は店の奥の、他とは少し離れたテーブルに着いた。

「ところで洋食のマナーはどこで憶えたんだい？」

「上海の租界《そかい》だ。上官のお供で何度か西洋レストランに連れて行ってもらったことがあるんだよ」

「宮本さんも一緒にか？」

リオンは出来るだけさり気なく訊いたが辰三郎は引っかからず「どうだったかな。いたかもしれない」と答えただけだった。

「その上官は何をしに租界に通っていたんだ？」

「ドイツやイタリアの民間人や将校と食事をしていただけだろう。当時は同盟国だったから不思議でも何でもない」

「そうか」

グラスを運んで来た白いシャツに蝶《ちょう》ネクタイという給仕姿の男が、辰三郎を見てにやりとした。

「こりゃ白羽屋の若旦那じゃございませんか。よくいらっしゃいました。すぐに女どもを呼びますから」

「いや女はいい。しばらく誰も来させないでくれ。それより、ちょっといいかな」

辰三郎は手招きして男を近くに呼び寄せて耳許で小さな声で何か話していたが、しばらくして男が「へい、よござんす」と合点がいったような声を上げて席を離れて行った。

「知り合いか？」

「平田と言って、以前にも社長のことを調べてくれた男だ。ここみたいに叩けばいくらでも埃《ほこり》の出る店は、従業員は客のことを外に漏らさないように教育されてる。もし漏らせばすぐにクビになって明日からの飯に困るからな。だから正面から訊いても何も教えちゃくれないよ」

「ほう、なるほどね」

リオンは感心したように呟き、実際心から感心していた。

「戦争中の所属は？」

「歩兵部隊だ」

「諜報《ちょうほう》部隊とは関係なかったのか？」

「まったく縁がなかったよ」

あながち嘘ではあるまいが、諜報部隊の方が彼のような人間を放っておくはずがないという確信がリオンにはあった。負けを覚悟した国がすることは何だ？　そのときドイツも日本も同じことを考えて同じことをしたはずだ。この両国のトップたちは狂っていたかもしれないが、決して馬鹿ではなかった。おそらく負けてからどうするかを考える冷静さと並外れた頭脳を有していたはずだ。

「あんた兄弟はいるのか？」

辰三郎はグラスの酒を眺めながら訊いた。

「姉が二人。君たちを見ていると俺にも弟がいればと思うよ。もっとも憎らしい弟なら御免だがね」

「姉さんたちは元気なのか？」

「生きてはいるが不自由な暮らしをしているだろう。日本が負けて戦争が終わったからと言って、すぐに日系人に対する嫌悪や疑惑が晴れるわけじゃないからね。上の姉は日系人の多いハワイ暮らしだから収容所送りは免れたが、下の姉は夫と一緒にロスに渡ってそこで暮らしていたから開戦してすぐに日系人だけを集めた地区に移住させられた」

「まだそこに？」

「もう解放されて夫と一緒にハワイに戻ったと聞いている。何年も帰国していないのでまだ会ってはいないが」

リオンがアメリカに忠誠を誓い対日宣伝工作に携わることが釈放の条件の一つだっ

たが、そこまで話す必要はなかった。彼が信じていようといまいと、辰三郎にはどこまでも記者だと思わせておく必要があったからだ。

「そうか。早く会えるといいな」

辰三郎は穏やかな声で言った。しばらくして、さっきの平田という男が小鉢に盛られた肴《さかな》を運んで来た。皿や調味料を並べながら、平田はさり気なく小さな紙片を灰皿の下に置いた。それから何事もなかったように離れて行った。平田の姿が消えると辰三郎はその紙片を開き、ちらりと見てからリオンに渡した。

増岡蓑助《みのすけ》　北海道根室の「増岡水産」の社長

その後に小さな米粒のような字で、会社の住所と有線電話の番号が書いてあった。

リオンはにやりと笑って紙片をポケットに押し込んだ。

「ありがとう。お礼と言うほどでもないが、こっちも君たちのために出来る限り協力するよ」

「もう充分してもらった」

「遠慮することはない。まだ不充分じゃないのか？　少なくとも歌舞伎存続に対する君らの不安はまだ完全には払拭《ふっしょく》されていないはずだ。特にいつも君が言っている古典の三大名作の上演に関しては、いまだに自粛状態だと聞いている。あれが上演出来ない限り、君の言うところの〝歌舞伎の樹〟ではないんだろう？」

「そりゃそうなんだが、この間の件がやっと収まったばかりだから、どこの劇団もまた同じことを蒸し返したくないのさ。うちもだけどな。新作と上演可能リスト内の作品だけでとりあえず興行を回している状態だ」

「でも君はそれじゃ不満なはずだ」

「おいらだけじゃなくて内心はみんな不満だよ。不満だらけだ。だけどこっちが騒げばまたややこしくなるからな」

「だからこそ、君らではなくボウマンに騒がせたらどうだ？」

リオンは辰三郎に身をすり寄せて、さながら悪魔のごとく囁《ささや》いた。「もっとうまく奴を利用するんだよ。君らからではなく、ＧＨＱの方から古典三大作品の解禁へと向かわせるように上手に立ち回りをさせるんだよ」

「どうやって？」

辰三郎が困惑した表情でリオンを見つめている。リオンは辰三郎の肩に手を回していかにも親しげに抱き寄せた。

「ボウマンが参謀部勤務から幕僚部ＣＩＥ勤務になればいいのさ。それもそこの責任者にね。彼が検閲官になれば、どこよりもその恩恵に与《あずか》れるのは君たち歌舞伎界だ」

「そんなこと……だいたい簡単に出来るもんじゃないだろう」

辰三郎は困惑の表情だ。

「歌舞伎を目の敵にしているいまのCIEの映画班長のコール、彼が検閲官に相応《ふさわ》しくないということになれば充分に可能だ。日本文化に精通していないと難しい仕事だから適任者は決して多くはない。本国に連絡して後任を探すとなればかなりの時間が必要になるから、まず身近なところを見回すはずだ。そうなればボウマンしか適任者はいない。ボウマンにしても退屈な通訳業務よりもこちらの仕事の方に強い関心を示すはずだ。とにかくまずコールをいまの地位から引き摺《ずお》り下ろすことだ。そうすれば自ずと道は開ける」

辰三郎はしばらくの間リオンを見つめていた。

「あんた、なぜそこまで歌舞伎のことを気にするんだ？　『忠臣蔵』や『義経千本桜』が上演出来ようが出来まいが、あんたには関係ないじゃないか。それにボウマン自身が納得するか？　通訳とは言ってもマッカーサー元帥の側近には違いないと言ったのはあんただ」

「ボウマンを納得させるのは簡単さ」

そう言ってリオンは辰三郎に耳打ちした。「抱かせてやればいい、あの子をね」

「ぶん殴るぞ」

すぐさま辰三郎はリオンを思い切り突き放し、険しい表情で睨《にら》みつけた。「うちの劇団の者は陰間《かげま》みたいな真似はしねぇんだ。おやじだってそういうのは大嫌いだし、誰が何と言おうとおいらがそんなことはさせねぇよ」

「それは悪かった。だがボウマンを確実に取り込みたいなら、それが一番手っ取り早いと思ってね。何より多少のことは我慢しても、ボウマンがCIEの責任者になれば君たち劇団にとってもこれほど有り難いことはないと思うけどな」

リオンは穏やかに微笑んだが、すでに心の中では勝った気でいた。辰三郎がどう言おうと関係ない。残された時間が少ないことを感じ取っている香也は、自分が兄の力になれるかもしれないと思えば何でもするだろう。泥にまみれることなど少しも厭がらないはずだ。いつも影のようにぴったりと辰三郎に寄り添っているあの子の一途《いちず》な表情が、その覚悟を言葉よりも雄弁に物語っているではないか。

リオンとて、可憐《かれん》な野の花のようなけなげさを醸《かも》し出すあの少年が好きだ。だが気の毒なことに、咲き誇る前に散る運命の花だ。一方で戦争が終わったいまもアメリカで息を殺すようにして生きているリオンと同じ日系アメリカ人たちは、これから咲く花でなければならない。アメリカの大地にしっかりと根を張って太い幹へと大きく育ち、やがてあちこちに枝を張り、それぞれにたくさんの蕾《つぼみ》を付けていずれ大輪の花を咲かせなければならない。その日のために日本に来たのだ。自分の花のためになら辰三郎の花を散らすことになったとしても決して後悔はしないと、リオンは何度も自分に言い聞かせていた。

5

昭和二十一年一月　北海道根室《ねむろ》

東京から函館《はこだて》まで列車で丸二日、そこから根室まではさらに丸一日かかった。何しろ戦争で破壊された線路の復旧がやっと何とかなり始めたころに冬に入り、そこに年始めの寒波のせいで東北から北海道への陸路はところどころが雪に塞《ふさ》がれていた。それでもどうにかして根室に到着した服部と長田は、歯の根が合わないほどの寒さの中を震えながら駅前の旅館に転がり込んだ。身を切るような寒さではあったが、それを除けば東京よりも全てが良かった。焼け野原になった東京とは違い、市街地を離れれば昔のままの町並みが残っているし、魚介類を中心に野菜や芋《いも》といった食料も豊富で外国人兵士の姿も東京に比べれば圧倒的に少ない。宿は年季の入った二階建ての小さな民家だったが、宿賃として配給品の米袋を差し出すと、旅館のオヤジは人の好《よ》さそうな顔で「これは有り難いことで」と頭を下げた。その夜「少しですが」と言って食事のときにお銚子《ちょうし》を数本持って来てくれた。服部と長田はその後は久しぶりに風呂《ふろ》に入って薄くない布団でゆっくりと眠り、翌日から仕事に取りかかった。

まず丸一日かけて増岡について聞き込みをした。増岡水産社長の増岡蓑助《みのすけ》はこの辺りでは知らぬ者がいないというほどの戦前から続く大網元一家で、昔から気の荒い漁師たちを束ねて荒れる北海での命懸けの漁で凌《しの》いできた水産ヤクザといったところだ。戦争前には対立する網元を襲撃して潰《つぶ》したり、漁場を争ってロシア漁船を体当たりで沈めたりしていたというから、かなりの荒くれ者集団に違いない。しかしいまの蓑助が跡を継いでからは、一家を増岡水産という株式会社に変え、漁一本の暮らしからの脱却を図ってきた。根室に工場を建ててそこで加工した海産物を仙台や東京に出荷するなど事業の方も順調に拡大している。特に戦争中は軍へ水産物の缶詰や魚油を納入することでさらなる成長に成功した。誰に聞いても、五十過ぎの蓑助は金儲けと女と新しい物が大好きな典型的な成り上がりのようだが、この町の半数以上の者は何らかの形で増岡水産から仕事を回してもらっていることもあり、誰もが口を揃えて町一番の資産家で市長よりも発言力があると断言するくらいだから、頼りにされ慕われている面もあるようだった。

「いまのところ政治思想犯とはまったく無縁みたいだな」

長田は出がけに宿の女中に持たせてもらった握り飯を頬張りながら、粉雪《こゆき》の舞い散る漁港の片隅でそう言った。

「そうですね。戦争中は日本軍にべったりで、負けたとたんに今度はGHQにすり寄って進駐軍の宿舎に海産物を売り込んでいるというんだから、ただの商売熱心な水産ヤクザにすぎないかもしれませんね。どう見てもアカの可能性はなさそうだし」

「だとしたら純粋に利害関係だけで例の社長と繋がっているのかもしれないな」

「それなら簡単でいいんですけどね」

服部も握り飯を頬張りながらも、借り物の上等な毛織りの外套《がいとう》を汚さないように注意深く食べていた。ここでは年長の長田が東京の百貨店の営業部長で若い服部はその秘書ということになっている。この辺では見かけないほど二人の身なりがきちんとしていたので、宿の主人もまったく疑ってはいなかった。衣装を始めとする小道具、書《しょ》類鞄《るいかばん》や眼鏡や万年筆といったものはすべてリオンが調達し、二人は北海道に来る前にきちんと散髪もしてどう見ても会社員にしか思われないであろう格好で汽車に乗ったのだ。

入念な下調べを終えてから、二人は増岡水産に向かうことにした。前もって東京からの電話で商談の約束は取り付けていた。その朝、二人は書類鞄を抱えて、旅館で借りた長靴で雪道を踏みしめながら港近くにある増岡水産の本社に向かった。社長室に通されるとすぐに長田は穏やかな笑顔で挨拶をしてから増岡に名刺を渡し、続いて鞄から徹夜作業で作成した架空の商談の説明書類を出して、わざわざ根室まで来た理由を話し始めた。その姿はどこから見ても会社員そのもので、鬼の元特警とは思えぬ化けっぷりだった。東京の百貨店で増岡水産の缶詰を取り扱いたいという説明を聞いている内に、増岡がどんどん乗り気になっていくのがはっきりと伝わってきた。表情が顔に出る男なのだ。これを見ると金儲けが大好きというのは間違いないようだし、たくさんの政治思想犯を見てきた服部と長田には、増岡がそういった類《たぐい》の人間ではないこともすぐに分かった。だがアカでなくともアカと深く付き合う連中は大勢いるから無関係だとは言い切れないが、増岡自身がアカではないということは彼らにとっては非常に重要だった。一頻《ひとしき》り説明を終えてから、長田は出されたお茶に口を付けて一服した。

「ところで、どこでうちみたいな最果《さいは》ての田舎会社のことを知られたんですか？」

増岡が笑顔で、だが興味津々《しんしん》といった顔で訊いてきた。

「ある外国人の社長さんからですよ。実は有楽町のクラブでときどきお会いするものですから、今度うちの百貨店で外国人の口に合うような水産物を扱いたいんだがどういった食品がいいだろうかって話をしたんです。東京はこっちと違っていたるところにGHQの兵隊がいますから、彼ら好みの商品ならばかなり売れるはずですからね」

「ああ、ヘルダイクさんからでしたか」

増岡は嬉しそうに声を上げた。ヘルダイクという名前を聞いたとたん、二人は顔に出さずに心の中で歓喜した。そして「社長とかへる大工と呼ばれていた」というのはこういうことだったのかと腑《ふ》に落ちた。

「そう、その社長さん、ヘルダイクさんからですよ。あの人もここと取り引きをなさっているんですか？」

「いやそうじゃないんですが、ちょっとした縁がありましてね。まあ個人的なことで仕事には関係ないですよ」

増岡はそれ以上は喋る気がないようで、強引に商談に話を戻した。それから三十分ばかり和やかな空気で世間話をしてから、長田と服部は会社を後にした。

いったん宿に戻った二人はその日の深夜、宿の人間が寝静まったのを見計らって膝まである深い雪の中を再び増岡水産に向かった。増岡の自宅は会社の隣にある明治時代に建てられたという大きな旧家で、さすがに家の周りと庭は綺麗に雪かきがしてあったので、敷地に入るととたんに足取りが軽くなった。防寒服を着込んでいるとはいえ、すっかり冷え切った身体の二人は、それでも声一つ漏らさずに雨戸の一枚を外して家の中に忍び込んだ。家に入るとすぐに二人は防寒服をまくり上げ、腹に隠しておいた革袋の中から蠟燭《ろうそく》、マッチ、拳銃を取り出した。リオンが用意したコルト拳銃で防寒服も米軍の支給品だ。つまり見ようによっては米軍関係者と誤解されかねないのだが、その方が増岡への威嚇《いかく》になるという判断からわざとこの格好にしたのだ。すでに間取りは把握していた。昔ながらの網元の家で一年中人の出入りは非常に多いということで、町の者たちは家の中のことまで良く知っていた。おかげで使用人の数や間取り、寝静まる時間などを調べ上げるのに苦労はなかった。

増岡の寝間は母屋の一番奥で、中庭に面した和室だ。二人は蠟燭の微《かす》かな灯りを頼りに足音を忍ばせて部屋の前まで行くと、そこで蠟燭の火を消して襖《ふすま》を開けて中に入った。増岡と女房はたっぷりと厚みのある暖かそうな搔《か》い巻《ま》き布団《ふとん》の中で良く寝ていた。二人は無言で、そっとそれぞれの布団に近づいた。

長田はすぐさま女房の布団を顔を覆うように引き上げると、そのまま飛び乗り上から抑えつけた。目を覚ました女房が布団の中でもそもそ動き出し、やがて何か叫んだようだったが厚い布団の下では何を言っているのか分からない。長田が布団の上から数発殴《なぐ》ると動きは止まった。それと同時に服部も増岡の上に馬乗りになり、気が付いて目を開けたときにはもう顔に痕が付くほど強く銃口を押しつけていた。

「な……なんだお前らは……」

二人は防寒のための目出帽を被ったままで増岡を見つめた。

「これから訊くことに素直に答えればお前と女房の命は取らない。だが嘘を吐いたり大声を出したりしたらすぐに殺す。俺たちは必要ならお前を殺しても構わないと言われて来ていることを忘れるな。それから、俺たちのボスは日本で裁かれることのない人間だということもな。――この意味、分かるな?」

服部が低い声で念を押すと、すぐさま増岡は頷《うなず》いた。

「ま、まさかGHQか……」

「質問するのはこっちだ。余計なことを訊くと立場が悪くなるぞ」

「分かった。それで何が訊きたいんだ」

さっきの服部の一言が効いているのは明らかで声が震えている。すぐさまGHQの名を出したということは、まんざら心当たりがないわけでもないらしい。昼間の自信に溢れた態度とは裏腹に、見かけほどの度胸はないことが分かり二人は安堵《あんど》した。これなら簡単に猫の首に鈴を付けることが出来そうだった。

「ヘルダイクのことだ」

そう言った瞬間、増岡が奇妙な声を漏らした。おそらくこの二人は昼間会った東京から来た会社員だと気が付いたのだろう。

「あんたら昼間の……」

「余計なことは訊くなと言ったはずだ。あの男は何者なんだ？」

「知らない、本当だ。暮れに東京に行ったとき初めて会ったんだから、知るわけがないだろう」

「どうして会った？　まさか偶然というわけじゃあるまい」

「た、頼まれたんだよ！」

「誰に？」

「歯舞《はぼまい》だか色丹《しこたん》だか……とにかく北方の島に住んでいる漁師にだ」

「もっとちゃんと分かるように説明しろ」

「あ、あんたらも知ってるだろ。根室の先の色丹や国後《くなしり》、歯舞、択捉《えとろふ》が終戦直前のどさくさに紛れてロシアに占領されちまったことは。俺たち根室の漁師はずっと昔からあの辺の豊かな漁場で漁をしてきたんだが、それが島がロシアに占領されちまったことで気安く近づけなくなった。いまじゃあの辺はロシアの漁船だらけで、しかも軍艦が守っていやがる。あの辺で漁が出来なくなったらもっと遠くまで行かなくちゃならないが、こんな燃料難のときにそんなことしたら、魚が捕れても元が取れなくなっちまうだろう。戦争が終わってから燃料の値段が信じられないほど高騰《こうとう》してるんだぜ」

「それで北方の島の漁師と裏取り引きでもしたのか？」

「まあ……早く言えばそんなところだ」

増岡は観念したようにあっさりと認めたがすぐに言い訳がましく、「でも持ちかけてきたのはあっちからだぞ」と続けた。

「どうやって話を持ってきた」

「去年の秋に運悪く、うちの船の一艘《そう》が歯舞の沖でロシアの船に取り囲まれちまったんだ。船主である会社の人間を連れて来いと言われたらしく、すぐに他の船の奴らがそれを伝えに戻って来た。俺はそれを聞いてすぐに会社の別の船で沖に出た。だって船を奪われたら大損だから、多少の犠牲を払ってでも船だけは取り戻さないといけないと思って必死だったんだよ。俺は連中が金を要求してくるものだとばかり思っていた。だって船主を呼ぶってことはそういうことだろう？　そうでなければ、さっさと船を奪うか沈めるかするはずだ。終戦直前からあの海域にはよくロシアの軍艦が出て来て海賊みたいな真似をしていたから、そのときも面倒なことになったとは思ったがそれほど驚きはしなかった。あの連中の目当てはいつも金で、金さえ払えばたいていのことは収まるんだ。俺が乗った船が着くとすぐに、あっちの船から四人の人間が交渉のためにこっちの船に乗り込んで来た」

「全員漁師か？」

「漁師は三人で、そのうちの一人はどう見ても日本人だった。多分占領されても引き揚げずに島に残った日本人だろう。残りの二人はロシア人の漁師だと思う。酷《ひど》く潮焼けしていたし身体に魚の臭《にお》いが染み付いていたから間違いない」

「残った一人は？」

「軍人だ。ロシア軍の軍服を着ていたよ」

「階級は？」

「軍服の上に黒いヤッケを着ていたからそこまでは分からない。そいつは日本語が出来ないみたいで、日本人の漁師が連中の要求を通訳して俺に聞かせた」

「どんな要求だったんだ？」

増岡は黙った。跨《また》がっていた服部がコルトで思い切り増岡の顔を殴ると、鈍い厭《いや》な音とともに前歯が折れ、ほどなく口から流れ出た血が敷き布団へとぽたぽたと落ち始めた。

「わ、分かった。言うから止めてくれ、殴らないでくれ。か……彼らの連絡係にならないかって言われたんだ。もしなれば船は返すし、今後この辺でうちの会社の船が漁をすることを大目に見てやろうということだった。はっきり言ってあの状況で、こっちに他の選択肢があるわけないだろう。うんと言わなかったら全員殺されていたに違いない。引き受けるより他に道はなかったんだよ」

喋ると口から流れる血の量が増えるが、増岡は血を吐き出しながらも必死で訴えている。根が単純な男だけにそれは嘘ではないかもしれないが、引き受けた増岡には何ら罪の意識はなかっただろうし、これからも近場の良い漁場で漁を続けて稼げるという喜びしかなかったに違いない。

「連絡というのは誰に何を、どうやってどんなことを連絡するんだ？　一つ残らず正確に教えろ。一つでも忘れたら撃つぞ」

「そんなこと言われても大したことじゃない。あっちの船から預かった物を東京のヘルダイクって男に届けるだけだよ。去年の暮れ、俺は東京の闇市でひと儲けしようと考えて、大量の海産物を運んで上京した。そのついでに連中から預かった荷物を自分で持って行った。それだけだ」

「何回引き受けた？ 荷物の中身は何だったんだ？」

「去年の暮れが最初だよ。中身については知らない。絶対に見るなと言われていたし、俺も余計なことに関わり合いたくないから見なかった。しっかり梱包《こんぽう》してあるちょっと大きめの旅行鞄《かばん》でけっこう重かったが、一人で運べないほどではなかったよ。東京に着いた日に宿に大柄な白人男が訪ねて来て、自分がヘルダイクだと名乗ったから荷物を渡した。それからしばらく東京にいて闇市で海産物を売りまくったね。北海道の何倍もの値を付けてもすぐに売れるんだ。けっこうな金になったんで大いに満足だったよ。売り尽くして、さあ明日は北海道に帰るという日にヘルダイクがやって来て、俺を人形町の洋酒が置いてあって外国人客が大勢いるような、北海道じゃまずお目にかかれないような洒落《しゃれ》た店に連れて行ってくれたんだ。そこでちょっと大きめの封筒を渡されて、今度はこれをあっちに渡してくれと頼まれた」

「もちろんそれも中は見なかったんだろう」

「当たり前だ。それに見ても分からなかったと思うぜ」

「なぜ」

「表に何か書いてあったが外国語だったから」

「なるほど」

服部は納得した。この男は確実な金儲けが好きで、好奇心はさほどにない男だ。何より命が惜しいし、北方の漁師やヘルダイクという男に義理立てする理由もない。

「これで全部だ。何も隠していることはない！　だから早く出て行ってくれ！」

懇願する増岡を見下ろし、服部はドスの利いた声で言った。

「これから言うことをよく聞け」

口の周りを真っ赤に染めた増岡が何度も頷《うなず》いた。「今夜のことは誰にも言うな、絶対に言うな。言えば今度は本当に殺しに来るからな。お前はいままで通りに北方の漁場で漁を続けてしっかり稼げ。ロシア人にまた何か頼まれたら快く引き受ければいい。ただしすぐにそのことを俺たちに教えるんだぞ」

「お、教えるってどこに教えるんだよ？　まさかずっと根室にいる気か？」

「昼間渡した名刺にちゃんと有線電話の番号が書いてあっただろう。市谷台百貨店の営業部だ。そこに連絡しろ」

隣の長田が面白そうに口を挟んだ。それからいきなり布団から降りてそれをはぎ取ったかと思うと、中で苦しそうに横たわっていた女房の口に枕元に置いてあった足袋《たび》の片方を押し込み、浴衣《ゆかた》の帯を一気に解くとそれで女房の手足を縛り上げた。それが終わると今度は同じように増岡も縛り上げてから、二人は部屋を出て行った。

　増岡が追っ手をかけるとは思えなかったが、それでも念には念を入れてその夜のうちに二人は根室を離れ、翌日の昼にはすでに東京行きの列車の中にいた。服部は列車に乗る前に鮭《さけ》を一本と袋いっぱいのスルメを買った。長田も東京ではなかなか手に入らない鮭や魚の陰干しなどを買い込んでいた。リオンから受け取った出張手当は全て食べ物に姿を変えた。乗った時間が早かったので上りの列車はまだ混んでおらず、二人は薪《まき》ストーブの近くの席に座ってスルメや干物を炙《あぶ》って空腹を満たすことにした。

「増岡はロシア人と言ってましたが、正確にはおそらくソ連軍人でしょうね」

　スルメをしゃぶりながら服部が話しかけると、長田は干物を頭から齧《かじ》りながら頷いた。

「間違いない」

「と言うことは、ヘルダイクって男はソ連の間諜《かんちょう》ってことでしょうか？」

「その可能性は高いし、間諜でなくともソ連の日本共産化計画に荷担してるのは間違いない。おそらく奴の資金源はソ連だろう。ゾルゲの時代から連中は隙あらば日本を共産化しようと狙っているんだ。敗戦で軍部が力を失い軍部と協力関係にあった政治家も軒並み力を失った。追い打ちをかけるように政治活動や思想の自由が認められたいま、つけ入る絶好のチャンスだと思っているんだろう。実際、このところ日本での労働運動の広まりは凄いからな。あちこちの会社や工場で労働組合が誕生している。労働者のほとんどは給料を上げて欲しい、腹一杯食いたいというだけの連中だが、そういう連中ほど甘い言葉に騙《だま》される。夢のような国の話で教育、洗脳されて共産主義者になりやすいんだ」

「だったら泳がせずに、すぐに押さえて資金源を絶った方が良くないですか？　おそらく増岡が預かった荷物というのは金じゃないかと思うんですが」

「俺もそう思う。だがナラハシには別の考えがあるんだろう。あの男は頭が切れるから何かもっといい手を打つはずだ」

「そうですね」

「ヘルダイクって野郎は、ひょっとしたらゾルゲ以来の大物かもしれんな」

何を思ったか長田は嬉しそうに言うと歯で干物を嚙《か》み千切った。「アカのクソ野郎どもは陛下を野に追い落として日本を手中に収めようとしているんだろうが、そんなことは絶対にさせん。戦争に負けたからといって日本人が陛下を売り渡すような真似をすると思ったら大間違いだ。そんなことは絶対にさせんし、しもしない。そうとも……死んでもさせるものか。どんな手を使っても阻止してやるぞ。時代がどう変わろうと陛下は陛下。日本という国は陛下なくしてはあり得ない。陛下をお守りすることは国を守ることと同じだ。ナラハシが言ってたように、俺たちはそのために集められた〝鷲《イーグル》〟なんだから、命に代えてもアカを根こそぎ狩ってやるぞ」

長田の言葉に服部もしっかりと頷いた。

＝　五章　散る花　＝

1

昭和二十一年二月　東京

あの日から自分を取り巻く空気が明らかに変わってきたことにコールは気が付いていた。そもそも彼が梅松株式会社の幹部を呼びつけたことに深い意味はなく、自分をないがしろにして、あろうことかコールとは何かと相性の悪いCCDにだけ媚《こ》びを売ったことに対するささやかな厭《いや》がらせ程度の気持ちだった。タイラーの豪勢な送別会のことを耳にしたとたん頭に血がのぼってしまい、敗戦国の分際で自分を無視するとどういうことになるか思い知らせてやろうと思いついただけのことだ。我ながら大人げなかったといまは後悔しているが、要するにその程度のことでしかない。ところが日本の新聞記者ときたらまるで戦争に負けたときと同じくらいの衝撃だと騒ぎ立てたものだから、翌日にはGHQ参謀部がわざわざ記者会見まで開いてそれを全面的に否定するという異例の事態となった。これは占領政策が始まって以来最大の失態であり、その元凶とされるコールは上層部の人間からかなり厳しい叱責《しっせき》を受けることとなった。

「まったく愚かなことをしたものだ」

ペルレもまたあれからずっとコールを責め続けていた。苦虫《にがむし》を嚙《か》み潰《つぶ》したような不機嫌丸出しの表情で、会えば冷ややかに何度も同じ言葉をくり返していた。

「まさかこんな大騒ぎになるとは思わなかったんだ。それもこれも忌々《いまいま》しい新聞記者のせいだ」

それは本音だった。なぜあれほど敏感にGHQの参謀部がこの件に反応したのか、どうして全否定をするために記者会見まで開く必要があったのか、どうしてもコールには理解できなかった。GHQはこの国の絶対的支配者なのだから、たかが芝居くらいのことは現場の担当者に任せておけばいいではないか。少なくとも映画や他の舞台演劇に関してはそれに近い状態なのに、どうして歌舞伎《かぶき》に対してだけはこれほどまでに過剰に反応するのか、コールは腑《ふ》に落ちなかった。さらに面白くないのは、暗に自分を批判するような発言を新聞に載せたジョナサン・ボウマン少佐だ。

「ボウマンだ、きっとあいつが裏で糸を引いているに違いない！　全部あいつのせいだ」

「違う自分のせいだ」

ペルレは冷たく言い放った。「せっかくここまで順調に進んでいたのにお前一人の愚かな行為のせいで、ここに来て計画が足踏みするなどとんでもない話だ。同志たちにどう説明すればいいのか、いままで何も言わずにお前に充分な資金を流してきたのは、いまの地位があればこそだ。ＣＩＥの報道・映画・演劇班の責任者で映画班班長という立場は、この国のメディアを手中に収めているのと同じだ。それをうまく利用すればどんなプロパガンダも思いのままだというのに、その大切な地位を失うかもしれないんだぞ！　いったいどういうつもりだ⁉」

ついにペルレの怒りが爆発し、堪《こら》えきれないといった鬼の形相でコールを睨《にら》みつけた。すっかり萎縮《いしゅく》したコールは何とかこの場を切り抜けられないかと苦し紛《まぎ》れに窓の外に視線を遣《や》った。いつものように窓の向こうに広がっているのは、皇居という静かすぎるくらい静かな敗戦国の聖地だ。

「今回のことはちょっとしたミステイクだ。もう終わったことだし、君の計画は概《おおむ》ね順調じゃないか。近々、大手鉄道会社や鋼鉄会社にも新生労働組合が誕生するということだし、君の蒔《ま》いた種はあちこちで着々と芽を出しつつある。この調子で従業員の多い製造業種に労働組合が定着すれば、デモや集会に動員出来る人数が圧倒的に増えるじゃないか。ロシア革命のときのように、あの一帯を埋め尽くした人民たちがインターナショナルを大合唱して天皇を糾弾《きゅうだん》する日はもうすぐだ」

「本気でそう思っているのか？　GHQ内部に我々の目論見《もくろみ》に気が付いている者が一人もいないとでも信じているのか？　GHQはそこまで馬鹿か？」

どこまでもペルレの声は冷ややかだ。今日はどれだけ威勢のいい話をしても彼は乗ってきそうにない。ペルレはちょっと間を置き、「ボウマン少佐はかなり頭が切れるのか？」と訊いた。

「いや、そんなタイプじゃないと思うんだがなぁ……。あの男が芸術に関しては人並み外れて豊富な知識を持っているのは間違いないが、ただそれだけの男だ。しかし今度のことではその知識が大きな武器になっているんだよ。あの男はことあるごとに日本の新聞のインタビューに応じては、熱烈な歌舞伎擁護をくり返している。むろん日本社会はそれを歓迎しているから、GHQにしても迂闊《うかつ》に口は出せないのかもしれない」

「どんな言い訳をしようと今回の件は完全にお前の負けだ」

「悪かった。でもこの失敗は必ず取り返す。じきに映画が完成すれば、いまの天皇擁《よう》護《ご》の空気は一掃されるさ。日本国民は自分達が騙《だま》されていたことに気が付き、怒りであの濠《ほり》を埋めてしまうだろう」

コールは精一杯虚勢を張ってみせたがペルレの態度は変わらなかった。

「君はまだこの国のことがあまり分かってないようだな」

「どうしたんだ、今日はやけに気弱じゃないか。わたしは映画班班長だぞ。天皇批判映画の製作、上映は保証するから何も心配するな。上映会にはＧＨＱの大物連中を軒並み招待してやるよ」

ペルレは大きなため息を吐《つ》くと何も言わずに、ここに来るといつも出していたはずの金の入った封筒を出すことなく仏頂面のままで部屋を出て行った。コールは今日は封筒がまだ出てこないということにとっくに気が付いていたが、とうとう彼が出て行くまで催促することが出来なかった。

真冬の巣鴨プリズンは周辺の空気も建物も全てが冷え冷えとしていて、いまやすっかり通い慣れた感のあるリオンにしても今日は身体《からだ》の芯《しん》まで凍り付くようだと感じていた。最近は歩哨《ほしょう》や刑務官や係員らはすっかり要領を心得ていて、リオンの顔を見ただけで必要最小限の事項を伝えるとすぐに面会の手続きを取り、余計なことはいっさい言わず聞かず見ずに去って行くようになった。

この日リオンが面会したのは民間人とはいえA級戦犯容疑者の自称右翼活動家で、罪状の大きさに見合わないまだ三十代半ばくらいの若さだった。裁判開始はまだ先だが、もし開廷されれば有罪になる可能性が非常に高いと囁《ささや》かれている大物だ。この男は日中戦争が始まった一九三七年に大物右翼の紹介で日本海軍の仕事を引き受けるようになり、以降はずっと終戦まで海軍と蜜月《みつげつ》にあった。特に大陸では軍の協力を得て極めて非道とされる方法で莫大《ばくだい》な軍資金を集めたとされているが、実のところその詳細は圧倒的に謎《なぞ》の部分の方が多かった。

書類にある本人が申告した経歴は、専門家によるとおそらく都合のいい嘘《うそ》だろうと言われている。ある程度信用出来る経歴は二十歳を過ぎて素性《すじょう》のしっかりした家の養子に潜り込んでからのもので、それ以前のことは誰も知らない闇《やみ》に包まれていた。むろん過去が真っ白というわけではない。元々の家柄は幕府方の大名家の家老だったが両親が早死にしたために孤児となって苦労したとか、没落した華族の妾腹《しょうふく》だったとかいろいろ説はあるが、それはすべて彼が成功してから創った想像の人生であろうという見方が圧倒的で、おそらく彼は真実の幼少時のことは他人に語らずに生きてきて、刑務所にいるいまもそれを語る気はないのだろう。

とにかく素性がどうあれ、男が戦前戦中の日本海軍にとって重要な人物であったのは間違いない。個人で現地の情報を収集するための私設機関を設け、阿片《あへん》やヘロインの売買を筆頭に並外れた手腕で資金を集めて、戦争する上で必要不可欠なタングステンやラジウム、コバルト、ニッケルなどの戦略物資を力ずくで奪うか、あるいは脅迫に近いやり方で極めて安値で買い上げて独占的に海軍に納入していたという。こうした行為が戦時下での略奪行為と判断され戦犯として起訴された最大の理由だ。

とにかく資金面だけでなくあらゆる面でこの男が日本海軍にとって重要人物であったことは間違いないが、職業軍人とは違い直接的な虐殺等への関与は認められず、GHQのLS（法務局）の中でも、この男がただの犯罪者なのかそれとも戦犯なのかで意見が分かれるところではあった。しかしリオンの関心はそんなところにはなく、もっと別のところにあった。

「早速だが幾つか質問をするから正直に答えてくれ。取り調べにおける君の態度が裁判に影響することを忘れない方がいい。まず君が上海で運営していた私設情報機関についてだが、そこにはどんな人間がいたんだ？」

「現地の人間がほとんどです。何しろ言葉が通じないと仕事になりませんから」

男は東北訛《なま》りの残る日本語でとつとつと答えた。丸顔で細い垂れ気味の目をしたどこにでもいそうな凡庸《ぼんよう》な、どちらかといえば愚鈍《ぐどん》そうな外見の男で、どこをどう探しても海軍と大物右翼の両方を手玉に取ったと言われるほどの鋭さは見つからなかった。それだけによけいに恐ろしいとも言えるのだが。

「日本人はどんな人間がいたんだ？」

「海軍と陸軍の諜報《ちょうほう》機関出身者です。それと関東軍からも何人か。彼らは中国での活動に詳しかったですからね。ただ名簿などはいっさい作成しませんでしたし、自分は運営資金は出していましたが現場で実際に指揮していたわけではありませんから、個人名を始めとする組織の詳細についてはまったく分かりません」

これは嘘ではあるまい。この男はもっぱら金儲けに忙しく、戦争中は満州、ロシア、中国から日本にかけて数え切れないほど渡航をくり返していて、自分で諜報機関の指揮を執《と》るような暇はなかったはずだ。

「現場指揮は誰が？」

「おそらく大本営から特命を受けた関東軍の上級将校だと思います。戦争中指揮官は二、三人と代わりましたが、全員中国語が堪能《たんのう》で現地の人間とも繋《つな》がりがある者ばかりだったと聞いています」

「では作戦に直接携わる者や腹心の部下たちは、その将校たちが個人的に集めたんだろうか」

「たぶんそうでしょう。戦争中はいちいちそんなことを上に伺わないものです。軍部の上層部ならまだしも、わたしのような民間人に対してそこまでする者はいませんよ。ましして最後の数年間は日本軍にそんな余裕はなかったでしょうから」

冷静で淡々としている。まるで自分は有罪にはならないという自信でもあるかのようだ。

「金は自由にさせていたのか？」

「はい。正直こちらは非常に忙しい身でしたし、現地の機関は資金を自分たちで調達できる手段を幾つも持っていましたから。活動資金は豊富だったと思います」

「自身の資産については調書にある通りか？」

「はい。戦後のどさくさで紛失、没収された物もかなりあるので正確な数字は分かりませんが、わたしは日本で蓄えた資産の半分以上は戦後の国家再建のために後輩たちに譲りました。日本がポツダム宣言を受諾したとき、この先わたしが自分で使えないかもしれないと思ったものですから」

凡庸な外見とは裏腹に時代の流れを見極める目は確かだ。戦犯として勾留《こうりゅう》されることまですべて計算した上で〝後輩に譲る〟という形で資産を保護したのは明らかだった。

「大陸に残した資産がどうなったのか、掌握しているのか？」

「していません」

男ははっきりと言った。「終戦時にわたしは他の仲間たちと同じように自決する気でいましたから、そんなことを知る必要もなかったし知ろうとも思いませんでした。ただどういうわけかこうして生き残ってしまいました。それはわたし自身の意思というよりも周囲の強い意思が影響したからです。多くの者がわたしに死なれては困ると言うので、もうしばらく生きることにしました」

男は臆面《おくめん》もなく余裕の表情で言い切り、それにいささか臆したリオンは心の中で「化け物め」と呟《つぶや》く。日本海軍と飢えた獣のように大陸を食い荒らした右翼浪人たちを面白いように掌《てのひら》で転がしていた男は、今度はＧＨＱも転がせるとでも思っているのだろう。そう疑いたくなるくらいこの男からは余裕が感じられた。おそらく自分は死刑にはならないという確信があるに違いない。どこかにその切り札を隠しているのだ。

リオンは開戦からずっとアメリカ軍の対日宣伝工作に関与してきた。真珠湾攻撃以前からいずれ日本と開戦することを予期していたアメリカの課題は、彼らの理解の範《はん》疇《ちゅう》を遥《はる》かに超えている〝日本人を知る〟ことであった。ドイツもイタリアも敵になることは予想出来ていたが、その二国に関しては純粋に戦術や戦略に関する熟考はあっても理解を超えた国家や国民だという考えはまったくなかったようだ。それは宗教観や建国からの白人を中心とした歴史といった多くの共通点があること、遡《さかのぼ》ればアメリカそのものの起源に極めて近いということからくる親近感、あるいは安堵《あんど》感《かん》だったのかもしれない。

だが日本に関しては、そのどれも当てはまらなかった。彼らはアメリカよりも遥かに長い歴史とまったく異なる国体や宗教観を持ち、複雑で封建的な価値観にぞっとするほど忠実で迷いがない。アメリカは理解出来ない相手との戦いが困難を極めることを予測し、早くから対日研究班を設置して専門家の育成を開始していた。日本語習得はもちろんのこと日本の本を読み音楽を聴き習慣を学び日本風の暮らしをする。それだけやっても日本を理解出来ないと分かると、今度は日本の血を持つ者を集め始めた。

そして、おそらくそれは方法としては正しかったに違いない。集められた日系人たちのほとんどはリオンと同じく志願しての参加で、白人たちよりも速く自然に正しい方向で日本の文化と人を理解していった。実際、対日研究用の資料として使われていた日本に滞在したことのある欧米人たちのレポートというのは、生まれてから一度も日本の地を踏んだことのないリオンをもってしても首を捻《ひね》りたくなるような偏《かたよ》った内容のものばかりだった。

――日本では男たちはみんな着物で、中にはだらしなく着物の前をはだけて髷《まげ》を結《ゆ》っている者もいる。男はみな態度が尊大で特に女に対しては絶対的な服従を強《し》いる。厳格でありながらも暴力的で、ときに人を斬《き》り殺すことも切腹も厭《いと》わない。家庭にいる女性はすべてメイドのようであり、一夫多妻制とも言うべき婚姻関係も認められている。夜の街の表通りにはゲイシャやマイコといった歌や踊りに長《た》けた子供のように若い娼婦《しょうふ》が溢《あふ》れており、さらに薄暗い路地ともなると怪しげな男娼が公然と客を引き人心を惑わせる。日本の男娼は幼い頃より特別な性技を仕込まれていてその巧みで繊細な技巧たるや蜜のごとく、さながら麻薬のように人を堕落に導く極めて危険である。

どういうわけだか、どのレポートも一様にこんな感じだ。少なくともリオンが祖父母から聞いていた日本とはまるで違っているし、開戦直前に日本に一時里帰りした経験のある何人かの日系人たちに訊いても、全員が「これはまるででたらめだ。言葉を理解しない者が日本で見たことと頭の中の想像とをごちゃ混ぜにして適当な話にしている」と憤慨していた。報告者の多くは夜の街、それも客引きに手を引かれるような場所にばかり固執しており、日本の一般の家庭や職場や学校に関するレポートはほとんどなかった。要するに、自分が足を踏み入れた悪所しか知らず、それに根拠のない又聞きと想像を適当に加えて、いかに日本という国が不可解で前時代的な未開の国かを強調した作文として提出したに違いない。とにかくそれらの報告書には教材としての価値はまったくなかったので、対日宣伝工作の専門家たちは戦争中にも拘《かか》わらず、日本のラジオ番組を傍受し、有名な小説や映画をあの手この手で入手し、野球や駅伝や相撲といった日本で人気のあるスポーツ興行の記録フィルムを見て真の日本の姿について学んだ。もちろんその中には歌舞伎や能、狂言といった伝統芸能も含まれていた。

アメリカの目論見は見事に成功し、そこから誕生した幾人かの対日工作のスペシャリストの一人がリオンだった。これまで携わってきた対日宣伝工作のほとんどが成功し、そのことを評価されたからこそ今回の仕事に抜擢《ばってき》されたのだろう。日本人のことは日本人以上に分かる、そう自信を持って来たはずが、ここに来てやはりそれは間違っていたと思い始めていた。むしろ知れば知るほど彼らはリオンに謎と困惑を与えていた。確かにイエロー・イーグル機関のメンバーも辰三郎たちもいまのところリオンが望んだ方向に進んでいるが、それでも何か釈然としない違和感があった。この国に来て彼らと会ってからずっと喉元《のどもと》に小さな骨の欠片《かけら》が引っかかっているような微妙な不快感を感じていた。

宮本を始めとするメンバーは全員身を惜しまずに働いている。こちらが尻《しり》を叩《たた》かなくても率先してリオンが望む方へと突き進み、天皇陛下を守るためにはどんなことでもする覚悟に一分の揺らぎもない。辰三郎は辰三郎で、全身全霊で歌舞伎を守り通したいという恐ろしいほどの執念を滲《にじ》ませ、血の繋がらない彼の弟は兄のためなら命の花を散らせることも厭わずリオンが言うがままに動くだろう。悪い要素は一つとて見当たらないのに、なぜこんな落ち着かない気持ちになるのか……。その違和感の正体が、A級戦犯として巣鴨プリズンに繋がれているあの民間人に会ったことでようやく少し見えた気がしてリオンは愕然《がくぜん》とした。そして初めて気が付いた。

俺は彼らを自分の掌《てのひら》の上で転がしているとばかり思っていた。だが本当は俺は誰かの掌で転がされているんじゃないか？　もしかしたら俺は……いや、俺たちはみんなあそこに繋がれている連中の願っている通りに動いているんじゃないだろうか？　実はあの男は……違う、あの男だけじゃなく戦争で死んだ連中を含めた多くの得体の知れない者たちが望んだ通りのことをいま俺はやっているんじゃないのか。アジアの国々を侵略した挙げ句に負けた国の象徴とも言うべき天皇を守り、精神的な支えとも言える伝統文化を守り、焦土と化した国を復興させる、結局彼らが望んだ通りのことを……。

ふと湧き上がったその疑惑は、リオンの胸の中でどんどん大きくなっていた。

2

昭和二十一年二月　世田谷若林

まだ厳しい寒さが続いていたが、今日は雲一つ無い晴天で暖かな日差しが降り注いでいた。辰三郎は香也を連れて空襲被害を免れた東京劇場に、いま話題になっている〝自由主義歌舞伎〟を観に来た。主演の市村虎之助は春五郎と肩を並べるほどの大物歌舞伎役者で、終戦直後に「アメ公が怖くて芝居を止めたとあっちゃぁ役者の名折れだ」と威勢のいい台詞《せりふ》を吐いて先陣を切って歌舞伎を再開したほどの骨のある人だ。それほどの役者がこの新しい自由主義歌舞伎の作品で女優と共演し、男女間の性的なきわどい台詞のやり取りや舞台上での接吻《せっぷん》までするというので大変な話題になっていて、もちろん劇場は満員だった。明らかにGHQのご機嫌取りのための新作歌舞伎であったが、「いかがわしい低俗な芝居」「邪劇」「子供に見せられぬ芝居」と日本の多くの演劇関係者に酷評されたにも拘《かか》わらず、歌舞伎史上初の男女の接吻への物珍しさも伴って客入りは上々だ。

「――何だか凄《すご》い芝居だったね。にいさん、これからは歌舞伎はみんなあんな感じになるのかな」

劇場から出たとたん、顔を赤らめた香也がほぅと小さな息を吐いた。辰三郎はすっきりと短く整えられた頭にソフト帽を被《かぶ》り、正月に春五郎から譲ってもらった青紺の結城《ゆうき》の着物と羽織、香也は辰三郎が十代の時に着ていた白ねずのお召しに墨色のふかふかとしたウールの襟巻《えりま》きという、二人並んでいるとすれ違う者がふと振り返って見入ってしまうような垢抜《あかぬ》けた粋《いき》な道行き姿だった。芝居前に虎之助おじさんの楽屋へ挨拶《あいさつ》に行ったときも「色男が二人して僕より目立ってるんじゃないよ」と冷やかされたほどだ。

「男と女が一緒に演《や》るなら新劇でいいんだ、あれは歌舞伎じゃねぇよ。面白かったし出来のいい芝居だが狂言とは別物だ。女の芝居はそれはそれで面白いけど、歌舞伎とはまったく違うものだ。歌舞伎は歌舞伎、いくら人気が出ても他の物が歌舞伎に代わることとなんか出来ねぇよ。けどまぁ。これからはああいう芝居も増えていくんだろうな」

「かもね。でも、虎之助のおじさんも思い切ったね」

「あの人は歌舞伎全体のことを考えてる人だから、まず自分が新作をやることで他の者の気が軽くなるならって思ったんだろう。それに純粋に役者として新しい物への興味もあったのかもしれないな。GHQに阿《おもね》ったなんて陰口を叩いてる奴らは何にも分かっちゃいねぇんだよ。GHQは新作を増やせと言ってるだけで古典を廃止するなとは言ってない。虎之助のおじさんは、歌舞伎界はGHQの言う通りにやってますよって、見せてるんだ。おかげでみんなが助かる。おいらは歌舞伎が歌舞伎のままでいられるなら、ああいう芝居がどんどん増えてもそれはそれでいい事だと思ってる。いろいろあった方が、観《み》る方は楽しいじゃねぇか」

「そうだね。それにどんな芝居が増えても、歌舞伎の舞台の上のにいさんが一番格好いいと思うから全然心配してないよ。僕、小さいときににいさんの義経を観て、あんな気品があって凛々《りり》しくてそれでいて華やかな義経があるのかって驚いて吸い込まれていくような気分だった。死んだ正右衛門のおじさんも僕の横で観てて、辰三郎には他の者が真似出来ない真っ直ぐな艶《つや》があるって喜んでたんだよ。舞台のにいさんを観てると、僕は違う世界にいるみたいでうっとりするんだ」

「お前はいつもそれだな」

辰三郎は目を細めて香也を見つめた。リオンの紹介でGHQの軍病院に通うようになって食欲も戻ってきたたし、幾分顔色が良くなったような気がしていた。治療に使われている注射も薬も日本では手に入りにくいものばかりだと聞くし、どれだけ難しい病だとしてもきっと治ると信じたかった。体調を最優先にして舞台での出番はぐっと減ったが、それでもボウマンは足繁《あししげ》く通って来ていた。楽屋に籠《こ》もり香也と過ごす時間が長くなっていることに辰三郎は気が付いていたが、リオンの言葉が心に燻《くすぶ》ってて何となくそのことに触れる気になれなかったし、香也も見た目ほど子供ではないのだから、おかしな真似をする心配はあるまいと自分を納得させるしかなかった。

「たまにはどっかで蕎麦《そば》でも食って、二人で遊んで帰るか」

辰三郎の言葉に香也が嬉しそうに頷いたときだ。

「ちょいと、白羽屋の若旦那《わかだんな》じゃないの？」という媚《こ》びを含んだ粋《いき》な女の声がした。

声の主を見れば、かつては新橋の見番《けんばん》にいた芸妓《げいぎ》の松江だった。

「よう」

「なにさ気のない返事して、あんたって人はつくづく情《じょう》のない男だねぇ。ちょっと前に久しぶりに顔見せてくれたと思ったら、さっさと自分の頼み事だけして、こっちが引き受けたとたん顔も出しゃしないんだから、いったいどういう了見なんだろうね」

「悪かったよ。いろいろと忙しくてな。そのうち顔出そうと思ってたんだ。平田のことは有り難うよ。見かけに拠《よ》らず良く気の回る男で助かってるよ」

いつもの調子で松江の機嫌を取ると、松江は拗《す》ねたような、だがたっぷりと媚びた口ぶりで「憎らしい男だねぇ。あたしゃ戦争中、ずっとあんたの無事を祈っててあげたのにさ」と辰三郎に寄りかかった。

「おいおい、連れがいるんじゃねぇのか？」

辰三郎は松江を引き離すように押しやった。鮮やかな鬱金《うこん》色の着物に紋付きの黒羽織、芸妓はこんな格好で一人で芝居を観に来る訳がないから、旦那が一緒に違いなかった。

「用足しに行ってるわ。爺《じい》さんだからこう寒いと近いんだよ」

松江はしれっとした顔で答えた。

「爺さんでも金があるんだろう？　悪いが急いでるから、また今度な」

辰三郎がそう言って香也を連れて去ろうとしたとき、何気なく松江が漏らした。

「そういやさっき、ヘルダイクさんを見かけたわよ」

「何だと？」

辰三郎は足を止めて振り返って松江を見た。「ヘルダイクさんって……あの男を知ってるのか？」

「うん。だって『ケリー』で何度か酌をしたことがあるもの。太吉に聞いたけど若旦那、あの人を捜してるんだって？」

「そうだ。どこにいたんだよ」

「劇場に決まってるじゃないの。自由主義歌舞伎とやらをにやにやして見てたわよ」

「いまどこだ、どこにいる？　どんな男だ？」

「そんなこと知るわけないじゃない。こっちも男連れなんだから、声をかけるなんて野暮な真似するわけないでしょ。若旦那より背が高くてがっちりした茶色の髪の大男よ」

「ってことは、ヘルダイクは女連れなんだな？」

「うん。髪をちりちりにして派手な赤いコートとドレスを着てたから、たぶんあれパンパンよ。うちの連れがそう言ってたもの。——あっ、戻って来たわ。ねぇ近いうちに必ず来てよ、若旦那。来なかったら承知しないからね」

そんなことを言いながらも、松江は杖《つえ》を持った年配の男に駆け寄ると嬉しそうに腕を絡めている。

「香也、悪いが赤いコートを着た女を連れた大柄な茶色の髪の外国人を捜してくれないか。この時間ならまだ近くにいるはずだ。見つけたら教えろ」

「分かった。だったら別々の方がいいよ。まだそんな遠くに行ってないだろうし。僕はあっちを捜すからにいさんはそっちね」

「ああ。だけどお前は無理しなくていいからな。疲れたら先に帰ってろよ」

「うん」

辰三郎と香也はそこで二手に分かれて男を捜し始めた。

それからしばらくして香也は、劇場から五分ほど走ったくらいの場所で、ちりちりの髪型で赤いコートを着た派手な女を連れた外国人の男を見つけた。道の途中で何をするでもなく歩を止め、女は男に寄りかかるようにして甘えるような仕草で何か語りかけているが、男の方はそっけない態度で適当にあしらっているように見えた。そのうち男の前に青いシボレーが停《と》まると、男は女に金を渡してから一人でそれに乗り込んだ。女は車が発車してからもしばらくは笑顔で手を振っていたが、車が完全に視界から消えるととたんに笑顔をかなぐり捨て、金をコートのポケットにねじ込むと仏頂面で歩き出した。

——どうしよう。

一瞬香也は迷ったが、辰三郎の顔を思い出したとたんに迷いは消え、すぐに女の後を追って歩き出した。どこかで辰三郎に連絡をしようと思ったがその間合いが出来ないうちに、女はそこから徒歩で東京駅に向かうと渋谷方面に行く電車に乗った。こうなるともう行けるところまでついて行くしかない。香也も同じ電車に乗ってさり気なく女の様子を窺いながら、どこまで行くのだろうと考えていた。小さなバッグ一つしか持っていないところを見るとそう遠くではないはずだ。松江が言っていたようにどう見てもパンパン——娼婦だし、明らかに日本人離れした顔立ちの美人だった。電車の中でも他の客が目を合わせようとせずに、中には露骨にわざと遠い席に移動する子連れの母親もいたが、そういう世間の目には慣れっこなのだろう。女はまったく気にする様子もなく、三軒茶屋まで行くと今度はそこから玉川線に乗って世田谷の若林で降りた。女はしばらく歩いてから、やがて塀で囲まれた二階建てのアパートのような建物に入って行った。どうやらここが彼女の住処《すみか》らしい。

それを見届けてから香也はまた駅に戻って再び電車に乗って来た道を帰ってきたが、ふとあることを思い付き、東京駅に着くとすぐにそこからリオンの会社に電話をした。リオンは外に出ているということだったので、香也は伝言を頼み、その足で急いで今度はバスで根津のリオン宅に向かったが、それでも着いたときにはもう辺りは薄暗くなっていた。玄関先で身体が冷えないように足踏みをして待っていると、十分もしないうちに一台のジープが家の前に停まり、珍しく慌《あわ》てふためいた表情のリオンが降りて来た。


リオンが辰三郎と香也に教えている電話番号は実はイエロー・イーグル機関が使っている連絡所の番号だ。電話を受けた者はすぐに、そのときリオンが居た巣鴨プリズンに電信を打ち、それを渡されたリオンは面会を切り上げて急いで家に戻って来たところだった。

「ごめんよ遅くなって。会社の者に聞いて驚いて、急いで帰って来たんだ。寒かっただろう？　すぐに火を入れるから早く中に入って」

香也を家に招き入れるとリオンは火鉢に火を入れたり暖かい飲み物を用意したりと、

しばらくの間走り回っていた。香也は火鉢の側で小さくなって暖を取っていたが、ココアのカップを渡すと嬉しそうに受け取った。そのとき初めてリオンは香也の今日の装いに気が付いた。

「今日はずいぶんめかしこんでるじゃないか。そういう格好をしていると大人っぽく見えるね」

「にいさんが虎之助おじさんへの挨拶がてら自由主義歌舞伎を観に連れて行ってくれたんだ。そう言えば、にいさんには伝えてくれた？」

「ああ。俺の同僚に頼んで、君がうちに来ていること、俺が送って行くから心配するなという事を家の方に伝えに行ってもらった。バイクだからたぶんもう着いているだろう」

「良かった。どこかでにいさんに連絡したかったんだけど、はぐれちゃって出来なかったんだ」

「君がにいさんと一緒じゃないなんて珍しいね。それに二人で芝居を観に行ったのにどうしてはぐれたんだい？」

「それがね、劇場にヘルダイクさんって人がいたんだよ」

それを聞いてリオンは驚いた。なぜこの子がその名前を知っているのだろうか。だが香也から、劇場前で辰三郎の馴染みの女と出会ってからの一連のことを聞き、それでやっと納得した。それと同時の辰三郎とこの子の機転に感謝した。

「それで、その女は若林に行ったんだね？」

「うん、松陰《しょういん》神社の先の大きなアパートみたいなところに入って行った。たぶんあそこに住んでるんだと思うよ。他にも女の人がいてどこかの寮みたいだったから」

そこが何で女が何者なのかリオンはすぐ分かったが、周囲の大人たち、特に辰三郎によってこの世の汚れた物は出来るだけ目に触れさせないようにと大切に守られているこの少年には分からなかったのも無理はない。

アパートのような建物は、日本政府が占領開始以来、日に数十件と多発する駐留軍兵士による日本女性暴行事件への苦肉の対策として、日本女性の純血を守るという名目で駐留軍の性処理のために全国に設置した慰安所の一つで、場所が若林ということは、昨年の十一月にオープンした『ＲＡＡクラブ』に間違いない。慰安所は政府に許可された公娼が働く場所で、表向きは『クラブ』や『寮』『旅館』といった名称が使われていた。他にも横須賀や向島などに数多く点在しており、水商売経験者だけでなく「新日本女性求む、宿舎、衣服、食料すべて支給」などと書かれた広告板や新聞広告で一般女性からも募って集められた女たちが働いていた。一日に何十人もの外国人男性と性交渉を持つという過酷な仕事ながら、その分収入がかなり良いということもあり、戦争未亡人や金に困った一般家庭育ちの女性も数多く働いているという話だ。何しろいまの日本には四十万人を越える連合国軍が駐屯しているのだから、彼らの性処理はかなり重要な問題であり需要は充分にあった。とにかくヘルダイクがそこの女と馴染《なじ》みということは、女を手繰《たぐ》れば本人の姿が見えてくるということだ。リオンはほくそ笑み、それから優しい笑顔を香也に向けた。

「ありがとう。でもどうして俺のところに直接来たんだい？」

「にいさんにその人を捜させてるのは、リオンさんだから」

「にいさんがそう言ったのかい？」

「言わなくてもだいたい分かるよ。黙ってたって、僕はにいさんのことは何でも分かるんだ」

　自信たっぷりの言いぐさだが、おそらくそれは事実なのだろう。まして間違いなく死期を感じて始めている彼にとって、最愛の兄の存在こそが命をこの世界に繋ぎ止める楔《くさび》なのだから何一つ見落とすはずがない。

「そうか、そうだろうな」

「にいさんが協力してるから、ボウマンを紹介してくれたんだろ？　力になるふりをして、本当はにいさんを利用してるんだ」

「君にそんなふうに言われると少しばかり悲しいね。確かにそれもあるが、ボウマンを紹介したのは純粋に辰三郎への好意でもあるんだ。君には負けるが、俺も彼が好きだし歌舞伎の未来も心配している。日本に来て君たちの芝居を観て、ボウマンの言うように優れた素晴らしい伝統芸能だということが良く分かった。特に舞台の上の辰三郎の素晴らしさは別格だった。君の自慢の兄さんは確かに他とは違っていたし、僕もそんな彼をずっと観ていたいと思う一人だ」

「それだけ？　リオンさん本当に記者なの？」

真っ直ぐにリオンを見つめ、いつにない冷ややかで突き放したような声だ。人形のように愛らしいだけでなく情が深くて頭のいい子だと感じたが、だからこそ大いに役に立つというものだ。

「記者だよ。正義の記者とは言い難いけどね。他に質問は？」

「分からない。でもにいさんを利用するのは止めてよ。にいさんは芝居だけしてればいい、他の事に気を取られちゃいけないんだ。何か頼みたいなら、にいさんじゃなくて僕にして。僕が調べるから」

リオンはにやりと笑い、香也の横に座って澄んだ眼を覗き込んだ。

「そんなににいさんが心配なら、いままで通り俺に協力してボウマンの機嫌を取っていればいい。彼はとても君を気にいっているから素直に言うことを聞いていれば、いままで以上に歌舞伎を守ってくれるだろう。俺のことを信用出来ないと思うならそれも仕方ないが、俺がいましていることは、君たちがどんな犠牲を払ってでも守り抜こうとしている物を守る手助けなんだよ。戦争で何もかも失ったこの国が、これ以上何かを失うのを阻止しようとしているだけだ。負けたいまでも君たちの手にはまだ素晴らしい物がたくさん残されている。歌舞伎もその一つじゃないのか？　そのために上手くボウマンを利用するんだと割り切ればいい。そうすれば俺がどんなことをしてでも、君の大好きなにいさんがこの先もずっと歌舞伎役者でいられるように力添えするから。約束するよ」

香也の目にじわりと滲《にじ》む物があった。

「この先も……ずっと？」

「そうだ。君がいなくなった後もずっとね。君が残してくれた舞台に、君の愛したにいさんが立ち続けるんだよ。君はもう分かってるはずだ。君に残されているのは、もうその夢しかないってことに……」

リオンを睨《にら》みつけている香也の目から大粒の涙が落ちた。

連絡を受けてから二時間ほどしてリオンの運転手に送ってもらって香也が帰宅し、しばらくしてから辰三郎の部屋に顔を出した。

「どうして連絡しなかったんだ。心配するだろうが」

辰三郎は読んでいた床本《ゆかぼん》を乱暴に閉じてきつい口調で咎《とが》めたが、本気で怒っているわけではなかった。上下関係の厳しいこの世界では、他の弟子への手前もあってけじめは必要で、香也の方もちゃんと心得ている。正座をして「勝手なことをしてすみませんでした」と神妙な表情で深々と頭を下げてから、すぐにいつもの調子に戻った。

「でもね、連絡しようと思っても出来なかったんだよ。電話は見つからないし、男の方は車に乗っちゃうし、女は一人でどんどん先に行っちゃうし。せっかく見つけたのに両方見失ったら元も子もないでしょう」

「そんなことだろうとは思ってたけどな。それで、どうしてリオンのところに行ったんだ？」

「だってその方がにいさんの手間が省けるじゃない。どうせ後で行くつもりだったんでしょ？　リオンさんだって早く知りたいはずだから、僕が直接行くのが一番いいと思って」

香也は何事もないように普通の顔をしている。辰三郎は心の中で、何もかもお見通しなんだなと諦《あきら》めるしかなかった。子供の頃から一時も離れずに辰三郎の後をついて来ていただけに誰よりも辰三郎を分かっていて、どんな些細なことでも見逃さない。春五郎と喧嘩をして誰にも何も言わずに女のところに居続けたときも、なぜか香也だけはどこに居るのかちゃんと知っていて必ず頃合いを見計らって迎えに来たものだ。いくら顔に出すまいとしても、辰三郎の機嫌の良し悪しをいつもちゃんと見極めている。

「何でも良く分かるんだな。お前にはかなわねぇよ」

辰三郎が苦笑いすると、逆に香也の表情からふっと笑みが消えた。

「僕もずっとにいさんのことは何でも分かると思っていたんだ。他の誰が分からなくても、僕だけはにいさんのこと何でも分かるって……けど、最近そうでもないのかもって思うようになった」

「どうして？」

「にいさんがなぜ何も言ってくれなかったんだろうって思って。おじさんたちには黙っていても僕にだけは何でも言ってくれると信じていたのに。復員してから僕の病気のことを気にして優しくはしてくれるけど、舞鶴に着いてからにいさんが僕に訊くのは劇団や他の人のことばかりで、自分のことは何一つ話さなかった。リオンさんのことだけじゃないよ。田村さんや宮本さんのことだって、にいさんは自分からは一つも話してくれなかったね。僕がまだ子供だから話しても分からない、役に立たないって思ったんでしょう。それとも先が永くないから、余計な話をして心配させたくないと思ったの？」

「そんなんじゃねぇよ」

辰三郎はすぐさま否定したし嘘ではなかった。むしろどちらかと言えば逆で、少しでもそれらしい事を話せば、勘のいい香也がその先まで見透かしてしまうのが怖かったのかもしれない。「宮本さんや田村さんのことを話せば、おのずと戦争中の話になってしまうだろう。特に大陸にいた時分のな。あの人たちとの接点はあそこにしかないんだから。おいら、お前にだけはあそこでのことを話したくないし、知られたくもなかったんだ。黙っていたのはそれだけの理由だよ」

「厭な思い出だから話したくないの？」

「まあ一言で片付けちまえばそうなんだろうが、でもちょっと違うんだ。思い出が厭なんじゃなくて、たぶん自分ってものが厭になるから思い出したくないのかもしれねぇな」

「どうして?」

「アメリカが日本に爆弾を落として大勢殺したように、おいらたちも大陸で大勢殺したんだ。それこそ数え切れないくらい大勢な」

辰三郎は静かに息を吐いた。最初にこの手で殺した人間こそ記憶に残っているが、あとはもうまったく残らないほど激しい戦闘は日常だった。

「でもそれは戦争だったんだから仕方ないよ。にいさん一人のせいじゃない。にいさんはお国のために殺しただけだ」

「分かってる。自分でもそう思ったよ。でもな、おいらが一番驚いたのは自分の中に自分が知らなかった外道《げどう》……いや鬼って奴かな……それが住んでるってはっきり分かったことなんだ」

「鬼……?」

「そうだ。あそこでの二年間、おいらは殺すことに迷いがなかった。楽しんだり酔ったりはしなかったと言い切れるが、戸惑いや罪悪感ってものはまったく湧《わ》いてこなかったんだ。日本のために敵を殺すのは当たり前で、そうしなければこっちがやられると信じていたし、それはいまも間違ってなかったと思ってる。殺さなかったらこっちが殺されていたんだからな。中には罪の意識に苦しんで頭がおかしくなっちまうのもいたが、おいらの中には不思議とそんな弱々しい気持ちはこれっぽっちも湧いてこなかった。大陸に居たとき、何が何でも生きて帰ってまた舞台に立つことだけを考えていた。出征する日にお前とした約束を守ることだけが気持ちの支えだった。そのためにはどんなことだってやってやる。生きてこの身体と一緒に必ず戻ってまたあの舞台に立ってやるって……。俺が何の恨みもない名前すら知らない他人を造作もなく殺す理由は、ただそれだけだったたんだ」

あのときの自分を思い出すと、いまも辰三郎は不思議な気持ちになる。なぜあれほど冷静に迷うことなく殺せたのか。自分が生き残りたいという気持ちがあれば、人はどんなことでも出来るものなのかと。だが、自分がそこまで動じなかった本当の理由がどこにあるのか辰三郎はもう気付いていた。

歌舞伎の舞台だ。

あの舞台が自分を鬼にした。もう一度あそこに戻るために誰かを殺すことが必要なら、いくらでも殺しただろう。身に受けた恨みも痛みも手に残った血の痕も、化粧を施し拵《こしら》えを整えてあそこに立ってしまえさえすれば、もう頭の中からきれいさっぱり消え去ってしまい、ほんの一瞬たりとも思い出しはすまい。戦争にさえ行かなければ、自分はそういう人間なんだと気付かずに済んだはずだ。

「それの何が悪いんだよ。口に出さないだけでみんな同じだったはずだよ」

香也が絞り出すように呟いた。

「かもしれないな。だけど本当に怖いのはな、こうやって無事に帰って来られたいまでも、おいらの中に、あのときの無慈悲な自分に対してわずかな後悔も申し訳なさも生まれてこないってことなんだよ。おいらって人間はおそらく死ぬまで、日本に帰って歌舞伎の舞台に立ち続けるためだけに人を殺してきたことを何とも思わねぇんじゃないかってな。もしかしたら、舞台に上がり続けているうちにそんなことを考えたことすらきれいさっぱり忘れちまうかもしれないのが恐ろしいんだ。舞台にさえ上がっていれば心がこれっぽっちも痛まないような鬼が……そんな鬼が自分の中には住んでいる。でも実はそいつの方が己の本性だったんじゃないかって、あるとき腑に落ちたんだよ。ただそれを人には知られたくない。特にお前にはな」

「にいさん！」

突然、香也が辰三郎にしがみつき、その身体の中に潜む得体の知れぬ何かを抑えつけようとするかのように、か細い腕で強く辰三郎を抱きしめた。

「それならそれでいいじゃないか。それの何が悪いんだ！　生きて戻って来るのに正しい理由も間違った理由もないよ。生きて帰って来た者の勝ちだ。死んでいく者に出来ることなんて何一つないんだから、それでいいんだ。僕もおじさんもみんなにいさんの無事だけを祈っていたんだよ。僕だって、そのためなら他の誰が死んでも構わないと思ってた。にいさん以外の誰が死んだって構わないって……本気でそう思ってた。にいさんの中に鬼が居ると言うなら僕の中にだって居るんだ。生きるためににいさんが大陸で何をしたかなんて、僕にはどうでもいいよ。これからもずっとその鬼と一緒ににいさんが舞台に立ち続けてさえくれれば、僕は何も望まない。もう何も残せないいまの僕の夢は、舞台の上で生き続けるにいさんだけなんだ。そしてにいさんの芸は必ずにいさんが死んでからも生き続けるよ。ずっとずっと……歌舞伎が続く限りずっとね」

「そうか……そうなるといいな……」

辰三郎は胸の奥からこみ上げてくる激しい感情に堪えながらわずかに頷いた。たくさんの人間を殺しても生き残る者と誰も殺さなかったのに死んで行く者、その運命を決められる者はたった一人、神だけだ。そして神が何を思ってそれを決めたのかは誰にも分からない。ただ一つ分かっているのは、辰三郎と香也がこの先望むことはまったく同じだということだけだった。

3

昭和二十一年二月中旬から下旬にかけて

さすがに役者だけあって香也が女の顔の特徴を詳細に記憶していたおかげで、『RAAクラブ』のどの女かがすぐに特定できた。小平弥生《こだいらやよい》という元ダンサーで、ある程度英語が話せることもあって駐留軍兵士たちの間でかなり人気があるという。他の女たちのように日に何十人もの男と性交渉をするのではなく「オンリーさん」と呼ばれる、客が特定の男性だけに絞られる高級娼婦だ。狭い部屋の中で単に性交するだけでなく、一日貸し切りで一緒に食事をしたり出かけたり、中には別宅に囲われたりと愛人役を兼ねる者もいるそうだ。

宮本はリオンを通してクラブの経営者に話をつけてもらい、クラブ内にある弥生の部屋に上がった。外国人専用で本来は日本人は立ち入り禁止なのだが、その辺りはちょっとしたコネがあればいくらでも融通が利くし煩《うるさ》いことも言われない。女と客の間を取り持つやり手の話だと、ヘルダイクは先日が初見で、相場の三倍の金を出すから

「英語が話せて見栄えのいい洋装の女」を希望した。やり手が条件にぴったりの弥生を見せたところ気に入り、その場で一日貸し切りが決まったということだった。

「本当に初見だったんだな？」

「あたしはね。他の子は分からないけど」

弥生は面倒臭そうに返事をした。女の顔を見た瞬間、なぜ駐留軍の兵士に人気があるのか宮本はすぐに分かった。間違いなく彼女は混血だ。容姿の端々にその片鱗《へんりん》が見える。眼が大きく鼻筋がすっと通っていて頬骨《ほおぼね》が張った美人で、日本人には似合わないパーマネントでちりちりにした髪型も派手な色のドレスの着こなしも様になっていた。さほど若いというわけではなさそうだが、元ダンサーというだけに身体付きは引き締まっていて悪くない。服の上からでもいわゆる男好きしそうな身体をしているのが分かる。

「男の名前は？　どんな外見をしていた」

「ダンって呼んでくれって言ったわ。三十代くらいかな……髪は茶色で目は灰色、体格のいい大男で、裸になるとまずまず引き締まっていたわね。まず部屋に上がってやることとやったら、これから芝居見物に行くから自分の連れにふさわしい振る舞いをしてくれって言われたわ。だからあたしはドレスに着替えて一緒に出かけたのよ、それだけ」

「東京劇場の芝居だったな。どちらがそれに決めたんだ？」

「ダンよ。最初からあれを観るって決めてたみたい。舞台で接吻するって評判を聞いてあたしも観たいと思っていたから、喜んでついて行ったのよ」

弥生はともかくダン、あるいはヘルダイクと名乗る男が接吻を珍しがるとも思えない。わざわざこの女を連れ出したのは、外国人の男一人では怪しまれるので、愛人にねだられて仕方なく観劇に来たように装いたかっただけだろう。

「ダンの様子はどうだった。芝居を楽しんでいる様子だったか？」

「それが途中でいなくなっちゃったのよ」

「何だと？」

つい声に力が入ってしまい、宮本は慌《あわ》てて元の調子に戻した。「何かあったのか？」

「さあね。芝居が始まってすぐに席を離れちゃって、戻って来たのは終わるちょっと前だったかしら。用足しにでも行ったんだろうと思って気にしてなかったんだけど、なかなか戻って来なくてちょっと心配になっちゃった。でもあたしは芝居に夢中だったから席を立って捜そうって気にもならなかったし、放っておいたらそのうち戻って来たわよ。その後はすぐに別れたけど、別れ際に約束よりも多めにチップをくれたのよ。このごろには珍しい気前のいい客だったから、もし会ったらまた来てちょうだいって伝えてね」
弥生はさばさばとした表情で明るく言った。

宮本から報告を受けたリオンはすぐにG－2に依頼して、CIEの業務日報の写しを入手した。それを見ると思った通り、その日コールはCIEの演劇班が強く後押ししている自由主義歌舞伎の視察のために東京劇場に出向いていた。そこでヘルダイクと会っていたことは間違いなさそうだが、問題はどうやってその約束を取り決めたかだ。リオンの進言後からG－2はコールの職場と宿舎両方の通信記録を密かに傍受しており、外部との連絡内容は全て一言一句漏らさず掌握している。宿舎に出入り出来るのはGHQの軍人と民間人だけで外部からの訪問があればすぐに分かるし、敵もまさかそこまで無謀なことはしないだろう。昼間は周囲には必ず誰かの目があるし、電話や無線といった通信手段で連絡を取り合うしかないはずだと睨んで通信記録を一つ一つ調べているが、いまのところ該当しそうな通信記録は見当たらなかった。占領国での暮らしを満喫しているコールだけに外部からの連絡はかなり多かったが、ほとんどは日本の映画、報道関係の会社や個人、それ以外はクラブやダンスホールといった遊興関係で、念のためこちらも一人一人丹念に調べているもののヘルダイクらしき男の影すら見当たらない。先日の失態を見てもコール自身は慎重で思慮深いタイプではない。自分より弱者に対しては高圧的だが根は小心者で、それでいて頭に血が上り易い直情タイプだ。おそらくヘルダイクはそこまで見抜いているからこそ、念には念を入れて慎重に行動しているのだろう。その入れた〝念〟のどこかに楔《くさび》を打ち込んで、リオンたちの視界を遮《さえぎ》っている壁を崩す必要があった。

宮本と面会した翌日、新宿警察署の留置場から出て来た手崎に他の選択肢はなかった。底冷えする留置場の中でじくじくと古傷が痛み始めた義足の足を引き摺りながら、心も足取りも重いまま千住に向かった。気が重くて逃げ出したい気分だったが、それをすればすぐに捕まってまた留置場に逆戻り、そして裁判であらゆる不利な証拠を持ち出されて長い長い勤めに行かなければならなくなるだろう。いや、もし北瀬山たちの件まで持ち出されたら、今度は終身刑や死刑の可能性だってある。そう考えれば、自ずとすべきことは決まった。宮本に従うしかない。鈴下の現在の居場所は宮本から聞いた。仙台刑務所を出るときに別れたきり一度も会っていなかったし連絡もいっさい取っていなかった。それでも戦争が終わってからは、鈴下が本格的に政治運動を始めたことで多少の噂は耳に入ってくるようになったし、拾った新聞に社会主義活動家として鈴下の名前が載っていたこともあった。そのときは、すっかり落ち目の自分と違いうまくやりやがってという妬《ねた》みもなかったわけではないが、いまとなっては自分の方が良かったと心から思っていた。これから鈴下のところに行って用を済ませたら、手崎はその足で東京から逃げ出し、宮本たちから身を隠すつもりだった。

やっと千住に着くと手崎は「日本社会主義者の会」の事務所、と言ってもただの民家だが、そこの玄関先にいた四十歳くらいの女に「すまないが、急いでこれを鈴下に渡してくれないか。昔仙台で一緒だった男からだと言えば分かるはずだから」と言って封筒を無理矢理押しつけ、女が引き留めるのも聞かずに足を引き摺りながら急いでそこから離れて行った。

それから数時間ほどして、手崎が浮浪者たちの溜まり場となっている山谷堀に無造作に点々と立ち並んで立っているテントの一つで待っていると、辺りの様子を窺うようにしながら顔をマフラーで隠した鈴下が音も立てずに滑り込んで来た。この狭いテントで暮らしている数人の浮浪者たちは、今夜は戻って来ない。おそらく宮本が小銭でも握らせてうまく追い払ったのだろう。周囲もいつになく静かで人が少ない。テントの中は何日も風呂に入っていない連中の体臭が染み着いていて堪えきれないほど臭かった。

「手崎だって……あんた本当に手崎か？」

灯りのない暗いテントの中で鈴下は囁くように訊いた。マフラーで口を覆っているせいか、くぐもった奇妙な声に聞こえた。

「そうだ。久しぶりだな鈴下」

足を投げ出して座っていた手崎は疲れ切った声で言ったが、演技ではなく本当にこの悪臭にも動じないほどに酷く疲れていた。留置場暮らしは動かなくていい代わりに氷の室《むろ》の中で寝ているかのような冷たさで、身体の芯まで冷え切り全身の神経が全部麻痺《まひ》してしまったような辛《つら》さだった。それなのに、そこを出るや否や悪化した足で千住まで出向いてこんな真似をしているのだから、疲れないわけがない。

「何だあの手紙は。他の者に見られでもしたらどうするんだ!?」

鈴下の声は小さかったが口調は激しく、明らかに焦《あせ》り脅《おび》え苛《いら》ついていた。手崎の方はもう言い争う元気すら残っておらず、ただただ厭な事を済ませて一刻も速く安全な場所へと逃げたい一心だった。

「手紙に書いた通りだ。仙台刑務所でのことがバレた」

「待てよ、俺たち二人しか知らないことがなぜバレるんだ!?」

俺が喋《しゃべ》ったからだとは言えるわけがない。手崎はどうあってもとぼけ通すつもりでいた。

「あのとき刑務所にいた人間の中に、ずっと俺たちを疑っていた奴《やつ》がいたんだよ。そいつがいまになってGHQに、あれは戦争中に行われた特警による不当な思想弾圧に当たるんじゃないかと言って調査願いを出したらしいと、知り合いの記者が教えてくれたんだ。GHQに調べられたら終わりだ。俺は逃げる。お前も逃げるか、それが厭なら捕まる前にGHQに何もかも話してしまえ。そうすれば何とかなるかもしれん」

「馬鹿なこと言うな！」

理性が飛んだのか鈴下の声が大きくなったが、すぐにまた声を落とした。「そんなこと出来るわけないだろう。俺はいま日本社会主義者の会の代表なんだぞ。それにいまさらGHQに全部話したところで、どうなるものでもないだろう。巣鴨拘置所にぶち込まれるだけだ」

「だからそうならないために……」

手崎は足を摩《さす》りながら小声を言った。「取り引きすればいいんだよ。あのときみたいにさ」

一瞬だが、テントの空気がピンと張り詰めた気がした。鈴下はゆっくりと手崎に近寄ると、そろりそろりと顔を近づけてきた。手崎の顔を確認するように覗き込み、それからゆっくりと口を覆うマフラーを押さえていた手を取った。

「そうか……そういうことか。それでお前はもう取り引きしたってわけか。そうだよな。考えてみればお前が喋らなきゃ、他に喋る人間なんかいるはずがないものな」

さっきまでとはまるで違い、明瞭《めいりょう》で吐き捨てるような投げ遣《や》りな口調だった。「違う」と手崎が言おうとしたときにはもう、鈴下の手に握られたマフラーが手崎の顔に押しつけられていた。手崎は必死でそれを押しのけようとしたが、どうしたことか身体がまったく動かない。手も足も硬直して、どこかで神経が途切れてしまったのかと思うほど脳からの指令が四肢に届かなかった。動け動け、こいつの手を振り払い、全力で体当たりして外に出るんだ。外には浮浪者がいるはずだから叫べば誰かが気が付くだろう。そうすれば何とでもなる。叫べば……だが、どういうわけか声すらも思い通りに出なくなっていた。顔をマフラーで覆われて何も見えない。その上からとても強い力で締め付けられ、顔が押し潰されているような感じだ。手崎は堪《こら》えきれず目を閉じた。その瞬間、急に気が遠くなりふっと全身の力が抜けた。

それはまったく予想外の出来事だった。

手崎のいるテントから少し離れた場所で浮浪者たちに混じって焚《た》き火に当たりながら様子を窺っていた宮本と新藤は、テントから慌てふためいて飛び出して来た鈴下を見て急いで追いかけて行き、ほどなく捕まえた。鈴下は真っ青な顔で酷く興奮していたが抵抗はしなかった。というか何か必死で訴えているようだったが、宮本はその口に無理矢理手拭《てぬぐ》いを押し込み、頭からすっぽりと上着を被せた。誰かに何か訊かれたら「カストリ酒で具合が悪くなった友人を連れて帰るところだ」とでも説明するつもりだった。カストリ酒の質の悪さは誰もが知っているし、この辺にはそれで命まで落とした連中がごろごろいるので誰も不審には思わないだろう。新藤と一緒に鈴下を左右から抱えるようにしてテントに戻って、中で死んでいる手崎を見つけてやっと鈴下が慌《あわ》てて逃げ出した理由が分かった。

それからが大変だった。鈴下のことは新藤に任せ、宮本はすぐに塵拾《ちりひろ》いの変装で近くに待機していた山崎を呼んだ。近くを彷徨《うろつ》いて居る連中に手崎の死体を見られないように支柱を外したテントで死体を包み、それをそのまま山崎が引いていたゴミの入ったリヤカーに乗せた。その上にテントの支柱に使った鉄パイプも乗せ、居を引き払って他の場所に移動するような何食わぬ顔で、リヤカーを引っ張ってその場を離れて行った。山崎と二人で二時間近くリヤカーを引き、千住の外れの人気のない荒川土手まで辿《たど》り着いた時には周囲はもう真っ暗だった。ここからは小さな懐中電灯の灯りだけを頼りに作業を進めていくしかない。手崎は留置場から出て来たばかりで身許を示すような物は所持していないとは思ったが、念のため衣服を剝《は》いで靴も脱がせてから重石《おもし》を抱かせて川に沈めた。衣服と靴もそこから少し離れた場所で川に捨てた。

二人が市谷台のアパートに戻ったのは夜明け近くで、アパートの他の住人だけでなくイエロー・イーグル機関の連中もほとんどが寝ていたが、服部だけがストーブの前で起きていた。ここでは無線番と火元番として毎晩必ず一人が夜通し起きているきまりになっていた。

「おかえりなさい。遅かったですね。水団《すいとん》があるけど食いますか？」

服部は二人の返事を聞く前にもうストーブの上に大きな鍋《なべ》を運んでいた。

「ああ、頼む。もう寒くて寒くて……」

山崎がストーブの前で手をこすり合わせている。宮本も一緒に暖を取っていると、服部が湯飲みに白湯《さゆ》を入れてくれた。まず湯飲みで冷えた手を暖め、それから一口二口と飲んでいるうちにようやく身体の震えが収まった。

「鈴下は落ちたのか？」

宮本が訊くと服部は笑った。

「新藤さんの話だと拍子抜けするくらい簡単なもんだったって。締め上げる前に自分から洗いざらい喋ったそうです。仙台刑務所でのことだけでもばれたら命取りなのに、さらに俺たちの目の前で殺人までやっちまったんだから、もうどうにもなりませんよ。とりあえずかなり興奮していたしだいぶ追い詰められているような感じでしたが、こっちの質問には素直に答えてました。憔悴《しょうすい》が激しかったので今日はもう休ませています」

「そうか。とりあえず手崎の奴も殺され損にならなくて良かったな」

まるで他人事《ひとごと》の山崎は、鍋の蓋《ふた》を持ち上げて中を覗いている。相変わらず東京の食料不足は続いているが、ここの水団にはＧＨＱからの配給品が入っているので他と比べるとかなり豪勢で、温まるまで待ちきれないようだ。

「だけど、まさか鈴下がこんな簡単に殺しをするとは予想外でしたね。玉の井の女たちの話から、そんな度胸のある男じゃないと思ってたんですがね」

喋りながらも服部が水屋から箸《はし》や椀《わん》を出して用意している。この部屋にも最近はいろいろな日用品が揃い、すっかり機関の連絡所らしくなってきた。それもこれもみんなリオンのおかげだ。あの男はこの機関のために必要な物は全て調達してくれて、出来る限りの便宜《べんぎ》を図ってくれている。それだけこれに賭《か》けているように見えた。

「その予想は外れていない。手崎の死因はおそらく病死だよ。少なくとも鈴下の手による窒息や絞殺なんかじゃないな。外傷どころか首にはわずかな絞め跡もなかったし、顔にマフラーが巻いてあったものの窒息死特有の皮膚の溢血《いっけつ》もまったくなかった。鈴下が凶器を持っていたわけでもないのに、まったく抵抗した跡がないのは変だろう？　おそらくその前にもうすでに心臓が止まってしまうような何らかの要因があったに違いない。元々あのおやじには持病があったし、この寒さの中でずっと留置場に置かれていて自分でも気が付かないうちに身体が弱っていたのかもしれないな」

服部から椀と箸を受け取った山崎が、そういややけに綺麗な死体だったなと呟いた。

「そのことを鈴下は？」

服部が宮本に椀を渡しながら訊いた。

「気付いちゃいないさ。自分が殺したと信じてるんだからそれでいいだろう。その方がこっちにとっても好都合だ」

「そうですね」

服部は頷き、鍋の蓋を開けた。辺りにいい匂いの蒸気が広がり、宮本と山崎は先を争うように水団を自分の椀に取り始めた。しばらくは貪《むさぼ》るように食べ、あっという間に二杯ほど平らげるとやっと落ち着いた。三杯目はゆっくりと味わいながら宮本は新藤が書いた鈴下の調書に目を通し始めた。

鈴下がヘルダイクと知り合ったのは昨年の十月ごろで、彼が本格的に「日本社会主義者の会」の代表の一人として会の運営に携わるようになった頃だ。ある日、あちらの方から会に連絡をしてきて巨額の資金援助の申し出があったのだが、その際に幾つかの条件を出された。その一つに「社会主義を日本の大衆に簡単にかつ好意的に理解させるためのプロパガンダの実施」というのがあった。戦争が終わり突然息を吹き返した会をいずれは政党にして政界へ進出したいとまで考え始めていた鈴下にはこの上なく魅力的な申し出で、断る理由は何一つなかった。

そのとき鈴下の頭に真っ先に思い浮かんだのが、かつての満州映画協会のことだった。当時あそこが軍の依頼で製作していた政治色と娯楽色が融合したような質のいいプロパガンダ映画を作れば、大衆にすんなりと受け入れられるはずだ。だがそのためにはしっかりとした製作陣や撮影環境が必要だと説明すると、それらを揃えるには時間が必要だと言って、ヘルダイクは非常に不満そうだった。短期間で彼を満足させるにはどうすればいいか、それを考えていたとき偶然、昔何度か会ったことのある映画監督の小木野が軍部批判映画の製作を企画していることが耳に入ってきた。小木野は名の通った映画監督であるだけでなく本物の芸術家で、映画界からの信頼もある。彼の撮《と》る映画なら大衆に受け入れられるだろうと説明したとたん、ヘルダイクはそれを天皇批判映画にしろと言い出した。ＧＨＱのＣＩＥも強くそれを望んでいるので何の問題もないと。それを聞いた鈴下は俄然《がぜん》やる気を出す。天皇批判というセンセーショナルな映画を発表すれば、世の中をひっくり返すような話題になるに違いない。社会主義活動家としての鈴下の評価も一気に上がるはずだ。それを自らの政界への足掛かりにしたいという野心から、ヘルダイクと日本映画界のパイプ役を買って出た。

連絡はいつもあちらからで、会う度に活動資金を手渡してくれるヘルダイクは鈴下にとっては大事な金蔓《かねづる》となった。何としてもそれを手放さないためにも一刻も早く映画を完成させる必要があったのだが、企画の段階で早くも暗礁《あんしょう》に乗り上げることになる。小木野の人望や力を持ってしても、想像した以上に役者や裏方を集めることが難しかったのだ。天皇批判映画と聞くと、みんな尻込《しりご》みして参加を断ってくる。さらに脚本家の川島の不可解な事件による離脱が決定的となり、人の好い穏やかな気性の小木野は周囲への迷惑を気にして慎重になり始めた。大きな事を言って二つ返事で引き受けた鈴下に対するヘルダイクの失望は明らかで、このままでは大事な金蔓を失いかねない。そう不安になっていた矢先に手崎からの突然の呼び出しで、このままでは金蔓だけでなく社会主義活動家としての自分の立場もすべて無くなってしまうと焦り、頭が混乱してつい……。

とまあ、そんな内容の自供が几帳面《きちょうめん》な字でびっしりと書き連ねてあったが、一番知りたいヘルダイクの人となりについてはほとんど記載がなかった。

「肝心なところがないな。結局このヘルダイクって男は何者なんだよ」

宮本は箸を舐《な》めながら思わず漏らした。

「いまのところ大柄な白人男としか。それ以上のことを思い出させるにはもう少し落ち着かせてからの方がいいだろうということで、とりあえず今夜は休ませました。かなり興奮していて時々言ってることが支離滅裂になるんで、それだけ訊き出すのだって大変だったんですよ」

服部が言ってることはもっともだった。鈴下は根は臆病で根性もないくせに、目立ちたがり屋で野心家、しかも悪知恵はよく回るようで、困難な壁を器用に避けて生きて来た人間だ。それだけにこういう状況に陥ったとたんに自分を見失って激しく取り乱したのも分からない話ではなかった。自分たちも酷く疲れていたこともあって鈴下を締め上げるのは明日からにしようと思い、宮本たちは食べたらすぐに眠ってしまった。

翌早朝、別室で寝ていた新藤の荒々しい声で叩き起こされた宮本は、昨晩の自分の判断を激しく呪《のろ》い悔やむこととなった。奥の隠し小部屋に監禁していた鈴下が、窓にはめ込んだ格子の端にシャツとズボン下を繋いだ紐《ひも》を括《くく》り付けて首を吊《つ》って死んでいたからだ。


リオンが市谷台のアパートに到着したのはそれから二時間後だった。すでに鈴下の死体はなく、宮本を始めとする渋い表情のメンバーたちが一部屋に集まって気まずそうにリオンを出迎えた。リオンは室内を見回して訊いた。

「死体はどうした？」

「千住近くの雑木林に吊しておきました。外傷もありませんし、こっちで処分するよりもその方が安全です。検死ですぐに自殺と判断されるでしょうから」

宮本が答えた。

「自殺であることは間違いないんだな？」

彼らが嘘を吐《つ》いているとは思わなかったが、一応リオンは念を押した。

「はい、それは間違いありません」

そう言って深々と頭を垂れている宮本の横で、新藤が「自分の失敗です」と声を上げた。「今日からじっくり絞り上げるつもりだったので昨夜は手荒なことはしていませんでした。それは本当です。むしろ全身ぶるぶる震わせて喚《わめ》いたり泣いたりする鈴下を、こっちが宥《なだ》めて世話を焼いてたくらいですから。自分もいままでそういう人間を大勢見てきていますから、芝居かどうかは分かります。鈴下は明らかに、本当に錯乱してました。殺すつもりはなかったと何度も同じことをくり返していました。あの状態では何を訊いても無駄だと思い、とりあえず休ませようと判断したのは自分です。本当にすみませんでした」

リオンは大きく一つ息を吐き、それから彼らにというよりもむしろ自分に言い聞かせるように静かに続けた。

「もういい。起こってしまったことはどうにもならない。鈴下が聴取出来ないほど錯乱していたというのは事実だろうし、休ませる必要ありとの判断に過ちがあったとは思わない。唯一のミスは、鈴下を一人きりにしたことだな。監視はしていたのか？」

「自分が同部屋にいたんですが、鈴下が寝たことで安心して自分も寝てしまって……」

新藤が申し訳なさそうに下を向いたまま言ったが、それもまた責められないとリオンは分かっていた。昨年の結成以来、イエロー・イーグル機関は一日も休むことなくメンバー全員が二十四時間稼働している。大衆の大半はいまだに戦前と同じ国体の天皇制を支持し、戦争に負けた事実を受け入れこそすれ心はすでに復興へと向かっていて、強い反米感情は抱いていない。それでも思想や言論の自由の許に共産主義者や社会主義者の活動が目に見えて活発化しており、この人数ではどうしたってオーバーワークになるのが必然だった。だが彼らはリオンが見込んだ通り、長い歴史の中で変わらず続いてきたこの国の体制を守り通すことに命を賭け、そのためにならどんな労苦も厭《いと》わない者ばかりだ。戦争に負けてそれまで大事に守ってきた矜恃《きょうじ》を粉々に打ち砕かれた彼らの心の支えになっているのは、ただその一点だけだ。結成以来ほとんどの者は家には戻らず、市谷台を拠点にここで数時間の仮眠を取るとすぐにまた外に出るという暮らしを何ヶ月も続けていた。

フェラーズの話しぶりでは、マッカーサー元帥は一刻も早く日本統治を日本政府の手に委《ゆだ》ねたがっているそうだが、それを妨げている要因の一つが日本での共産主義の台頭だ。アメリカは日本が赤化することだけは何としても阻止するつもりだし、本音を言えばそのための進駐軍とも言える。日本国民のために民主化を進めるというのは建前で、真相は紛れもなくアメリカのための日本民主化だ。ロシアにソ連が、中国では共産党が勢力を拡張している。これはアメリカにとって望んでいなかった戦争の結果であり、これ以上その余波をアジアに広げないために何か手を打てと、本国の共和党がマッカーサーに一番望んでいるのはそれだ。日本は絶対に赤化しないという証拠を示さなければ帰国命令は出ないだろうし、仮に出たとしてもマッカーサーにその先はない。彼が帰国するときは大統領選に打って出るときだ。そのためにも日本で赤い芽が出る前に種を見つけて叩き潰《つぶ》しておかねばならない。それがリオンに望まれていることであり、イエロー・イーグル機関を結成した真の目的だ。

「鈴下は本当にヘルダイクについて、まったく知らなかったのか?」

「そう言ってました」

リオンは黙ったまま暫《しばら》く思考を巡らせた。これまでのことを一つ一つ思い返し、何か見落としていたことはないかと記憶を探った。かなり経ってからリオンは新藤を見た。

「鈴下が首を縊《くく》ったのは何時ごろだ?」

「正確な時間は分かりませんが、おそらく明け方です。深夜に宮本さんたちが帰って来て食事をした後、二時を数分過ぎたころに部屋を覗いたときは鈴下は寝ていたそうです。自分が目を覚まして首を吊ってるあいつを発見したのは、朝の五時二十分頃でした」

元の職業柄から彼らは何事にも真っ先に時間を確認する習性を身に付けているので、

その時間に間違いはあるまい。だとしたらわずか三時間足らずの間に目を覚ました鈴下が死を決意して、素早くシャツや下着を脱いで自死用の道具を作ったことになる。リオンの中でそのことが引っかかった。聴取も出来ないほど錯乱していたという割には、死を決意してからの行動は無駄がなく合理的だ。

「早いな」

思わず呟くと、宮本を始めその場にいた全員が不思議そうな顔をした。

「何がですか?」

「絶望するのがだ。そして絶望したとたんすぐに首を縊る決心をするなんて、ずいぶん思い切りがいい。鈴下というのはそんな潔い男だったかな?」

「いや、決してそんな性分の男では……」

宮本は何か言いかけて、ふと表情を変えた。「むしろ命汚い方だと思います。いや、絶対にそうですよ」

「だろうな。仙台刑務所であいつが取った行動を見ればそう考えるのが普通だ。あのとき鈴下は平然と仲間を売って自分の身の安全だけを確保した。あの男の性分なら、今回だってそうしようとするんじゃないのか? 少なくとも我々に取り引きを持ちかけて、その結果を見極めてから死んでも遅くはなかったはずだ。それなのに何故こんなに急いで死ぬ必要があったのか……」

調査から導かれた鈴下の人間性は、社会主義活動家としての信用が無くなろうが仲間を失おうが、まずは自分の命さえ無事なら満足するといったものだ。そんな男が迷わずに死を選ぶにはよほどの理由があるはずだ。リオンはそのことをしばらく考えていたが、やっと納得出来る答を見つけた。鈴下は死ぬよりも生きている方が辛かったから死んだ。ただそれだけのことに違いない。

「――鈴下は何か知っていたんだ」

リオンは誰にともなく言った。「だから死んだに違いない。一眠りして錯乱状態から我に返ったとたん、このまま生きていたら間違いなく自分はすぐに口を割るだろう、そうしたら死ぬより苦しい目に遭わされるんだと気が付いた。さらに我々の前で手崎を殺したとも思い込んでいた。これではどんな取り引きも難しい。だから迷わず首を縊ったんだ。ヘルダイクを庇《かば》ったわけじゃなく、むしろ自分がこれ以上苦しみたくなかっただけなんだろう」

「ちくしょう。そうと分かっていたら昨日のうちに何としても締め上げておけば良かった」

新藤が悔しそうに漏らしたが、おそらくそれをしても無駄だったかもしれないとリオンは思った。

「過去のことを言ってもしょうがない。それよりも問題は鈴下が何を知っていたかだ。おそらくそれはあの命汚い鈴下に迷わず死を選択させるほど、奴にとっては致命的な何かだったんだろう。もしかしたらあの男は、我々が考えていた以上にヘルダイクに近かったのかもしれないな」

「新藤だけじゃない、昨夜寝てしまった自分たち全員の責任ですから、もう一度調べ直します」

そう言うや否や宮本は部屋の壁際に置いてあった棚に駆け寄り、そこから分厚い報告書の束を木の根でも引き抜くように荒々しく取り出すと、最初から凄《すご》い勢いで目を通し始めた。その表情には鬼気迫るものがあり、口ではどう言おうと鈴下の死への責任をただ一人で背負っているようにも見えた。ウィロビーがはっきりと書面等で指名していなくとも彼はここの実質的なリーダーだし、本人にその自覚があることも常々感じていた。リオンはすぐに宮本の隣に行くと、一緒に報告書に目を通し始めた。新藤や服部たちもそれに倣《なら》った。鈴下を監視し始めてから昨日まで、監視を担当した者たちが毎日の彼の行動を事細かに記載している。いつどこで誰と会いどんな話をしていたか、闇市で何を買って何を食べたか、花街《かがい》でどんな女を幾らで買ったかまで克明に記載されていた。どの報告書にもリオンは一度は目を通していたし、そのときにはこれといって気に掛かることはなかったはずだ。だが宮本は何か見落としたことはないかと必死になって読み返しているし、鈴下が死んだいまとなってはそれしか手懸かりを探す道がないのも分かっていた。リオンと宮本だけでなく、そこにいた全員が物も言わず報告書に没頭した。息苦しいほど重い一時間が過ぎたころ、一番若い服部が報告書から顔を上げてリオンを見て遠慮がちに「あのぉ」と口を開いた。

「何だ、何か見つかったか?」

宮本がいかにも期待するような声で訊くと服部は申し訳なさそうに「いや」と言った。

「じゃあ何だ?」

「下らないことなんですが……」

「構わない。下らないかどうかはいまここで決めることじゃないからな」

リオンは出来るだけ優しい声を出して若い服部の緊張を解こうとした。服部は幾分ほっとした表情で続けた。

「これ読んでいるうちに女の話を思い出したんです。報告書によると鈴下はずいぶん足繁く玉の井に通ってますよね。ほぼ毎日です。自分が玉の井の銘酒屋の女たちから鈴下のことを聞き込んだとき、ある女が鈴下は外国人と会話が出来ると自慢していたと言ってました」

「そんなことはとっくに分かってるだろう。あいつは大学出のインテリだから多少の英語は出来るって。いまさら何を」

宮本がうんざりした顔をしているが、服部はそれでもめげなかった。

「自分もそれは知ってます。ただもしかしたら英語以外の言葉も喋れたのかもしれません。いまふとそんなことが思い浮かんだんですよ。ある女がちらっとそんなことを寝物語に漏らしたことを思い出したものですから。その女、駐留軍の客ばかり取っているので簡単な英会話は出来るし、連中からも発音が上手だと誉《ほ》められるくらいです。場末の女にしては頭の回転も速い。その女が鈴下は英語だけじゃなくて他の言葉も分かるみたいだと、そんなことを喋っていたんですよ。他愛のない寝言みたいなものだったからそのときは聞き過ごしていたんですが」

おそらく聞き込みの延長で、服部に抱かれた女が彼の腕の中でした世間話の一部だったのだろうが、リオンは敢えてそこには触れなかった。それどころか、いまの服部の話がそれまでのどんよりとした重い気分を切り裂いてくれた気がした。

「英語以外の言葉も出来た……」

リオンは辰三郎から一番最初に聞いた話を思い出した。役者だけあって歯切れのいい明瞭な口跡の彼は、いかにも日本的なはっきりとした発音で「へる」と「大工」と言った。まさか夜の酒場で外国人のことを「大工さん」と呼ぶわけもないだろうし、リオンは深く考えもせずにヘルダイクという呼び名だったに違いないと決めつけてしまっていたが、それが逆に男の姿を遠ざけたのかもしれない。

「ヘル……ヘルじゃない。もしかしたらHerrだったのかもしれない！」

リオンがそう言うと宮本たちは全員不思議そうな顔を向けた。「Herr……ドイツ語でMrの意味だよ。男の名前はダイクとかデュークとかそんな名だったが、おそらく鈴下は立場上いつも敬称を付けて呼んでいたんだ。だが店の女たちにはそんなことは分からないから〝ヘルダイク〟さんということになったに違いない。鈴下たちも敢えてそれを訂正する気はなかったからそのままにしておいたんだ。どこかに鈴下がドイツ語を分かるという証拠はないか？」

「ちょっと待って下さい。確か学生時代の調査書があったはずです」

宮本は紙が破れそうな勢いで報告書の束をめくっていたが、しばらくして「ありました！」と叫んだ。「鈴下は大学で英語の他にドイツ語も学んでいます。一年ほどですが」

宮本はそのページをリオンに見せた。たった一枚、それもわずか半ページほどの大学時代の記録だ。鈴下は学生時代に欧州の社会主義運動について学んでいる。もっとも当時は憲兵が怖くて活動家というほどの活動はしていなかったが、関心だけはあったようだ。鈴下は三年生のときにドイツ人の臨時講師によるドイツ語の講義を受けている。リオンはしばらくそのページを見つめていたが、やがて宮本を見て言った。

「鈴下と接触があった外国人たちをもう一度洗い直せ。特にドイツ系の人間だ。付き合いや会話がなくても近くにいただけ、すれ違っただけでも疑ってかかれ。愛称などではなく鈴下がわざわざHerrを付けて呼んでいたのだから両者の間にははっきりとした上下関係があり、鈴下にとっては極めて重要な人間だったはずだ。必ずどこかに接点がある」

「色街だ！」

服部が何か得たように自信たっぷりに断言した。「鈴下が外国人と接触していたとしたら、間違いなく赤線ですよ。それ以外考えられません。あの男はほとんど毎日のように色街に顔を出してましたが、女たちの話だと特別な馴染みがいたとか女無しでは我慢出来ないほど精力絶倫だとか、そういう訳ではなかったようです。彼の相方の女たちは、ただ何となく習慣みたいに通って来てるんだろうと笑ってました。そのときはよほど金回りがいいんだな……くらいにしか思わなかったんですが、いま考えるとこのご時世に余ってる金があるならもっと別のことに使うんじゃありませんか？　金が必要なことはいくらでもありますからね。それでも鈴下には淫売屋《いんばいや》に通わなければならない理由があったんですよ」

それを聞いてリオンは大きく頷いた。服部の言う通りだ。『ＲＡＡクラブ』の件にしても、捜している男はあらゆる場所で上手く娼婦を利用している。鈴下への連絡係にも娼婦を使っていたとしても不思議はない。リオンはすぐに鈴下の花街での行動とそこで接触した人間たちの洗い直しを命じた。

それからリオンは一旦家に戻り、Ｇ－２に依頼しているコールの外部との通信記録を開いた。イエロー・イーグル機関の日報同様これも何度も目を通していたが何か見落としているのかもしれない。特にドイツ人との通信を……と思いくくり返し通信記録を読み返したが、いくら読んでも怪しい者は見つからなかった。現在もなお、コールの通信相手の身許調査は随時速やかに進められていたが、いまのところ無名偽名の者は一人もいない。連絡相手の中に共産党員や社会主義活動家もいたが、内容はいずれも自分たちが係わっている放送や映像への検閲に関することで、特に職務を逸脱しているということもなかった。

いくら見ても宿舎と職場の通信記録に不審な点は見当たらない。だとしたらコールはどうやって問題の男と連絡を取り合っているんだろうか。辰三郎たちのおかげで、劇場のように人が多く外国人が二人で喋っていても誰も不思議に思わず記憶にも残らないような場所で密会しているのは分かったが、何らかの方法で落ち合う時間と場所を伝えなければならないはずだ。いったいどんな方法で……。

リオンは長椅子に寝そべり、通信記録を胸の上に置いたまま目を閉じた。そうやっていると自然と目の奥に浮かぶのは懐かしいハワイの山や海岸、そしてそこで逞《たくま》しくも慎《つつ》ましく生きて来た祖父母や父母や親戚たちの姿だ。ハワイにある幾つもの日系人コミューンはいまも息を殺すようにしてアメリカ社会に拒まれることに脅えている。一日も早く日系人もアメリカ人なのだと胸を張らねば、その呪縛《じゅばく》から逃れることは出来ない。ルーツがどこにあるにせよ、自分たちの忠誠は星条旗の下にあるのだということを俺が証明してみせる。そのためにここに来た。すでに意識の半分は夢の中だったが、それでもリオンは譫言《うわごと》のように何度も何度も同じことを呟いていた。この日本で日系人のアメリカへの忠誠が揺るぎないものであることを見せつけ、俺はアメリカ人なのだと大声で叫んでやる。いま国で苦しんでいる多くの日系人のために……。

4

昭和二十一年二月

どんなに忙しいときでも、ボウマンは紀上春五郎劇団の芝居がかかっている劇場には必ず顔を出していた。その回数は日ごとに増えていたが、それでもまだまだ通い足りないというのが本音だった。時間を忘れて好きな芝居の世界に浸りきりたいという気持ちもさることながら、それ以上に彼を捉えて離さないのは米国では決して経験出来ない東洋の摩訶《まか》不思議な倒錯した美の存在だった。

それは現実には存在しないはずの者が確かにしっかりとした形を得て、異形ながらも至高の芸術品と見紛うほどの気品と美しさを備える〝女形《おやま》〟という姿で目の前にあった。戦争前に日本で暮らした経験のあるボウマンにとって女形は珍しい者ではなかったし、当時もそれなりに感動し関心を持ってはいた。だがそれは男が異なる性を演じる努力や長い歴史を経て成熟していった、計算され尽くされた様式美に対する素直な称賛であった。ボウマンは世界中のあらゆる芸術を愛し敬意を払っている。軍に入ったのは無料で世界旅行が出来て行く先々で現地固有の伝統文化に触れることが出来ると思ったからで、アメリカの政治にも戦争にもまったく興味はなかった。だがいまはアメリカに、軍に感謝をしている。戦勝国の権威がボウマンにとてつもない自信と恩恵を与えてくれたのだから。

「今日の舞台も素晴らしかったよ。虎之助劇団も悪くはないが、やはり僕は春五郎劇団が一番好きだ。君たちの舞台には燦然《さんぜん》たる古典の輝きがある。それは数百年変わらず君らの身体の中に流れる血と共に受け継がれた美への執念が具象化されたものに違いない。その背景にあるのは、一つの民族が二千年以上に渡って守り磨き上げてきた美意識だ。それを人の形にして動かし、次の世代に残していく。それが日本の伝統芸能と呼ばれるさまざまな物たちだ。ギリシャやエジプトに残っている物に勝るとも劣らない素晴らしい文化遺産なんだよ。ところが芸術などまったく理解出来ない、する気もないCIEの馬鹿どもにはそれが分からないときてる。歌舞伎から古典を奪うということは、歌舞伎そのものを抹殺することに等しいということを僕が必ず連中に分からせてやるよ。来週の日の出日報にまた僕の寄稿文が掲載されるから、ぜひ読んで欲しい」

ボウマンはまだ白粉《おしろい》が残っている香也の手を取り、その上にそっと自分の分厚く毛深い手を重ねた。舞台ではまだ芝居が続いているが、義太夫の声も拍子木の甲高い音も時折かかる客の大向《おおむこう》もボウマンの耳には届かない。いや届いてはいるのだが、それは心地好いBGM程度のもので、目の前にいる少し前に自分の出番を終えたばかりのこの世の者とは思えない摩訶不思議な蠱惑《こわく》的美少年を引き立てる小道具の一つでしかなかった。

「ありがとうございます。ボウマンさんのおかげでGHQの中にも歌舞伎の味方がいるんだと分かって、みんな心強く思っています」

香也は伏し目がちに静かに言った。これだけ通っていても常にボウマンと一定の距離を置き礼儀正しく他人行儀、敗戦の貧困の中にあってもどこまでも控えめな奥ゆかしさと毅然《きぜん》とした没落した貴族の姫のような態度を貫く気位の高さもまた魅力だった。彼の声は水の入ったグラスとグラスが微《かす》かに触れ合った時に響かせる、どこまでも涼しげだが妙に艶《なま》めかしい音に似ていて、深紅の紅を引いたままの唇から一言一言が雫《しずく》のように漏れ落ちて来る。喋ると言うよりも囀《さえず》ると表現した方がぴったりくる。人見知りするたちらしく真正面から不躾《ぶしつけ》にボウマンを見据《みす》えることはせず、いつも伏し目がちにそっと視線を外す。アメリカの若い娘が逆立ちしても真似出来ない恥じらいをたっぷりと含んだその何気ない振る舞いを目にする度に、ボウマンはいままで経験したことがない初々しいほどの興奮を憶えた。妖精のように清楚《せいそ》ながら娼妓にも負けぬほど噎《む》せ返るほどに色っぽく、それでいて無垢《むく》な幼児のように何の自覚もない。香也はまさにそういった存在だった。

「礼などいらない。僕がこの国に戻って来たのは、日本の素晴らしい芸術を戦争しか出来ない野蛮人の無理解から守ってやれという神の啓示だ。僕はそれに忠実に従っているんだよ」

ボウマンはいささか大袈裟《おおげさ》だと思いつつも、自分がいかに彼らの、いや彼のために尽くしているかを言葉の端々に匂わせたくて仕方なかったのだ。彼にもっと感謝をして欲しい、自分が必要だと感じて欲しいという願望は日に日に強くなり、すでに抑えつけるのが難しくなっていた。

「そう言っていただけると嬉しいです。本当に……」

「僕は一人の芸術家として、君らにアドヴァイスだって与えてあげられると思っているんだよ。芸術に歳は関係ない。君は若いが素晴らしい才能のある役者だ。もっと君にいい役を与えて出番を増やすべきだと春五郎には何度も言っているんだが春五郎はなぜか聞こうとしない……」

「知っています。でもそれは間違っています。わたしはまだ若く他のにいさんたちの足許にも及びませんから」

「そんなことはない。僕はＣＩＥの間抜けどもと違い、芝居の筋も背景も役者の善《よ》し悪《あ》しもちゃんと分かっているんだよ」

香也は伏せた瞼《まぶた》をほんの少しだけ開け澄んだ目でボウマンを見る。そして「そうですね、とても良くご存知ですものね。ボウマンさんが検閲官なら良かったのに……」とかろうじて聞き取れるほどの小声で呟《つぶや》いた。その囁きがボウマンの全身を貫き、得体の知れない熱が身体中を駆け巡るのが自分でもはっきりと分かった。

「僕もそうしたい。正直なところ副官なんて退屈な仕事はいますぐ辞めたいくらいだ」

ボウマンはうまく言い繕《つくろ》いながらも、心の中ではそれが実現すればどれほどいいだろうと思った。実際いまの仕事にはもう飽き飽きしている。給与に不満はないが、通訳の立場上常にあの気むずかしく癇癪《かんしゃく》持ちのマッカーサー元帥と行動を共にせねばならず、趣味を楽しむための自分の時間が少ない。もっと時間があれば足繁く劇場に通える。それに〝副官〟という立場さえなくなれば、香也ともっと個人的に会うことだって出来るだろう。副官を名乗ったのはボウマンのちょっとした悪戯心《いたずらごころ》からだったが、いまとなってはそれが大きな足枷《あしかせ》になっていた。ＧＨＱ内では芸妓と娼婦は同じ者だという認識が当たり前のように定着しており、芸妓が同席する場所への出入りは服務規則で禁じられている。そして芝居の女形のことも男娼と同じという認識が当然のように罷《まか》り通っていた。ボウマン一人が違うと騒いだところでどうにもなるものでもないし、末端の職員ならいざ知らずGHQの、それも最高位権力者のすぐ側で勤務している者としては迂闊《うかつ》な真似も出来ない。それ故になおさらCIEの班長という立場は魅力だった。そうなれば誰憚《はばか》ることなく堂々と劇場の外で役者と会ったり連れだって歩くことが出来る。何よりそうなって欲しいと、ここにいる役者たちが一番望んでいるではないか。

「本当ですか？　僕は毎日ボウマンさんが検閲官になって下さいますようにと御稲荷《おいなり》様にお願いしているんですよ。そうなれば、すぐに歌舞伎に対するGHQの誤解を解いて下さるに違いないと信じていますから」

目を閉じて聞いていたら、知らず知らずに全身がとろけてしまいそうな囁きの後でゆっくりと開く瞼。潤んだ大きな瞳に自分の顔が映っているのを見たボウマンは、思わず香也の手を強く握り締めて自分の方へと引き寄せた。抗《あらが》うことなく折れそうに細い肢体がボウマンの胸にゆっくりと、どこまでも優雅に委ねられていく。まるで重さを感じない羽のように柔らかな感触にボウマンの心は震え、身体は必要以上に強《こわ》ばっていく。こんな感覚は生まれて初めてで初心《うぶ》なティーンエイジャーのように戸惑《とまど》っているが、それは何ものにも代え難く何時間でも耐えられるほどの甘美な戸惑いだった。この戸惑いを心ゆくまで堪能し、さらなる深淵《しんえん》へと落ちて行ければどれほど幸せだろうか。そう思った瞬間、ボウマンの頭の中に、コールさえいまの地位を追われれば……と言ったリオンの言葉がまるで待ち構えていたかのように鮮やかにはっきりと響いてきた。そしてそのタイミングを見透かしていたかのように、わずかな抵抗も見せずにボウマンの胸に抱かれた香也が優しく語りかける。

「ご贔屓《ひいき》さまからちょっと聞いたのですが、歌舞伎を目の敵にしているあのCIEの班長さんにはドイツ人の友だちがいるんですってね」

「ドイツ人？　いや同じGHQ勤務と言っても僕はコールとは部署が違うしまったく付き合いはないんだ。あっちは例の新聞記事の件があってからあからさまに僕を嫌って避けているみたいだし。だけどどうしてそんなことを訊くんだ？」

「どうもご贔屓さまの話だと、お二人をちょっとした悪所で見かけられたらしいんです。そんな場所であんな立場の方が遊ぶことはGHQでは許されないはずだと。CIEの偉い方がそんなことをしていいのかと思って……。でも本当の事を言うとバレたらいいのにって思ってるんです。――意地悪でしょ？　でもあの人、歌舞伎を潰そうとしているからついそんな気持ちになってしまって……こんな悪い子を許して下さいますか？」

香也は思わせぶりに言ったかと思ったら、それを恥じるようにいっそう深くボウマンの胸に顔を沈めた。何とも言えず愛らしく、それでいてこれまで出会ったどんな女よりも挑発的な仕草にボウマンは我を見失いそうだった。いや、もしかしたらもう見失っているのかもしれない。

「その悪所と言うのは、いったいどんなところだろうね」

ボウマンの声は微《かす》かだが震えていた。出来るだけさり気なく喋りながらも、その手はゆっくりと香也の細い身体を確かめるように這《は》っていく。

「さあ……わたしも詳しくは存じませんが、きっとどこかの色街でしょう。一緒に居たドイツ人がどこの誰か分かれば、その人から詳しい話が聞けるんでしょうが……」

何を言わんとしているかは充分に伝わっていた。腕の中の美しき異形が、一刻も早く、どんな手を使ってもコールを追い落として、自分たちの窮地を救ってくれと懇願しているのだ。ボウマンの胸は熱くなり、そして改めてはっきりと自分がここに戻りたかった理由が分かった。それは神が自分に与えた使命を全うするためだ。神がボウマンを日本に遣《つか》わしたのは、この国の素晴らしき芸術を救い芸術の神が生み出した美の結晶を守れという啓示だったのだ。いまはっきりとそう確信した。

午後からマッカーサー元帥のお供で日本の財界人との会合に同席しなければならず、ボウマンは後ろ髪を引かれる思いで劇場を後にした。香也のためにすぐにでもコールと一緒に居たというドイツ人を捜し出して、奴の悪所通いの証拠を手に入れてやりたかったのだがそうもいかない。いま彼が春五郎を始めとする自分の親よりも年上の役者たちに平身低頭で迎え入れられるのは、マッカーサー元帥の副官と名乗っても大丈夫な立場にあるからだ。実のところいまになって彼らに自分は本当は副官ではなく通訳だと言ったところでそれほどがっかりはしないはずだ。すでにボウマンは何度もGHQで一番の日本文化・伝統芸能の理解者として日本の新聞に登場しているし、そのときに掲載されている「副官」という肩書をGHQは黙認していた。もっともSCAPはこの問題にそれほど関心がないと言った方が正しいのかもしれないが。

この日は午後から日本の財界人への財閥解体に関する説明会だった。GHQは日本の旧態依然とした経済体制を改めるために今後思い切ったメスを入れる気ではあるが、日本経済を完膚《かんぷ》無《な》きまでに潰《つぶ》したいわけではないし、それどころか一日も早い日本復興のために財閥の豊富な資本や経験は必要だという意見も多かった。復興が遅れて国民の貧困が長期化すれば必ず社会・共産主義が台頭し民衆を煽動《せんどう》する。アメリカ主体の進駐軍がいる日本でそれを許すわけにはいかないといった話も聞こえてくるが、実際のところボウマンはその種の話題にはとんと興味がなく退屈なだけだ。仕事なので通訳して伝えてはいるが、文字通り右から左で内容などまったく頭に残らない。特に今日は、ほんの少し前まで確かに自分の腕の中にあった香也の艶《なま》めかしい感触だけが心を支配していた。味気ない軍服とスーツで埋め尽くされた殺風景な会議室とは雲泥の差、彼は白粉《おしろい》の匂いで噎《む》せ返るような狭く散らかった楽屋ですら幻の桃源郷へと変えてしまう。しかもボウマンがいま立っているのはほんの入り口に過ぎず、その先の奥深い禁断の聖地にはこれまで経験したことのない、糖蜜で出来ているような甘い世界が待っているはずだ。カトリックが男色を禁じるのは、それがあまりに甘美で神の存在すら失念するほどの快楽の坩堝《るつぼ》だからに違いない。そこに辿《たど》り着きたい、どんなことをしても……そんな妄想を思い巡らせている内に、退屈で重苦しい空気の会合はいつの間にか終わっていた。マッカーサー元帥はこのまま直接宿舎に戻るということで今日のお役は御免となったボウマンは、すぐさまちょっと前に会議室を出て行ったスーツ姿の五十絡みの日本人の後を追った。全力で階段を駆け下りてビルの周辺を捜し回っていると、通りを隔てた向こうの側に立っている黒い外套《がいとう》を来た小柄な男を見つけた。どうやら迎えの車を待っているようだ。

「伊勢原さん、ちょっと待って下さい！」

大きな声で日本語で呼びかけると伊勢原はこっちを向き、それからボウマンを見つけてすっと背筋を正した。滅多に運動をしないボウマンは階段を駆け下りただけで息が切れていたが、それでも走って道路を渡り伊勢原の側に駆け寄った。

「これは通訳の少佐殿。わたしに何かご用でしょうか」

伊勢原は姿勢を正して改まった口調で訊いた。彼らにとってボウマンはたかが通訳ではない。常にマッカーサーの横に張り付いている影のような存在として、実際の立場以上に大物として認識されていることは充分に感じ取っていた。

「実はちょっとお話があるんです」

「わたしにですか？」

伊勢原は驚いたのか、さらに警戒するように身構えた。彼は日本有数の財閥の管財人の一人で、財閥解体に関する会合には常に会長たちと一緒に同席していた。どこの財閥も幹部はみな血縁ばかりだが、彼はまったく血縁のない部外からの引き立てと聞いている。帝大出の秀才で戦前にイギリスで民主的な法律と自由経済を学んだということで、その見識の広さと力量を評価されて財閥からＧＨＱとの交渉を委任されている一人だ。

「はい、ちょっと個人的にお願いしたいことがあります。お礼は致しますから少しお時間をよろしいでしょうか」

常に立場が上のGHQの人間としてはあり得ないほどの低姿勢でボウマンが言うと、伊勢原はますます驚いた顔になりながらも恐る恐るといった様子で「はい」と頷いた。

「どんなことか分かりませんが、わたしに出来ることでしたら」

「ありがとうございます。いえ大したことではないので御心配なく。そちらのお力を持ってすればどうということはないことです。実は日本にいるドイツ系に顔が利く経済人を紹介していただきたいだけなんです」

そう言ってボウマンは、笑顔で伊勢原の肩に手を回した。

このところ辰三郎は稽古を終えるとすぐに、香也を連れて日の落ちた街へと繰り出していた。春五郎は「芸に精進しろ」だの「まだ復員ボケが治っていない」など判で押したように一頻《ひとしき》りの説教はするものの心から怒っているのではなく、他の者の手前もあるのでそんな素振りを見せるだけで、辰三郎が何をやっているにしてもそれがいつもの女遊びや道楽ではないことを察しているようだった。決して体調がいいとは言えない香也を連れ歩くことにも何も言わなくなった。春五郎だけでなく、香也については劇団の誰も何も口を出さない。香也の好きにさせてやれという切ない暗黙の了解が、静かに劇団員や周囲の者たちを支配していくのを辰三郎は皮膚がひりひりとするほど感じていた。香也は辛《つら》いとも苦しいとも言わないが、日々の様子から口にせずとも体力の衰《おとろ》えは伝わってくる。細い身体がいっそう細く、白すぎる肌に浮く血管は美しいとさえ思えるほど真っ青だが、辰三郎と一緒に居さえすれば機嫌だけはいいとみんな知っているから何も言えないのだろう。それに言っても無駄だとも分かっている。そして皮肉にもその肉体の衰えが、若い香也の芸を他の誰も真似出来ない域へと静かに導いているようだった。身体を案じる春五郎は長い時間舞台に立っていなければならないような役は与えなかったが、短い時間だからこそ香也の何かを超越したような儚《はかな》げな艶《あで》やかさは舞台の隅にいても目を惹《ひ》くばかりだ。残り少ない命の全てがそこで輝いているようだった。

「寒くないか？」

辰三郎がそう訊くと達磨《だるま》のように着込んだ香也は大きく頷《うなず》いた。

「うん、こんなに着せられて却《かえ》って暑いくらい。このアメリカ製の外套ももの凄く暖かいよ。それよりにいさんの洋装、すごく格好いいね。ジャン・ギャバンみたいだよ」

目を細め頰《ほお》を赤らめてそう話す香也の息が、すぐに白く変わる。あと数日で三月だと言うのに今日は真冬のように寒かった。

「全部リオンから借りた舶来の一張羅《いっちょうら》だから姿が良く見えるんだろう」

「革靴は新品だし靴下もネクタイも。あの人に頼めば何でも手に入るね」

「ほんのちょっと日本人の血が流れてるだけであいつは勝った国の人間、こっちは負けた側だ。天と地ほど差があるのは仕方ねぇよな。それより本当にそのドイツ人を見つければCIEのコールを辞めさせられるとリオンが言ったんだな?」

香也はまた「うん」と頷いた。

「ドイツ人にコールが服務規則に反することをしているという証言をさせれば、すぐにでも辞めさせられるって。そしたら代わりにボウマンを検閲官にすればいいんだ。間違いなくそうなるようにするからって、あの人が約束したんだ。ボウマンが検閲官になったらすぐに古典の上演が出来るようになるよ」

「だけど、ただの記者にそんな権限はないはずだがな」

「きっとお偉いさんにコネがあるんだよ。そうでなかったら軍病院にもあれだけ顔が利くわけないもの」

香也の言う通り、リオンがただの記者ではないことは辰三郎も感じていた。軍病院での香也の優遇もそうだし、ＧＨＱの配給品もよく香也に持たせてくれる。彼が住んでいる根津の洋館は近所の者の話では大財閥の親戚筋が所有している物件でＧＨＱに没収されるところを彼が借り受けたと言うのだから、何らかの太いコネがあるのは間違いあるまい。

「それにしても運良くコールが辞めても、次は配役にまで口を出す助平野郎が検閲官ってのもなぁ……別の意味でやりづらいぜ」

思わず辰三郎はため息を吐いた。

「確かに配役や演出にまで口出しされるのは敵《かな》わないってみんな言ってるけど、それでもコールよりはずっとマシでしょ。ボウマンは『忠臣蔵』も『寺子屋』も大好きで是非とも観たいって言ってるんだよ。僕もいますぐにいさんの勘平や松王丸が観られるなら、あの人がどんな人間でも気にしない。それに少なくともボウマンは歌舞伎の敵ではないよ」

だからどんなことでも我慢しているのか……。辰三郎は喉元まで出かかったその言葉を無理矢理胸の奥に封じ込んだ。誰のためにそこまでしているのかを厭というほど分かっている自分には、何も言う資格はないし言いたくもなかった。代わりに出た言葉は、「早く芝居がやりてぇな」という呟きだった。嘘ではなく素直な本音だ。結局それさえあれば大抵の事は我慢が出来るし、どんな無慈悲にも目を瞑ってしまいわずかな後悔の念すらもない。あの夜香也に、自分はそういう人間なのだと胸の奥底に沈殿している黒い物を吐露して以来、辰三郎は妙にさばさばとした吹っ切れた気持ちになりつつあった。さんざん大陸で人の命の軽さを見てきた者に対して、所詮《しょせん》綺麗事でしかない道徳や良心の講釈などまったく心に響かない。人が命を惜しむ理由はそれぞれで、他の人間にどう思われようとも自分には譲れない理由があった。要するにそういうことでしかないのだと辰三郎は思った。自分自身の意思と言うよりも父親、祖父そのまた父親の代から受け継がれてきた役者の血が強くそれを求めていると感じるのは、もはや理屈ではなかった。ただの本能だ。

「ボウマンが言ってた男ってのはどういう奴なんだ？」

「マーク・ヘルマンっていうドイツ系イギリス人でウィリアム鉄鋼会社の日本支社長。これから日本の復興には凄い量の鉄鋼や資材が必要になるので、それを売り込みに来ているんだって。日本に滞在しているドイツ系外国人のまとめ役みたいな存在だから、東京に滞在しているドイツ人のことならほぼ全員知ってるんじゃないかって話だった」

香也は手にした紙に書いてあることを読み上げた。情報をくれたボウマンがしばらくの間仕事でマッカーサーの側を離れることが出来ないのを幸いに先回りして調べる気満々で、これ以上ボウマンに恩を着せられたくないのが充分に伝わってくる。

「そいつ、本当に日本語が話せるんだろうな？　おいら簡単な英語しか分からねぇぞ」

「開戦直前まで日本支社の副支社長として東京で暮らしていて、国にはちゃんと妻子がいるけど、それとは別にこっちの女との間にも子供がいるんだって。日本ではその女がヘルマンの奥さんってことらしい」

「そりゃ愛人だろう」

「何でもいいよ。とにかく、開戦してすぐに単身イギリスに帰国したけど戦争が終わったらまたすぐに今度は支社長として来日したってことだから、日本語は問題ないみたいだよ」

「そうか」

気が付けばいつの間にか香也に主導権を握られている。最近の香也はボウマンを楽屋に招き入れて望まれるまま一緒に過ごし、リオンの家に頻繁に通い彼の手足となって動いていた。それもこれも辰三郎を芝居に集中させたいが故なのは明らかだった。そんな香也を見て春五郎は「お前に尽くすのがいまのあれにとって唯一の心の張りになるなら好きにさせてやれ」とぽつりと漏らし、辰三郎も黙って頷くしかなかった。

ウィリアム鉄鋼会社の日本支社ビルは戦前からずっと日本橋にあったそうだが、開戦と同時に軍によって封鎖され没収された。その上戦争中に空襲に遭い、戦後すぐに取り壊し作業が始まったために、いまの支社は空襲を免《まぬか》れた柳橋のビルに事務所を構えていた。ヘルマンへの面会はボウマンが伊勢原という男に頼んで話を通してくれていたので何の問題もなく、受け付けで名乗るとすぐに若い白人の男が五階の支社長室に案内してくれた。

ヘルマンは閻魔《えんま》大王を連想させるようなもじゃもじゃの髪といかつい顔つきの初老の白人だったが、辰三郎を見るなり「信じられない。本当にカブキ・スターの紀上辰三郎じゃないか！」と日本語で叫んだかと思うと大きく表情を崩して、両手でしっかりと辰三郎の手を握って大きく上下に振った。

「歌舞伎をご覧になるんですか？」

「わたしは見ても分からないが、トミコと娘たちが大好きでね。トミコは昔ゲイシャだったから役者の踊りを観るのが好きなんだが、君の踊りはナンバーワン、オンリーワンだといつも誉めている」

トミコと言うのが、彼の日本人妻の名前に違いない。

「有り難いことです」

辰三郎は丁寧に礼を言い、ヘルマンは始終笑顔だ。勧められるまま革張りのソファーに腰を下ろすと、すぐにさっきの若い男が紅茶を運んで来て辰三郎たちの前に置いた。いまの東京ではGHQ関係者以外はなかなかお目にかかれない真っ白な大きな角砂糖も添えてあった。香也はさっそく角砂糖を紅茶に入れ、溶《と》けていく様を嬉しそうに眺めている。

歓迎されないのではないかと心配だったが、この調子なら大丈夫そうだと判断して辰三郎は本題を切り出した。事情があってドイツ人、あるいはドイツ系の男を捜していることをかなり適当に説明した。ヘルマンがその説明を鵜呑《うの》みにしたとも思えなかったが、深く追及もしてこない。海千山千のビジネスマンらしく、何事につけ匙《さじ》加減を心得ているのだろう。

「他ならぬ伊勢原さんからの頼みだし、日本の人気役者がわざわざ訪ねて来てくれたんだから、わたしが知っていることはお教えするよ。その後でいいから一緒に写真を撮ってくれ。カメラマンも呼んであるし、トミコと娘たちも別室で待たせてある。紀上辰三郎が我が社を訪問したということで自慢出来るからな」

口調は穏やかだったが、言葉の奥には紛れもなく占領されている者への自信が見え隠れする。だがそれは仕方のないことだ。辰三郎は笑顔で「光栄です」と答えた。

「いま言った大柄で茶色の髪、灰色の瞳であちこちで娼婦買いをしているドイツ系の男、数人思い浮かぶ者はいる。しかしそれだけではねぇ……もうちょっと何か具体的な特徴はないのか？」

「おそらく三十代ではないかと」

辰三郎が答えると、ヘルマンは面白そうに笑い出した。

「一番娼婦が欲しくなる男盛りの年代じゃないか。それじゃヒントにはならんよ」

言われてみればその通りだ。その男を直に見ているのは香也だけだし、辰三郎がちらりと視線を遣ると香也は心得たように話を引き継いだ。

「身長はこのくらいで肩幅はヘルマンさんよりも広くて、髪は長くないけど少し波打っているような感じで全体を後ろに流しています。鼻がせり出して見えるほど大きくて目は……日本人よりも深く窪《くぼ》んでいて細くて鋭い感じです」

身振り手振りで香也が男の外見を説明する間、ヘルマンは真剣な表情で聞いており、詳しい事情を分からなくても協力してくれる気はあるのだと分かり辰三郎はほっとした。ボウマンとの間に立った伊勢原という人間との間にある程度の信頼関係があるのかもしれない。香也の説明は詳しかったが、ほとんどが白人の男の一般的な特徴でもあり、ヘルマンはピンとこないのか困ったように考え込んでいた。何かもっと男を特定する上で役立つ情報はないものかと、辰三郎は最初から順番に、特に男と面識のある『ケリー』の連中の話を必死で頭の中で思い出していた。あの連中は男のことを何と言った。へる、へる大工、その前は社長……紀伊から来た社長、ちょっと前まで紀伊半島で買い付けを……。

「紀伊半島だ！」

男の名前にばかり拘《こだわ》ってそのことをすっかり失念していた。頭の中で考えがまとまる前に辰三郎はもう口走ってしまい、その声に驚いた香也とヘルマンがほとんど同時に辰三郎の顔を見た。

「いま思い出したんですが、その男は仕事で紀伊半島に買い付けに行っているという話でした。さきほど言われた思い浮かぶ人間の中にそういう者が……」

「それならいるよ」

気が抜けるほどあっさりとした返事だ。「うん、一人いる。彼なら外見もこの子が言っていたのに合うな」

「どこの誰ですか？」

「ルドルフ・デュークというドイツ系英国人で東京と関西を行ったり来たりしている。何でも紀伊半島で真珠を買い付けてイギリスの宝飾メーカーに売り込んでいるそうだ。日本の真珠は欧州で非常に人気が高いんだが、戦争中は貿易が出来ずに輸出が途絶えていた。だから戦争が終わったとたんに早速買い付けに来たという話だった」

「会社はどこですか？」

「ちょっと待ってくれ。どこかに名刺があったはずだ」

ヘルマンはそう言うとソファーから立ち上がり、窓際に置いてあった大きな机の引き出しを開け、しばらくその中を調べていたが、やがて一枚の名刺を持って来て辰三郎の前に置いた。

「それはあげよう。わたしも本人に会ったのは昨年のクリスマスに東京で在日ドイツ系が集まってパーティをしたときだけだ。そのときの周囲の者たちの話だと、関西での真珠の買い付けでかなり稼いでいるということだった。今の日本だと真珠は捨て値と言ってもいい値段で手に入るし、新しい物だけでなく京都大阪の骨董商《こっとうしょう》で戦前に造られた真珠の宝飾品を根こそぎ買い漁《あさ》っているということだった。豊富な資金を持っているんだろう、同業の連中を押さえて一人勝ちだとか……。もっとも彼が買い付けた品物は欧州の貴族たちの間で何十倍の高値で取り引きされるんだろうから、買い付けの金を惜しむなんて馬鹿な真似はしないだろうがね」

「彼は社長なんですね？」

「そうだ。会ったのは一度きりだがそう呼ばれていた。彼の同業者たちから、娼婦を買いにあちこちの色街やＲＡＡクラブに出没しているという噂は耳にしていたよ。最初は精力絶倫の好色家なのかと思ったが、実はそうではないらしいんだ」

「と言いますと？」

「いまは娼婦でも戦前は良い家庭で育った女性たちも多いだろう？　そういう女性たちから昔の真珠や鼈甲《べっこう》、珊瑚《さんご》といった宝飾品に関する情報を集めているんだそうだ。生活に困って最後に残された財産を売りたいという者、あるいはもうどこかに売ってしまった者、身内に高価な品を所有している者……事情はいろいろあるだろうが、女が持つ物だから女に訊くのが一番早いというわけだ。それを聞いて、なかなか商売上手な男だと思ったよ」

その男だ、『ケリー』で社長だのヘルダイクだの呼ばれていたのはルドルフ・デュークという男に違いない。おそらく日本では〝デューク〟という発音に馴染みがないためにダイクと呼ばれていたのかもしれない。辰三郎はそんな確信を得て、すぐに礼を言って名刺をポケットにしまった。

　話がすむと、ヘルマン一家との写真撮影となった。別室には白人のカメラマンと派手なドレスで着飾り扇子を持ったトミコと彼女の娘たちが待っていて、辰三郎や香也と一緒に笑顔で何枚も撮影をした。

「あのヘルマンさん、甘えついでにお願いがあるんですが」

　何枚か撮った後、香也がヘルマンを見つめて突然切り出した。

「何だね？」

「僕と辰三郎にいさん、二人の写真を撮っていただけないでしょうか。いつもは着物が多くて、二人でこんな澄ました格好をしているのは珍しいものですから、記念にその写真が欲しいんです」

　一瞬、辰三郎は心臓を強く握られたような何とも言えない苦しい気持ちになった。そうとも知らないヘルマンは笑顔で、「そんなことか。いいとも、こんなハンサムが二人ならきっと女性たちが騒ぐような写真が撮れるな」と上機嫌で応じてくれた。

　ウィリアム鉄鋼会社を出ると外はもうすっかり夜になっていた。じきに三月になろうかと言うのに今日は夜の寒さも特別で、冷気が肌に突き刺すようだ。

「にいさん、さっきの名刺をかして。僕が明日リオンさんに届けるから」

「一緒に行けばいいだろう」

「にいさんは稽古しなきゃ、またおじさんの雷が落ちるよ。次の芝居は『御摂勧進帳《ごひいきかんじんちょう》』でしょ？　にいさんの熊井太郎忠基は凄く格好いいよね。背が高いからあの大袈裟《おおげさ》な拵《こしら》えが良く映えて、何度見ても大好きだ。僕、いまから楽しみで仕方ないんだよ。にいさんはあの化粧でも男っぷりが上がるんだから得だよね」

「幸い『暫《しばらく》』や『鳴神《なるかみ》』はGHQの禁止リストに入らなかったから、いまの状況じゃどうしてもかけることが増えちまうよな」

「あの二つは主君のために女も子供も身代わりにならないし仇討《あだう》ちもないものね」

そんないつもの会話をしながらも辰三郎は心の中で、さっき二人の写真を撮って欲しいと言った香也の声が何度も何度も谺《こだま》していた。もうバスは走っていないが、ここから家までは歩いて戻れる距離だ。辰三郎は立ち止まり、いつものようにすぐ後をぴったりと付いて歩く香也を見た。

「家までおぶってやろうか？」

「えっ、いいよ。子供じゃあるまいし」

「ガキんときはいつもおぶってておぶってって、べそかいてねだってたじゃねぇか。おぶってやるから遠慮するな」

辰三郎はしゃがんで片膝を付いた。香也はほんの少し躊躇《ためら》ってから、すぐに昔のように甘えておぶさってきた。か細い腕が辰三郎の太くしっかりとした首に優しく巻かれ、それを確認してからゆっくりと立ち上がったとたん、辰三郎はその軽さに愕然《がくぜん》とした。子供のときからまるで重さが変わっていないどころか、当時感じたよりも遥かに軽く、まるで重量のない羽のような身体を預けられている気がした。

「いっぱい着てるから重いでしょ？」

耳許で香也の声がする。首筋にかかる息が温かで、唯一それだけが香也がここにまだ存在している証《あかし》のような気がして息が出来なくなりそうなほどの苦しさを感じた。

「こちとら戦争で大砲だって担いでたんだ、この程度で重いわけないだろう」

そう言って辰三郎はゆっくりと歩き出したが、この寒さの中でも急ぎたくなかった。歩きながら、このまま死へと進んでいる香也の時間が止まってしまえばいいのにと思うが、自分にそれを願う資格がないことは分かっていた。

時々ふっと頭の中から芝居の事が消えたとき、必ず香也のことを考える。こいつはなぜこんなに早く逝《い》く運命なんだろうかと、復員してから辰三郎は何百回自問自答したことだろう。大勢の人間の血で汚れた自分ではなく、なぜ小さい頃から毛虫やカエルだって殺そうとはしなかった罪のない香也がこんなに早く逝こうとしているのか。たぶんそれが人の運命で戦争という行為が招いた結果なのだと、言葉にしてしまえばそれだけのことに過ぎない。こっちだって大陸や南方で大勢の人を殺したのだから、日本人だけが殺されないという理屈は罷《まか》り通らないし、空襲も原爆も戦争が招いた当然の結果だったと言える。それでもなぜ自分ではなく香也がという思いは決して消えることはない。

「僕とにいさんの二人だけの写真、早く見たいな」

耳許をくすぐるような消え入りそうな囁《ささや》きが届いたとき、不覚にも辰三郎の目から涙が落ちた。大陸で自らの手で人を殺したときも、敵味方が入り混ざった数え切れないほどの死体を目にしたときも落ちなかった涙があっけないほど簡単に落ちた。もし戦場で自分が誰も殺さなかったら、こいつがピカドンに遭うこともなく命を縮めることもなかったんだろうか。自分が罪のない誰かの命を奪ったから、その見返りにこいつの命が奪われるんだろうか。もし戦争に勝っていれば、こいつも何事もなく無事でいられたんだろうか。辰三郎は何度となくそう考えたが、答が見つかるはずもなかった。劇団の連中はみな香也だけは生き永らえさせたいと望んで移動劇団に預けたのだ。誰もが若く愛らしく、おそらくこれまでに犯した罪が一番少ないであろう少年にだけは生き残って欲しいと願っていたのに、その香也が一番先に逝こうとしている。

「にいさん」

囁くような柔らかな声が優しく、だがどんな頑丈な針金よりもきつく辰三郎の身体を縛りつけ、深く深く肉の奥にまで食い込んで心臓にまで達してくるようだった。

「何だ？」

堪えきれない感情を必死に堪え、辰三郎は鼻を啜《すす》りながら訊いた。

「写真、大事にしてよ」

香也の声に涙が混じり、辰三郎の頬から首筋が温かな雫《しずく》で湿っていくのが分かった。

「子供のときずっと二人で、一緒に歌舞伎の舞台に立とうねって約束したよね？　忘れないで、ずっとずっと僕と一緒に舞台に立ち続けてね、にいさん。約束だよ」

どう返事をしていいか分からず辰三郎は泣きながら、それでもほんのわずかでもこの時間が長く続くようにと出来るだけゆっくりと歩き続けた。馬鹿なこと言うなとか早く元気になれといった言葉が、すでに何の意味も成さないことは二人とも分かっているし、そんな水臭い仲でもない。子供のときから誰よりも良く分かり合ってきた。楽しいこと、辛いこと、悲しいこと、他の者には決して分からなくても二人にだけはちゃんと伝わっていた。その関係が変わることも終わることも決してない、この先もずっと同じだと辰三郎は思った。

「ああ、忘れねぇよ……おいらがお前を忘れるわけねぇだろう」

それがやっと絞り出した言葉だった。「おいらが舞台に立ち続ける限りずっとお前と一緒なんだから、忘れるわけないじゃないか」

＝六章　焦土に舞う＝

1

昭和二十一年三月初め

戦争に負けて焦土と化した街にも梅の花が咲き始め、終戦後初めての春の到来に人々も次第にはしゃぐことを思い出してきているようだった。貧困も食糧不足も変わらずだが、それでも街には桃の節句を祝う花や人形が飾られ、ちらほらとではあるが晴れ着姿の幸せそうな娘たちの姿も見受けられるようになってきた。

先月からリオンはさんざんコールの通信記録を見直した末に、ある一つの推論に行き着いていた。それは外部からの通信記録に不審な点がないならば、いっさいの通信手段を使わずに直接誰かと会って連絡事項を伝えているに違いないというものだった。古典的な手段だが、上手《うま》くやれば伝言内容がどこにも残らないという利点がある。そうだとしたら、コールが日常的に出入りする場所、例えば朝食や昼食を摂《と》る食堂、理髪店や医務室、売店といった公の場所でまるで世間話でもするようにごく普通に堂々とその人物とコミュニケーションを取っているに違いない。こそこそとしていなければ誰も特に気に留めず記憶することもない。だからどれだけ調べてもコールの周辺に怪しい影が浮かんでこないのではないか?

もっとコールの日常を知る必要がある。そう考えたリオンは、コールの同僚であるフォーセット大尉の取り込みをG－2に依頼した。噂《うわさ》では根っからの軍人であるフォーセットと文官のコールは相性が悪いらしい。特にコールが職権を利用して左寄りな活動をしていることが気にいらず、両者は常にぶつかっているということだ。コールがCIEの映画班長という立場で労働運動や反天皇制運動に肩入れしていることを参謀本部に注進しているのも彼だという話だった。右派勢力の固まりであるG－2と左派勢力が多いCIEはもともと不仲な上に占領政策を巡って何かと対立しているというし、そういう事情ならばフォーセット大尉を取り込めると算段したのだ。思った通りコールの行動を心良く思っていなかった彼はすぐにG－2の協力者となって、コールの日常や勤務状況について報告してくるようになった。

その中で特にリオンが留意したのは、コールが日常的に接している職員や関係者以外の部外者たちだ。例えば食堂の給仕やウエイトレス、職員宿舎のメイド、メッセンジャーボーイ、清掃員、クリーニング・サービスの配達員……ごく自然に定期的に会っている誰かの中に必ずメッセンジャーがいるはずだ。リオンはそう睨《にら》み、フォーセットに教えてもらったコールの日常生活の行動パターン上に存在するすべての人間の調査をG－2の手を借りて開始した。本来ならG－2との関係は極力隠しておきたいところだが、GHQに出入りしている者の調査は日本人だけで構成されるイエロー・イーグル機関では出来ないので、これればかりは仕方なかった。ウィロビーもそこのところは承知しており、すぐにG－2の非正規のメンバーを動かす許可をくれた。その結果見えてきたコールという男の真の姿はリオンが期待していたよりもずっと凡庸《ぼんよう》で退屈なものだった。

日本でのコールは毎日普通に働き、普通に過ごしていた。上司が注目するほど有能ではないが、かといって呆《あき》れるほど無能でもない。権力を笠に着て少々傲慢《ごうまん》なところはあるようだが、それも自分より下の者に対してだけで、上司の顔色を窺《うかが》うくらいの処世術はちゃんと身に付けている。つまり早い話が最も平均的な宮仕えといったところだ。ヘル・ダイクであろうルドルフ・デュークと違って赤線や公娼《こうしょう》クラブにも出入りしていない様子だし、本人も日本の女にそれほどの興味はないらしい。職場でも特別な女性関係はなく、だからと言って男色というわけでもない。その方面では実に真面目《まじめ》で綺麗《きれい》なものだったが、一番の欠点は金に煩《うるさ》いところ、というのが周囲の人間の共通の認識だった。人事の記録からでは分からないが、彼の実家はかなり貧しく幼い頃から金ではずいぶん苦労したということを希《まれ》に周囲に漏らすことがあるという。その言葉を裏付けるように金への執着は強い。多くの共産主義者の活動家がそうであるように、コールもまた共産主義への傾倒と貧しい生い立ちとの間に切っても切れぬ関係があるのだろう。生活は概《おおむ》ね規則正しく、宿舎外で人と会うときは常に仕事絡みで私用はほとんどなかった。

その日リオンはその調査報告書を抱えて市谷台のイエロー・イーグル機関を訪れた。宮本を始めとするメンバーたちはみな疲れきった表情ながらも、相変わらず目だけはぎらぎらと輝かせている。リオンの到着を待ち構えていたように新藤が報告書を持って来た。

「鈴下と接触していた女たちを調べ直して面白いことが分かりました」

「やはり見落としがあったたか。何が分かった?」

「鈴下は単に娼婦買いのために通っていたのではなく、女たちからいろいろと買い取るための商談を持ちかけていたんですよ。どうも女たちが戦争中に守り通してきた虎《とら》の子の宝飾品を二束三文、それどころか貴重な品物だと詐欺紛《さぎまが》いのことまでして無理矢理買い取っていたようです。いまは娼婦でも戦争前まではそこそこの地位で暮らしていた女なら、祖母や母親から受け継いだ宝飾品の一つや二つは大切に持っているものです。おそらくナラハシさんから連絡のあったルドルフ・デュークという男の仕事の片棒を担いでいたんじゃないでしょうか」

「なるほどな」

それを聞いて、リオンはなぜ鈴下が自殺したのか何となく分かった気がした。鈴下は完全にデュークに首根っこを押さえられて、敗戦で苦しむ同胞を詐欺にかけるような真似までしていたに違いない。なまじ社会主義活動家として名が売れ始めていただけに、そのことが明るみになれば同胞や同志たちからどんな目に遭うか充分に想像出来たのだろう。GHQや共産主義者相手に取り引きは出来ても、敗戦の苦渋に耐えて懸命に生きている同胞相手には無理だ。怒りの嵐《あらし》に曝《さら》されて、いたぶられて引き回されて殺される前に死を選んだに違いない。

「ところでそのルドルフ・デュークのことですが本名なんですか？ どういった人間

なんでしょうか」

宮本が訊いた。

「ＧＨＱのＤＳ（外交局）の入国記録によると英国籍の実業家で昨年九月に来日。目的は日本での新規事業のためだ。神田にある『テムズ貿易』の社長ということになっている。調べたところこの会社はちゃんと実在し、真珠や珊瑚《さんご》といった日本の宝飾品の買い付けを行っていて、英国のブローカーにかなりの高額で売買して荒稼ぎしているようだ。俺の推理だが、おそらく買い付けの資金は例の漁船で運ばれて来るソ連からの金じゃないだろうか。デュークはそれを元手に日本の真珠や宝飾品などを買い付け、欧州で何十倍にも膨らませているんだと思う」

「なるほど。確かにそれだと大儲《おおもう》けできますよね。そう言えば自分の知り合いの画商が、有名な日本画家の絵や浮世絵が捨て値で外国人に買い取られて行くって言ってましたよ。それもたぶん外国では高く売れるんでしょうね？」

と山崎が訊いてきた。

「おそらくな。浮世絵は欧州で大変な人気だそうだからいい金になるはずだ」

「それで本人はいまどこに？」

宮本が誰もが一番知りたいと思っていることを質問した。

「副社長の話では、二日前から関西に出張しているということだった。連絡先を訊いたが、いつも一週間から十日くらいあちこち回って、ときには中国地方まで足を延ばすこともあるので戻って来るまで分からないという返事だった。こちらの調べでは四人の社員には特に思想的な背景はなさそうで、単に金儲けのためだけにデュークに雇われているようだ」

「すると本人が東京に戻って来るのを待つしかないというわけですか」

「ああ。いまのところ逃亡の可能性はないし待つしかあるまい。その間に何としてもコールとデュークの間に接点があり、コールの背後で日本に共産主義を広めて天皇を糾弾《きゅうだん》しようと焚《た》き付けているのがこの男だという証拠を摑《つか》むんだ」

リオンはそう言うと、持参したG－2のコールに関する調査報告書を机に広げた。

「これはコールと日常的に接触している民間人のリストだ。外国人は向こうで調べるが日本人についてはうちで調べる。日本人は全員、宿舎とGHQで清掃、クリーニング、ゴミ収集などの下請け作業を請け負っている会社から派遣されている者ばかりだから身許は簡単に確認できるはずだ」

リオンは説明しながらリストを数人分ずつに小分けし、機関員を二人一組にしてそれぞれに調査を分担させることにした。リストを受け取った者たちは顔を寄せ合うようにして、自分たちが担当する人間を確認していた。服部もリストを受け取るとすぐに相棒の長田と一緒に目を通していたが、しばらくして「あっ」という小さな声を漏らした。

「どうかしたのか？」

リオンが訊くと服部は「い、いや……」と歯切れの悪い返事をした。

「はっきり言え服部！」

何か察したらしい宮本がいつになく厳《きび》しい声で怒鳴った。服部は我に返ったように

ピンと背筋を正し「はいっ」と返事をした。

「自分は、この中に見覚えのある名前があります」

「誰だ」

「ここにある山下圭子という、十日に一度職員宿舎の室内清掃のために通っているメイドです。ここにある住所、家族構成、戦争未亡人の経歴といい、おそらく時々『ケリー』で客を取っていたケイトですよ。間違いなく同一人物だと思います」

「ということは、この女はデュークと面識があるってことだな？」

全員が驚いたように服部を見た。服部はバツの悪そうな顔をしながらも大きく頷いた。

「間違いなくあります。もちろん鈴下ともです。実は銘酒屋で何度かこの女の客として上がったんですが、そのときはその二人と親しいとか、ＧＨＱの職員宿舎の通いメイドをやっているなんておくびにも出しませんでした。申し訳ありません。自分はただの気の毒な戦争未亡人だと決めつけてしまっていて……。ちくしょうあの女、何にも知りませんって顔しやがって」

服部が悔しそうに顔を歪《ゆが》めた。その様子から二人の間にはただの客と娼婦以上の何かがあったのかもしれないとリオンは察したが、それには触れなかった。服部はメンバーの中で一番若い。それだけに海千山千の女に手玉に取られたとしても驚くようなことではなかった。

「その女が連絡係の可能性が高いですね」

宮本がリオンに向かって言った。「デュークも鈴下も銘酒屋に頻繁に上がって女と接触していますから、そのときにコールへの伝言を頼んでいたんじゃないでしょうか。メイドは住人がいない時間に入るんですか？」

「ああ。規則では居住者が仕事をしている間に部屋の掃除をすることになっているが、中には夜勤明けや休養日の者もいるから、居住者がいたところでそれほど厳しくは言われない。伝言係としては理想的だ」

「どうしますか？　ここにある全員を当たる前にまずその女を当たった方が早い気がしますが」

宮本の言う通りだった。リオンはリストを閉じ、それから敢《あ》えて服部に視線を向けて言った。

「女をさらって来て全部吐かせろ。どうせ金のために引き受けたことだろうから、それほど手荒な真似《まね》をしなくても素直に吐くだろう。訊《き》くことだけ訊いたら口止めして放してやっていい。その女、周囲に内緒の私娼なら叩《たた》けばいくらでも埃《ほこり》が出るはずだし、家族もいるなら警察に行ったり誰かに余計な事を喋《しゃべ》ったりはしないだろう。万一ゴネるようなことがあれば、悪質な私娼として警察に引き渡すと言ってやれ」

「分かりました」

誰よりも早くそう返事をしたのは服部だった。

「準備は終わりだ。そろそろデュークとコールを狩りにかかるぞ」

リオンがそう言うと、全員が力強く頷《うなず》いた。

翌日の深夜、服部は玉の井の銘酒屋から圭子を連れ出し山谷堀の空き家に監禁して、リオンの命令を無視して彼女を殴りながら犯すというかなり荒っぽい方法で本当のことを訊き出した。それは自分でも気が付かないうちにいつの間にか本気で惚《ほ》れ始めていた女が自分に嘘《うそ》を吐《つ》いていたことに対する制裁であり、こんな女に簡単に騙《だま》されてしまった自分への怒りでもあった。もっとも話を聞いてみれば、圭子には服部を騙しているという自覚はまったくなかったようだ。デューク、あるいは誰かが銘酒屋の女将《おかみ》に伝言を預け、それを受け取った圭子はメイドの仕事のついでにコールの部屋にそれを残すか、本人がいれば直接渡すだけの仕事だったらしい。伝言の内容は横文字で書かれていて女将も圭子も内容についてはまったく分からなかったそうだ。

「――騙したなんて酷《ひど》いわ。あたしは口止めされていたから言わなかっただけよ。だいたいあんただって、そんなことを調べているとは一言も言わなかったじゃない」

素っ裸で全身痣《あざ》だらけの圭子は、切れた口から血を流し泣きじゃくりながら言った。

「あんた……いったい誰なのよ？　こんなことするんだから警察じゃないわよね」

「誰でもいいだろう。お前みたいな売女《ばいた》に言う必要なんかない！」

服部はさらに圭子を数発平手で殴ったが、それでようやく気持ちが収まり始めた。結局この女は金のためなら悪気も下心もなく出来ることなら何でもする、身体も平気で売る、ただそれだけの女だったのだと自分を納得させた。頭が冷えてきたら次は仕事だと自分に言い聞かせる。機関の中で落ちた自分の評価を上げるには、どうしてもみなが驚くような手柄が必要なのだ。

「メッセージを預けていた男の事を話せ」

「そんなこと言われても、全然知らないのよ。本当よ、本当に知らないの。いつも女将の所に使いの者が金と一緒に持って来るって話で、それをあたしが預かってGHQの職員用宿舎に持って行くだけ」

「男の名前は？」

「知らない」

「『ケリー』で会ってたヘルダイクとかいう男じゃなかったのか？」

「ええっ、そうなの？」

圭子が意外な声と表情で問い返した。この様子では、メッセージを預けている者の正体までは本当に知らなかったようだ。考えてみれば、もし知っていれば初めて二人が会ったときにあれほど無警戒にいろいろ喋るわけもないかと服部はようやく気が付いた。

「本当に知らなかったのか」

「当たり前でしょう。頼んでいるのがあの人かどうかなんて、そんなこと知らないわよ！　確かめたことはないし、あれこれ訊いたらすぐに他の女に仕事を取られちゃうじゃない。女将は余計な事を訊かないし言わない女しか使わない。あんな商売してるんだから当然でしょ！」

「それでも何一つ知らないってわけないだろう。どこの誰が預けていたのか、何か手懸かりがあるはずだ。もっとちゃんと思い出せ、このクソ女！」

服部が拳を振り上げたとたん圭子は両手で頭を抱えて震え出した。それからすぐに「そうだわ」と呟いた。

「あたしが部屋を掃除していたときに、ふいに男が帰って来たことがあったの。急に予定が変わって午後からの仕事がなくなったって言ってね。だからちょうど良かったと思ってメッセージを書いた紙を直接手渡したら、『ペルレからか？』ってあたしに訊いたの」

「ペルレ……本当にそう言ったのか？」

「そうよ、確かにペルレからかって言ったわ」

「間違いないんだな？」

「間違いないわ。だからもう殴らないで。お願いだから……こんな顔じゃ姑《しゅうとめ》たちに疑われる、しばらく客も取れないじゃない。あたしが客を取らなかったらみんな飢え死にするのよ……」

圭子は泣いて懇願しているし服部も既にその気は失せていた。それよりも今度はペルレだ。捜している男はいったい幾つの名を持っているのか、あるいは二人は別人なのだろうか。だが圭子がコールへのメッセンジャーだったことははっきりしたし、それだけでも大きな収穫だ。服部は血まみれの裸の女を一人残して山谷堀の空き家を後にした。

すでに明け方近かったが、服部はその足で真っ直ぐリオンの自宅を訪ねてペルレの件を報告した。この情報にどれほどの価値があるかは分からないが、一刻でも早く自分に押されたであろう「間抜け」の烙印《らくいん》を消したいばかりの大胆な行動だった。おそらくいままで宮本以外にリオンの自宅まで行った者はいないはずだ。早朝叩き起こされたリオンは最初は不機嫌そうだった。報告を受けると寝ぼけ眼《まなこ》で「ペルレペルレ……」と数回呟《つぶや》いていたが、ほどなくにやりと笑って服部の肩をぽんと軽く叩いた。

「よくやった」

「本当ですか、ナラハシさん」

「ああ、大手柄だ」

「大手柄?」

「そうだ。ペルレ、つまり"Perle"。ドイツ語で真珠の意味だよ」

それを聞いたとたんこれまでの緊張が一気に弾《はじ》けて、我慢し切れずに服部の表情が崩れた。

「そうだったのか！　やはりコールの背後にいたのはルドルフ・デュークだったんですね」

「間違いないだろう。彼の外見はコールと一緒に町田の撮影所に現れた男、鈴下たちと『ケリー』に姿を現した男と完全に一致している。あいつが東京に戻って来たらすぐに狩りを始めるから、帰ってみなにもそう伝えておけ」

「はい」

「それと女は素直に吐いたか？」

「はい、簡単でした」

「そうか。手荒なことをせずに済んだのなら問題ない。ちゃんと口止めして帰したな？」

「もちろんです」

服部は笑顔で答えた。

服部が帰るとすぐにリオンは身支度を調えてウィロビーの元に向かった。彼が出勤するのを執務室で待ち構えていると、秘書から連絡を受けたらしいウィロビーがゆっくりとした足取りで入って来た。

「だいたいのことは聞いた。その男がソ連の工作員であるのは確かなんだな？」

「ソ連から資金提供を受けて日本の労働運動や反天皇勢力の支援をしているんですから、そう考えるのが妥当でしょう。このまま放置しておいてもいいことは一つもありません。彼らの活動が活発になれば、本国では必ずＧＨＱの統治能力を疑う声が上がるでしょう。ですからその前に狩るつもりです。イエロー・イーグル機関とＧ－２の間には正規の関係は何ら存在していませんから、この件は世間話だと思って聞き流して下さい」

「分かった」

ウィロビーはそれだけしか言わなかったがそれで充分、これで狩りの許可は下りたということだ。ウィロビーは執務用の大きな椅子に腰掛けると、何を思ったのか深々と大きなため息を吐いた。

「フェラーズが帰国するらしい」

「何時《いつ》ですか？」

「おそらく夏頃だ。それより遅くは出来まい」

「いよいよ本国で選挙準備の根回しですか」

ウィロビーは答えなかったが、それは肯定と同じだった。アイゼンハワーは早々とドイツの戦後処理から手を引き、あっという間にマッカーサーに意見出来る地位にまで上り詰めた。それなのにマッカーサーはいまだに極東の地に縛られ、本国から後任者の話は一向に聞こえてこない。彼が二年後の大統領選への出馬を強く望んでいることは側近はみな知っていた。だがいまのアメリカの法律では現役軍人は大統領にはなれないので、一日も早く日本の占領統治を成功させて、その実績を手土産に凱旋《がいせん》帰国して軍籍から抜けて共和党の指名を取り付けなければならない。占領統治半ばでのフェラーズの帰国にはその辺の極めて政治的な事情があるのだろう。

「フェラーズは帰国前に巣鴨プリズンに行って戦犯との面談を行うと言っている」

ウィロビーが意味ありげな視線をリオンに投げかけた。「――どう思う？」

「どうと言われても、わたしは答える立場にはありません。目的は何ですか？」

「もちろん戦争犯罪者を裁く裁判の準備だ」

「表向きは……でしょ。実際はわたしの仕事ぶりに不満があるということでしょうか」

リオンの言葉にウィロビーはうっすらと微笑を浮かべた。

「君の仕事ぶりには満足している。その点はフェラーズも同じ意見だ。ただ、どうしても帰国前に自分自身が彼らを尋問しておきたいんだろう。何しろ……」

そこまで言ってからウィロビーはぐっと声を潜めた。「選挙には金がかかるからな」

「そうでしょうね。そちらの方も引き続き調査を継続しますよ。ただ関係者の多くが何一つ漏らさずに自決していますし、戦犯として勾留《こうりゅう》されている者の中にあの件を知っている、あるいは実際に関与した者が何人いるかまったく分かりません。少なくともこれまでGHQとの裏取り引きに応じた者の中には、あの件の関係者は一人もいなかったと断言できます」

「となると、もし関係者がいるとしたら裏取り引きに応じない者の中ということになる」

「いい人選ですよ。彼らは戦争には負けたが、人を選ぶ目は持っていた」

思わずリオンの口から本音が漏れた。

「確かにな」

ウィロビーはふっと一つ息を吐いてから、身体《からだ》をほぐすようにぐっと大きく背筋を反らせた。「まあいい。その件はフェラーズの気の済むようにさせるさ。どちらにしても帰国は最優先の決定事項だし、君に口を割らなかった連中が彼に割る可能性はまずないだろう。網にかかるのは命が惜しくなった連中だけだ。この件についても君は君のやり方で続けてくれ」

「分かりました」

「狩りの成果を楽しみにしている」

リオンは頷き、周囲に気を使いながらウィロビーの執務室を後にした。


だがリオンたちの期待を余所《よそ》に、デュークは一向に東京に戻って来なかった。業を煮やして会社に探りを入れてみると、和歌山滞在中に金に困った九州の旧家が蔵の中を処分するという話を聞きつけて、博多まで足を延ばして買い付けに出向いたということだった。すぐに確認したところ、これは事実だった。その旧家は地元でも有名な軍属で、敗戦によって財産の処分を余儀なくされているらしく、逃亡ではなく純粋に商売のための帰京の遅れと分かってとりあえず安心したものの、念願の狩りに向かって一気に高まっていた緊張の糸がわずかだがふっと緩んだ。

その夜珍しく、宮本は服部を四谷の路地裏にある小さな飲み屋に誘った。服部は機嫌良くついて来て、一緒に酒を飲んだ。ほんの少しだが店主が闇市《やみいち》で手に入れたという鯨肉も並び、服部は嬉《うれ》しそうに食べていた。そこそこ酒が回り舌も滑らかになったところで、宮本はそろそろ本題に入る頃合《ころあ》いだと見計らって切り出した。

「実はな、ちょっと時間があったので昨日玉の井に行って来たんだ」

「えっ？」

目の周りを赤くした服部が宮本を見た。

「山下圭子のことが気になってな」

宮本は空のコップに酒を注ぎながら、出来るだけ感情的にならないようにと自分に言い聞かせた。服部はまだ若く直情的な性格だし、こういう機関で働くには経験が不足しているだけだ。自分だってこういう時期があったはずだと宮本は自分に言い聞かせた。

「そ、そうですか……」

服部が手に持っていたコップを樽《たる》の上にベニヤを並べただけのテーブルに置いた。

「玉の井では、お前がペルレのことを訊き出した日を最後に誰も姿を見た者がいないんだ。女将もこのところ顔を見てないと言っていた。それで俺《おれ》はどうも胸騒ぎがして山下圭子の家に行ってみたんだ」

「家に……ですか……」

「家は静かで誰もいないみたいだった。彼女は義理の両親と暮らしているって話だから、それとなく近所の者に訊《たず》ねてみたら、婚家を追い出されたということだった」

「どうしてそんなことに……。客を取ってたことがバレたんですかね」

服部は努めて冷静を装ってはいたが、声に動揺が滲《にじ》んでいた。

「結果的にはそうなんだろうが、ちょっと前に全身傷だらけで這《は》うようにして家に戻って来た姿を隣の家の者がこっそり見ていたそうだ。そいつは最初、米兵に襲われたんだと思って敢《あ》えて声をかけなかったんだ。よくある話だから、女の体面を考えたんだろう。ところが翌日になって、近くに住む産婆が人目を憚《はばか》るようにして山下の家に入って行くのを見ておかしいと思ったそうだ」

「産婆ですって？」

「ああ。どうやら赤ん坊が流れたらしいんだ」

「ちょ、ちょっと待って下さい。それ、どういうことですか。赤ん坊ですって？」

「圭子は妊娠してたんだよ。――お前、そのことは本当に知らなかったんだな？」

服部の表情でだいたいの察しは付いたが、宮本は一応念押しをした。

「当たり前ですよ。だって全然そんな素振りもなかったですから」

「娼婦がそんな素振りを見せるわけないだろう」

「そりゃそうですけど、あの女一応独り身ですよ。父親は誰ですか？」

「さあね。それは本人も分からないんじゃないかな。客の誰か……ひょっとしてお前の子だって可能性もあっただろう。ナラハシの手前があるから余計な事は言わなかったが、お前けっこうあの女のところに上がっていたんだろう？」

図星らしく服部は赤い顔で俯《うつむ》いた。「とにかく、今後は今回のようなやり方は絶対に許さん。俺たちはもう警察とも軍部とも関係もない、権力の後ろ盾は一つもないんだ。イエロー・イーグル機関はGHQの裏機関で表の記録にはいっさい残らない、いや残してはいけないんだ。こっちがヘマをやらかしてもあっちには何の責任もないし、後始末する義理もないことを忘れるな。もしも山下圭子が騒ぎ出したりしたらどんな面倒が起こるとも限らないんだぞ」

「騒ぎませんよ。パンパンで、しかもてて無し児を孕《はら》むようなアバズレがいくら騒いだところで……」

「それは戦中までのことだ」

宮本は服部の勝手な言い分をぴしゃりと遮った。「いいか、日本は戦争に負けたんだ。もう戦中までの日本はどこにもない。俺たちの雇い主は日本に民主主義を定着させるために進駐して来ていることを忘れるな。表向きはあの連中は俺たちのやり方を否定する立場なんだぞ。それをよく肝に銘じておけ」

「はい……申し訳ありませんでした」

服部は宮本の視線を避けるように俯きつつも、それでも殊勝な態度で詫《わ》びた。いまだ兵隊気分の抜けない血気盛んな青年とはいえ、普段の服部なら理由もなく女に暴力を振るったりはしないはずだ。よほど圭子に深入りしていたに違いない、それだけに怒りを抑えられなかったのだろうくらいのことは容易に想像出来たが、その甘さを捨てなければこの仕事は出来ないということを改めて叩き込んでおく必要があった。

「すみませんでした」

服部はもう一度謝った。

「分かったならいい。まあ飲め」

宮本は服部のコップに酒を注ぎ、自分のコップにも注いだ。気を取り直して飲み直そうと思った矢先、飲み屋の戸が開き、外の冷たい風が狭い店に吹き込んだ。それと同時に「宮本さん」という声が聞こえた。風が吹いて来た方向を見ると木村がちょうど入って来たところだった。

「おう、一緒に飲むか？」

宮本は明るい声で訊いたが、木村は返事もせずに近寄って来ると宮本に耳打ちした。

「――さっき根室の増岡から電話がありました。近々また預かった荷を持って上京して来るそうです」

2

昭和二十一年三月半ば　荒川沿い

その日、リオンは久しぶりに舞台を終えた辰三郎を誘い、二人で有楽町の外国人専用クラブに出かけた。このところ春五郎劇団は『御摂勧進帳《ごひいきかんじんちょう》』という芝居をかけており、今日初めてリオンはそれを観た。ボウマンとまったく違い詳しくないリオンは呪文《じゅもん》のような台詞《せりふ》に驚き、奇抜な化粧と衣装にただただ呆気《あっけ》にとられるばかりだった。それでも、一際仰《ぎょうぎょう》々しい奇妙な出《い》で立《た》ちで花道から登場した辰三郎を見たとき、その圧倒的な存在感といびつでありながらもこぼれ落ちるような男の色気を発散させて、ゆっくりと舞台へと進んでいく彼の艶《なま》めかしさに言葉を失った。それはまさしく西洋ともアジアの他の国々とも一線を画した、明らかに日本人だけにしか備わっていない特有の美意識が凝縮された存在だった。劇場に充満する、美しい、壮観、雄々しいと言葉にしてしまうとどこか安っぽくなってしまう表現を超越した空気、それを創り出して完全に支配していたのは紛れもなく辰三郎だった。その姿に圧倒されながら、リオンはなぜ香也があれほどまでに辰三郎に憧《あこが》れ、崇拝し、際限ないほどの過分な愛情を捧《ささ》げ続けるのか分かった気がした。彼は歌舞伎の舞台にいる辰三郎の中に、時間を超越して永遠に生き続ける何かを見出《みいだ》しているに違いない。

「あの子が一緒じゃないなんて珍しいな」

リオンはテーブルの上のシロップ漬けフルーツを見ながら、甘い物には目のない香也がいたら真っ先に目を輝かせて頬張《ほおば》るに違いないのにと考えていた。

「一緒に来たがったんだが、もう夜遅くまで連れ歩くのは無理だから置いて来た」

「良くないのか？」

「ああ」

辰三郎は疲れた表情で頷いた。「日に日に弱っていくのが分かる。昨日は少しだが血を吐いた。軍病院で治療を受け始めた当初は良くなっているように見えたんだが」

それが一時的なものであることをリオンは知っていた。軍医から、いまのところ原爆症に有効な治療薬はなく、現状では一時的に苦痛を緩和させる程度のことしか出来ないが、それも次第に身体が慣れてくると効果はなくなると言われていた。おそらく香也が被爆したときから覚悟はしていただろうが、いざそのときが近づけば耐えきれないのは仕方ない。まして身内となれば……いや、おそらく辰三郎にとって香也は身内以上の存在なのだから。

「軍病院には俺から話を通しておくから入院させたらどうだ。君のところはみんな忙しいんだし、家に置いておくよりも少しは安心出来るだろう」

「入院したら何とかなるのかよ」

「無理だろうな」

リオンははっきりと言った。「だが少しでも遅らせることは出来るんじゃないのか……。君もそれを望んでいると思うんだが」

辰三郎は答える代わりに酒を飲み、珍しくリオンの持っていた煙草《たばこ》を吸っていたが、一本目が灰になる頃に突然「ルドルフ・デュークって男は見つかったのか？」と訊いた。

「まだだが、じきに見つかる。もう時間の問題だ」

「そうか。その男を取材したいなんて嘘っぱちだな。ついでに言うとあんたが記者だってことも」

「記者なのは本当だ。もっともあまりそっちの仕事はしていないが。だが君は、いや君たち二人はとっくに気が付いていたんじゃないのか？」

「まあな。何が目的か知らないが興味はねぇよ。おいらたちはただ昔と同じように歌《か》舞《ぶ》伎《き》を続けていけるなら何だってする。それだけのことだ」

「良く分かってる」

調子を合わせた訳ではなく、リオンは心からそう思っていた。最初はなぜたかが芝居ごときのために彼らがこれほど必死になるのかまったく分からなかった。ＧＨＱは決して、芝居をしてはいけないと言っているわけではないのだ。それでも彼らは戦争前と同じように、昔ながらの歌舞伎を続けることに拘《こだわ》っている。リオンには理解出来ないほどの情熱と信念で拘り続けているのだ。そのためなら何でもするという辰三郎の言葉は大袈裟《おおげさ》でも何でも無く、おそらく彼らにとっては当然のことなのだろう。以前辰三郎はリオンにこう言ったことがあった。「おいらと香也は選んで歌舞伎の世界に入って来たわけじゃない。歌舞伎の世界に生まれて来たんだ。生まれてくる世界は自分じゃ選べねぇ。神様が決めるんだからな」と。その意味がようやくリオンにも分かり始めていた。

「さっき言ってた香也の入院の件だけどな……」

「すぐに入院出来るように、明日にでも頼んで来るよ」

辰三郎は顔を上げてリオンをじっと見つめた。

「条件は何だ？　何かあるんだろう。あんたはいつもそうだから」

リオンは苦笑いを浮かべた。善意などみじんも持ち合わせていない人間だと思われているらしい。もっともその方が話を進めやすいというものだ。

「条件と言うほどのものじゃないが、大陸での話を聞かせて欲しい」

「話して聞かせるほどのことは何もない。楽しい話は一つもないしな。他の兵隊と同じで、おいらも上官の命令に従って人を殺していただけだ。出来ることなら早く忘れたい」

「終戦直前に宮本に命じられた任務のことは？」

「それは前にも言っただろう。上官の愛人と子を安全な場所まで案内して、それで原隊とはぐれたんだって」

宮本といい辰三郎といいこの件に関しては判で押したように同じことをくり返すだけだ。彼らは負けた。負けて無条件降伏したにも拘《かか》わらず、一人一人はまだ負けた戦争のツケを背負って生きて行こうとしていることにリオンはいまさらながら驚き、そして心のどこかで納得もしていた。国民性と言えばそれまでだが、確かにこれこそが戦争中リオンがずっと向かい合ってきた日本人そのものだった。

「安全な場所と言うのはどこだい？」

「香港だよ」

「香港のどこ？　その先があるだろう」

「そこまでは知らない。おいらは送って行っただけで、その先どこへ行くかは聞かされていなかった。それに香港で日本が降伏したことを知ってそれどころじゃなかったし」

何度聞いても同じだと思った。宮本も辰三郎も嘘は吐いていない。おそらく本当のことを言っている。だが何かが足りなかった。おそらく彼らには、絶対に口にしてはならない何かがある。

「どうしてあのときのことをそんなにしつこく訊くんだ？　上官の愛人と子供に何かあるのか？　まさかＧＨＱはあんな連中まで戦争犯罪者として逮捕する気じゃないだろうな？」

逆に辰三郎が質問してきた。本気かそれともこの場を切り抜けるための演技なのかリオンには判断がつかなかった。リオンが、いやウィロビーが、フェラーズが探し求める秘密の鍵を握っているのは誰なのか。宮本か辰三郎か、あるいはこの二人は本当に何も知らず、別の誰かなのだろうか。リオンには分からなかった。

「君は役者だな。本物の役者だよ」

リオンがそう言うと、辰三郎は不思議そうな顔で「いまさら何言ってやがる」と呟いた。

翌日、リオンは軍病院に出向いて香也の入院に必要な手続きした。ここには他にも被爆した在日外国人やその家族、原爆投下直後に広島・長崎に上陸して被爆した米兵らが入院しており、おそらく日本中のどこの病院よりも数多くの原爆症の患者を診ている。それは見方を変えれば、自国の最新兵器の威力と影響力の確認とも言えなくもなかったが、それでもいまの香也を預けられる場所はここしかない。リオンは手続きを全て済ませると、その足で市谷台のイエロー・イーグル機関の連絡所に向かった。すでにメンバーたちは作戦準備を整えて、いまかいまかとゴーサインが出るのを待ち構えている。リオンはすぐに部屋に残っていた川俣に「増岡はどうしている?」と訊いた。

「山崎から、一昨日根室を出た増岡が二時間ほど前に東京駅に着いたという連絡がありました。増岡は上野の『森山旅館』というところに滞在し、あの男が荷物を受け取りに来るのを待っています。そうしろというのが北方の漁船に乗っていた軍人からの指示だそうです」

「網は張ってあるな」

「はい。宮本が指揮をして、全員そっちに回しています。自分は連絡役でここに待機しています」

リオンは頷いた。いまのところ完璧《かんぺき》だ。

「デュークが荷を受け取って宿を出てから、適当な場所で捕獲しろ。ただし絶対に増岡にはそのことを気取られるなよ。あの男にはこれから先もこちらのモール（もぐら）として働いて貰《もら》わねばならないからな。今後のためにも増岡と接触している北方の連中に、荷の受け取り人は無事でいると思わせておくことが必要だ」

「分かりました」

「捕獲したら、ここではなく荒川の旧国鉄倉庫跡地の方に運んで尋問しろ。ここはGHQに近すぎる。万が一にも誰かに姿を見られたときにGHQの関与を疑われる可能性があるからな」

「すぐに伝えておきます」

「もう一つ大事なことを伝える。デュークは絶対に殺すな。理想はこっちに寝返らせることだが、もし無理だとしても迂闊《うかつ》に殺すのは拙《まず》い。デュークは英国籍を持っている。偽造でも何でもない本物で、英国には家族もいることが確認された。いま日本で連合国の国籍の民間人が殺されたり失踪《しっそう》すれば、ＧＨＱは捜査に動かないわけにはいかなくなる。何としても犯人を見つけ出さないと今度はＧＨＱの面目が立たなくなるからな。痛い目に遭わせるのは構わないが絶対に殺すなよ。そのことを宮本に念を押しておけ」

「はい」

川俣は直立不動で返事をするとすぐに部屋を出て行き、リオンは一人きりになった。全ての罠《わな》は整った。後は餌《えさ》に釣られてそこに鼠《ねずみ》が入って来るのを待つだけだ。

増岡は少し前に『森山旅館』に入った。どうやら着いてからまず一風呂《ひとっぷろ》浴びたらしく、浴衣《ゆかた》姿で窓辺に立つと窓を開けて東京の空気を味わうように大きく深呼吸をしてから窓を閉めた。いつもの上京と同じで、今回も根室の増岡水産の水産加工品を都内の闇市に高値で卸《おろ》す算段らしい。気の小さい男だが、おそらく商売人としては熱心で頼りになる男なのだろう。あちこちとの裏取り引きに応じ、せっせと稼いで北海の荒波に晒《さら》される小さな港町の住人たちに仕事を与えているのは事実だ。増岡の頭の中には北方の連中が何者で、荷の中身が何で、それを受け取りに来る男の真の目的が何なのかなどといった関心は一切ないのだろう。

「けっこう落ち着いていやがる。腹を括《くく》ったのかな」

向かいの民家の二階から監視していた新藤が呟いた。

「というより、あまり興味がないんだろう。あの男は、自分の身と会社のこと、それに地元のことを最優先に考えているだけだ。戦中はそんな態度をちょっとでも見せれば非国民と誹《そし》られて憲兵に殴られたが、これからはそういう生き方が堂々と許される時代になるんだろう。あの男は無教養な漁師上がりだが、ちゃんとその流れを感じ取っているんだよ。だから魚をたくさん捕るためなら、ソ連とも俺たちとも迷わず取り引きする。自社の商品が売れるならどこにだって売りに行く。がっぽり稼いで地元に持って帰る。ある意味、負けたいまでも戦争に縛られている俺たちなんかより、遥かに新しい時代の流れが分かっているのかもしれないな」

「今日はえらく感傷的なこと言うじゃないですか。何か悪い物でも食ったんですか？」

新藤は笑っていたが、否定も批判もしなかった。この男にも自分が時流から取り残されているという自覚があるのだろう。だがそれでも宮本にはこの仕事を辞める気はなかったし、他の連中も同じだろう。それどころか、あのとき自決しなかった事を悔やまずに済んでいるのはこの仕事のおかげだ。まだ自分にはやるべきことがあると思えばこそ、日々に張り合いがあった。

「デュークは現れますかね」

「現れる。あいつの帰京が遅くなっているのは単に金儲けが上手くいっているからだけで、別に東京での動きを察して警戒しているわけじゃない。むしろたんまり儲かったと上機嫌で必ず姿を現すはずだ」

宮本は自分に言い聞かせるように言った。奴は必ず来る。これほど大胆に戦後の日本で好き勝手やっていても誰に咎《とが》められることもなく、すっかり警戒心が薄れて気も大きくなっているはずだ。俳優気取りで町田の撮影所に軍服を着て現れたのもその気の緩みからだろう。鈴下を抱え込み、天皇の戦争責任を追及する映画を撮れとそそのかして、映画監督の小木野や川島に闇料亭で酒を振る舞う。自分は日本の民主化に協力しているだけだと言えば、日本人は何も出来ないと高をくくっているのだろう。必ず捕まえてやると思ったとき、川俣が部屋に入って来た。

「動きはありましたか?」

「まだ何も」

「ナラハシさんから伝言です」

川俣から伝言を聞き宮本は頷いた。

「カワさんは経験が浅いのを二人連れて、先に荒川の倉庫に行って監禁の準備をしておいてくれないか。生かしておくとなればそれなりの支度が必要だ。こっちの素性も知られないようにしないといけないし」

「分かったよ。とっとと姿を現して欲しいもんだな」

川俣はそう言って部屋を出て行った。

結局その日もデュークは姿を現さず、翌日増岡は通常の上京時と同じように朝から新宿の闇市に自社の水産加工物を売り込みに出かけた。客を装って同じ宿に宿泊している山崎の話だと、預かった荷物は宿の部屋の畳の下に隠しているということで、宿の者は気付いていないということだった。デュークは現れず、ついに増岡が上京してから三日が経った。この日も増岡は朝から闇市に出かけ、夕方宿に戻って来たところだ。

「今日も空振りですかね。いったい何時になったら風呂に入れるのかねぇ」

宮本の隣で新藤がぼやく。二人とももう四日以上風呂に入っていなかった。すでに日は暮れ宿の周辺は真っ暗だ。都内では電気の復旧が進んでいたが、それでもまだ夜は暗いところが多く、日が落ちてからの張り込みは昼間の倍は目を凝らして集中していないといけないためにみんな酷《ひど》く疲れていた。

早く来い、早く姿を見せろと宮本は心の内で呪文のように呟き続けて念じていた。あのとき巣鴨拘置所で、裁かれる覚悟はとうに出来ていた。俺は戦争に行き、日本の軍人として戦っただけだ。それが犯罪だと言うなら負けた側には何も言うことはない。勝てば正義で負ければ犯罪、それが戦争なのだから仕方ない。判決が死刑ならば黙って死ねばいいと考えていた。その気持ちを変えたのはリオンの「この国のために働け」という一言だ。デュークのような男を狩ることで陛下が法廷に引き摺《ず》り出されるのを阻止できるなら、俺はいくらでも狩る。狩って狩って狩りまくって皆殺しにしてやると宮本は誓った。

「くそ……いつまで待たせるんだ。早く来い」

堪えきれずそう呟いたときだ。窓辺に張り付いていた新藤が、パチンと指を鳴らした。

「やっと宮本の旦那の願いが通じたみたいだぜ」

「本当か!?」

宮本は窓辺に駆け寄って、そっと下を見た。離れた場所から大きな黒い影がゆっくりとこっちに向かって動いて来るのが見えた。その影は宿の玄関で足を止めると、ゆっくりと戸を開けた。玄関先にかけられている提灯《ちょうちん》の微《かす》かな明かりの中でも、それが黒っぽい外套《がいとう》を着た大きな外国人の男であることが分かった。

「来たか」

戦争が終わってからずっと忘れていた、命綱無しで綱渡りを始めるような恐ろしくも背筋がぞくぞくするような興奮で全身が熱くなる。すぐにでも飛び出したい衝動をぐっと堪《こら》えて、新藤と連れだって部屋を出て一階に下り外に向かった。男が中に入ってからも宿は何事もないかのように静かなままだ。夜の深まりと共にいくつかの部屋に灯《とも》っていた明かりが一つ二つと消えて行き、やがて全部の部屋の灯《ひ》が落ちた頃に玄関の戸が開いて、さっきの外国人の男が大きめの旅行バッグらしき物を手に持って出て来た。

男はゆっくりと歩き始め、その後を二人一組の狩人たちが追い始める。どこまでも静かに音を潜め気配を殺し、ときに呼吸すら遠慮がちに止めるほどの慎重さで後を追う。この大男を捕獲するには出来るだけ人気がない場所を選ぶ必要があった。ところが上野の山の周辺は浮浪児となった戦災孤児や行き場のない傷痍《しょうい》軍人の溜《た》まり場となっていて、真っ暗な闇の中でもあちこちでごそごそと蠢《うごめ》く人影があり捕獲には不向きだ。男が本当に静かな場所に行くまで粘り強く追う必要があった。途中から男は流しのタクシーに乗り込んだが、それも想定内だった。獲物が車を使ったときのために、リオンがイエロー・イーグル機関用の車両として調達してくれた中古のフォードとオールズモビルを待機させていた。

宮本たちはすぐにそれに乗り込んでタクシーを追った。タクシーは神田で停まり、男はそこで降りて古いビルの中に入って行った。ここにはデュークの会社『テムズ貿易』が入っている。男は会社に立ち寄る気のようだ。ビルの前に車から降りた宮本、新藤、長田、木村が集まった。

「宮本さん、さらうならここが一番いいんじゃないですか？　幸いこんな真夜中ですから他の事務所は空だろうし、誰か居ても寝てるでしょう。どこの窓も真っ暗ですから人目はありませんよ」

木村の言葉に全員が頷き、宮本もいましかチャンスはないと思った。宮本は「行くぞ」と小さく声を掛けて真っ先にビルに入って行った。

常夜灯の切れた真っ暗な階段を慎重な足取りで上って行き、三階にある『テムズ貿易』に着くと、ルドルフ・デュークは手にしていた大きな鞄《カバン》をいったん足許に置いて、コートのポケットから鍵を出した。暗闇の中で鍵穴を探し当てるのに少し手間取ったが、鍵を回してドアを開けて中に入るとやっと帰京した実感が湧いてほっとした。流《さす》石《が》にこの時間まで残っている社員はおらず、事務所の中はしんと静かだ。電気を点《つ》けようとドアの脇にある壁のスイッチを押したが、灯りは点かない。電気の復旧が急ピッチで進んでいるとはいえまだ東京は停電が多く、とりわけ夜間は灯りが点かないかもと言って別段驚くことでもなかった。小さく舌打ちして、仕方なくデュークは手探りで部屋の奥にある机まで行くことにした。引き出しの一番下に蠟燭《ろうそく》とマッチが入っているから、それを使ってとりあえず手許を明るくするつもりだった。

数歩進んだそのときだ。ふいに背後からドンッという強い衝撃を感じてデュークはよろけた。次の瞬間、いきなり頭から何か被《かぶ》せられて左右から両手を摑まれ、次に膝辺りに強い衝撃を感じて膝がガクっと折れた。数人によって全身を床に押さえ付けられて数回蹴《け》られ、さらに別の誰かが自分の上に乗ってきた感触があった。殴られたせいで一瞬気が遠くなっているところに、頭だけでなく全身が何かに押し込まれ、それからロープのようなものでぐるぐる巻かれていくのが分かった。声を出して助けを呼ぼうにも頭からすっぽり被せられた袋のような物が口にも押し込まれ、思うように口が動かない。必死になって全身を動かし、どうにかしてこの状況から抜け出そうとしたが無駄だった。蹴られているせいか、それとも呼吸が苦しいせいなのか、デュークはどんどん意識が遠のいていくのを感じながらもどうすることも出来なかった。

宮本ら四人は、毛布でぐるぐる巻きにしたデュークを丸太か絨毯《じゅうたん》でも運ぶように抱えて階段を駆け下り、一階に向かった。ビルの真正面には山崎の運転するオールズモビルがドアを開けた状態で停車していた。四人はビルを出ると急いで車の後部座席に大きな毛布の塊《かたまり》を押し込んでから、乱暴にドアを閉めた。助手席に宮本が乗ると、山崎はすぐに車を発進させた。残りの者たちもすぐにフォードで追ってくるはずだ。

「上手くいきましたね」

と山崎。

「ああ。周辺には誰もいなかったろうな」

「注意して見てましたが、この時間ですから人の姿はありませんでした。まず心配ないでしょう」

「そうか」

車は戦争で傷《いた》んだでこぼこの道をかなりのスピードで走り続け、一時間ほどで目的地に到着した。荒川沿いの荒れた土地の真ん中にある旧国鉄倉庫の跡地は、戦前の国有企業の解体再編のためにいまは閉鎖されて立ち入り禁止の札がかかっている。ところどころ壊れて崩れかかった倉庫の奥に、昔は事務所として使われていた平屋のコンクリの建物があり、そこがイエロー・イーグル機関の汚れ仕事に使われていた。

リオンが到着したときにはすでに、捕獲された獲物は下着姿で頭に糠袋《ぬかぶくろ》を被せられたまま古い鉄骨の柱に縛り付けられていた。脱がせた衣類はポケットの中だけでなく縫い目の奥まで解いて調べた。その結果、シャツのカフスの間に隠されていた小さな紙片を見つけた。虫眼鏡で見ないと分からないほど小さな字で何か書いてある。おそらくどこかの金融機関の口座番号だ。他には財布、手帳、身分証明書。身分証明書は『テムズ貿易』のルドルフ・デュークだったが、財布の中には名前も会社名も異なる名刺が四種類入っていた。リオンはそれらに一通り目を通してから「増岡からの荷はどうした？」と訊いた。

「ここにありますよ」

新藤が鞄を持って来てリオンの前に置いた。開けると中にドル紙幣と冬瓜《とうがん》のような形の茶色の油紙に包まれた塊が入っていた。リオンが油紙を剝《は》ぐと中からビニールに包まれた石膏のような白い塊が出て来た。

「何ですか、それ」

横からその作業を見つめていた新藤が、リオンの手許を覗《のぞ》きこんで訊いた。

「たぶんメタンフェタミンだろう」

「メタン?」

「ヒロポンの原料だよ」

「へぇ、これがですか」

ヒロポンは戦争中、連合国軍と枢軸国軍の両方で航空機や潜水艦の搭乗員を中心に、士気向上や疲労回復の目的で用いられていたが、戦争が終わった日本では一般の市民の間にも急速に広がりつつあった。日本でそれらを売り捌《さば》いて多額の利益を上げているのは、戦争が終わったとたん勝戦国となった第三国人たち、中でも朝鮮系が最大の供給源だと言われている。

「こんなものまで持ち込みやがって」

縛られたデュークの前に立っていた宮本が、思いきり彼を殴った。糠袋の下からくぐもった呻《うめ》き声が漏れ聞こえた。

「日本の共産勢力に資金援助する一方で、もう一方では日本でのヒロポン・ビジネスに参入して荒稼ぎするつもりだったんだろう。朝鮮系の連中がこれで相当稼いでいるのは誰もが知っているからな。こいつは日本語は得意じゃないようだから尋問は俺がする。顔を見せてくれ」

リオンの言葉を受け、宮本がデュークの顔を覆っていた糠袋に鋏《はさみ》を入れて剝《は》ぎ取った。下から出て来たのは頬や目の周りを大きく腫《は》らし、ところどころに血の塊を付けた大きな顔だった。ぐしゃぐしゃに乱れた髪は茶色、片方は腫れで塞《ふさ》がっているがもう片方は開いている目は灰色で、大きな鷲鼻《わしばな》の白人だった。

捜していた男に間違いない。リオンは男に近寄り間近《まぢか》でじっくりと男の顔を見た。ぐったりしていた男が顔を上げてリオンを見た。

目が合った。その瞬間、リオンは言葉が出てこないほど驚き、頭の中で一気に時間が巻き戻った気がした。

リオンはその男を知っていた。

去年のいまごろは、マニラのひなびたクラブや安アパートで一緒に賭《か》けカードをやっていた男だ。確かコモン・ウエルスの友軍と名乗っていたが、現地の娼婦の斡旋《あっせん》の方が有名で〝友軍〟ではなく〝遊軍〟だと冷やかされていたあの男に違いなかった。

マニラから撤退した日本軍が密《ひそ》かに隠したといわれる、マラカニアン宮殿から強奪された幻のお宝を見つけ出すつもりだと、冗談めかして話していたあの男だった。

「リオン・ナラハシ……やっぱり……あ、あんたか……」

男は息を切らしながら小さな声で言った

デュークの尋問はすぐに始まった。最初にかなり痛めつけたこともあり、デュークはすっかり観念しているように見えたが、だからといってすぐに何でも喋るほど根性のない男でもなかった。彼が会話に詰まると〝ヤキ入れ〟と称される耐えられないような痛みを伴いながらも決して致命傷にならないように細心の注意を払った適度な暴力を加え、それから少し考える時間を与えてからまた尋問を再開するというパターンを黙々とくり返した。食事と用を足す時間、それにわずかな睡眠時間以外はずっと尋問に当てた。そうすることで相手が精神的にどんどん追い込まれていくのが手に取るように分かる。デュークは体力もあり精神的にもタフな筋金入りの共産主義者だったが、それでも態度がどんどん弱々しくなっていき、四日目には明らかに心が折れたのが分かった。やっとデュークは諦《あきら》めたのか素直に自白を始めた。

自分がイギリスの共産党員であること、戦争前にドイツでゾルゲと会ったことがあり、それが彼を本格的に共産主義者へと導くきっかけとなったこと、フィリピンでの活動は資金調達が主目的だったが、日本での活動は日本の共産主義化が目的でありソ連共産党から資金援助を受けていたことなどを自白した。その日はそれで尋問を終え、丸半日休みを与えてやった。久しぶりにゆっくり長時間眠れたことでデュークはかなり落ち着いたようだった。次の日に尋問を再開したときには前よりも舌がずっと滑らかになっていた。

日本での活動、特にコールとの関係については最初からこと細かに説明させる必要があった。ソ連、中国共産党は日本を共産主義化するにあたり一番の障害は天皇制だと考えている。ロシアではロマノフ王朝を倒したことで人民が望む共産主義社会が誕生した。中国でも清朝を倒した国民党に替り、共産党支配の国家が誕生しようとしていた。日本でも同じ革命を起こすためには、何としても天皇制の打倒が必要だ。そこで終戦直後から再三に渡り天皇の戦争責任追及を連合軍に訴え続けてきたがアメリカ政府、特に日本占領政策の全権を委任されたマッカーサー元帥はこれについては断固反対の立場を貫き、ついにそれは実現しないまま今日に至っている。

そこで日本国民の間に天皇打倒の風潮を創り出すプロパガンダ工作のために、デュークが本格的に工作員として動き始めた。かつてロシアでプロレタリアート文学や演劇や映画が労働運動をかつてないほど盛り上げたように、労働者による反天皇制映画を製作しようと考えた。そして隠れ共産党員であるコールを仲間に引き入れたのだと……。リオンは質問はせずにとりあえずデュークに一気に喋らせてから、気になった点を最後にまとめて問い直した。デュークは分かることには答え、分からないことは分からないと言った。全体を通して話の整合性は取れており、意図的に嘘を吐いているとも思えず、信憑性《しんぴょう》は高いと判断できた。

十日余りの尋問は順調に進んだ。その間に何も知らない増岡は根室に戻り、『テムズ貿易』には密かにＧ－２の捜索が入って、欧州での取り引き先に関する情報や金の流れなどを調べ上げていた。完全に落ちたデュークは、日本国内で知る限りの共産主義者の存在とその協力者に関する情報を堰《せき》を切ったように自白していた。

3

昭和二十一年四月　Ｇ－２

その朝コールが出勤するとすぐにＧ－２の使いだという制服軍人が二人やって来て、緊急で連絡したいことがあるので一緒に来てくれと言った。

「緊急って？」

「ＣＣＤが至急の用件だと言ってますから、詳しいことは彼らに訊いて下さい」

二人の軍人は仏頂面で言った。

「だったらあっちが来ればいいだろう。ここの責任者をわざわざ呼びつけるなんて失礼だぞ」

コールがそう言うと、フォーセット大尉が横から口を挟んだ。

「おそらく新作映画の検閲についてでしょう。あちらは上映に関する実質的な権限を持っているんですから行った方がいいですよ」

と淡々と忠告した。確かにこれまでもCCDとの間で意見が割れ、そのたびに実質権限のないCIEが一歩引く格好になっていた。

「あなたが行って、直接がつんと文句を言ってやったらどうですか。そうすれば向こうも自分たちの非礼に気付くでしょう」とフォーセット大尉が言うので、コールもその気になって席を立った。

二人の軍人に付き添われるような格好で、CIEの入っている放送会館ビルを出て徒歩で数分の場所にあるCCDのオフィスに向かった。二人の軍人は何も言わず、左右からぴったりとコールに引っ付いている。まるで連行されているようで不愉快だったが、二人はまったく意に介していないようだ。長い時間でもないしと自分を納得させて、コールはG－2の本部となっているビルに入った。二人はコールを五階に案内した。

「CCDのオフィスは確か二階だったはずだが……」

コールがそう言うと、一人の兵隊が「五階の調査室に案内しろと言われています」と答えた。このときになってようやくコールは、いつもと様子が違うことに気が付いた。G－2の調査室と言えば内部調査班のことに違いない。なぜそこに自分が案内されるのか……。

まさか……。コールの頭に真っ先に浮かんだのはペルレの顔だった。だが彼と接触していたからと言って、それが内部調査の対象になるだろうか。そもそも定期的に会って金を受け取ってきたコール自身、彼が本当は何者なのか充分に把握してはいなかった。日本での共産・社会主義運動を熱烈に歓迎し、そのためのプロパガンダを財力によって実行しようとしている人間、という程度の認識しかなかった。謎の多い男ではあるが危険な男ではないはずだし、いままで彼とやってきたことに違法な行為はなかったはずだ。自分はGHQの服務規程を逸脱するようなことは何一つ……。しかし並べ立てる言い訳と裏腹に、心の中ではどんどんと不安が大きくなっていく。なぜ自分がG－2に呼ばれたのか。なぜ自分が……。

やがて三人は五階の調査室に到着した。二人の軍人がドアを開けると、まるで力ずくで押し込むようにコールの背中を強く押して室内に強引に入れると、すぐさま凄《すご》い勢いでドアを閉めた。静かな空間にバーンという音が響き、どきりとしたコールは恐る恐る室内を見回した。円状に並べられた机とその中央には一つの椅子。それぞれの机の前には五人の制服軍人が座り、冷ややかな視線をコールに浴びせていた。

「あ、あの……」

この光景を見たとたん、コールは言葉が続かなかった。このただならぬ雰囲気、五人の階級章を見れば全員が少佐以上だ。まさか……。

「デイヴィッド・コールだね？」

一人がそう訊いた。「我々はG－2の極秘内部調査委員会のメンバーだ。これから君に対する緊急査問会を実施する」

「査問会ですって⁉」

「そうだ。君にはソ連のスパイ、ルドルフ・デューク、あるいはペルレ、あるいはダンと名乗るソ連の工作員と接触し、GHQ内部の情報を漏洩《ろうえい》したという容疑、非合法な手段により占領地の治安を乱そうとした容疑、さらに職権を乱用し日本の業者から賄賂《わいろ》を要求した容疑がかけられている。これからその一つ一つについて査問を開始する」

「そ、そんな馬鹿な……」

全身の力が抜けていくようだった。コールはへなへなとその場に座り込んだ。いったい誰かそんなことを言ったんだ。確かにペルレとは接触していたが、彼がソ連のスパイとは知らなかったし、露ほどもそんな疑念を持ったことはなかった。占領地の治安を乱すだと？　自分たちは労働者のために映画を作ろうとしただけだ。賄賂なんて要求していない。あれは便宜《べんぎ》を図ってもらおうと、馬鹿な映画会社の連中が勝手に持って来たんじゃないか——言いたいことは山ほどあった。だがもはやコールの身体は抗《あらが》う力を失い、弁明する気持ちはすっかり萎《な》え、絶望だけが全身を支配していた。そしてはっきりと実感した。占領地での権力者としても夢のような甘い暮らしが、たったいま終わったことを。

香也はGHQに接収された市谷台の旧大本営の敷地内にある、GHQの医療施設に入院していた。日本人の患者はほとんどいない中で、ベッド一つがやっとの狭いスペースながらも一応は四方を壁で仕切られた個室を与えられ、治療も充分に受けさせてもらっているということだ。もっともすでに有効な治療方法は一つもなく、ただいずれ来るときを出来るだけ穏やかに迎えられるようにという処置しか残っていないそうだが。入院してからも辰三郎は毎日やって来て、ここから稽古《けいこ》と劇場に通っているような状態らしい。誰もそれを止めないのは、その苦労がそう長くはないことを知っているからだろう。

宮本は部屋の手前で立ち止まって少し考えてから、意を決してドアを開けた。真四角の狭い部屋は、病室というよりもまるで棺桶《かんおけ》に見えた。おそらくこの個室だけでなく他の個室にいる原爆症の者全員が、もう生きて部屋から出ることはない人間たちなのだろう。ベッドに横たわるやせ細った少年を見たとき、宮本は胸が締め付けられる気がした。

「やあ」

小さな声で挨拶《あいさつ》をすると、香也は目だけ動かして宮本を見た。

「宮本さん……でしたね」

「憶《おぼ》えていてくれたのか」

「もちろんです」

かろうじて聞き取れるほどの弱々しい掠《かす》れた声だ。初めて見たときと変わらぬ真っ白な肌と大きな目の端整な顔立ちの少年には、あのときには気が付かなかった死霊の影が、はっきりと色濃く浮かんでいた。

「流石《さすが》に役者だ。にいさんと同じで物覚えがいいんだな」

冗談めかしてそう言うと香也は寂《さび》しげに微笑《ほほえ》んだ。

「にいさんはこの時間は舞台のはずだけど……」

「知ってる。だから来たんだ。今日は一人で君に会いたかったから。君に会うことは藤原には言っていない。君のことは……実はその……以前からリオンに聞いていたのでそれで……」

気まずさから宮本は視線を落とした。リオンは彼らを利用していた。宮本はもうずっと前にそれに気付いていたが何もしなかった。することが出来なかったのだ。

「そうですか……そうですよね、リオンさんをにいさんに紹介したのは宮本さんだものね」

何もかも分かっているような口ぶりに、宮本は卑怯《ひきょう》だと分かっていても少しだけほっとした。

「そのことは悪いと思っている。成り行きとはいえ一言謝りたかったんだ。彼にも君にも」

「別にいいですよ、そんなこと。こっちも思うところがあってリオンさんに協力したんだから」

歳《とし》に似合わぬ大人びた口調だ。すぐ近くまで来ている死が彼を物わかりの良い大人にしているようで、宮本は無性に切なかった。

「君たちにとってはいい報告がある。コールがCIEを追われることになった。まだ正式な発表はないが、間違いなく後任はジョナサン・ボウマンだ。彼自身がやる気満々で、すでにマッカーサー元帥に対しても、通訳といういまのポジションよりもこっちを選ぶと息巻いているそうだ。司令部内に反対意見もないということだから、どうやら君たちの望んだ通りになったと思っていい。いますぐとはいかないが、おそらくこれから歌舞伎は古典解禁の方向に向かって進んで行くだろう」

「良かった……。また舞台の上でにいさんの勘平や松王丸が……」

そこから先はよく聞き取れなかったが、香也が何を言おうとしているのか宮本には充分に分かっていた。そして、だからこそ自分はここに来た。彼には悪いが死んで行く者ならば、もう重い荷物を重いとは感じないはずだ。重さに耐えきれずに重圧に負けて潰《つぶ》されたり、つい口走ってしまうこともないだろう。彼には本当に申し訳ないが……。宮本は絞り出すように囁《ささや》いた。

「君はもうじき死ぬ」

「そんなこと、言われなくても知っていますよ」

香也は穏やかに言った。

「さんざん迷惑をかけて悪いが、もう一つだけ、君に頼みたいことがあるんだ」

「僕はもう何も出来ませんよ。ご覧の通りの状態ですから」

「だからこそ出来ることだ」

宮本は身を乗り出すようにして香也を見つめた。この少年の肉体はじきに朽《く》ちて灰になるだろう。だが彼の魂はきっと藤原、いや紀上辰三郎という役者の中にしっかりと居座り続けて、魍魎《もうりょう》のごとき執念で最愛の血の繋《つな》がらない兄を違う世界からでもひたすら守り続けるに違いない。宮本はこの少年の怨念《おんねん》とも言えるほどの深い愛情に賭けてみようと思った。香也がほんの少し顔を動かして宮本を見たとき、そこには弥《み》勒菩薩《ろくぼさつ》のような慈悲深い笑みが浮かんでいた。

「いいですよ」

何もかも承知しているかのように香也は言った。宮本は、これが胸の奥底に溜《た》まっているものを吐き出す最初で最後の機会だと感じた。

「終戦の混乱の中で、俺は数人の人間たちと一つの秘密を背負った。だがそれは俺一人で背負うには重すぎて、そして実際に困難でもあったから、俺は何も知らない藤原を適当な嘘で誤魔化して巻き込んだんだ。あのとき、俺の知る限りあの任務をやり遂げられる器量と度胸がある者はあいつしかいなかった。あいつならやってくれる、必ず出来るはずだとそう信じて委《ゆだ》ねた。そしてあいつは立派にやり遂げた。だが結局そのまま終戦を迎えてしまったので、ハーモニカ横丁で再会するまで俺たちは会うことはなかった。あいつと再会したとき俺は迷った。あのときの任務について、人並み外れて勘のいいあいつがどこまで気が付いているのか、あるいは南Y《ラマ》島で何か聞いたか見たりしたのか……それを訊ねてみるべきかどうか迷った。でも、あいつが何か知っていれば別だが、本当にまったく知らずに気が付かずにいるのなら、藪蛇《やぶへび》になるような下手な詮索《せんさく》はしない方がいいと思ったんだ。結局そのことで今日までずっと迷い続けてきたんだが……」

「答は出ましたか？」

香也が静かに訊いた。

「出ない。だが俺は二度と藤原にそのことは訊くまいと心に決めた。リオンはいまのところ俺が嘘を吐いていると疑っているが、藤原についてはそこまで疑っていない。というか、おそらくリオンは、藤原は芝居のためなら他の事はきれいさっぱり忘れてしまえる人間だと気が付いたのかもしれない。俺やリオンにとっては重要なことでも、藤原にとってはどうでもいいことなんだ。あいつの頭には芝居と君のことしかないんだから」

「ならそれでいいじゃないですか。にいさんはそれでいいんだ。芝居だけあればそれで……」

「だが俺は藤原とは違う。俺にはそういう特別な物がないから、だからどうしても忘れることが出来ないんだろうな。この秘密を胸の奥に押し込んだまま生き続けなければならないことが、時々苦しくなる」

「だから僕を選んだんでしょう？　もうじき死ぬから何を喋っても大丈夫だから」

香也は微笑んだまま言い、宮本は自分の残酷さを承知でしっかりと頷いた。

「そうだ。生き続ける人間には絶対に喋れない、喋ってはいけないんだ」

「それなら僕に話せばいい。にいさんが背負うはずの秘密も苦労も僕が全部あの世に持って行くから。その代わりこの先もう二度とにいさんに近づかないで、済んだことを蒸し返さないで」

掛け布団の下から、骨の形がくっきりと浮かび上がった折れそうな細い手が伸びてきた。宮本はその手をそっと握り「分かった約束する」と誓った。

「終戦の年の、あれは五月か六月くらいのことだったと思う。アメリカが日本本土への大規模な空襲を始めたという情報が部隊の中で頻繁に流れるようになって、関東軍の一部の幹部たちはいよいよ敗戦を覚悟し始めたんだろう。少なくともあの戦争で日本の勝利はないということは、俺のような下の者でも感じていたほどだからな。最初に言い出したのが誰で、作戦の責任者が誰なのかなんてことは俺には分からないが、とにかくどこかの誰かが戦争が終わった後の事を考えだした。そして、連合国軍に取り囲まれないうちに関東軍の資産を安全な場所に移そうと言い出した。もちろんそれは本土決戦になっても最後の一人まで戦えという大本営の方針に背くことになるし、他への手前大きな声で言える話でもなかった。だから作戦は、選ばれたごく少数の者たちの手によって実行するしかなかったんだ。もちろん作戦の詳細や全容は俺も知らない。俺に命じられたのは、何としても香港の南Y島《ラマ》にいる特攻艇の震洋《しんよう》部隊に重要な伝言を伝えよというものだった。俺は考えた末、自分を囮《おとり》にして、実際には藤原を香港まで行かせることにした。あいつならそれが出来ると思ったんだ。なぜなら……」

「にいさんは役者だから。それも他の誰も真似できないような凄《すご》い役者なんだもの。だからそう思ったんでしょ？」

この少年は何もかも分かっている、あのときの自分の気持ちは見透かされているのだと思うと何故か宮本は心が軽くなった気がした。

「そうだ。そして俺の期待通りにあいつはやり遂げた。大した奴だよな」

既にすっかり色を失った乾いた唇から「ふふっ」という可愛《かわい》らしく誇らしげな笑い声が漏れた。

「ここからは俺の推理で、上官からはっきりとそう聞いたわけじゃない。だが誰かに話しておきたいんだ。聞いてくれるか？」

「聞かないと言っても話すくせに」

香也の言う通りだった。本当は宮本はずっと誰かに話したくて話したくて仕方なかったのだ。話せば少しは楽になるような、これまでの苦しさから解放されるような気がして。

「俺は、おそらく藤原は震洋部隊の誰かに沈める船の名と場所を告げたんだと思う」

「沈める船？」

「ああ。おそらくあの作戦は、関東軍の資産を積んだ船を洋上のどこかで、日本軍の特攻艇の体当たりによって特定の位置に沈めるためのものだったんじゃないだろうか……ずっとそう考えていたんだ。関東軍の資産をびっしりと積んだその船は、たぶん連合国軍のどこかの国籍を装って航行していた。だからそれが終戦直前の追い詰められた日本軍の特攻艇の集中攻撃によって沈没させられたとしても、誰も不思議には思うまい。終戦のどさくさに紛れて、戦争中に消息を絶った無数の沈没船の中に宝船を紛れ込ませてしまおうという魂胆だ。沈めた正確な場所を押さえておいて、引き揚げの機が熟するのを待つ気だったんじゃないだろうか。誰がそんな絵図を書いたのかまでは分からないが、そんな気がしているんだ。――どう思う、違うと思うか？」

宮本は熱っぽい目で香也を見た。もちろん、上官からそんな話は一言も聞かされていなかったし、GHQに逮捕される前に自分の目前で拳銃自決した人物もはっきりそうとは言わなかった。だがそうに違いないと宮本は思っていた。香也は何も言わなかった。

「もしかしたらリオンは、あの作戦について薄々感づいているのかもしれない。だから俺に何度も終戦のときのことを訊ねてくるような気がするんだ。何か知っているだろう、知っているなら教えろ、忘れたなら思い出せと圧力を掛けているような……」

「だとしても、にいさんは関係ない。秘密を知っているのは宮本さんと僕なんだから。そして僕はじきに死ぬ。そうでしょ？」

「ああ」

宮本は頷いた。

「残ったあなたがどうしようとあなたの勝手だ。リオンさんに話したければ話せばいいし、黙っていたければ黙っていればいい」

「そうだな」

宮本は握っていた香也の手を、壊れ物でも扱うように慎重に布団の中に戻してから立ち上がった。

「聞いてくれて有り難う」

そう言って病室を出ようとしたとき、背後から「宮本さん」という小さな声がした。

「きっとにいさんはもう何も憶えていないよ。そんなこと、どうだっていいことだから。にいさんは関東軍の資産を守りたかったわけじゃない。もう一度舞台に立ちたいから、ただそれだけで必死で生きて戻って来たんだ。僕らは戦争に負けていろいろな物を失った。にいさんもあなたも国を守りきれなかったけど、それはどうしようもなかったんだ。それでも歌舞伎だけは失わない、死んでも守り通すんだ、にいさんの心にあるのはただそれだけなんだよ」

そうだろうなと思った。そして辰三郎が歌舞伎だけは守ろうとするように、俺もまた陛下だけ守りたいんだと声にならない言葉を漏らし、宮本は黙って小さく頷いて病室を出た。

4

昭和二十一年四月 満開の桜の頃

デュークの尋問が終了してから六日ほど経《た》った日の明け方近く、リオンは連絡を受けて急いで軍病院に向かった。ちょうど市谷台周辺は桜が満開で、オレンジ色の朝陽《あさひ》を浴びてまるで芝居の小道具のように花びらがひらひらと風に舞う中を、リオンは歩《ほ》哨《しょう》の立つゲートを走って通り抜けた。病室に着いたときにはすでに部屋は空で、香也の姿はどこにもなかった。看護婦から、昨日舞台がはねた後いつものようにすぐに辰三郎が駆けつけて来て、夜遅くに兄の腕に抱かれて眠るように息を引き取ったと聞き、リオンはわずかに救われた気がした。あの少年にとってそれ以上穏やかで幸せな見送りはないはずだ。看護婦の話では辰三郎は香也を抱いて何時間も泣いていたが、朝近くに今日も舞台があるからと言って香也を連れて家に戻ったということだった。紀上春五郎劇団は今月も芝居を続けている。来月も再来月も、おそらくその先もずっと続けて行くのだろう。リオンは病院を出て新橋の劇場へと向かった。

劇場に着いて楽屋で名を告げると、香也が眠っている奥の部屋に通された。横たわって眠る香也の側には拵《こしら》えを終えた辰三郎が座っていた。劇団の者が家ではなく、敢《あ》えてここに香也を連れて帰って来た意味が痛いほど分かった。最後に香也が言葉に尽くせぬほど愛した辰三郎の艶姿《あですがた》を、舞台を見せてやりたかったのだろう。香也の頰や髪には桜の花びらが付いたままだった。おそらく市谷台を出るときに付いたものだろうが、その花びらをそのままにしているところにも香也に対する辰三郎の狂おしいほどの愛情を感じた。まるでこの少年の化身のように美しい春の名残《なごり》を不用意に取り去ってしまえなかったのだろう。実際、死に化粧を施され花びらに飾られた香也はこの世の誰より美しかった。

「こういうときの仏教のしきたりは分からないんだが、彼にお別れを言わせてもらってもいいか？」

辰三郎は何も言わず微かに頷いただけだった。濃い雄々しい化粧の下の表情が見えなくとも分かる気がした。リオンは祈りを捧《ささ》げ十字を切った。信じる神は違うかもしれないが、彼が行く場所は間違いなく神のいる場所、それも彼らを生み出した芝居の神がいる世界に違いない。

「この子はいつも君の少し後を影のようについて歩いていたな。でもこれからはきっと君の一部になって、君の中の一番深い場所に住み着き、この先ずっと君を守って君と一緒に舞台に立ち続けるんだろう。俺はいま、君を想《おも》うこの子の執念が大きな何かに勝った気がしているんだ」

石のように座ったまま微動だにしない辰三郎の目から耐えきれず落ちる大粒の涙が、白塗りの手を濡《ぬ》らしている。にいさん、にいさんと子犬のように辰三郎にまとわりついていた香也の声が、リオンの耳にはいまも聞こえるような気がした。

「コールの辞任が決まった」

リオンは香也の死に顔に向かって語りかけた。「表向きは辞任だが実際は更迭《こうてつ》で、彼は数日後に強制送還されて、本国でも内部調査班の査問を受けることになるだろう。CIE映画班長の後任はジョナサン・ボウマン少佐に内定した。正式な就任は少し先になるが、彼はいまから歌舞伎を始めとする伝統芸能の古典を全面的に解禁すると言っている。GHQ内部にもそれに対する強い反対は出ていない。何しろ歌舞伎廃止派の筆頭だったコールが隠れ共産党員だと分かったんだからな。いますぐとはいかなくても、これから古典全面解禁の方向に進んでいくのは間違いない。ボウマンはそのために全力を尽くすと言っているし、本当に言葉通りに必死でやるはずだ。舞台の上で誰よりも輝いている君を見たいと願っていたこの子の……この子の望んだ通りになるだろう。きっとなる」

　辰三郎はそれには答えず、香也の頬をそっと撫《な》でてからすっくと立ち上がると、黙って舞台の方に向かって歩き始めた。もうその耳には誰の声も届かず、舞台以外の何も目に入っていないようだった。ここから先は彼だけの、いや彼と香也だけの他の誰も踏み込めない世界なのだとリオンは感じた。


　ちょうどそのころ宮本は、新橋の劇場から少し離れた場所で服部と二人、大衆食堂で久しぶりに落ち着いてまともな朝食を摂ったところだった。あれから充分に反省したらしく、服部もすっかり落ち着いて、今回の二週間近いデュークの尋問期間では誰よりもよく働いた。腹一杯食べて店を出て少し歩いたところで足を止めて、宮本は煙草を出した。一本銜《くわ》えてから箱を差し出すと、「どうも」と言いながら服部も一本取った。今日は久しぶりの休みだし、一服してから何をしようか決めるつもりだった。

「ところで、ＧＨＱはあの男はどうするんですか？」

　煙を吐き出しながら、ふと思い出したように服部が訊いた。

「日本で殺すのは俺たちにとっても拙いし、まだ使い道はあると判断したんだろう。近いうちに出国させるそうだ」

「使い道って言うと、やはり二重間諜《かんちょう》ですかね」

「かもな。どっちにしろ俺たちにはもう関係ない話だ。あとはアメリカの諜報機関が好きなようにするだろうさ」

「そうですね」

「こっちはまたあいつのような人間が現れないように目を光らせているだけだ。もし現れたらすぐに狩るからな」

「はい、分かってます」

服部は気合いの入った声で言ったが、それから少し声を落とした。「例の映画製作は中止になるんでしょうか？」

「いや、GHQとしても思想や表現の自由を勧める手前もあるから、はっきり止めろとは言えんだろう。とりあえず作らせるみたいだ。ただ当初コールや鈴下が期待していたような大作は予算的にも役者的にもとても無理で、小木野監督は数十分程度のドキュメント映画として製作しているようだと川俣が言っていた」

「数十分程度か……。それでも完成したらどこかで上映することになるでしょう。そのときはどうするんです？」

「自然の流れでそうなるだろうが、リオンはいまの日本国民がその煽動に簡単に乗るとは思えないと言っているし、上映後すぐに理由を付けて上映禁止にする腹づもりのようだ。それなら表現や思想の弾圧にはならんだろう。ちゃんと製作させて上映もさせているんだから」

「なるほどね。しかし民主主義ってのはなかなか面倒なものですね。何をするにも、いちいち建前と本音を使い分けないといけないんですから」

服部は妙な感心をしている。

「だがこれからの世の中は、間違いなくそうなっていくんだ。俺たちも早くそれに慣れないとな」

宮本が笑顔で言うと服部も「そうですね」と笑顔で返した。今日は暖かく、あちこちで桜が満開だ。せっかくだからどこかで花見でもしようかと話しながら歩いていると、ふと宮本の目に前から歩いて来る汚い浮浪者が映った。女のようだが汚れた着物に穴だらけの羽織を着て、防空頭巾《ずきん》を被っていた。顔は見えなかったが、よろよろとしたおぼつかない足取りだ。もっともそんな浮浪者がいまの東京には掃いて捨てるほどいるのでさほど気にもせずに、宮本は服部と談笑しながら歩き続けた。すれ違おうとしたときだ。女が突然顔を上げ、羽織の下から何か取り出して二人に向かって来た。考えている暇はなかった。宮本は条件反射で咄嗟《とっさ》に、服部を庇《かば》うように彼の前に身体を投げ出した。

「危ない！」

そう言ったときはもう遅く、女は宮本に体当たりをしていた。腹部に強烈な痛みを感じ、一瞬で気が遠くなった。何が起きたか分からない服部は「どうしたんですか宮本さん！」と言いながら乱暴に女の身体を押しやった。そして女を見たとたん「圭子！　圭子か！」と叫んだ。女はにやりと笑い「ざまあみろ」と叫んだ。気が付くと、宮本の腹部には包丁が半分以上肉に埋まった格好で突き刺さっていた。

「ちきしょう、ふざけた真似しやがって！」

服部が圭子に飛びかかった。

宮本は動くことが出来ずに呆然《ぼうぜん》とその場に立ちすくんでいたが、そのとき、何故か突然脳裏に香也の端整で可愛らしい笑顔が浮かんだ。その瞬間、宮本は何もかも腑に落ちた気がした。

──そうか。俺にも一緒に来いって言うんだな。俺が生きていたらまた藤原が巻き込まれるかもしれないからな。俺が秘密を漏らせば間違いなく藤原にも迷惑がかかる。だからお前は、俺も一緒に連れて行くことにしたってわけか。お前の大事なにいさんに害を成すかも知れない者は全部、お前が違う場所に連れて行くつもりなんだな。それほどまでに強い執念でお前は藤原を……。

宮本はゆっくりと腹部を見た。突き刺さったままの包丁が、手も触れていないのに勝手に奥へ奥へと進んで行くように痛みが激しくなっていく。服部が罵声《ばせい》を浴びせながら女の髪を摑んで激しく殴りつけているのがぼんやりと見えたが、もう宮本にはどうでもよかった。薄れていく意識で香也が手招きしている姿だけがはっきりと鮮やかに目に映る。優しい声で、可愛い顔で、向こうに見えるあの川を一緒に渡ろうと誘ってくる。これ以上俺を辰三郎に近づかせないために、自分と一緒に来いと言うわけか。それもいいだろう。俺がいなくてもイエロー・イーグル機関は狩りを続けていけるのだから。

宮本は目を閉じて、静かにその場に崩れ落ちた。

＝　終章　＝

その日、戦争が終わって始めての『仮名手本忠臣蔵《かなでほんちゅうしんぐら》』が紀上春五郎劇団と市村虎之助劇団によって上演されるということで、劇場はいつにも増して賑《にぎ》わっていた。憎き敵の高師直《こうのもろなお》を紀上春五郎、塩谷判官《えんやはんがん》を市村虎之助、早野勘平を演じるのは紀上春五郎劇団の、いや当代きっての人気役者紀上辰三郎ということもあり客入りは上々だった。歌舞伎《かぶき》の中でも最も愛されてきた演目の復活に、誰しも歓喜の色を隠せない様子だ。

リオンが言った通り、ボウマンのＣＩＥ映画班長就任が古典歌舞伎の復活にとって最高の援軍となった。かつて作成された禁止演目リストはいまや何の拘束力もないただの紙切れと化し、毎月どこかの劇場で古典作品がかけられるようになり、ＧＨＱもそれについて以前のような強い指導をしなくなった。いわば黙認状態だ。ボウマンはますます増長して最近はいささか疎《うと》ましいくらいだが、それでも歌舞伎復興のために良く働いてくれているのは確かで、みんな文句半分感謝半分で付き合っている。梅松が空襲で焼け落ちた歌舞伎座に代わって、新しい歌舞伎座の建設準備を始めたという話も耳に入ってきていた。

劇場の喧噪《けんそう》を余所《よそ》に一人楽屋で化粧をしていた辰三郎は、おもむろに鏡の横に大切に置いてある写真に手を伸ばした。それはヘルマンの会社で香也が頼んで撮ってもらった、二人一緒の写真だ。リオンに借りた上等のスーツを着て幾分照れ臭そうな辰三郎に寄り添うように、何とも言えない嬉《うれ》しそうな笑顔の香也が写っている。

——にいさんの洋装、すごく格好いいね。ジャン・ギャバンみたいだよ。

そう言ってはしゃいでいた声が耳許《みみもと》で聞こえるようだった。

寒い冬の日、香也をおぶって泣きながら家まで歩いて帰った夜のことが永遠に色褪《いろあ》せない絵のように、鮮やかに辰三郎の心に刻まれている。あのときはっきりと分かった。なぜ自分が戦場で死にたくないと願ったのか、他人の命を奪ってでも自分の命を惜しんだのか。帰りたい、どんなことをしても帰りたいと思う理由が自分にはあったからだ。こいつと一緒に舞台に立つために、俺は他人の命を蹴散《けち》らしながら命懸けで帰って来たんだと泣きながら思った。

——にいさん、にいさんの勘平はホントに格好いい。僕、いつもにいさんしか観《み》ていないんだよ。嘘《うそ》じゃないよ。

小さいころから何度なく聞かされた、無邪気でどこまで一途《いちず》な称賛がいまも耳許で聞こえてくるようだ。出征する日の朝、二人で歌舞伎座まで行ったこと、舞鶴《まいづる》で手を振って泣きながら復員船を出迎えていた顔、女の家の前でいつも辰三郎が出て来るのを待っていた姿、香也のことで忘れてしまえることなど何一つなかった。もしかしたら自分は芝居にのめり込むうちに戦争中のことも人を殺したことも全部どうでもよくなって忘れてしまうかもしれない。だが香也を忘れることは絶対にないだろう。いまも確かに香也はここに居る。すぐ側《そば》だ。そしてこれからも一時も離れることなく居るのだから。

「香也……今日も一緒の舞台だ。これから先もずっとお前と一緒の舞台だ」

辰三郎は呟《つぶや》き、写真をそっと置いた。じきに幕が開く。戦争に負けても何百年と変わることなく続いてきた、そしてこれからも間違いなく続くであろう芝居の幕が。


同じころ、GHQの一部の幹部たちが第一生命ビルの一室に集まり、決して公に出来ない密談を行っていた。メンバーはIPS（国際検察局）、G－2、LS（法務局）とさまざまでリオンも席を連ねていた。議題は巣鴨プリズンに収容されている数名の民間人A級戦犯の処遇であった。その中にはリオンが何度か面会した、まだ三十代半ばのあの大物右翼も含まれていた。ソ連、中華民国などは男に死刑判決が下されることを強く望んでいたが、もとより戦犯を裁くことにさほど積極的でなかったマッカーサーの意見は違っていたし、ここに集まっている者の大半も同じ意見だった。

「死刑にしてしまったら、本当に何もかも歴史の闇の中だ。いまあそこに残っている連中は筋金入りで、秘密を他に漏らすくらいなら墓にまで平気で持って行くつもりなんだ。それでは何一つ我々の手には残らない。殺して得することは何も無い」

気心が知れた者ばかりの密会ということもあり、いきなり本音を切り出したのはウィロビーだ。

「では訊くが、仮に彼らの死刑を回避して数年の服役刑にしたとして、刑期を終えて出所してきたら素直に真実を打ち明けると断言できるのか？」

IPSのメンバーが訊いた。

「どう思う？」

ウィロビーが隣に座っているリオンに意見を求めた。

「おそらく打ち明けないでしょうね」

リオンは即答した。

「それならどうして生かしておく必要があるんですか?」

LSの意見はもっともだ。全員がリオンを見つめている。

「彼らが戦争中に資産を隠した目的はたった一つです。それはこの国のため、戦後の荒廃から長い歴史を持つこの国固有の物を守るための、いわば復興資金です。ですから何が何でも守り通す気なんでしょう。だから彼らが刑期を終えて出て来たときに、こう言うしかない。我々のためではなく、この国のためにその資金を使えとね」

リオンは淡々と、だが力強い声で言った。どこからともなく「ほうっ」という感嘆の息が漏れ、さらにリオンは続けた。

「そう言われれば彼らは必ず動きます。巧みに隠した資産をどこからともなく回収し、この国に奇跡の復興を生み出そうと血眼《ちまなこ》になって奔走するでしょう。守り通した莫大《ばくだい》な金は、この国がどこまでもアメリカに忠実な民主国家へと変貌《へんぼう》するための資金として好きに使わせればいい。彼らがそうと気が付かないように、アメリカの懐にしっかりと取り込むんですよ。それはマッカーサー元帥の日本統治が見事に成功したという証明にもなります。そのときこそ、我々が望む国家が新生日本として誕生するでしょう。アメリカにとって極めて役に立つ国がね」

「悪くない意見だ」

ウィロビーは満足そうに頷《うなず》いているし、誰からも反対意見は出なかった。あの凡庸《ぼんよう》で冴《さ》えない外見の右翼の男も、もし無事に出所出来たら必ずあの羊の皮を脱ぎ捨てて再び国のために暗躍する野獣の本性を剝《む》き出しにしてくるはずだ。リオンには、それが日本人の中に流れる血なのだという確信と自信があった。その日まで〝黄色い鷲〟がこの国を赤い脅威から守ってやらねばならない。狩りはまだ終わっていない。これからが本当の狩りの始まりなのだ。

本作品はフィクションであり、実在の人物や出来事とはいっさい関係がありません。

参考文献として、

『偽りの民主主義　GHQ・映画・歌舞伎の戦後秘史』浜野保樹（角川書店）、「バワーズ伝説の検証」浜野保樹（雄山閣）、『歌舞伎を救ったアメリカ人』岡本嗣郎（集英社）、「発掘された貴重写真で見る　占領下の日本」（宝島社）、他に雑誌「演劇界」（小学館）のバックナンバー及び数々の歌舞伎関係の小冊子や床本などを参考、及び引用させていただきましたことにお礼を申し上げます。

解説

西上心太

昭和二十年八月十五日正午に、昭和天皇による終戦詔書《しょうしょ》がラジオで放送され、それを境にして——もちろん一夜にしてということはないだろうが——日本の価値観はがらりと変わった。軍国主義から民主主義へと。

最高責任者である天皇の立場も同様だった。戦前や戦争中は天皇は絶対的な存在であった。だが昭和二十一年元旦には神格化を否定する詔書、いわゆる人間宣言をするなど、民主化に歩調を合わせ天皇の立場は変化していく。国民の思いもさまざまであったろう。変わらずに敬愛する者もいれば、戦争責任を問う者も少なくなかったはずだ。また戦犯問題がからむ天皇の処遇は、戦勝国にとって最重要といっていい問題であり、日本の統治の成否を握る鍵でもあったのだ。

本書は敗戦直後の日本を舞台に、スパイ小説の名手五條瑛が送る、敗戦国に進駐した戦争勝利国＝アメリカの国益を確立するための攻防を描いたサスペンスである。

リオン・ナラハシはハワイ出身の日系三世で、対日心理作戦のスペシャリストとして功績があった。彼は新たな指令を受け、マニラから敗戦後の東京に飛んだ。戦前に激しく弾圧されていたが、戦後になって息を吹き返した共産主義勢力を排除する任務を、ＧＨＱ参謀第二部（Ｇ２）のウィロビー少将に命じられたためだ。ナラハシは戦犯が収容されている巣鴨プリズンを訪れ、ＢＣ級戦犯や未決囚と面会し、彼の手足となる候補者を選んでいく。最初にピックアップしたのが元陸軍大尉の宮本寅次郎だった。彼は大本営の特命により、関東軍の住民虐殺や略奪などの作戦に関与した疑いで収監されていた。宮本は自分が従事していた任務に関しては一切弁明せず、また真相も明かさず、死刑になることも覚悟していた。だが、敗戦国日本でまだ存在している「守るべきもの」のために働かないかというナラハシの言葉に心を動かされる。やがて出所した宮本は、特務機関イエローイーグルのリーダーとなった。メンバーは宮本と同じ戦犯や、特高に所属していた元警察官などから選ばれていた。

一方、昭和二十年五月に東京を襲った大空襲により、銀座や築地付近は火の海となり、歌舞伎の殿堂である歌舞伎座も炎上する。それを我が目で見た十七歳の若手役者紀上香也は深く絶望する。だがそれから五ヶ月後、香也に最大の喜びが訪れた。出征していた兄弟子の紀上辰三郎が引揚船で帰国し、舞鶴で再会することができたのだ。

辰三郎は一座を率いる紀上春五郎の甥で、一座の立役の花形だった。香也は辰三郎と歌舞伎の舞台に立てることを喜んだが、二つの危機が忍びよっていた。GHQの方針で、子殺しや仇討ちなど、民主主義に反する演目が多い歌舞伎は目をつけられ、上演演目を制限するなどさまざまな計画が進行していたのだ。そしてもう一つは香也の身に生じた悲劇的な運命だった。

辰三郎は上官だった宮本と再会し、彼を通じてナラハシと出会う。辰三郎は歌舞伎へのGHQの対応を知るためにナラハシに助力を乞う。ナラハシにとって宮本の部下だった辰三郎の接近は、メリットが多かった。こうしてソ連の後押しによる共産主義浸透を図るグループを狩るための任務に従事するナラハシと宮本、なにごとにも優先する歌舞伎の無事を祈る辰三郎と香也、二つの動きが大きなうねりを呼んでいく。

ナラハシ、宮本、辰三郎と香也、それぞれの登場人物の思いが彼らの行動の原動力となるところが、本書の読みどころの一つであり、最大の魅力だろう。

ナラハシの思いは、日系人をスパイのように扱う国家への怒りである。在米日系人はたとえアメリカ国籍を持っていようが、ルーズベルトが署名した大統領令9066号により、開戦後の一九四二年二月から職と住まいを追われ、収容所に強制的に入所させられた。ナラハシ一家も例外ではなかった。幸い語学力のあるナラハシは、改めてアメリカに忠誠を誓い、日本との戦争に向かい合うことを決めたのである。国家に貢献することで政府を見返そうという気概《きがい》を持っているのだ。日本人の血よりも、現在の国籍を優先したのである。

宮本は筋金入りの軍人だ。上官の命令は絶対であり、口には出せない特務に従事してきた。だが相手の優秀さや自国の敗北をはっきりと認めるリアリストでもある。そんな彼にとっての絶対的な存在が天皇である。それゆえに、天皇を戦犯にと主張する共産主義者は許すことのできない存在なのだ。このことが、彼を新たな任務に邁進《まいしん》させる力となっているのだ。

辰三郎と香也の原動力は歌舞伎への思いである。そして最も大事な場所が歌舞伎座である。さらに二人は血の繋《つな》がりがない兄弟弟子に過ぎないが、実の兄弟以上の情愛で結ばれている。思えば歌舞伎は血よりも「藝《げい》」（やはり正字であるこの字を使いたい）を尊んできた歴史がある。実子ばかりが跡を継ぐのは戦後に特に強まった風潮である。実子はもちろん大事だが、芸達者な弟子がいれば養子にする例も多かった。日本人の血よりも国を選んだナラハシ。そして血縁と関係なく深く結ばれている辰三郎と香也。この両者の「血」に関する対比も読みどころだ。

さて、歌舞伎座の開場は明治二十二年（一八八九年）のことだった。第一期の建物は、煉瓦《れんが》造りで三層の洋風の外観だった。明治四十四年（一九一一年）に奈良朝宮殿風に改築されたのが第二期歌舞伎座であるが、この劇場は漏電《ろうでん》による火災で大正十年に焼失してしまう。次に建てられたのが、米軍の爆撃により炎上するのを香也が目の当たりにした歌舞伎座なのである。この第三期歌舞伎座はまさに波乱に富んだ建物だった。大正十二（一九二三年）年五月に建築が始まったが、九月一日の関東大震災によって檜《ひのき》の用材などが罹災《りさい》してしまうアクシデントにより完成が延び、ようやく翌々年の正月に柿落《こけらお》とし公演が行われた。

なお第四期歌舞伎座は昭和二十六年（一九五一年）に開場し、平成二十二年（二〇一〇年）四月の最終公演まで使用された。およそ六十年の長寿を保った劇場だった。高層ビルを背後に控えた第五期歌舞伎座は翌年に着工したが、第三期と同じく東日本大震災に襲われる。だが幸いにして被害はなく、予定通り三年後の平成二十五年（二〇一三年）に竣工《しゅんこう》し、四月から開場して現在に至っている。だが新劇場完成までの間に中村富十郎、先代中村芝翫《しかん》、先代中村雀右衛門という長老格の人間国宝に続き、中村勘三郎、市川團十郎というこれからの中心になるべき役者が、新しい舞台を踏むことなくあいついで鬼籍に入ってしまったことは、一ファンとしても痛恨事であった。

それはさておき歌舞伎座炎上を見て落胆したのは香也だけではない。文学座所属の加藤武という俳優がいた。ミステリーファンにとっては、市川崑監督の映画「犬神家の一族」（一九七六年）で「よし、わかった」と見当違いの推理を披露する警察署長の役でなじみ深いかも知れない（三十年後のリメイク版でも出演している！）。加藤は築地生まれの芝居好き。その加藤はこう記している。

「私が子供の時から見慣れ、行きつけていた憧れの歌舞伎座が、（中略）、今、あろうことか火に包まれている。歌舞伎座の終焉《しゅうえん》をこの眼にしっかり納めておこう、そう決心した私は、祖母を母に託して歌舞伎座の前まで進んでいった。辺りは身を焦《こ》がすような熱気が漂い、人影は全く途絶えていた。（中略）その時、突然、轟音《ごうおん》が響くと、歌舞伎座の大天井がどっと崩れ落ちた。（中略）もう、これで生涯二度と歌舞伎は見られないだろう……そんな切羽《せっぱ》詰まった思いに駆られて、私は茫然と立ちつくした」（歌舞伎座燃ゆ、「悲劇喜劇」一九九一年五月号）

生々しい記憶を元に綴《つづ》られた文章だ。香也も同じ気持ちであったろう。だが辰三郎の帰還によって気持ちを切り替えた香也と同様、生き残った役者たちは、残された劇場で芝居を続けようという気持ちを高めていく。そこに立ちふさがったのがＧＨＱだった。先述したように、歌舞伎人気狂言に多い子殺しや仇討ち演目が禁止されたのだ。この状況を結果的に救ったのが、日本通で歌舞伎をこよなく愛するマッカーサー付きの通訳ジョナサン・ボウマン少佐である。彼のモデルとなったのがフォービアン・バワーズ少佐という人物で、「歌舞伎を救った男」と言われてきたが、毀誉褒貶相半《きよほうへんあいなか》ばする人物のようで、近年ではこれまで膾炙《かいしゃ》した功績に否定的な研究もされているようだ。

バワーズという人物の実態はさておき、すでに戦争終結前から、ソ連を仮想敵国とした戦後処理計画が粛々《しゅくしゅく》と進んでいた。GHQは民主主義を標榜《ひょうぼう》する建前上、弾圧された共産主義者たちを釈放させたが、本音では共産主義者の跋扈《ばっこ》を許そうとは思っていない。同時に、天皇を戦犯にしたり天皇制を廃止することは、日本の統治にはマイナスになることを知っていたのだ。「米国にとってこれからもっとも重要になるのは、負けた国のことより勝った国々との今後のパワーバランス」であるというナラハシの考えも、そこから来ているのである。

歌舞伎をやるためなら、生き残るためにはなんでもやる。実際に辰三郎は宮本大尉の部下として、口には出せない工作に関わり、多くの命を奪ってきた。願い通り無事に命を長らえたが、何の罪もない香也は戦争の犠牲となり命を失いつつある。辰三郎は「藝」に生きるためならあらゆる手段を講じても後悔することはなかったが、香也の残酷な運命に直面した時、己の為してきたことに畏《おそ》れを抱くのだ。

虚実の皮膜を縫いながら、国家間のエゴがからんだ闇の戦いを描き、「藝」に生きる男たちの執念の物語をからませた五條瑛渾身《こんしん》の歴史サスペンスが本書である。謀略小説ファンも、現代史のファンも、そして歌舞伎ファンもたっぷりと堪能できる作品である。

二〇一八年九月

この作品は徳間文庫のために書下されました。
なお本作品はフィクションであり実在の個人・団体などとは一切関係がありません。

徳間文庫

焦土《しょうど》の鷲《わし》 イエロー・イーグル

2018年12月15日 初刷

著者 五《ご》條《じょう》瑛《あきら》

発行者 平野健一

発行所 東京都品川区上大崎三―一―一 目黒セントラルスクエア 〒141―8202

株式会社徳間書店

電話 編集〇三(五四〇三)四三四九
販売〇四八(四五一)五九六〇

振替 〇〇一四〇―〇―四四三九二

印刷 本郷印刷株式会社

製本 東京美術紙工協業組合

ISBN978-4-19-894418-6 (乱丁、落丁本はお取りかえいたします)

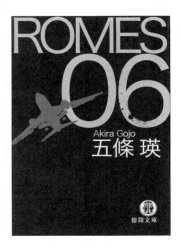